广告蒸汽时代

大力金刚掌◎著

天津出版传媒集团

百花文艺出版社

图书在版编目（CIP）数据

广告蒸汽时代 / 大力金刚掌著. -- 天津：百花文艺出版社，2020.11
ISBN 978-7-5306-7909-8

Ⅰ.①广… Ⅱ.①大… Ⅲ.①长篇小说-中国-当代
Ⅳ.①I247.5

中国版本图书馆 CIP 数据核字(2020)第 201295 号

广告蒸汽时代
GUANGGAO ZHENGQI SHIDAI

大力金刚掌　著

出 版 人：薛印胜　选题策划：唐　嵩　刘　勇
责任编辑：唐　嵩　助理编辑：饶霁琳　李　楠
版式设计：丁莘苢　封面设计：末末美书
出版发行：百花文艺出版社
地址：天津市和平区西康路 35 号　邮编：300051
电话传真：+86-22-23332651（发行部）
　　　　　+86-22-23332656（总编室）
　　　　　+86-22-23332478（邮购部）

网址：http://www.baihuawenyi.com
印刷：天津新华印务有限公司
开本：880×1230 毫米　1/32
字数：300 千字
印张：12.5
版次：2020 年 11 月第 1 版
印次：2020 年 11 月第 1 次印刷
定价：49.80 元

如有印装质量问题，请与天津新华印务有限公司联系调换
地址：天津东丽开发区五经路 23 号
电话：(022)58160306
邮编：300300

▶❙ 写在卷首：

请不要过于认真，这只是一本小说而已。

换句话说，这本书中的所有故事，都是虚构的；虚构的人、虚构的事、虚构的公司、虚构的客户、虚构的品牌，总而言之，都是编的。所以，恳请各位读者，尤其是从业于广告圈的读者，不要试图对号入座，即使你对上了，也一定是巧合罢了。

这只是一个闯荡北京的年轻人，在逆境中坚持信念与原则的励志故事，职场不是寻亲会，并非每个对手都拥有童话一般的和蔼与善良。如果你的心中有一种正确的信念，就请咬紧牙关坚守吧，这个过程或许会付出代价，但它所换回的成长，却是任何成就都无可比拟的宝贵财富。

最后声明一点：本书所涉及的所有对于广告或相关行业的评论、分析、预测或总结，皆为本人的个人观点，不代表本书的出版、发行机构以及本人曾经任职或服务过的任何企业。

序言

广告到底是什么?

这个问题曾经困扰我很久。古人云:"不识庐山真面目,只缘身在此山中。"当我还在那个圈子里摸爬滚打的时候,自始至终我都没搞明白这个问题。

可能有人会问,广告不就是想个广告语,弄点小情节,或者干脆连情节都不弄,随便找个名人扯着嗓子吆喝三遍,然后录下来在媒体上砸钱反复地播吗?

自从我脱离广告圈,以过路群众的视角回过头再看,还真的就是这样。但问题又来了,既然这就是广告,这么无脑的事,为什么会催生出一个独立的行业呢?

前不久俄罗斯世界杯的时候,我一边看球一边喝啤酒,喝着喝着就茅塞顿开了。其实,广告和足球是一样的。世界上有两种足球,一种是足球,一种是中国足球。广告也一样。之所以我会有这样或那样的疑问,就是因为我一开始就把广告和中国广告这两种完全不同的东西混为一谈了。

也就是说,广告到底是什么,这个问题非常简单:

它就是一门如何把企业或产品最好的一面展现给消费者的学问。

但如果问中国广告到底是什么，这个问题就几乎复杂到无解了。因为上面的答案在中国是不成立的。

再说回中国足球。不论成绩再怎么差，也要有足协，也要有联赛，也要有球星，也要有赞助商，同样也会有一干至死不渝的球迷。麻雀虽小，五脏俱全。

不能否认的是，在国足惨绝人寰的成绩背后，曾经也有不计其数的球员、教练以及领导，满怀着一腔堪比攻克柏林一般死而后已的热血与信念从事着这个项目，之后又忍受着数不清的非议、质疑、争议和谩骂，一步一个血脚印砥砺前行，为的只是把一个高位截瘫的阿斗扶起来，即便屡败屡战、越战越败都未曾气馁，因为他们始终坚信，中国人不比谁差。既然刘翔能拿跨栏冠军，说明中国人速度没问题；马家军能拿长跑冠军，说明中国人耐力没问题；张国政、占旭刚能拿举重冠军，说明中国人力量没问题；邓亚萍、刘国梁能拿乒乓球冠军，说明中国人技巧没问题；许海峰、王义夫能拿射击冠军，说明中国人眼神没问题。他们唯一想不通的就是，既然什么都没问题，为什么合而为一到了中国足球，就成了最大的问题呢？

中国广告，跟上面说的一样。麻雀虽小，五脏也是全的。曾经也有那么一群人，不明就里地闯进了广告圈，期待用自己的一腔鸡血赶英超美建功立业，像2002年韩日世界杯时的国足那样冲进决赛圈为国争光。中国足球那时如日中天，同样，那个时代中国广告也蓬勃发展蒸蒸日上，很多富裕起来的中国企业开始肯花钱、花大钱去把真正优秀的创意制作出来。

然而，也是从那个年代开始，广告圈的这股清流，逐渐地，逐渐地，就莫名其妙地变成了泥石流，其陨落速度与国足可谓是双胞胎一般的心灵同步。怎么说呢？不知从何时开始，"活下去"的论调成了中国所有烂广告的防弹防爆防辐射遮羞布，大概意思就是说，中国很多企业底子薄，还没到需要用广告提升企业形象的地步，所以要先靠恶俗广告卖货，先要活下去，日后才有机会去提升形象。

听上去，似乎有点道理。只有烂广告才能卖货，才能活下去；好好做广告，企业就活不下去了。足球只有踢得差才能活下去，好好踢就完了。普世真理公序良俗，没毛病。

顺便说一句，几乎震撼过全国99%观众视听的"重要的事情说三遍"风格的广告，就是那时悄然兴起的，其实最开始是说六遍，直到连神秘的"有关部门"都看不下去了，动用行政手段才强行改成三遍。

从那时开始直到现在，观众看到的中国广告，发展水平跟中国足球就更加的神同步了。世界杯赛场虽然没看到中国队，但看到了一堆中国广告，观众的心情也就等同于看了中国队踢球了。其实广告圈也不是没人思考过，中国有那么多的世界五百强，说明钱没问题；屠呦呦、莫言能拿诺贝尔奖，说明中国人智商没问题；张大千、齐白石的作品能拍出天价，说明中国人文化修养没问题。于是乎，问题又回到了原点：既然什么都没问题，为什么合而为一到了我这儿，就哪儿哪儿都是问题呢？难道就连那些动辄几亿几十亿的上市公司五百强也在担心自己把广告做好了会"活不下去"吗？

就像前面说的，"活下去"只是块遮羞布，而且是三防的。只要能鼓起勇气把这块遮羞布掀开，你就会发现下面盖着的绝对是一个让人眼花缭乱的异次元空间。

中国广告到底是什么？

这本书，或许会给出一些答案，也或许不会。谁也别指望靠一两本书就能解释清楚中国广告到底是什么。一百个人眼中有一百部《红楼梦》，一万个广告人的心里也会有一万个广告圈，这本书只是其中之一而已。

但是，请注意这个"但是"：但是，就好像人体有数十万亿个细胞，每一个活的细胞都能克隆出整个人一样；这成千上万的广告圈中的一个，一样也可以克隆出遮羞布下那片令人眼花缭乱的异次元。这不是一本生物学书籍，但却可以让你理解，那些新鲜美味让人垂涎欲滴的食材为什么从消化道走了一圈就变成了有机肥。

一句话，只要是消化道上的器官，谁都别谦虚，化饭为屎，军功章人人有份。

1

2002 年的第一场雪,比以往时候来得更晚一些。

若放在十年前,下雪是一件多么美好的事!可怜我才二十一岁,就对这个曾经翘首以盼的自然现象没什么兴趣了,非但没什么兴趣,还带着那么一丢丢的反感,因为下雪就意味着满屋的泥脚印儿;满屋的泥脚印儿,就意味着我擦地的时候要费更大的劲耗更长的时间。

为什么要"拖泥带水"地在屋里踩来踩去,进屋不懂得换鞋吗?擦个地能费多大劲,耗多少时间?

对不起,我说的不是在家。

我叫张迈,从小学开始,几乎所有认识我的人都会情不自禁地喊我"麦子",不知道是不是都商量好了。此时此刻,我正在一家网吧当网管,我所说的擦地,也不是擦家里的地,而是擦网吧的。网吧面积不算太大,三百平方米。

"天津下雪了,北京下没下?"OICQ①的聊天框里,我没话找话的输入了一段文字,网络的另一端是一个姓关的御姐,此人是我泡 CS②论坛时认识的网友之一,我只知道她是个女人,比我大一岁,在北京上班。

“都几点了，你怎么不睡觉？”过了一会儿，“嘀嘀嘀”的音效声响起，御姐回了信息。

“你不是也没睡嘛。”我敲出一行字发了出去，之后不由自主地把近乎冻僵的手指凑在嘴边呼了两口热气。

“我在加班。别烦我。”御姐回信息道。

“我在值夜班，大伙儿都下线了，就你在，聊两句呗。”

“聊你大爷。”

“好啊，我大爷最近刚退休，现在正在打老年门球，下个月退休办组织比赛，他是他家小区代表队的队长。”要知道，在那个即便是网吧网速也远不足以支撑在线看剧的年代，对于一个值夜班的网管而言，最令人窒息的并不是乌云压顶一般的困倦，也不是大厅中冰窖一般的寒冷，而是众人皆睡我独醒时的孤独与无聊。

但凡有人聊天，即便是这种毫无意义的鬼扯，也绝对是乐此不疲。

“滚！思路都被你打乱了！”御姐似乎有些不耐烦。

“你到底在干吗啊？”我继续追问。

“不是跟你说了嘛，在加班。”

“加什么班？”

“关你屁事。”

就在这时，一个包夜的大叔携着一股闻一鼻子都能让人酒精中毒的浓烈酒气，鬼一样出现在前台：“我要……我要……”

“您要什么？”我赶忙抬头挤出了一丝微笑。

“我要……”但见这大叔喘了两口粗气，继而“哇”地一口吐了一地。

他要吐。

我怎么就这么倒霉！

“哕……哕……”吐完主力一口，这大叔趁热打铁乘胜追击，竟然蹲下身子用手指捅着嗓子眼儿又追加了几口，整个过程一气呵成天衣无缝。最让人来气的是，呕吐的同时，这孙子竟然敏捷地叉开了双腿，巧妙地将自己的脚躲到了安全区域。

"有个孙子吐了，我得去清理现场，等会儿回来聊。"我无奈地打出一行字发了出去，之后关掉对话框小心翼翼地走出了前台，但见这大叔正双手抱头蹲在地上，三分像忏悔七分像便秘，再看他脚底下，污染物呈爆炸状扩散了足有一平方米。这里要特别强调一下，我们这个网吧，之前曾是一家国营的副食商场，地面是当年建商场时铺设的水泥地面，长年累月人来人往，早就踩出磨砂效果了，吸水性是很强的，再者当年的施工质量似乎令人堪忧，地面不平，有一定的倾斜，踩在上面感觉不出来，但如果有液态物洒在上面，很快就会逆流成河，就比如说眼下的这个情况。

我的个娘，怎么弄啊！只要咬紧牙关再往前多走两米，左边是厕所右边是大门，您老就非得吐在这儿吗？

此时此刻，看着地上这一大摊连汤带料的"核污染"现场，我的脑海几乎是空白的。眼下这个场面，肯定不能直接用墩布，否则就和泥了，墩布也别想要了，即使豁出去墩布不要了，我也不忍心直接用墩布擦，太恶心。

"你赶紧弄点沙子盖上……"几个离得近的热心"网腻子"干脆放下手中的鼠标凑到了前台开始出谋划策，话说这几个人，跟网吧的感情可着实不一般。那个年代，几乎每个网吧都有这么一群人：长年累月吃住在网吧，没有固定的吃饭和睡觉时间，饿了就随便点一份炒饼或方便面，渴了就要瓶饮料或啤酒，半夜实在熬不住了，就拼几把椅子眯一觉，有时实在脏得不行了就回家洗个澡，然后以迅雷不及掩耳之势再返回网吧继续熬，总而言之，混在网吧的时间绝对比我还长。通常情况下，这些人往往都用着高级手机抽着高级烟，一个月网费往少了说也得六七百，却似乎从来都不用上班，也不晓得他们从哪儿弄来那么多闲钱上网。平时三顿饭离不开二斤酒的人被称为"酒腻子"，而我则称呼这类离不开上网的人为"网腻子"。

"现在外头下雪呢，我上哪儿偷沙子去啊！"

"那就弄点废报纸盖上呗。"网腻子们继续三言两语地支着儿。

"这儿没有报纸啊！"我都快愁死了，网吧没别的，就电脑多，守着这么多电脑谁吃饱了撑的看报纸啊？

"那就用手纸啊！"

"没有手纸！只有面巾纸！"网吧没有手纸，眼下就我一个人值夜班，把整个网吧扔在这儿独自出门买手纸也不现实，我也很犹豫要不要用昂贵的面巾纸清理现场。网吧的面巾纸可是收费的，对外售价一块钱一包，眼下这一大摊东西，没个十包八包恐怕弄不干净，倒是可以把钱算到这个醉鬼头上，但万一他明天酒醒之后不认账，纸钱或许就得我自己掏，十包面巾纸，按进货价算也要五块钱，那可是我一天的烟钱啊！晚饭点一份素炒饼才两块五，我值一宿夜班，补助费也就十块钱啊！

这种事，怎么就会摊到我头上？

算了，五块钱就五块钱吧，实在是太恶心了。

捏着鼻子用面巾纸清理了现场固态残渣，又用墩布反反复复擦了七八遍，总算是擦干净了，至少视觉上是干净了，转眼再找肇事者，发现这孙子竟然躺到了前台后面的折叠床上，还把鞋也脱了，一双臭脚竟然毫无顾忌地搭在了床头叠好的被子上！

那可是老子的御用床铺啊！

你丫不是喝高了吗？怎么还记着脱鞋？

把脚耷拉在床沿外面会死吗？

未免太讲究了吧你个孙子！

"大哥，大哥你别睡这儿！"放下墩布，我绕到前台后面试图将这货撵走，结果刚一凑近，差点被一股万马奔腾般摧枯拉朽的臭脚丫子味熏死。

这还是人脚吗？这明摆着就是生化武器啊！

你要是早生个五六十年，美国恐怕就不用往日本扔原子弹了吧？把你小子脱了鞋扔过去，小鬼子就投降了好不好？

就是这双无敌臭脚，竟然还沾了我的被子！那可是我刚花五十块钱买来的野营被，才盖过三次啊！

"大哥，你别睡这儿，这儿离门近，太冷，会感冒的。"我屏住呼吸一把将这货拉了起来，"我给你找个离暖气近的地儿，行不行？"

"我没事……"这孙子两只手不停地招架。

"你没事我有事，我们这儿有规定，前台只能工作人员进入，大哥你别让我为难。"

"你别动我……"

"大哥你别让我为难行不行？这是收款台，明天早晨万一丢了钱你负责赔吗？"我强压着火气始终保持着脸上的微笑，而这个醉鬼也不知是真醉还是假醉，一听赔钱的事，立马坐起了身子，半推半就地下了床，东倒西歪地跟着我走到了网吧深处。

为了照顾这货的夺命臭脚，我特意找了个人少的地方。拿了几把椅子拼了个简单的床铺让他躺了上去，等回到前台，发现这货的那双臭鞋竟然还留在床底下，无奈，我也只能捏着鼻子将鞋拎到了这货睡觉的地方。说实话，捏起那双臭鞋时的场景，直到现在我都记忆犹新，绝对是一辈子的阴影。那是一双已经被穿成乌黑色的白色运动鞋，具体是什么牌子我就不说了，反正这个牌子我是一辈子都不会买了。

坐回前台看了看表，处理这次污染事故，耗时大概四十分钟，说实话，放在以往，把整个网吧都擦了也就四十分钟，这罪恶的一平方米，竟然耗了我三百平方米的工时！

真气死我也！

骂着街晃了晃鼠标,正在播放屏保画面的屏幕又恢复了桌面状态,但见右下角 OICQ 的小企鹅正闪个不停。

"你回来了吗?

"在不在? 帮我个忙。

"在吗?

"真的有事! 我都快烦死了!

"别跟我装死,快回话!

"再给你最后一次机会!

"滚吧。"

就在十分钟前,御姐给我发了一大串信息。

"回来了! 回来了! 你不知道我刚才经历了什么!"我赶忙回了信息,"帮什么忙?"

"说话呀,我刚才去清理'核污染'现场了,换成是你肯定就恶心致死了,幸亏老衲练过。

"在不在? 趁我现在还清醒,再不回话我去睡觉了!

"我错了行吗? 帮什么忙快说啊!

"姐,我真不是故意不回你信息,刚才有一傻×喝多了吐在前台了,我擦了四十分钟的地啊!

"这个社会充满了太多的误解和冷漠,我看透了。

"姐,我错了,等会儿我就去跳海河,记得每年在我坟头添把土。

"姐,你知道世界上为什么会有批评教育、拘留、判刑和枪毙的区分吗? 就是因为法律要留给罪人改过自新的机会啊!

"到底要怎样你才能原谅我……姐啊我的亲姐……"

我正敲字的时候, 信息可算是回来了:"亲你大爷, 我去开会了。"

"我大爷是有家室的人了,你要是非亲不可,就亲我吧。"见她终于回信息了,我赶忙把握机遇借题发挥。

"滚。帮我个忙呗。"

"嗯，你说。"

"帮我起几个名字。"

"你怀孕了吗？"

"滚！案名。"

"案名是什么玩意儿？"

"就是项目名。"

"项目？什么项目？"我一愣，"项目"这两个字，涵盖太广泛了。

"房地产项目。我已经快被折磨疯了。"

"怎么想？"说实话，起初她说找我帮忙，我也是一头雾水，之所以如此上赶着问她，与其说是怜香惜玉，倒不如说是好奇，此时得知她让我帮她起房地产项目名，而且是商品房项目的名字，不禁又是一阵头晕，虽然我自认为有点文采，但对于给房地产项目起名字这种事，还是很陌生的。在我印象中，房地产项目叫什么名字似乎没大所谓，买房的人似乎也不会因为小区名字不好听就断然不买了。天津的房地产项目起名，一般就是房地产公司名后缀上一个"新城""家园""新村"之类的不疼不痒的名词。当时在天津有几家比较有名的房地产公司，一是顺驰，二是万科，三是龙都，四是万隆，他们开发的项目，基本上都是这么命名的，什么"顺驰名都""万科城市花园""万隆新城""龙都海河邨"之类的，其中最后一个已经算是异类了，竟然加入了"海河"这个词，而且还用了"邨"这么个容易被误会成"屯"的字，十个人有八个会念成"龙都海河屯"，但念错了反而让人感觉有一种返璞归真的淳朴味道，也算是歪打正着。我印象中名字最洋气的小区，应该是鞍山西道也就是天津电子一条街上的一个名叫"深蓝国际村"的小区，要知道 IBM 有一台很有名的超级电脑就叫"深蓝"，就是和国际象棋大师卡斯帕罗夫下棋的那台，深蓝国际村，又是"深蓝"又是"国际"，简直洋气得一塌糊涂，绝对是与世界接了个大轨。

"用脑袋想啊！"御姐那边似乎有点不耐烦，"想十个，明天早晨之前发给我。"

"十个？你是房地产公司的吗？你们要开发那么多项目？"

"我是做广告的！要多想几个给开发商备选！"

"广告？"我第一次知道了她的职业，却不知道广告公司还要负责想名字，"广告公司还管这个？"

"废话。你觉得广告公司应该管什么？你到底帮不帮？"

"帮帮帮，我就是随便问问。你要起的这个名字，有什么前提条件吗？"

"什么前提条件？"她开始问我了。

"打个比方，比如说给小孩起名字，至少得知道他爹姓什么对不对？我们天津的房地产项目，都是'开发商名+家园/新村/新城/花园'的组合格式。"我把天津房地产项目的命名习惯跟她说了一遍。

"格式个屁，那种土鳖名字我用你想啊？"

"你想要什么样的？"

"有创意的，有深度的，放开想。这是个商住项目，紧邻着 CBD，建筑是欧式的，开发商要求项目名字国际化，简单上口。此外开发商老总信佛，能跟佛教沾边更好。"

"商住是什么意思？CBD 是干吗的？"听她这么一解释，我脑袋更大了。

【注 释】
① OICQ：早期的 QQ 并不叫 QQ，官方名称是 OICQ，QQ 只是当时网民之间对这款软件的称呼。
② CS：电脑游戏 Counter-Strike 的英文缩写，中文名为"反恐精英"，2000 年前后国内网吧十分流行的一款基于局域网联网对战的主视角 3D 射击游戏。

2

　　"算了，不用你想了，有教你这功夫还不如我自己想呢。"

　　"别，我错了。我自己查，查完自己想！全自动！行不行？"不知道她是不是真不用我帮忙想了，反正这条消息发过去之后，她就没再回话。而我也开始绞尽脑汁苦思冥想。不想不知道，起名这玩意儿，的确是门技术活儿，打开网页各种查故事找成语，撕心裂肺地想了整整一宿，甚至连刚才那个臭脚醉鬼留下的人生阴影都抛之脑后了，最后也只是勉勉强强凑了五个给她。

　　首先，商住是既能办公也能居住的项目，这是我通过此次帮忙而积累的重要法律知识，原来一般的住宅是不能注册公司的，但商住项目却可以；其次，CBD 是英文 Central Business District 的缩写，意思是"中央商务区"，而北京的 CBD 是指以朝阳区国贸桥为中心的商务规划区。通过此次帮忙，我对原先两眼一抹黑的北京地理多多少少也有了些模糊的认识，虽然我不知道那座所谓的国贸桥到底在哪儿，但却知道了这个地方附近的房价都高得离谱，有的项目一平方米甚至要卖到一万多块。要知道，当时天津的房价一平方米普遍只要两三千块，新安广场的附带住宅卖到四千块一平方米，就已然算是豪宅了，一平方米一万多块钱的房子，简直不敢想象都是些什么人在买。

根据上面这些信息，我最先想出来的名字叫"双树"。

老实说，这个名字，跟上面那一大坨废话还真没什么具体关联，之所以会想到这个名字，完全是因为他家老板信佛。其实那时的我，对佛教的了解几乎是零，之所以会想到这么个名字，完全是受日本漫画《圣斗士星矢》(以下简称《圣斗士》)启发。看过《圣斗士》的人都知道，十二个黄金圣斗士里有一个叫"沙加"的，号称是佛的转世，是最接近神的人，在漫画里本事也大得很，在一个叫"沙罗双树园"的地方把同为黄金圣斗士的双子座"撒加"打得满地找牙，我就是因这段情节对"沙加"路人转粉丝的，此人是处女座圣斗士，正好我也是处女座，真是天赐的机缘。记得那天晚上，我特意上网查了一下所谓的"沙罗双树园"，只可惜那时互联网的信息量跟今天没法比，没有什么百度知道，甚至连百度都还未被大众所知，只有一个某哥们儿推荐的名为"Google(谷歌)"的搜索网站，搜出来的结果排前面的大都是繁体中文网站，点进去打开页面速度极慢，等半天也刷不出字，最后我也懒得具体看了，反正佛教里真有这么个东西就行了。《圣斗士》是日本人画的，沙罗双树是印度故事，勉强也算是国际化了，而且还与佛教沾边，"双树"这俩字听上去还挺绿色健康的，后面加个什么"国际城""国际村"之类的就算是与世界接轨了，岂不是皆大欢喜？

第二个名字叫"富楼"。

这个名字也是在网上查佛教的时候偶然发现的，佛祖有十大弟子，其中六弟子的名字叫"富楼那"，为了好听我就把"那"字给去了，字面上看，"富楼"的意思就是"富有的楼房"。你不是商住吗？富有的楼房，多好的寓意！跟"双树"一样，这个名字也是印度那边传过来的，国际化没毛病，况且跟佛教也有关系，一举两得啊！

第三个名字是"图灵"。

我当网管是有原因的,因为我是个电脑爱好者,既然是起名,IT(互联网技术)领域绝对是一道绕不过去的坎。图灵是一位英国数学家的名字,全名是艾伦·麦席森·图灵,他曾经设计出世界上第一台机械式自动计算机 ACE,是公认的计算机科学与人工智能之父。说真的,当年知道这个名字的人还真就不多,归根结底,在整个计算机领域,想做出点名气来简直太难了。当然,比尔·盖茨是个例外,只可惜这个人出名是因为他有钱而不是因为他搞 IT,我敢打赌,如果这个人不是世界首富的话,即便 Windows(微软视窗操作系统)再出名,他也是沾不上光的,就好比著名的 Andy Grove,中文译名叫“安迪·葛洛夫”,英特尔公司的创始人之一外加英特尔公司前 N 任 CEO(首席执行官),比尔·盖茨还在撒尿和泥的时候,人家老爷子已经去研究芯片了,你家电脑里装的赛扬、奔腾、酷睿的 CPU(中央处理器),全都要托他老人家的福,这么牛的人物,听说过的请举手?和这老爷子一样,图灵的知名度,在当时那个互联网尚不成熟的年代,仅限于极少数的资深电脑爱好者范围内。

不过话又说回来,恰恰是因为这个人很厉害却知名度不高,我才觉得这个名字很拉风。要知道,当时的社会,尤其是年轻人之间,似乎流行着一种“我没听说过的才更牛×”的畸形心态,或许是当时的国人对自己的眼界不够自信的缘故,有相当一部分人觉得那些耳闻目睹的品牌都很俗,只有那些自己没听说过的洋牌子才是真正的高档货,这种心态以当今的词汇形容应该叫“不明觉厉”。记得当时有一个做小区围栏生意的伪大款拿着一个很精致的打火机跟我显摆,告诉我打火机的牌子叫“纪梵希”,说实话当时我真没听说过,但也正是因为如此,一股莫名的高大上反而有如核辐射一般在我心头扩散蔓延,就好比此时此刻我坚信“图灵”这俩字也应该有相同效应——那种源自神秘感的“不明觉厉”。

第四个名字是“日内瓦公馆”。

说实话，起这个名字的时候，天已经蒙蒙亮了，我也快不行了。我也不知道为什么要起这么个名字，只感觉日内瓦似乎是个很国际化的地方，博览会或国际组织都喜欢往这个地方扎堆，在国际新闻中的出现频率绝不低于约旦河西岸与加沙地带，而且"日内瓦"这仨字挺好听的，感觉比纽约、伦敦、巴黎这种俗地儿有内涵得多。至于后面的"公馆"二字，完全就是查网页的时候新学来的名词，旧上海上流社会的感觉很强烈，这个词以前我也知道，但若不是此时凑巧在网上看见，是无论如何也想不到的。

　　最后一个名字压轴出场，叫"翡冷翠"。

　　徐志摩曾经将意大利名城佛罗伦萨译作"翡冷翠"。不愧是大师的手笔，虽然翡翠这东西是正儿八经的中国土特产，但人家徐大师在中间加了个"冷"字，一下子就显得洋气高端如入仙境了。想这个名字的时候，我基本上已经处在回光返照的状态了，脑袋里好像被塞了一个茄子，昏沉沉又涨又疼，加之时间已经快到早上七点了，八点的时候网吧经理王大头会来接我的班，在这之前我还得把地擦出来，再这么想下去就该耽误工作了，只好把这几个名字连同简单的解释以及一堆道歉的话分批拷贝到对话框里发给御姐，然后拖着一双灌了铅的腿开始擦地。毕竟答应了人家想十个名字，如今耗了整整一宿却只想了五个，不说点好听的实在过意不去。然而就在我拎着墩布刚开始擦地的时候，昨夜那个醉鬼不知什么时候竟然自己醒了。

　　"老板，退押金！"但见这货旁若无人地走到前台，丝毫没注意到我一直在他周围擦地。

　　"大哥，有个事我得跟你说一下……"我放下墩布走进前台，"我们这儿包夜从十一点开始算，你是八点四十来的，我就算你九点，得多交两小时的网费。还有啊，昨天晚上你吐了，清理残骸一共用了八包面巾纸，八块钱。所以你得……再补四块钱。"

　　网吧的网费是一小时三块钱，包夜十块钱，但要提前交二十块钱押金，只有那些熟得不能再熟的"网腻子"们，才能享受免押金甚至赊账的特权，但这货以前从来没见过，绝对是第一次登门，所以一切必须公事公办：十块钱包夜费，外加两小时共六块钱的网费，再加八块钱纸巾钱，二十四块钱没毛病。但他之前只交了二十块钱押金，还害我捏着鼻子给他清理呕吐现场，用臭脚熏得我脑袋疼了一宿，竟然还想退点钱回去，想什么呢！

"嘛玩意儿？"一听非但退不回钱还得补钱，这货立马脸色一变，"面巾纸？我嘛时候用面巾纸了？"

"你自己看看脚底下。"我把脑袋探出前台，伸手指了指他脚底下那一大片尚未消退的呕痕，"大哥，再往前走三步就是厕所，你非得往这儿吐，你知道收拾这一大摊汤汤水水费了我多大劲吗？"

"你拿嘛证明这是我吐的？"这货看了看脚底下，抬起头反倒是一脸的满不在乎。我也惊了，这也能不承认？人渣啊！先前担心的事竟然真的发生了，这货还真就不认账了："哥们儿，咱别闹行吗？"

"谁跟你闹了？谁看见这是我吐的了？"

"就是他吐的！我们都看见了！"不远处的网腻子们纷纷隔空做证。

"哥们儿，你自己去厕所看看，满满一纸篓！"我指了指两米外的厕所门，"面巾纸的塑料袋也都在纸篓里，你要不信，自己去数数有几个空袋！"

"呵……行吧。八块钱，算我倒霉。"这哥们儿无奈一笑，"那你把网费退给我吧。"

"网费？什么网费？"我顿时一愣。

"我根本就没上网，也没费你们家的电，你凭嘛收我网费？"

"你……"我真惊了，从未见过如此厚颜无耻之人啊！几块钱的事，至于吗？"哥们儿，没人拿枪逼着你睡觉，你开了一台机器，系统已经计费了，你上不上是你的事，但钱你得交！"

"哎,你们这儿开黑店是吧?"听我这么一说,他反倒有理了,"我知道你也是打工的,我也不想跟你较劲,要不这样,你退我十块钱,咱嘛事没有!"

"二十四,补四块!"我把墩布往地上一蹾,强压着火气挡住了出门的路,"少给一分钱,别想出这个门!"

3/

"哟！你想干吗？绑架是吗？"这货冷笑一声歪着脑袋往前迈了一步，伸出手指头一个劲儿地点我的肩膀，"上过学吗？懂不懂法？"

"你再碰我一下试试？"我眯着眼盯着这个流里流气的人渣，真恨不得把厕所纸篓里那满满一篓的呕吐纸都喂他吃了。就在这时候，那群热心的网腻子们又站起来了，捋胳膊挽袖子把这个人渣围在了中间。

"没事没事……哥儿几个别激动，玩你们的……"一看这群人似乎是要替我出头，吓得我赶紧嬉皮笑脸地把这群爷又劝了回去。说实话我可不敢欠他们的人情，否则以后他们赊起账来更理直气壮了。

"嚯！人挺多呀！"这人渣仍旧是满脸的有恃无恐，"你们这儿谁是老板？"

"经理八点来，要不您多等会儿？"

"有电话吗？我打个电话。"

我惊了。

难道这货是混社会的？为了四块钱就要打电话叫人？

你真把人喊来了，完了事不得请人家吃顿饭啊？就算我把二十块钱全退给你，你是准备买十套煎饼馃子每人发一套吗？

"有没有电话？"见我发愣，这人渣似乎还挺得意，"怎么的？虚了？别虚呀兄弟。"

"有电话……有电话……"我把半个身子探进前台，把下面的座机拿到了台面上，本来网吧的这个电话是收费的，我就让他免费打了，我倒要看看他准备把这个电话打给谁，一个连手机都没有的人，一个为了四块钱要求打电话的人，究竟是哪个黑老大愿意帮这么块料出头。

当他按号码的时候，一切谜团终于水落石出了。这个号码我还真认得：110。

为了四块钱，这位爷竟然报警了，而且把自己说成了地地道道的受害者："喂，公安局吗？对，对，我报警，我逮①一网吧让人非法扣留了，强买强卖，不给钱就找一帮人围着我不让我走，威胁我人身安全！哦……哦……地址是……我也不知道，我就知道在利民道，马路对过儿好像有个邮局，网吧的名儿……等我问问啊……"说到这儿，这人渣忽然用手捂住了话筒转头开始问我："你们介②网吧叫嘛名？"

"飞跃万维。"此时此刻，我也不知道是该哭还是该笑，我当网管已经半年了，三教九流各色人等见过不计其数，其中也不乏东西南北各路老少人渣，但渣得如此深刻的，或者说渣得这么搞笑的，还真是头一次见。

也就过了三分钟多点，一老二少三个民警推门进屋，看来对于"非法扣留"这种"极恶性犯罪"，警方还是挺重视的。

没错，在我大天津，人民警察的出警效率就是这么高！一来警民一家亲人民警察爱人民，二来派出所就在网吧出门左转五十米处，连过马路都不用。

"谁报的警？"为首的老警察一脸严肃，进屋第一件事就是朝着网吧深处看了又看,似乎是感觉网吧里这几口人好像凑不齐一场群殴,不禁眉头紧皱。

"我报的警。"人渣昂起头满脸的理直气壮,可算是找到靠山了。

"谁威胁你人身安全?"老民警继续问。

"他们!"人渣指了指网吧里仅存的几个拼着椅子葛优躺的网瘾子,之后又指了指我,"还有他!"

"警察大哥,您千万别听他的,没人威胁他。"我理了理思路,"我是这儿的网管。这个人,昨天晚上八点多到这儿,交了二十块钱押金开了一台机器,然后在这儿待了一宿,中间还在这儿吐了一地……"说着话我指了指脚底下的呕痕,"我用了八包面巾纸清理现场,现在网费加面巾纸一共是二十四块钱,我们这儿都是电脑计费,系统上都有显示的,除去押金,他还差我四块钱。"

"差四块钱?"诸位警察的那个表情,真是没法形容了。

"就是四块钱。"我点了点头,"您脚底下这一片印儿就是他昨儿晚上吐的,都渗进去了!我擦了四十分钟没擦下去,现在还发愁怎么跟老板交代呢!弄不好就得找人重新抹水泥!"

"你为嘛不给钱?"老民警将脸扭向人渣厉声质问。

"我凭嘛给他钱?"人渣仍旧不服,"我又没上网,电脑我碰都没碰,我凭嘛给他钱?再说了,就算我吐了,他又不是没有墩布,凭嘛用面巾纸擦?他就是故意的,故意坑我钱!"

"我坑你钱?你吐那玩意儿能用墩布直接擦吗?"我也急了,真不知道这货怎么想的,"你吐了这么大一摊,吐完你睡觉去了,我大半夜撅着腚眼子擦了四十分钟,就为了坑你八块钱是吗?"

"行了行了,都别说了。"老民警叹了口气,伸手指了指人渣,"你,赶紧把钱给人家!"

"凭嘛呢!"人渣俨然一副天不怕地不怕的嘴脸,"就凭这网吧买卖大,有钱,我就是一小老百姓,你们就官匪一家合伙欺负我,是吧?"

"我告诉你,说话注意点啊!"后面的两个年轻民警有点听不下去了。

"我问你,这一片印儿,是不是你吐的?"老民警面沉似水指了指脚底下。

"是我吐的,怎么了?"

"你不愿意给钱是吧?"

"我凭嘛给他钱?他得退我押金!"

"你!"民警指了指我,"把押金退给他!全退,他交了多少就退多少!"

"我……"我也惊了,这位民警大哥没事吧?

"你把地上这片印儿,给人家弄干净了!"老民警两只眼睛死死地盯着人渣,气氛顿时凝固了,确切地说,是人渣凝固了。

真真的,姜是老的辣啊!

或许是社会经验太少,我怎么就没想到让这个人渣赔偿地面?讲真,或许是呕吐物混着胃酸有腐蚀性的缘故,此时被他吐过的地面有一片明显的痕迹,跟被尿过的床单似的,单凭墩布恐怕永远都擦不掉了,虽说不碍事,但多少有些有碍观瞻。真想彻底解决,十有八九就真得重新抹水泥。

【注　释】

① 逮:天津方言中,"在"字在某些语境中发"逮"音,"我逮一网吧"可以理解为"我在一网吧"。

② 介:天津方言中,"这"字在某些语境中发"介"音,"你们介网吧叫嘛名"可以理解为"你们这网吧叫嘛名"。

4

"这……"人渣愣了足有半晌,我干脆从自己钱包里拿了二十块钱出来递到了人渣面前说:"大哥,押金退给您,麻烦您把地面弄干净。"

"凭嘛呢?凭嘛我给你弄地面呢?"人渣继续狡辩,"你是网管,打扫卫生是你的工作,凭嘛让我干呢?"

事实证明,世界上最愚蠢的事并不是偷袭珍珠港,而是当着警察的面花式耍浑蛋。你跟我胡搅蛮缠没问题,我就是个负责擦地的网管,但人家是警察,人家是来执法的而不是来听你胡扯的,当着警察的面继续耍浑蛋无异于自现原形,谁有理谁没理,岂不是不打自招?

"我告诉你!你上网不给钱,干扰人家正常营业,蓄意破坏合法经营场所,已经涉嫌寻衅滋事了,我现在可以依法传唤你!"老警察义正词严,说得这人渣竟不由自主地往后退了一步,"说吧,你是把钱给人家,还是把地面给人家弄干净?"

"我不在乎钱!我就说介事!我不能惯他们介毛病!"这人渣虽说仍旧是满脸的不服,却还是不情不愿地从兜里摸出了五块钱拍在了前台。

"其实我也不在乎钱……"这回轮到我出场了,胡搅蛮缠,你以为我不会吗?"民警同志,我们这儿是正规企业,不能乱收费,这押金呢,我还是退给他吧,毕竟人家确实没上网,我就是希望他能把地面给我弄干净。"

"哎?你介人怎么不讲理呢?"一听我不要钱,这人渣顿时就爆发了,"我都给你钱了,你还想干吗?"

"弄地面啊!"我一脸的理所应当,"这是前台,顾客一进门就看见这么一片东西,影响心情啊!"

"行吧!"老警察忍着笑会心地点了点头,伸手指了指人渣又指了指我,"你们一块儿跟我们回所里协商解决吧。"

"我……我凭嘛我……"一听要进局子,人渣急了,"我没时间!我上午还有事哪!"

说实话,他没时间,我更没时间。如今的网吧,就我和王大头两个人盯着,他盯白天我盯晚上,现在王大头还没来,我不可能把网吧扔在这儿跟这个人渣去派出所解决问题,况且我熬了一宿已经困成狗了,就算王大头来了,我也懒得去。"民警同志,要不算了吧……"我对老警察一笑,"现在我们这儿还真就腾不出人手,算我倒霉了,让他把钱给了就走吧。"

"你们这么大一网吧,就你一个人?"听我这么一说,三个民警不约而同一愣。

的确,三百多平方米的网吧,一百多台电脑,目前就我一个人。八点以后虽然有人来接班,但仍然是一个人,因为我已经困成狗了,必须回家洗澡睡觉。

说实话,之前并不是这样的,就在一个多月之前,这里算我在内还有三个网管,值夜班也是轮着来的,如今这个光杆司令的局面,全都要拜经理王大头所赐。

说起这个王大头，就不得不提一下这家网吧的股权构成。网吧的投资人是一对兄弟，大哥投七成，弟弟投三成。王大头原名王坤，是弟弟的小舅子，被任命为经理，负责网吧的日常管理。说实话，这个所谓的经理，也就相当于酒店的大堂经理，不占股份只拿工资，因为此人脑袋比较大，所以我们给他起了"王大头"这么个外号，当然这只是背地里的称呼，不能当面喊。

　　我曾是这家网吧最早的一批客人之一。大概在半年以前，这里刚开业没几天我就上门考察了，当时完全没想过会在这儿当网管，只是想考察一下这里的电脑配置如何、网速快慢，适不适合今后作为据点呼朋唤友一块儿玩游戏而已。记得当时的考察结果还是比较满意的，电脑配置算是比较高，玩游戏尤其是玩 CS 画面很流畅，键盘鼠标都是名牌，手感也不错，最重要的是网速很快，应该是我所去过的网吧里速度最快的，但也有美中不足之处，就是电脑上装的杀毒软件竟然全是盗版，而且病毒库已经过期一年多了还没法升级，这样的杀毒软件是没有防御能力的，等于说整个网吧，一百多台机器，几乎都在"裸奔"。

　　作为一个处女座的电脑爱好者，我实在是见不得这么多台电脑如此"裸奔"，便很善意地找到当时正在值班的王大头反映了这个情况，并反复阐述其他软件都能用盗版，唯独杀毒软件必须用正版的看法。要知道网吧的电脑"人尽可夫"，上什么网的人都有，大伙儿想下载什么就下载什么，在这种情况下，没有合格的杀毒软件会造成很严重的后果。

　　得知我竟然懂电脑，王大头抛开杀毒软件的事不谈，转而很虔诚地跟我聊起了入伙当网管的话题，并且开出了一个月六百块钱工资包一顿中午饭的待遇，除此之外，还有一个颇具诱惑力的特权，就是可以免费上网免费玩游戏。话说当时我正沉迷于 CS，一听可以免费玩，半推半就的也就从了，第二天就正式入职了。我一上班才知道,这家网吧,从股东到网管,竟然没一个人懂电脑,也就是说,这完全就是一家由脑盲开设且由脑盲经营管理的网吧。至于那些过期的盗版杀毒软件,则是卖电脑的供货商免费给装的,包括网管在内所有人都觉得杀毒软件这东西只要有就可以了,完全不懂杀毒软件是需要升级的。

正所谓拿人钱财与人消灾,我当上网管之后的第一件事,便是着手大力推动购买正版杀毒软件,当时的杀毒软件没什么特别严格的终端限制,一百多块钱买一套,整个网吧所有电脑都可以装可以共用,在线升级也没问题,也就是说,整个网吧的网络安全问题,一百多块钱就能解决。

你开一家网吧,几十万的投资,难道还在乎多花这一百多块钱吗?

在乎。

起初,对于我的追问,王大头还总是以"已经打招呼让他们去买了"这种理由搪塞,后来连搪塞都懒得搪塞了,竟然干脆告诉我说:"咱们这儿一直用那个过期的,不是也没什么事吗?"

就在他说完这话几天不到,事就来了。

记得当时整个网吧的电脑忽然开始频繁死机,开机后不管干吗,半个钟头准死,网民的骂街声此起彼伏,情况已然严重到了无法正常营业的地步,到了这份儿上,正版杀毒软件才姗姗来迟,在唯一一台有光驱的电脑上安装软件升级后一查,原来整个网吧的电脑都感染了一种叫"Funlove"的局域网病毒,这种病毒专门通过局域网传播,简单来说就是一台电脑染毒,全网吧的电脑遭殃。

最要命的是,也不知道是病毒太强还是杀毒软件太弱,正版软件虽然买来了,但病毒却杀不干净,杀完还有,杀完还有,无穷匮也。

这个时候,王大头把我想起来了,让我想办法解决,否则他没法跟他姐夫交代。对于这种情况,我能想到的最彻底的解决办法也只有一个,那就是把整个网吧所有电脑的硬盘全部格式化,然后重新安装操作系统以及所有的软件和游戏。说的简单,但一百多台电脑,着实是不小的工作量,好在所有电脑配置完全一样,只要装好一台,其余的就可以"克隆",具体方法就是装好一台"干净"的电脑后,把硬盘中的所有内容用一款名为"Norton Ghost(诺顿克隆精灵)"的软件克隆成一个文件拷入一块空白"母盘"里,再把这块母盘装到另一台电脑上,将克隆文件恢复到这台电脑的硬盘上,覆盖以前的染毒文件,如此往复。换句话说,干这个工作需要不停地钻桌子拆机箱,与其说是技术活儿,不如说是力气活儿。

于是乎,我对其他两个网管进行了简单培训,然后每人拿一块空白硬盘当母盘,马不停蹄地钻了三十多个小时的桌子,一个个浑身汗透满身是土。这期间还不能耽误营业,钻桌子之余还要负责给顾客买炒饼送矿泉水。

然后,一个网管就辞职了。

先声明一点,辞职的这位哥们儿人很好,机灵有礼貌,勤快能吃苦;唯一的缺点就是年轻气盛,眼里揉不得沙子。他辞职也并不是因为连熬三十多个小时嫌累,他也明白此类突发事件绝不是常态,之所以铁了心要走,归根结底是一桶方便面引发的血案。事情的经过很简单,在我们加班加点修电脑的时候,网吧的确是为我们免费订了盒饭,但这哥们儿除了网吧的免费盒饭之外,又从前台拿了桶方便面吃,然而这桶方便面的钱,竟然在发工资的时候被扣出去了。

然后这哥们儿就受不了了,记得当时我还劝他来着,几块钱的事不值得,但他不这么看,在他看来这不是钱的事,而是王大头根本就没拿自己当兄弟。平时兄弟长哥们儿短嘘寒问暖亲得不得了,到头来却连一桶方便面的钱都算计,让人寒心。

平心而论,这件事也不能全怪王大头,充其量算是阴差阳错的误会而已,因为网吧的账不是王大头管,而是二股东的媳妇也就是王大头的姐姐在管，网吧也不是她家一家开的，少一分钱对不上账，跟另一个股东说不清楚，网管签字拿了一桶方便面，这钱自然要从网管工资里扣，公事公办没毛病。

但不论如何这哥们儿就是铁了心不干了。于是乎，3-1=2。

其实直到这个时候，不论是嘴上还是心里，我都还是站在王大头这边的，觉得辞职的那哥们儿的确有点小心眼儿。心里有什么委屈就说出来，老板们要是知道实情的话，你修电脑连熬三十多个小时，怎么可能在一桶方便面上跟你计较呢？二话不说直接辞职算个什么鸟事？

然而，就在我替王大头鸣不平的时候，画风却有些不对劲了。

或许是之前的病毒风波给王大头留下的阴影太深，他不知道从哪儿找了几个所谓的"网络专家"，给网吧的电脑装了一种桌面锁定软件，电脑装了这种软件之后桌面就锁定了，玩游戏看网页都没问题，但不能拷贝也不能下载，如果想要下载文件，就必须输入密码解除锁定，然而这个解除锁定的密码，王大头竟然对我和另外那个网管保密。

没错，本网吧禁止所有人下载，包括网管。

在接下来的一个发薪日，另一个网管领完工资之后也无声无息地辞职了。说实话，当时我也想跟着一块儿辞的，身为网管竟然不知道电脑密码，生不起这份气更丢不起这份人。为了这个事，王大头私下请我俩吃了顿饭，直接把密码的事推到了大股东也就是他姐夫的哥哥头上，说软件是他找人装的，密码对网管保密也是他的意思，此后不但将密码告诉了我们，更承诺今后值夜班有十块钱补助，劝我俩看在平时处得不错的份儿上留下来帮他，否则留他一个人实在是忙不过来，跟他姐姐、姐夫也不好交代。

说实话，对于王大头的辩解，我是不怎么相信的。网吧大股东在我印象中只来过网吧一次，抽了根烟寒暄了两句就走了，怎么可能隔空张罗桌面密码这种细枝末节的屁事？只不过不信归不信，无奈我这个人面皮太薄，见不得别人为难，而另外那个哥们儿似乎是铁了心要走，于是乎，我也就只能孤家寡人继续坚守阵地。这期间招聘网管的告示一直贴在橱窗上，陆陆续续也来过几个应聘的，只不过没一个能坚持干满一礼拜。总而言之，还想找到像之前那俩哥们儿那么任劳任怨的，有点难。

扯远了，继续说眼前。

因为不能跟着民警回派出所解决问题，我只能选择让那个人渣给钱走人。

闹出这么大动静，收回四块钱。

5/

地擦了一半，王大头来了，进屋第一眼就发现了前台的呕痕，顿时愣在了当场："我说麦子，这……这地上……怎么回事？"

"昨天有个傻×在这儿吐了，擦不掉了。"因为那个人渣报警耽误了时间，此时我还没擦完地。

"人呢？"王大头瞠目结舌地看着我，就好像我刚放跑了某个国际刑警全球红通的逃犯一样。

"走了。"我知道他想说什么，干脆拖着墩布溜达到了前台，一五一十地把一切经过跟他说了一遍，"我也没办法，警察也觉得他应该负责把地面弄干净，但要想让他赔钱，就得去派出所解决，这儿就我一个人，我总不能把客人都轰走把门锁了跟他去派出所吧？"

"行吧……"皱着眉头犹豫了半天，这王大头似乎也没什么好说的，只得悻悻地坐到了前台。

等我擦完地，特意开了台电脑上 OICQ 看了一眼，御姐并没有回信息，且头像已经黑了，应该是下线睡觉去了吧。说实话我当时是有点失望的，毕竟是绞尽脑汁想了一宿的智慧结晶，还等着被讴歌呢,进一步讲,万一哪个名字被开发商采纳了,一提某某小区名字是我给起的,那可真是够我吹一辈子的,只可惜,截至此时此刻,类似喜讯还没传过来。

半路上买了套大饼鸡蛋,吃饱回到家又洗了个澡,我一觉睡到了下午六点,醒了之后第一件事就是打开电脑上OICQ,但见御姐的头像闪个没完,哎呀妈呀,表扬信到了!

点开OICQ对话框,但见四个字:"收到谢谢。"

道谢都谢得如此没诚意,中间加个逗号会死吗?

"怎么样?"我迫不及待地回了条信息。

"什么怎么样?"御姐似乎正在电脑前,信息秒回。

"我起的名字怎么样?有没有被采纳?"

"采纳个屁,差点被你害死。"

"怎么了?"一听自己似乎是闯祸了,我不禁一愣,反复回忆那五个名字,似乎没什么反动的地方。

"你知道那个沙罗双树是干吗的吗?"

"好像是佛教里的一个地方。"我回信息道。

"知道是什么地方吗?"

"某个圣地吧?说实话我是从《圣斗士》里知道这个词的,上网一查好像佛教真有这么个地方,就发给你了。"

"沙罗双树是佛祖圆寂的地方,你给人家小区起这么个名字,是想让业主都在里面圆寂吗?就因为这个名字,我一宿没睡觉去提案,然后听他们老总讲了两个钟头的佛法。"

"我真不知道还有这么个典故,我还以为就是个圣地净土一类的地方呢,对不起对不起……"一听貌似真连累御姐了,我赶忙道歉,"其他的呢?都不行?"

"我就跟开发商提了那一个,还被蹂躏了。"御姐回信息道。

"其他的你倒是也给他们看一眼啊,万一有他们喜欢的呢,我可是想了一宿啊。"聊到这儿，我多多少少有些不爽，这可都是我免费帮你想的，你就这么不重视？

"万一个屁，我不喜欢。"真是一点面子都不给我留。

"为什么不喜欢？"

"调性不对。"

"调性是什么意思？"听到御姐的这个理由，我又蒙圈了，估计也是他们广告业的术语吧？

"自己查去。"

"好吧。不过我得解释一下，我可不是存心糊弄你，我很认真地想了一夜啊！我以前从来没接触过这种东西，没帮上忙千万别恨我。"

"我知道你很认真，我能看出来。

"有兴趣来北京当文案吗？"

这两条信息是连着的，信息量太大我一时竟然没反应过来。

"文案，是写广告词的吗？"许久，我终于敲了一行字发了回去。

"不光是广告词，与广告有关的文字都是文案的工作。有兴趣吗？"

"你不是说我想的东西不好吗？"

"不是不好，只是调性不对。但作为第一次，还算有点意思。"御姐回信息道。

"你们公司正在招聘文案吗？"

"对。我想找个新人，好培养的。"

"你们那儿能给我多少工资？"

"你丫也太直白了，上来就问这个！"御姐似乎有点不高兴。

"那我应该问什么？肯尼迪是谁杀的？"

"滚！你以为文案是人就能干？你怎么就不问问跟工作有关的事？"

"我不是人行了吧？我都不知道会有什么工作啊，怎么问？"

"服你了，就问你愿不愿意来！我最瞧不上为了钱来干这行的！"御姐竟然连用两次叹号，看来这次是认真了。

"愿意。"我马上回道，"我给你讲个故事吧。从前有个小男孩，总是喜欢异想天开。那时，外国人拍的牛×广告刚开始在电视台播放，那个男孩被那些花里胡哨的创意和优美的广告词深深吸引，他开始留意家电说明书和一些商品包装上的厂家地址，并且想了一大堆的广告语，按照这些地址给各个厂家寄了过去，之后开始苦苦地等待回音，渴望自己的文字能变成广告语，被千家万户知晓。"

"小男孩个屁，你就直接说是你不就完了吗？"御姐回信息道。

"你这个女人，怎么一点浪漫都不懂？"我反驳。

"你这叫浪漫吗？你这是二×好不好？"

"你竟然这么说我，你完了，仇恨的种子埋下了。"

"你现在的工资是多少钱？"鬼扯了一大堆，御姐终于问到了实际问题。

"九百元管一顿饭，算上夜班补助外加免费上网。"

"我给你两千五百元，这是新人的行情。有意见吗？"

"必须没意见啊！"说实话，这个数字已然超出了我的预期，我原本觉得能给两千元我就可以去试了。之前我在想名字的时候查了不少北京房地产的资料，无意中也零星了解到北京的生活成本，貌似两千块钱是外地人去北京不必睡水泥管子且不会被饿死的底线。我确实没期待能挣太多钱，更没想还能有所盈余。

"记住，只有你真心喜欢一种东西的时候才能写出最真挚的文字，就像你的论坛签名那样。但如果你只是为了挣钱，最好趁早滚犊子。"

"你以为我那个签名只是因为我喜欢 CS？"说到这里，就不得不提我在 CS 论坛的签名了。前面说过，我和御姐就是在论坛里认识的，她之所以会把沟通渠道从论坛私信转移到OICQ，跟我论坛里的签名不无关系。那则签名是这样的：

> 我知道前方危险重重，但我依旧会义无反顾冲出血路。
> 请踩着我的脚印，跟上我的步伐；
> 如果有一枚子弹穿过我的胸膛，
> 就请在我倒下的时候，向敌人射击！

对于这段签名，好几个吧友表示很喜欢，御姐不过是其中之一而已。很多玩过CS的人都知道，在这个游戏里，生命是非常宝贵的，因为一旦在游戏里死了，就只能眼巴巴地看着别人玩，少则五分钟多则一刻钟，等两方分出胜负才能跟着下一局重新开始。于是乎，很多人玩这个游戏都喜欢找一个人少的旮旯阴着放冷枪，或者故意等着别人先冲上去当炮灰，自己跟在后面；但也有个别人喜欢无脑冲锋，而且是专挑敌人扎堆的地方冲，例如我，永远冲在头一个，完全不考虑下一秒会不会被乱枪打死。

"不管你喜欢什么，如果没有感情，写不出那样的文字。"

"那只是我做人的态度而已。疯狂的事总要有人去做。我喜欢让别人跟着我，而不是跟在别人后面，哪怕下场很惨。"

"这个态度我喜欢。希望你不是说说而已。

"这边过完年会接好几个客户，马上会忙起来，你什么时候能来？"

御姐连发两条。

"能不能等我几天？至少找到替我的人。"

"多久？"

"一周吧。老板跟我不错，直接撂挑子太不够哥们儿。"

"可以。我要去吃饭了，你跪安吧。"

"老佛爷吉祥。"敲完最后一句话，我退出 OICQ 关了电脑，风风火火骑车直奔网吧。晚上八点是交接时间，王大头可以迟到，但我是无论如何都要守时的，毕竟人家是东家。

6

到了网吧一进门,我差点被绊个跟头。但见前台前面被人渣呕吐过的那一片,竟然被人用砖头围出了一个圈圈,圈圈里面是新抹好的水泥,似乎刚完工不久,水泥表面还湿漉漉的。

仅仅一个白天的时间,王大头竟然找来工人把被吐过的地面重新用水泥抹了一遍。

"我去,老大你挺利索啊……"我脱下外套一把扔在了我的御床上,靠着前台点了根烟。

"我告诉你,这个地方,是咱们这儿的门面,就相当于北京的天安门广场。客人一进门就看见跟尿过似的那么一片,还能有心情上网吗?"王大头一本正经道,"我告诉你,服务行业,赢就赢在细节。"

"我说老大,你要真那么在乎细节,就先把咱们这空调①换换,至少换成柜机。三百平方米,三台 1.5 匹的挂机,下面一百多台电脑嗡嗡喷热风,到了夏天,整个网吧那就是一台大号微波炉,唐僧要是到咱们这儿来化缘,进了门就是一屉人肉包子,都不用妖精动手。"

"这个……等夏天再说吧……"一听空调的事,王大头顿时哑火。之前也说过,我们这个网吧前身是一家国营的副食商场,当初盖房的时候估计还没有空调这种东西,空间布局压根没考虑空调的问题,加之周围住户长年累月私搭乱盖,户外留给我们装室外机的地方也实在有限,最多也只能装三台;而网吧开业之前,咱家股东兄弟或许是为了省钱,或许是为了省面积多摆电脑,三百平方米的网吧竟然只装了三台 1.5 匹的壁挂式空调;这群脑盲似乎自然而然地在用居家过日子的思维考虑装空调的问题,觉得家里两室一厅七八十平方米,把屋门都敞开一台 1.5 匹空调足够用,眼下大开间无遮挡,三台差不多也够了,完全没想过电脑这东西运行起来是需要散热的。

对于这个问题,王大头自己也是受害者,刚开业那阵子天还热着的时候,还一度跟我一起骂大街来着,甚至假惺惺地当着我的面给他姐夫打电话要求换空调,结果他姐夫上来就问最近人气如何,也该着那群上网的没骨气,那阵子网吧刚开业不久,有上两小时送一小时的优惠,早九点到晚九点这个时段永远人满为患,即便是热得汗流浃背,只要网费能便宜个块八毛也是在所不惜,绝对是轻伤不下火线,整个夏天甚至没有一个人是因为太热而提前结账的。结果他姐夫一看生意不错,便直接把换空调的事一竿子支到了来年,言外之意,来年要是生意依旧很好的话,后年再换也未尝不可。

说得好听,服务行业要注重细节,但这所谓的"细节",似乎也就局限在抹水泥了。

"我说……老大啊……"我呵呵一笑,思索再三终于开口,"有个事,我得跟你说说。"

"嘛事?"

"我可能得去北京上班,你得赶紧找个人替我。"

"我说麦子啊,密码的事,咱不是都聊开了吗?"一听我又要辞职,王大头不禁眉头紧锁,"是,我知道现在你一个人盯夜班确实是累,咱介不是也一直在招人吗?你说,还有嘛要求,我能做主我做主,我做不了主的,帮你跟我姐夫争取。"

"王哥,我这次是说真的,跟密码没关系。我一大姐在北京给我找了份工作,我也想出去闯闯,所以……"

"北京有嘛好的?"王大头一脸的不屑,"不就多挣点钱吗?但那地儿消费也高啊!背着抱着一样沉,你逮家门口,房子不用花钱,还有爹妈伺候你,多好?非跑那儿去,你图嘛呢?"

"我就是想去开开眼界长长见识。"我道。

"开嘛眼界?那儿有嘛眼界可开的?"听我这么一说,王大头更是不屑。

"你去过北京吗?"我问道。

"去过啊!我告诉你,我逮北京待过半年,嘛也没有,跟天津差不多……"

"我没去过。"我也懒得听他瞎掰,一句话把他驳了回去。

"行吧……"许久,王大头深深地叹了口气,"但你不能说走就走啊,你留我一个人,介不是要我命吗?"

"我也没说现在就走啊。"我递了根烟给他,"我帮你盯到月底,一礼拜,够你招人吗?"

"你再多盯两天行不行?"一听只有一礼拜,王大头的眉头皱得更厉害了,"咱介都招了一个多月了,哪有人来啊!"

"一个月五百块钱,谁愿意来?"我指了指橱窗上贴的招聘启事,"但我一走,不就省出来九百块钱的预算吗?你直接贴一个月九百块,看看有没有人来!"

"麦子我跟你说句实话,我姐夫他哥去别的网吧考察过,人家那儿机器比咱这儿多,就俩网管,也挺好。咱们这儿以前是仨人,算我四个,他已经不老乐意了。按他那意思,最多就仨人,白天俩人晚上一人,除了我以外,其余俩人加一块儿最多给一千块钱。"

"除了你以外,其余俩人加一块儿最多给一千?"我一愣,这也太抠门了吧？"我九百,外面贴着五百,加一块儿不就超了吗？"

"我实话告诉你,超的,得从我工资里补。"说到这儿,王大头也很是感慨,"介买卖又不是我的,我有嘛辙?告诉他忙不过来,他不信啊。"

"他就没问问,被他考察的那俩网管,一个月拿多少钱？"

"哎……算了吧。"王大头摇了摇脑袋,似乎不愿意就这个话题说得太深,"先介样吧。我再去跟我姐姐商量商量,尽快招人,但万一月底招不上来,你可不能把我一个人晾这儿……"

对于王大头的这个请求,我也只能点头默许。前面说过,我这个人面皮薄,毕竟面子上一直称兄道弟的,也不好让他太为难。但话又说回来,此时离月底还有八天,严格来讲已经超过我承诺给御姐的入职期限了,我不知道御姐那个工作能给我留多久,也没什么信心能在一礼拜之内招到合适的人接替我,毕竟之前招了一个多月也没找到合适的。就这样思前想后,搞得我整整一晚上连玩游戏的心情都没了。

结果没想到,我这份担心完全就是多余的。转天晚上我到网吧接班的时候,人已经招齐了,而且是一口气招了两个。再看门上的招聘信息,工资待遇竟然从之前的每月五百变成了每月七百外加十块钱一宿的夜班补贴。

待遇竟然比我还高,真是气炸了我的肺呀!

说好的两个人加一块儿不能超过一千呢?

这世上有句俗话:"小车不倒只管推。"我要是不辞职,咱家大股东殿下恐怕就得一直抠门下去了吧?

这还不算完。

本来,我想得也挺开,他们早一天招到人,我也好早一天解脱,免得真可丁可卯地拖到月底。只要这么一想,也就不生气了。结果就在我结工资的时候,肺又炸了:辛辛苦苦二十多天的血汗钱,竟然被扣了四十块。问及原因,才知道是抹水泥地的钱,连工带料一共八十,网吧出一半我出一半。

就这么被套路了。

这群万恶的资本家,就不明白什么叫好聚好散吗?

服了!

【注 释】

① 2002年的空调行情:二十世纪九十年代中后期,分体式空调作为一种新兴事物开始成为中国富裕家庭的新宠。当时,分体式空调品牌少、价格高、规格单一,进口空调大都以日本品牌三菱、松下为主,1.5匹挂机价格大都在八千到一万元,而柜式空调则更加昂贵,即便国产品牌也要万元上下。当时京津地区普通工薪阶层月收入大概在五六百元,不吃不喝攒一年的工资买一台空调毫不夸张。当时,一万元的购买力大致相当于今天的十万元甚至更多,所以说,那时一台进口空调对于一个普通工薪家庭的意义,与如今的私家车几乎是等同的。

时至二十一世纪初,越来越多的本土企业组团进军空调产业,激烈的竞争导致空调单机价格出现雪崩,逐渐像电脑一样走下神坛成了家家户户所必备的家用电器,部分国产低端爆款柜机价格已然下探至五千元区间,对比之前动辄上万的行情,确实是跌到了白菜价,但当时天津市区的平均房价每平方米也就两千多元,如此看来,空调尤其是柜式空调作为家用电器,仍旧是一种奢侈的存在。

在本文中,"我"建议网吧将三台1.5匹的壁挂式空调全部换成2匹的柜式空调,即便是购买相对便宜的国产机型,加上要被换下的三台挂机的先期投入,前前后后的总投入也要超过三万,这对于网吧而言无疑是一笔不小的成本。

7

之前曾跟王大头说我没去过北京，但实际上我是去过北京的，只不过时间比较久远而已。

有多久远呢？

记得小时候，我爸出差带我去过一次北京。乘坐一辆悬挂天津牌照的解放牌大卡车，不知从哪儿开了个通行证，就合理合法地开上长安街路过天安门了。

就这么久远。

至于私家车，不存在的。那个年代能有辆私家自行车应该就可以作为彩礼娶媳妇用了。

时隔十好几年，故地重游可谓无限感慨，虽然之前买了地图做足了功课，但一下火车仍不免各种蒙圈，以至于被火车站的黑心司机宰得鲜血淋漓，明明只要十几块钱的车程，被那王八蛋左绕右绕黑走了五十多块。

我即将入职的公司叫"北京元鼎春檀广告有限公司"，简称"元鼎广告"，内部干脆就简称为"元鼎"，是一家名为"名扬盛世"的专门从事报纸"拼点"业务的广告公司投资新成立的分公司，专攻房地产客户，简单来说，就是专业帮助开发商打广告卖楼的。所谓的"拼点"，可以理解成报纸的"包版"，很多报纸都会有整版整版的豆腐块广告，而"拼点公司"要做的，就是找报社包下整个版面，再分散成豆腐块卖给一些诸如"开锁公司""中介公司""家政公司"这类的零散小客户，或是帮助一些单位或个人刊登一些诸如"讣告""寻人寻物启事""声明"之类的对版面要求很小的内容。

就整个行业而言，"拼点公司"可以说是处在利润链最底层的一种广告业态，一大屋子上百个员工像蚂蚁一样忙死累活，一个月下来除去房屋租金水电费工资税费，纯利往往少得可怜，具体数字不便透露但绝对跟运营规模不成正比。除了利润低之外，同样"拼点公司"也处在整个广告行业鄙视链的最底层，在大公司，尤其是一些外资广告公司的创意人员眼中，这类公司毫无专业性可言，与专门分解食物残渣的细菌没什么区别，如果说那些高高在上的外资广告公司是猛兽的话，所谓的"拼点公司"真的连当昆虫的资格都没有，就是细菌。顺便扯句题外话，这些事我也是后来在广告圈混久了才知道的，更有甚者，很多大公司的广告人根本就不知道竟还有"拼点公司"这种业态存在，在他们的鄙视链中，房地产广告与保健品广告就已经是最低端最没前途的工种了。

当时北京房地产市场开始进入上升期，各色房地产项目犹如雨后春笋一般集中涌现，有一段时间甚至每天都有新项目开盘，要知道，比起"拼点"，给房地产公司做创意的利润，已然不能用"丰厚"来形容了，二者根本就不在一个数量级上。当时大部分房地产广告公司的收费模式以"月费"为主，所谓的"月费"，可以理解成手机套餐的"包月"，也就是每个月向开发商收取一笔固定的费用，这个费用在8到15万之间，一些名气比较大的广告公司甚至可以收到每月二十万，然后承诺安排固定的管理人员和员工专职服务该开发商。正常情况下，负责应对这十几二十万月费的广告公司员工并不多，多则四五人少则一二人,用人策略颇有我家网吧的风骨。这么少的人数,这么高的服务费,即便人人都是高薪,通常有个二三四五万也足够打发了,剩下的就是利润。这样的月费客户如果同时拿下那么十个八个,老板绝对就是躺着数钱了。正是因为回报如此可观,总公司才策划成立了元鼎广告,从一些更专业的创意型广告公司高薪挖来了几个资深人士,准备大刀阔斧地进军房地产广告市场,从开发商爸爸们的口袋里多赚点零花钱,顺便提升一下自己在行业鄙视链中的悲惨排名。

御姐名叫关洋,东北人,周岁比我大一岁,虚岁来讲已经是大我两岁了,长得小巧玲珑,但说话风格很冲,只有在她说话的时候,我才能把眼前的这个小女人与 OICQ 里那个强悍的大姐大联系到一起。在公司"创意部"的大开间办公室中,关洋面试了我,说是面试,其实跟网友见面也差不太多,整个过程除了自我介绍之外,基本上都在聊 CS,直到快吃中午饭时,她才草草地把公司介绍了一下,之后把我拉到了附近的一家饭馆。

"点菜吧,这顿我请。"关洋把菜单扔给了我。

"还是我请吧,我一大老爷们儿让女同志请客,怎么好意思啊?"

"从今往后我就是你领导,占领导便宜有什么可不好意思的?"

"既然如此……菜你点吧……"我把菜单递给关洋,"我最烦点菜了。"

"你这个人怎么这么事儿呢?"关洋斜了我一眼接过菜单,"房子找了没?"

"找了,昨天在网上找的,约好下午过去看房。"

"哪儿的房子?"

"好像在……"我从怀里掏出电话号码本翻出了房子地址递了过去,"在这儿。从地图上看离公司挺近的。"

"玉蜓桥……"关洋接过电话本顿时就是一愣,"二环啊,多少钱?"

"电话里问的是一个月八百,两居室其中的大间。"

"你有病啊?上来就租二环的房,八百块钱在通县能租整个两居室你知道不?"

"我知道贵,谨慎起见嘛。我刚上班,租太远的地儿,万一迟到的话,影响太恶劣。"

"创意部不用打卡,迟到个把小时没人理你。"关洋斜眼看着我,满脸的不屑。

"哦?还有这等福利?"听她这么一说我不禁一愣,刚才光顾着聊CS了,具体工作的事几乎一点没聊。

"晚上加班没加班费,早晨迟到也没人扣你钱。"关洋道,"但你也别太过分。"

"即便如此我还是准备先住在二环,把地形摸清了再往远处搬。"

"你爱住哪儿住哪儿,住前门楼子都没人管你,反正又不花我的钱。"关洋点了几个菜合上了菜单。

沉默。

说实话,之前毕竟只是网友,平时在网上除了CS之外几乎就没怎么聊过别的话题,此时忽然就成了同事外加上下级,再三句话不离CS就有点不合适了,但除了CS,一时间我还真不知道能跟她聊点什么,以至于我们俩大眼瞪小眼瞪了足有四五秒钟。

"对了,关姐,上次你让我起名字的那个小区,最后叫什么了?"情急之下我干脆扯出之前帮她想名字的话题避免尴尬。

"八通苑。"关洋斜眼道。

"八……通……苑,哎,这名字我怎么就没想到呢?"我顿时来了精神,"千算万算,没想到这个方向。"

"这个方向,是哪个方向?"关洋也愣了,"你觉得这个名好?"

"不是好,而是合适!"我斩钉截铁地说道,"你不是说他家老板信佛吗？"

"是啊。"关洋点头，"这仨字跟佛有一毛钱的关系吗？"

"怎么没关系？"我把椅子往前拉了拉，"你想啊，《西游记》里唐僧丢袈裟的那个地方叫'观音院'，《水浒传》里鲁智深出家的地方叫'文殊院'，我们天津还有个'大悲院'，八通院，这就是个庙啊！"

扑哧一声，关洋竟然笑出了声："庙你大爷，人家是草字头的'苑'，你小学语文是体育老师教的啊？"

"哦……草字头的……我知道是哪个字了……"我尴尬一笑，"草字头的'苑'，这名字有什么含义吗？八通，是比喻四通八达吗？"

"四通八达个屁，'八'是八里庄，'通'是通县，八通苑的意思就是八里庄到通县中间的'苑'，明白了吗？"

"照这么说……这名字很一般啊……"听她这么一说，我不禁一皱眉，广告的真谛是什么？难道不是最洋气最新潮最有特色最有个性的东西吗？

"一般个屁，土死了好不好？"关洋当即又是一脸的鄙夷，不过不是对我。

"你不是说他们要国际化吗？而且还得与佛有关，怎么最后定了这么个哪儿也不挨哪儿的名字啊？"

"这个事说来话长。"关洋道，"这个项目，一开始立项就叫'八通苑'，我嫌土，想给他换个名，国际化这个要求，不是他们家老总的意见，是他秘书的意见。"

"秘书能做老总的主？"

"女秘书。"

"他……他不是信佛吗？"

"信佛就不能找女秘书啊？你规定的？"关洋皱眉道，"前前后后给他想了几十个名字，包括你那个双树，他秘书都觉得不错，挑了差不多三分之一汇报到老总那儿，都被否了，都觉得不好，最后索性就叫八通苑了。"

"女秘书,也能被否?"

"女秘书怎么就不能被否啊?你脑袋里想什么呢?"

"这……这不是你给我的暗示吗?"我一愣。

"我暗示你什么了?"

"没暗示什么,没暗示什么,是我太不纯洁了。"我也无奈了,"我的意思是,这么多个名字,至少也得有那么几个比八通苑好吧?"

"除了你想的那个双树,哪个都比八通苑好。"一说到这儿,关洋顿时来了脾气,"你小子要不提这茬我还想不起来,佛教那么多净土你不想,偏偏把人家佛祖圆寂的地方拿来给我充数,那天我一宿没睡去提案,困得都出现幻觉了,最后还得咬着牙听他弘扬佛法,一想起这事我就恨不得把这张桌子扣你脸上!"

"我的错我的错,今天当面赔罪……"我赶忙赔笑脸,"既然那些名字都比八通苑好,那他们为什么不采纳呢?"

"他不是信佛吗?"关洋道。

"我知道啊。"我点了点头,"但是,信佛就必须土吗?"

"人家那不叫土,叫随缘。"关洋一本正经道,"知道什么叫随缘吗?翻译过来就是'怎么都行'。"

"既然怎么都行,那为什么好的不行,土的反而行呢?"我继续追问。

"我说你这人怎么这么多为什么呢?"关洋似乎有点不耐烦,"'八通苑'这仨字已经在地名办公室登记了,工地围挡刷的也都是这仨字,一旦改名,这不全是钱啊?要是没有特别喜欢的,谁愿意花那份冤枉钱?"

"我明白了……就是抠门,对吧?"我的眉头皱得更厉害了,"他不是信佛吗?"

"信佛就不能抠门啊?"

"钱财名利都是身外之物啊。佛教讲究四大皆空六根清净,怎么能抠门呢?"我若有所思道,"我觉得那哥们儿,心不诚。"

"呸!"关洋朝我狠狠地做了个"呸"的动作,"我说你这个人怎么这么爱抬杠呢?那不叫抠门,叫宁缺毋滥,换我没准也不会将就。"

"你……"我盯着关洋欲言又止。

"我怎么了?"

"我发现……你真的是个理想主义者。"

"你这话什么意思?"关洋似乎有些不明所以,脸上竟然带出了几分敌意。

"你别误会啊……"我道,"你也知道,我之前是干网管的,也算是服务行业,只不过比你们这种服务更直接,属于直接帮别人端茶倒水的那种服务。之前我有两个同事,都是网吧一开业就跟着一起干的,但没干多久就都辞职滚蛋了。其中一个是因为加班的时候从前台拿了桶方便面,月底被扣了面钱,一气之下就不干了;另一个是因为经理给电脑装了个加密软件,密码不告诉我们,然后那个也不干了。后来经理请我们吃饭解释这个事,把密码也告诉我们了,还承诺给我们夜班补助,我同意留下,杀人不过头点地嘛,人家都认尿了还想怎样啊?但那个人还是走了。"

"然后呢?"听我说了半天,关洋似乎有些似懂非懂。

"然后就剩我一个人了,还有那个傻×经理。他值白班,我值夜班。"我道,"有的时候,半夜三更没事干的时候,我就琢磨,都是屁大的事,为什么我可以一笑泯恩仇,他们就不行呢?那两个人平时好像也不是小心眼儿的人,难道真是我脾气太好了?"

"你到底想说什么?"关洋满脸的怪异。

"今天跟你一聊,我明白为什么了。"我点了点头,满脸的郑重,"因为你和我,都是理想主义者,但他们不是。他们只是混日子的人,当一天和尚撞一天钟而已。"

"你这小嘴……挺甜啊？"关洋冷冷一笑，"这还没上班呢，就开始拍我马屁，我告诉你我可不吃那一套。"

"小人之心！"我一撇嘴，"我跟你说，我没干过太多工作，就说那两个辞职的同事，你知道他们有什么共性吗？"

"什么共性？"关洋一愣，似乎没想到我还有后续理论。

"他们把客户视为仇人，就算不是仇人，至少也是敌人。"我淡淡道，"有的人的确傻×这我承认，瞎下载，把全网吧的电脑染得都是病毒；有的人玩CS让人打死了，气得砸键盘砸鼠标，把键盘按键都砸没了，然后说键盘质量不好耍浑蛋不赔钱；这些人的确该骂。但有的人，往地上弹烟灰，包夜的时候一个人占两把椅子架脚，或是死机了不会重启，让你过去帮他重启一下电脑，这种鸡毛蒜皮的小屁事，在他们嘴里，就全都成了死有余辜的弥天大罪，恨不得冲过去把人家开膛剖腹。之前我从来没在意他们这种情绪，但今天跟你一聊，我明白了：逼走他们的，不是什么扣方便面钱或者不告诉密码之类的事。逼走他们的就是他们骨子里对这份工作的反感，是那种长年累月积攒的抵触，可能连他们自己都没意识到，什么方便面什么密码，只不过是导火索而已，火药桶是他们自己埋的，跟谁都没关系。"

"你的意思是，网管不是他们的理想，但是是你的理想？"关洋一皱眉，"你就这么点理想？"

"我的姐，理想和理想主义是两码事好吗？"我一本正经道，"理想是你想干什么，而理想主义，是你想把什么干好；这就是你与那两个人的区别。那个开发商让你白忙活一场，还逼你听他讲佛法，而你却一直在替他说好话！这就是我说的理想主义，你想把你的工作做好，你把那个开发商视为你想做好的东西的一部分。打个比方，庙里有那么多和尚，为什么有的能当方丈，而有的就只能去撞钟呢？就看他如何看待撞钟这件事。把撞钟当成差事的，就像我刚说的那两人，他们只能撞一辈子钟，最多是换个别的庙继续撞钟；但把撞钟当成是修行的,像你这样的,没准撞两天钟就去当灭绝师太了。"

"呸!你才灭绝师太呢!你全家都是灭绝师太……"关洋一笑,"即使你小子喷得很花哨,我还是觉得你在拍我马屁,顺带把自己也夸了。不过你这嘴皮子倒是挺厉害的,今后锻炼锻炼,提案应该不错。"

8/

吃完饭又聊了一会儿,我和关洋分道扬镳,她回公司继续上班,我则打了辆车如约来到了看房地点。

租房的过程可谓极其顺利,但等房东拿着钱美滋滋地消失之后,我忽然发现我上当了,因为房子的另一家租客回来了,竟然是一家三口——一对中年夫妇带着一个七八岁的小女孩!

我的个娘!何其尴尬啊!

没办法,钱已经给了,也只能红着脸跟那一家子人象征性地寒暄,继而解释我是谁,我从哪儿来,我要去哪儿。从始至终,我都能感觉到一股来自那家男主人灵魂深处的如山高似海深的憎恨与排斥。为了避免尴尬进一步加深,我干脆跑到网吧里度过了我来北京的第一个晚上,难道这就是传说中的'天煞独孤网吧命'?

都跑到北京了,怎么还是没能逃脱网吧的魔掌呢?

第二天一早,我顶门来到了公司,绝对是全公司第一个,比前台都早。

这里要特意说明一下公司的创意部。其实早在昨天关洋便向我介绍过创意部的具体情况,其实所谓的具体情况,就是没有情况,不但没情况，还没人。创意部整间办公室面积大概有个三十平方米，一共安排了七个工位，却只摆了两台电脑，其中一台就是传说中的苹果电脑，别看我是个电脑迷，但苹果电脑这种高级货之前还真就没见过，据说贵得很，主机加原装显示器再加原装的键盘鼠标，都算下来差不多能买辆小面包车了，这台电脑的主人叫毕英英，职位是资深美术指导，说白了就是高级平面设计师，也是此时除了关洋和我之外创意部唯一的在编员工，不过千万不要被他的名字所迷惑，此人是个络腮胡子护心毛的纯爷们儿，虽然看着很凶但说起话来还是挺随和的。

　　另外一台电脑是关洋用的，就是台普通的兼容机，也就是拿散件攒出来的电脑。说实话，在等他们的时候，有生以来我还是第一次羡慕有电脑用的人，因为实在是没事可干，绝对的百爪挠心，此时的创意部，除了桌子之外，就只有那两台电脑了。因为是头一天上班，我也不敢乱动别人的电脑，想给关洋打电话又怕她嫌我烦，只能找个地方像雕塑一样五脊六兽①地坐在那儿傻等，没想到这一等就等了整整一天，直到下午五点多都快下班了，关洋才夹着一个黑色的提案夹风风火火地走进办公室，而那个络腮胡子的毕英英，干脆就全天没露面。

　　"你干吗呢？"一进屋发现我正坐在那儿翻白眼，关洋不禁一愣。

　　"等你们呢。"我有气无力道。

　　"你就这么等了一天啊？"

　　"对啊……"我呆若木鸡道，"我都快断气了你知道不？"

　　"隔壁屋有书和光盘，早告诉你就对了。"关洋放下提案夹二郎腿一跷点上了烟。

　　"什么书？什么光盘？"我一愣。

　　"广告的书和国外获奖广告的光盘。"关洋道，"之前创意部在隔壁，我觉得有点小，刚换到这屋，但东西还没来得及搬过来，都在隔壁堆着呢。"

"我说太后殿下啊，你们一般都这个时间来公司？"我忽然想起了昨天她告诉我的那个不用打卡的福利，但是下班点才来，这未免也太能钻公司制度的空子了吧？

"我们去提案了，英英直接回家了，我得回来取点东西才又过来的。"

"你是因为拿东西才来的？"我都快哭了，"难道你忘了有我这么个人？"

"你又没给我打电话，我以为你早回家了。"关洋道，"房子租了吗？"

"别提了。"我摇了摇头，"出师不利。"

"怎么了？跟房东谈崩了？"

"跟房东谈得倒是挺好，但室友是一家三口，两口子带着一个七八岁的半大闺女。"我摇了摇头，"厨房厕所共用，这咋住啊！"

"你租了多长时间？"关洋也是一皱眉。

"三个月。"

"你傻×吧？知道没法住还交租金？"

"我事先不知道啊！房东也没主动跟我提室友的情况，交租金的时候那家人还没回来呢！我怎么想得到那么一小间房能塞下一个整编家族啊。"我无奈道，"所以我昨天在网吧待了一宿没好意思回去，今天早晨天还黑着呢我就来了，然后就在这儿坐了一天。"

"那你以后怎么办？还去网吧住着？"

"姐，我真不担心回去怎么办，我担心的是来了怎么办。"我皱眉道，"你要是天天提案，我就天天坐着？你好歹给我安排点活儿吧？"

"你能干啥活儿啊？"关洋也是一阵为难，"你这个事吧，我昨天琢磨过，我不能亲自带你，一来最近太忙，二来咱俩太熟，我不太好意思虐待你。我准备过两天找个人带你。"

"谁？英英？"

"他一美术咋带你啊？"关洋皱着眉摇了摇头，"过几天还会来一个总监，年前应该能入职，文案出身，我让他带你。"

"哦？男的女的？"我顿时一脸的兴致盎然。

"你是上班啊还是相亲啊？男的咋了女的咋了？"关洋顿时满脸的不爽。

"我就随便问问……"我赶忙赔笑脸，"男的好面子女的心软，我先摸一下敌情想想对策难道不行？"

"对策个屁，不管是好面子还是心软，等你那房子到了租期，你要是还没上道儿就给我滚蛋。公司编制有限养不了闲人。"

"我的姐，你看我长得像闲人吗？"我耸了耸肩膀，"我是有天赋的人，用不了三个月，三天就差不多能自理了，乾坤大挪移知道吗？阳顶天练了几十年都没开窍，张无忌出马几个钟头搞定，都是我们老张家人，我有这个基因。"

"基因个屁，你能别那么贫吗？"关洋叹了口气起身出屋，不一会儿拿了张《北京青年报》进屋，看日期是前几天的，"你看看这版广告。"说着话关洋把报纸翻到了整版广告那一张铺到了我面前，广告的画面是一个西装革履戴着一头英式卷毛假发的老外正毕恭毕敬地鞠躬，老外旁边的空白处则印着一串斗大的标题——我没病，你们才是病人。再往下看则是密密麻麻三大排黄豆粒大小的小字："一定得选最便利的黄金地段，雇德国设计师，建就得建够档次的公寓！电梯必须入户，户型最小也得二百平方米，什么宽带呀光纤呀可视门禁呀，能给他接的全给他接上，楼上边有露台，小区里有游泳池，大门口站一个英国管家，戴假发，特绅士的那种，业主一进门，甭管有事儿没事儿都得跟人家说'May I help you, sir？'，一口地道的英国伦敦腔，倍儿有面子……"

"这……这是不是拿《大腕》里的台词改的？"我一愣，《大腕》是冯小刚导演的贺岁片，前不久刚刚上映，整部片子给人印象最深的就是片尾李成儒以精神病人的身份念的这段台词。这个电影我也看了，但这段广告词似乎跟电影里的台词不完全一样，个别地方好像被改过，难道是我记错了？"这个广告是我未来的教练做的？"

"对。"关洋点了点头，"这版广告一出，圈里都炸了。"

"这……这有什么炸的？标题的确挺另类的，但下面这些……这不就是电影台词吗？"我有些不明所以。

"所以说你现在离上道儿还远。"关洋道。

"此话怎讲？"我不解。

"你以为当文案光文笔好就行了？文笔好只是能把自己想表达的东西写出来、写精彩，那是最基础的东西。但除此之外，你要对接触到的一切信息保持一种敏感。创意不是写作，而是把一切你能想到、能用到而且所有人都能理解的元素跟产品联系起来，就像这版广告。"说着话关洋敲了敲报纸，"这版广告出街之前，《大腕》上映也就几天，这段台词还没开始流行，谁也猜不到这段话能火，但他察觉到了，而且说服客户在最短的时间内做了这版广告，你知道这里面有多大风险吗？如果这段台词火不起来、没人记得，那这一版广告就是白做，二十万广告费就是白花，没准连客户都得丢。但他就有这个自信，他相信这段台词一定能火，因为他有这种敏感，对文字的敏感，对流行的敏感，对创意的敏感。"

"好像很深奥的样子……"我目光迷离似懂非懂，"太后啊，你讲课的样子颇有教育台电大课程的风采。"

"去你大爷的，我这儿跟你说正经的，你就这么跟我贫啊？"关洋似乎有些不高兴。

"我知道你说的是正经的，不过说实话，这些东西对于我来说有点形而上学了，你能不能给我讲点好理解的？比如说……"我一个劲儿地苦思冥想，"你看啊，我是理科出身，做题一般是套公式，像创意这东西,有没有类似于公式一类的方法或者窍门?简单点的,能快速入门的?"

"理科个屁,你要公式是吧?我问你,学过辩证唯物主义吗?"

"学过那么一丢丢。"我点了点头。

"辩证唯物主义里边有一条叫事物的两面性,懂吗?"

"懂。"我点头道,"好像是说,任何事物都有两面性,有坏的一面肯定就有好的一面。"

"就算是一坨屎,也有好的一面。跟大米饭比它是坨屎,跟禾大壮比它就是有机肥,这就是创意的公式,明白吗?"

"哇哦……"我很刻意地做出了鼓掌的动作,"太后你真是我偶像,听君一席话,胜过让那个未来的总监带我三个月。我感觉自己已经上道儿了。"

"你就继续贫吧。到时候他要是对你不满意,开除没商量。我可不管替你说好话。"关洋抬手看了看表,"我得回去了,你要愿意上网就在这儿上会儿网,不愿意上网就赶紧滚。"

"别着急走啊……"我赶忙起身,"讲完课留点作业呗。"

"留什么作业?"关洋一愣。

"家庭作业啊!"我理所当然道,"比如假定让我给什么东西做广告,我回去想想明天交作业,也省得我一个人闲着没事干。"

"行吧……"关洋想了想不禁冷冷一笑,"就是一坨屎,你就给一坨屎做广告。"

"这……什么意思?"我顿时一愣。

"假定有一个客户找到你,要把一坨屎卖给一家饭馆,创意让你来想。"

"把屎卖给饭馆?"我眼泪都快掉下来了,"你不是说屎是有机肥吗?卖给农民如何?"

"就是卖给饭馆!"关洋点了点头。

"饭馆老板能不能兼职种地？"我问道。

"别跟我玩脑筋急转弯。"关洋道，"屎就是屎，饭馆就是饭馆，没有什么兼职种地，没有任何能钻空子的条件。你要是胆敢想出什么钻空子的歪招儿糊弄我，就立即给我滚蛋。你的客户卖屎，你客户的客户开饭馆，你得想办法让饭馆老板觉得屎对自己有用，高高兴兴地掏钱买屎，明白了吗？"

"我现在就是一小学生，您犯不上拿中科院的课题来为难我吧？"此时此刻，我反倒释然了，她肯定是让我给问烦了才这么应付我的，这肯定是一个玩笑，就像我总在跟她开玩笑一样；即便我没开过饭店，也知道任何一家饭店对屎都是没有任何需求的，这不符合正常逻辑，所以肯定是个玩笑。

"张迈！"关洋竟然叫出了我的名字，这让我不禁一愣，这可是我认识她以来头一次，"我现在不是在训练你，而是在考察你。你也别跟我贫起来没完没了，我有点腻了。你别以为跟我打过几把游戏，我就可以无限给你留面子。这个屋有多少座位你也看见了，这就是创意部的编制，就这么几个人，所以我不允许这里面有混子，每个人都必须是精英。"

"可是……"见她如此认真，我顿时有点发蒙，我只是个新丁啊，有必要那么认真吗？

"明天我上午十点到。"关洋抬手看了看表，"我不管你几点来，但等到咱俩见面的时候，如果你没有我想要的答案，就回去继续当你的网管吧。你不是挺烦跟那一家三口住一块儿吗？"关洋神秘一笑，"我成全你。"说完话，关洋转身出屋，把我一个人晾在了当场。

我傻了。

看着她扭捏的背影，我如同雕像一般愣了足有两分钟，开始后悔提出让她给我留作业的请求。

她是认真的吗？

就算是世界级的广告大师,真的有办法把一坨屎合情合理地卖给饭店老板吗?还是说这道题本身是广告界入门的必修课题,内行人其实都知道答案,只是我不知道?

我只是想展示一下我敏而好学不耻下问的态度而已,天底下的老师不是都喜欢爱问问题的学生吗?为什么要给我出这种变态问题?为什么要把一腔求知热血硬生生地变成生死契呢?

难道她只是一时脑袋发热才把我招来了北京,现在冷静下来了,又想反悔了,所以随便找个理由让我滚蛋?

【注　释】
① 五脊六兽:古代建筑有上脊五条,四角各有兽头六枚,故称"五脊六兽"。在北方俚语中用于形容人无所事事、百无聊赖、百爪挠心的无聊状态。

9/

一整夜，我几乎没怎么睡。

翻来覆去琢磨如何卖屎的事，看似满是想象空间，但真正细想起来却绝对是毫无可能。

早在回家之前，我甚至去网上查了如何把屎卖给饭馆这个话题，不出所料没有答案，继而我又查了屎的化学成分，最终得出结论：不管是化学层面还是物理层面，不管是习俗层面还是伦理层面，屎这种东西，都绝对没有能跟饭馆发生关联的可能。

"屎"和"吃"二者之间唯一沾边的地方，便是非洲沙漠里某些原始到不能再原始的土著部落因为资源过度贫瘠，在旱季会把"烤牛粪"当作一种食物，中国某些偏远地区会将干牛粪当成燃料去烤别的东西，但关洋又说过不准我玩脑筋急转弯，不准我钻空子，偏僻到吃牛粪的地方应该接触不到"广告"这种东西，这种冷门案例，会被她算作钻空子吗？除此之外，还有一些恶心人的信息也引起了我的注意，就是有些黑心作坊会在制作臭豆腐的过程中添加粪便以加快发酵过程，虽然严格来讲这也算是把屎和吃联系起来了，但这明显就是违法的啊！坏人做违法的事一般都是偷偷摸摸的，怎么可能明火执仗地打广告呢？

　　想来想去，我几乎确定了她想找碴儿让我滚蛋的猜测。其实在去北京之前，爸妈给我上过一堂有关社会如何险恶的课程，说如今社会上骗子很多，世风日下人心不古吧啦吧啦，没想到还真的中招儿了。事到如今，唯一可惜的就是那两千多块钱的房租，事先想得倒是挺宽心：就算被耍了，大不了就当花钱来北京旅游一圈，但问题是我并没有真的旅游啊！

　　第二天上午，关洋果然准时出现，北京时间十点整，几乎是掐着表来的。

　　"关姐，我……辞职。"见她进屋，我缓缓地站起身子，满脸的愁苦就好比丢了钱包一般。与其让她开除我，不如我主动开除公司，多少还能留点面子。真是知人知面不知心，这女人看上去雷厉风行一副真情流露的样子，没想到骨子里竟也如此阴险，人生第一课何其惨痛！

　　"没想出来啊？"关洋若无其事地把包扔在桌子上，像昨天一样架起二郎腿点上了烟。

　　"我觉得这不是一个能靠广告解决的问题。"我郑重说道，"如果你出这个题目只是为了为难我，那么恭喜你，你成功了！"

　　"我也恭喜你。"盯着我看了片刻，关洋吐了口烟圈呵呵一笑，"恭喜你过关了。这就是我想要的答案。"

　　"你想要的答案就是我辞职？"我一愣。

　　"我想要的答案就是让你知道自己有多二×。"

　　扑哧一声，还没等我说话，一旁正在修图的毕英英大哥终于忍不住笑出了声。

　　"关姐，你这么说就没意思了吧。"我丝毫没有跟着一块儿笑的心情。人都是有自尊的，即使你是前辈，即使你比我岁数大，即使你是我领导，当着第三者的面这么埋汰我，真的有意思吗？

"啥叫有意思啊?"关洋也不示弱,"我告诉你找了个牛×的人带你,你非得让我给你留作业,现在傻×了吧?你不是觉得自己已经上道儿了吗?"

"但你出的那个题目,根本就是不成立的!"我义正词严。

"不成立就对了!你要是觉得成立,马上给我滚犊子!"关洋横眉立目瞬间换了一副脸孔,反倒把我吓了一跳,"你知道什么叫'四有新人'吗?"

"我……"我下意识地摇了摇头,课本里的"四有新人"我倒是知道,当初背政治题的时候背过,有理想、有道德、有文化、有纪律,但关洋所指的"四有",肯定不是这"四有"。

"有自知之明,有主见,有良心,有骨气。"关洋道,"你得知道自己几斤几两,知道自己是什么水平;然后就是要有主见,要有自己的想法,别谁说什么都听谁说什么都信,永远听别人的,就永远都是碎催(北京方言,"跟班"的意思);之后还得有良心,做广告不是行骗,为了卖货就胡编乱造,这不是广告,是作死;然后最重要的,就是有骨气……"说到这儿,关洋的表情微微一变,"如果有人逼你违反前三条,而你又炒不了他的时候,那就炒了自己。"

"炒自己?"我一愣。

"对!"关洋点头,"就像你现在这样!"

"这就是你想要的答案?让我炒了我自己?"

"答案个屁!"关洋道,"这四条,你还没进步到后三条的水平,第一条自知之明,你就不合格!还觉得自己已经上道儿了,还让我给你留作业,狗屁不懂你想让我给你留啥作业啊?你上小学第一天你们老师就给你留作业啊?"

说实话,我竟然无言以对了。

隐隐约约记得当初上小学的时候,别说是第一天,整整第一个月,老师好像都没怎么留过作业,真心比幼儿园还轻松。

"以前我带过一个新人，跟你一模一样，刚上班第二天就觉得自己啥都懂了。"关洋道，"你非让我留作业，我就想起他来了。"

"你也给他出了一样的题？"我轻声问道，"也让他去卖屎？"

"对！"关洋道，"我就想看看他到底是真懂还是装懂。"

"然后呢？"我继续问。

"然后他还真想出来了。"关洋嘬了口烟冷冷一笑，"跟我说做臭豆腐放大粪可以加快发酵速度，想了广告语，还拿了张纸给我画了个草稿。这不是找开除吗？"

"你……你真把他开了？"听她这么一说，我顿时就是一后背的冷汗，臭豆腐加屎我昨天也查到了，只不过觉得太扯淡所以没跟她提。看来正义感有的时候真的能救命。

"废话，明知道是犯法的事，还想广告语想创意，还画草稿找我提意见？这种傻×我留他干吗？做广告的确得聪明，但聪明过头了，就是个傻×。"关洋道，"我现在再问你一遍，上道儿了吗？"

"没有。我明白了，我还差得远。"我点了点头，"那我……还用辞职吗？"

"你辞职不辞职，问我哪？"关洋斜了我一眼，"我现在没空理你，你要实在是闲，就先去隔壁把东西都给我搬过来。"

搬东西就搬东西吧。

力气活儿而已，又不是没干过。

少林寺那些高僧大德，哪个不是从扫地挑水混过来的？

10/

之后的一星期，一切风平浪静。在这短短的一周里，我做了三件大事：

一是看完了公司几乎所有的广告类书籍、杂志以及光盘。

别误会，广告类的书籍和杂志，大体是以画面为主，印的都是一些国外或我国港台地区获奖的平面广告，一般情况下整版画面只印一则平面广告，中间的文案一般不超过三句，看完一本广告杂志可比看完一本《七龙珠》快多了。当然，这其中一些整本都是字的书被我跳过去了，作者是一些暂时还没听说过的国外广告大拿，我国台湾同行翻译过来，内容比较杂，有国外长文案广告的例篇，这东西放在国内应该叫"软文"，此外还有一些作者本人的生平与生活感悟，有一些广告的观点和理念，比如让我印象很深的一个叼着雪茄烟的秃老外，很有丘吉尔的既视感，直到好几年以后，我才知道这个人叫尼尔·法兰奇，是西方广告界绝对的顶级大拿，得过无数次金狮奖。

对了，说到这儿，我觉得有必要介绍一下广告界的主流奖项，首屈一指的就是戛纳广告节的金狮奖。

没错，就是戛纳电影节的那个戛纳，电影节的大奖叫金棕榈奖，而广告节的大奖叫金狮奖，再往下还有银狮和铜狮，就统称为戛纳奖好了，因为不管你拿下金银铜之中的哪一座，在中国都足够吹一辈子了。这里要强调一下，威尼斯电影节的奖项也叫金狮奖，二者不是一个东西，千万别弄混了。

此外，戛纳广告节的金狮奖对于广告人而言，含金量可比戛纳电影节的金棕榈奖对于演员的要大得多。一个演员拿了金棕榈奖，没准大部分观众还是不认识，该没戏拍还是没戏拍，该十八线还是十八线；但一个广告人要是得了金狮奖，这辈子就不用发愁找工作了，绝对是高官得做骏马得骑，二十岁实习时拿了这个奖，老本绝对能吃到六十岁退休。

那么，二十岁真的能拿戛纳奖吗？

答案是能，不过稍微有点难。

具体有多难呢？

关于这个问题，我特意请教过关洋，因为当时我二十一岁，抓紧时间拿个戛纳奖还能吃三十九年老本，只亏一年，可以接受。而关洋对此的答复是：你这辈子，别说是得戛纳奖，哪怕只是有机会亲眼看见那个奖，都可以瞑目了。

按关洋的说法，戛纳奖的获奖之路是这样的：

首先，参赛作品必须是发布过的作品，哪怕只是在社区公告栏上贴过，只要是有客户付费的公开发布作品，就可以参赛。这只是万里长征的第一步，或许连第一步都算不上，至多算是刚下炕。参赛获奖这事说简单也简单，说难也难，至少对于我现在供职的元鼎广告而言是不大可能的。这里面的原因很复杂，简单说来，有三点最重要：

首先一点，想获奖就必须是"大公司"的作品。

这条不是大赛规则，而是潜规则，但要比正式规则更加难以逾越。因为评审团的评委们几乎都是"大公司"派来的，评委来自哪些广告公司,大奖就更容易在哪些广告公司的作品中产生,这就好比丽江一日游的低价团,参观古城的纪念品一条街限时一小时,上百个店铺,卖的东西也都差不多,商家想要脱颖而出,就得想办法跟导游串通,这是一个道理。但这么一来,获奖门槛就有点高了,也就是说要想拿戛纳奖,至少要先混进"大公司"才行。

这里所说的"大公司",不是指规模大,而是指来头大。广告圈是一个比武林还复杂的圈子,三教九流分得比 4S 店卖车的高中低配还细。当时中国大陆的广告圈按鄙视链划分,依次分为"4A""日系"和"Local"三个阶级,其中处在鄙视链最顶端的 4A 公司,原本是指"美国广告代理商协会"的会员公司,后来被本土广告人用来代指所有欧美系广告公司的大中华地区分号,那些人民群众耳熟能详的国际大品牌,什么通用、福特、宝洁、雀巢,诸如此类,十有八九都是 4A 公司在服务,它们的境外总舵往往会在欧美原籍与那些跨国公司的总部签订一个全球合同,如果那些跨国公司来中国市场做生意,广告业务便会自动交给 4A 公司的中国分舵打理,至少在当时是如此。所以说,在那一时期很多的 4A 公司之所以要着天价还能在中国这片以同行砸价为乐趣的土地上生存,就是因为入乡没随俗而已。

日系公司顾名思义就是日本公司的在华分号,服务的客户大部分都是日本品牌,当然也有一些不明真相的本土品牌和欧美品牌。

最后一个阶级也是最底层的阶级,就是 Local 公司。Local 译成中文是"本地",Local 公司顾名思义就是中国大陆土生土长的、创始人和股东都是中国人的广告公司。

在这三个阶级之中,各自又细分出了次一级的鄙视链。4A 公司也有一二三线之分,在当时,像奥美、麦肯光明、盛世长城、智威汤逊这类业绩不错且境外总公司背景强大的公司被归为一线公司,另外还有一些在当时就已经是半死不活状态的二线公司,以及已经倒闭或濒临倒闭的三线公司,我就不具体点名了。日系公司总数不多,但也分三六九等。最后就是 Local 公司，这个阶级的鄙视链相对单纯，基本不看背景只看业绩，当然此类公司大都是像孙猴子一样，不定是从哪条石头缝里蹦出来的，也没什么背景可言，客户多、钱多、规模大就是一线公司，反之则靠后。就像之前说过的，我所在的这家公司，就是由 Local 公司鄙视链中最底层的"拼点"公司开设的鄙视链中倒数第二层的"房地产"广告公司。

其实说了这么多，基本可以总结成一句话：上面所说的有概率获奖的"大公司"，不包括 Local 公司。也就是说，如果我们元鼎广告送一个作品去参加戛纳广告节的话，不管创意有多花哨，结局都是卒。

其次一点就更难了。

即便是"大公司"的作品，作品的内容也必须是国际大品牌的广告才行。每届戛纳奖的参赛作品都有几万件，而大赛设置的奖项掰着手指头就能数过来，平均每个奖项都有大几千的作品，而评委就那么几个，说走马观花都是夸他们，单幅作品能进入他们的视野就算幸运了。想吸引评委的注意，就算评委没听说过你的广告公司，至少也要听说过广告上的牌子，这样才有可能让他们勉为其难多看几眼。

对于所有的 Local 公司而言，这一条都是难上加难，前面说过，国际大品牌在中国的广告业务，或许国外总公司那边早就指腹为婚许给某家 4A 公司的中国分舵了，Local 公司就算想渗透，至多也就能拿点诸如包装、卖场活动之类的细枝末节的外包业务，此类业务基本上没什么发挥空间，用什么颜色什么图片基本上都是限定好的，你就负责打印出来摆好，然后维持一下现场秩序就可以了。如果说一个品牌的广告全案业务是一锅炖肉的话，此类末梢业务真的连肉汤都算不上，充其量算是从厨房飘出来的味儿。

话说回来，即便是 4A 公司的中国分舵，想给某个大牌子做点好创意拿去评奖,也是颇有难度的。因为该品牌的全球形象很可能在国外总舵就已经规划好了,广告创意都是由总舵那边出品,你的任务就是把源文件拿过来加个本地配音,然后在国内把媒体发布工作搞定就可以了。于是乎,很多财大气粗的4A分公司,包括但不限于中国分公司,往往会自费帮客户制作一些创意广告然后拿去评奖,那几万件戛纳奖参赛作品绝大部分都是这么来的,说俗了就是客户计划之外的、由广告公司上赶着自掏腰包按着自己的想法免费为客户制作的"自嗨"型创意,业内也称其为"飞机稿"。在这里还要说句违章的话,几乎所有广告评奖都是"飞机稿"的天下,因为客户看着爱不释手的广告,在评委眼里十之八九是垃圾,例如惊艳全中国的"今年过节不收礼"系列以及诸多企业喜闻乐见的"重要的事说三遍"系列,送这种广告去戛纳,简直就是送文盲考清华;而评委看着好的广告,拿到客户那里被扔鞋是肯定的,以平面广告为例,很多创意人为了保持画面的精美和简洁,会把文案或标题设计得特别小,上了岁数的人若是不戴老花镜是看不出画面上还有字的,拿着这种广告去八通苑提案,最好的结果也得是两小时的佛法。正是因为这种审美上的不共戴天,拿着"飞机稿"去评奖,也便成了广告公司冲击戛纳奖百试不爽的手段。

那么问题来了,当时大部分Local公司决策者的经营理念,都可以参照我之前上班那家网吧的股东兄弟的。让他们自掏腰包帮客户制作一版广告,再自掏腰包买媒体发布,只是为了低于0.1‰的获奖可能,这种事发生的概率绝对比拿金狮奖的概率还低。

明白否?即便你有比天高比海深、足以感动得日西升水倒流的伟大创意,但客户看不上,公司又不舍得烧冤枉钱支持你,也是卒。

最后一点,也是最难的一点,就是先前谈到的串通导游的问题。

你身处4A公司,想出了一个极好的巨型创意,客户或公司也同意掏钱把它制作出来,即便这些条件都满足了,想得大奖的话,评委会里也要有内应才行，而且这个内应还要拥有良好的人脉和口才，有本事为你拉票，要是人缘不好，人见人烦，卒。

讲真，我说的还是比较简单的，真正的获奖之路比上面说的这些更要难上 N 倍，因为评委之间也是要博弈的。广告这东西不像打乒乓球，得分就是得分，失误就是失误；广告是一个很主观的东西，历经一轮轮海选，入围最后阶段的候选创意水平都差不多，都是世界一流的，没有绝对的好与坏，谁上谁下全看评委的个人喜好，非洲大草原雄狮千万只，你非要评出哪只最帅，那就只能看看哪个评委更能张罗事了。

为什么说这一关最难？因为常言说得好：人算不如天算。第一点和第二点都是花钱就能搞定的，花钱能解决的事就不叫事。但这一关不一样，有钱也没地方花，只能看人品。世界上最难的事，不在于这事本身有多难，而在于不管它难还是不难，你都插不上手。

这就是戛纳奖，一条难度堪比唐僧取经的吃老本之路，想吃这个老本，代价绝对比勤勤恳恳干一辈子还血腥。

当然，潜规则一条都不占然后拿奖了，或者潜规则都占全了却一个奖都没捞到，这类特例肯定是有的，或许还不在少数，但绝不是普遍现象，千万不要因为这些特例的存在，就觉得你真的有机会获奖了，就好比媒体总是报道某下岗大妈或退休大爷中了几千万的大乐透一样，切勿以为你也下岗或退休就有机会发财，下岗或退休，哪一条都跟中奖没有一毛钱关系。

除此之外呢，金狮下面还有银狮、铜狮以及一些近乎人人有份的"参赛奖"，影响力要小很多，难度也没那么高，但对于 Local 公司而言，不管金银铜铁锡，只要是戛纳奖，难度都一样。就好比我高考报志愿时忽然发现北大竟然比清华分低，这条消息仅对学霸有参考价值，对于我这类学渣而言，除非不要分直接保送，否则录取分再低都跟我没啥关系。

除了戛纳奖之外，还有一些重量级的奖项也有让人吃老本的潜质，分别是莫比奖、克里奥奖、One Show 金铅笔奖，等等，具体列表可以去百度，这些奖项虽说不具备让人吃一辈子老本的能量，但如果能拿到一个，找工作是肯定不愁的，这些奖项的获奖历程应该也可以参照上述所言，虽然比赛不是同一个国家办的，但规矩却是同一群人定的，潜规则无国界。最后还有一点需要强调，很多广告公司是一个作品送八家，总有一款适合你。所以，当你发现有的作品在戛纳默默无闻，而到了莫比却能拿金奖的时候，别意外，这可不是因为两个奖的评选标准不同，没准就是评委内应在这边认识的人多罢了。

这些国际奖项之后，还有一些以广告圈自嗨或骗钱为主的三四五六七八九流本土奖项，有的奖项干脆交钱就给，此类奖项大多是广告公司花钱买来忽悠客户用的。对于这类奖项，吃老本就不要想了，大部分也不具备找工作加分功能，乱往简历上写被招聘单位拉黑也说不定呢。

扯得有点远了，继续说我在那一周做的三件大事。

第一件事是看书看光盘，第二件事便是解决了跟一家三口住在一起的尴尬问题。就在我上班的第三天，我在公司附近发现了一家可以过夜的大众浴池，十块钱门票包洗澡过夜，这几乎是我能找到的成本最低的补救方法了，只需隔三岔五回家换身衣服就可以了。说实话，要是早知道有这么个宝地，我是绝对不会交那两千多块钱的冤枉房租的。

最后一件事也是最有意义的一件事，便是熟悉了公司里的其他人。

因为是新公司，所以人不多，想要都混熟根本用不了一礼拜。首先是跟我同屋的毕英英大叔，或许是此人的络腮胡子过于吸引火力的缘故，我一开始真的以为他年纪很大，后来一打听才知道，此人才二十六岁,比我大不了多少。不过别看岁数不大,此人的资历倒是很深,工龄将近五年,其中三年是在一家一线 Local 公司度过的,在广告圈正经算是资深人士,也是被高薪挖过来的,这个人的个性有点像演电影的葛优,时时刻刻带着一股冷幽默,平时很少说话,一旦开口必须经典。

之后是公司总经理姚羽,此人是总公司外聘来的职业经理人,典型的职场女强人,气场很是强大。长头发,身材好,或许是因为保养得好,看外表也就二十六七岁的样子,但言谈举止却成熟得很,为人很是正派,做事雷厉风行。不知她对我的印象如何,但我对她的印象却很是不错,直到现在都是如此。

最后是客户部的两个总监,一个姓梁,一个姓冯。这两个人平时打扮得差不多,都爱穿灰色系的西装外加黑皮鞋,然后背一个单肩的公文包,唯一的区别是前者戴眼镜而后者不戴。或许是干客服出身的缘故,不管见了谁说话都很客气,跟他们相处倒是没什么难度,只不过很难猜测出他们到底在想些什么。

除此之外就没有什么跟我有密切关系的人了,公司的行政、财务和法务都是与总公司共用的,这几个部门的大部分人都在总公司那边办公,只是偶尔过来,常驻这边的只有一个姓方的北京本地的前台妹子和专职司机老杨,前者刚毕业,性格挺外向长得也不错,可惜个子有点矮;后者是一个五十多岁的退伍军人,看上去很憨厚,但说实话接触不多,毕竟差着辈呢,实在没什么共同语言。

额外说说我未来的那个教练。

此人叫陶武,听关洋的先期介绍,应该是个十足的文艺青年。说实话,那时的我没见过真正意义上的文艺青年,同学里没有,想必也不可能出现在网吧那种世俗的场所。据说此类人都是一些多愁善感的主儿,往往读一首四六不着的现代诗都能读得哭哭啼啼,讲真,我是个理科生,换句话说是个典型的直男,不管是行文还是做事,最注重的东西是逻辑和实用，真心不能理解也没法理解所谓的"文艺"到底是个什么，直到现在也是一样。

记得当时有一版所谓很"轰动"的房地产广告，文案用了诗人海子的诗："我有一所房子，面朝大海。春暖花开。"好多文艺青年广告人看到这里时，共鸣得简直就是神魂俱碎老泪纵横，关洋还专门拿着报纸让我学习来着。看见这个广告，我的第一反应就是广告里卖的是不是秦皇岛的房子，这就是我对所谓"文艺"的理解。说实话，当初我看见陶武做的"大腕"版广告，你要说"大腕"那个是对流行的敏感，这勉强说得过去，毕竟电影刚上映没多久。但海子这个人卒都卒了十几年了，把他的遗作捞出来打广告，这要也算敏感，那反射弧就有点太长了，我真没觉得这有什么可学的，就是欺负原作者已卒，把人家的作品免费拿来替你卖房而已，只不过碍于关洋对于"自知之明"的强调，我也只能装出一副"不明觉厉"的表情。

那段日子里，只要一想到即将有一个文艺青年来当我的教练，我就有一种两居室里又要再搬来一家三口，然后男男女女大人小孩七口人共用厨房厕所的感觉。我不知道那个人所谓的"文艺"到底是真是假，如果是真的，像我这种直男，真的能蒙混过关吗？

11/

光阴似箭,眼看就过年了,公司本就不多的几个人好像商量好了一样,忽然之间就集体消失了,除了我之外只剩一个前台妹子和一个客户总监负责留守,而那个号称年前入职的教练陶武,则始终没有如约出现。

难道说文艺青年都不喜欢守时吗?

非也。

留下看家的客户总监,就是前面说过的那个戴眼镜的,姓梁名浩,山西人,在北京买了房子,准备举家在北京过年,跟我一样属于发扬风格主动留守值班的活雷锋,人也比较随和,开始我还尊称他为"梁总",他表示听不习惯,自己人叫老梁就行。

跟他闲聊的时候,我无意中听说了一条惊天秘闻:就在一周前,也就是我刚刚看完公司的书和光盘的时候,陶武曾经去过一次总公司。前面说过,人事、财务、法务、行政这些部门我们公司和总公司都是共用的,这些人大部分时间都在总公司办公,他去总公司,是为了办理入职手续。

但办完了入职手续,为什么不来入职呢?

我不知道。老梁也不知道。话里话外,老梁对创意部的工作态度与效率似乎非常不满,尤其是对这个陶武,按他的估算,只要办完入职手续,财务就开始给他算工资了。国家规定大年初一才开始正式放假,此时距离除夕还有两天,距离法定假期还有三天,这三天之内,此人想必是不会来了。自办完入职手续,他已经一周没出现了,加上放假前的三天,再加上三天后的黄金周,一共是十七天,也就是说,这个人尚未到岗就已经吃了十七天的空饷。他的职位是创意总监,而创意总监的工资要大大高于客户总监,基本都是以万计的,他吃的这十几天的空饷,已经高于老梁一个月的工资了。

说实话,对于老梁的抱怨,我倒不意外,我入职的第一天关洋就提醒过我,天底下几乎所有广告公司客户部和创意部都是不共戴天的仇人,客户部嫌创意部挣钱多干活儿少还多事;而创意部则觉得客户部全是废物,狗屁不懂搞不定客户,就跟创意部本事大。此时此刻,虽然我只是个新来的喽啰,但立场还是很坚定的,身为创意部的一员,明知道那个陶武的旷工行为纯属就是打着文艺的旗号占公家便宜,也得勇敢地站出来维护创意部的形象,情急之下干脆跟老梁举了我的例子:"梁哥,说实话陶武这个人我不是很了解,但关洋我了解,我虽然刚来,但我来之前半年就认识她了。她这个人吧,可能脾气是冲了点,但人品是没问题的,她介绍来的人,应该不是你想的那样。或许他真的临时有急事呢?当初关姐招我的时候,我也是拖了一个多礼拜才来的,至少得等老东家找到人顶替我,否则面子上过不去啊。"

"我问你,你是先在这边办完入职再回去等人顶替你,还是先找着人顶替你把事办利索再过来入职?"老梁冷冷一笑道。

"这个……"我也没词儿了,"是,我的确是先把自己的事搞利索了才办手续入职的,但没准那个陶武办完入职手续后突发紧急事件呢?我听说这个人挺文艺的,应该不会为了几千块钱耍这种手腕,没准他都没意识到工资的事。"

"我跟你说麦子,我不在乎他白拿钱,拿也不是拿我的钱。公司愿意白给他发工资我管不着,但他耽误我挣钱,我就得说道说道了。你们创意部挣的是死工资,但我挣的是项目提成,现在我手头上有一个别墅的比稿①,头一个多礼拜就跟你家关少奶奶说了,她说她太忙没时间弄,还信誓旦旦地告诉我,等那个姓陶的来了让他弄,结果到现在,人呢?连关洋都跑了!我估计她都忘了还有这么件事了!"

"哦?有比稿?"听老梁这么一说,我心中难免一阵沮丧,之前我每天闲得抠墙皮,却从来没听关洋提过有这回事,难道我在她眼里真的就如此不堪重任?

"她没跟你说吧?"老梁似乎早就猜到了。

"这也不能怪她,跟我说了也没用,我现在什么也不会干啊……"

"你再不会干,至少人在这儿!那个姓陶的人都不来,再会干有什么用?"老梁摇了摇头,"我跟你说,这家公司,迟早让这群人给搅黄了。"

"这个……其实吧……"聊天聊到这份儿上,我都不知道该怎么往下接了,说实话我真是挺想替创意部维护一下形象的,但以目前的状况来看真是一点维护的借口都找不出。要怪就怪那个神经病陶武,你不来可以,别办入职手续,你就是有事来不了,谁也说不出什么;你要是办了入职手续,就规规矩矩来上班,哪怕你隔一天一来都行啊,这可好,人未到把柄先到,本来就是新公司,大伙儿都不太熟,相互间正处于观察期,让你这么一搅和,今后不就只剩水深火热了吗?没办法,文艺心海底针。文艺人的一举一动,俗人永远都猜不透。还有关洋,啥事都不跟我说,弄得我想狡辩一下都没有素材,就算你不想做这个比稿,你把它甩给我也行啊,今后就算客户部找上边告你状,至多是吐槽你不够重视,但不重视总比拒单强吧?

"这些话,我也就跟你说说,你就别跟你家少奶奶念叨了。"老梁叹了口气,"提案时间是二月二十六号,过完年回来还有一礼拜时间,如果那个姓陶的初八能准时来上班,应该还来得及。"

"如果他还没来呢?"我战战兢兢地问了一句。

"没来就没来呗。"老梁摇了摇头,"还能怎么样?大不了弃标,不比了呗。"

"梁哥,你不会去上边告状的,对吧?"说实话,我也不知道为什么一场普通的闲聊,会演变成如此沉重的话题,如果创意部和客户部的关系真像关洋所说的那样永远是相互找碴儿,老梁或许会把这事捅上去,真要那样的话,关洋岂不是完了?她完了,我不是也完了?

"你想到哪儿去了?公司才成立几天?现在就告状,以后还共事不共事了?"老梁无奈一笑,"我就是心里不痛快,找个人说出来发泄发泄而已。当初挖我出来的时候说得天花乱坠,新公司,有发展空间。现在可好,我把活儿拉来了,没人干!发展个屁呀!"

"谢谢!谢谢你!"不知道为什么,听他这么一说,我心里忽然涌起了一股莫名其妙的欣慰,或许是因为刚刚还陷在有比稿也不告诉我的失落之中,此刻被人选作倾诉对象,瞬间便有了一种被重视的感觉,虽然我也知道现在整个公司除了我以外只有个前台小妹妹还在,他或许是因为找不着人聊天才来找我发牢骚,但仍旧感到满足。

"这……这有什么可谢的?"老梁一皱眉满脸的莫名其妙。

"谢谢你信任我。"我点了点头,"中午饭我请了。"

"还是我请你吧。"老梁一笑,"我还没听说过创意部请客户部吃饭的。"

"梁哥,我有点不明白,在广告公司,创意部和客户部,真有必要分那么清吗?"

"我倒是不想分得那么清,大伙儿都能挣钱,分什么分?"老梁道,"但你看看现在,这事能怪我吗?一个项目从开盘到清盘最多也就一两年,对外发标也就一两次,最多三次,而且越往后越没钱挣,尤其是像咱们这样的新公司,没名气,也没有案例,上赶着去参加比稿人家都懒得理你。这可好,我在前面求爷爷告奶奶把机会争取过来了,结果没人理我这茬,你说我能不来气吗？"

"我懂,我都懂,梁哥消消气消消气,等过完年回来我旁敲侧击劝劝我家老佛爷,陶武要是不来我劝她亲自给你弄了,行不行？"我看了看表,差不多该吃中午饭了,"走走,吃饭去,咱哥儿俩今天难得打破阶级鸿沟,世界人民大团结,必须得喝两盅庆祝一下。"

"呵呵,阶级鸿沟！你小子还真不愧是耍笔杆子的,这歪词儿倒是随口就来啊。"老梁站起身子伸了个懒腰,"喝两盅就喝两盅！正好这两天忒不爽。对了小子,你爱喝啤的白的？"

"都行。"我道。

"能喝多少？"老梁刨根问底似乎还挺认真。

"啤的十三四瓶,白的……得看多少度,三十八度的喝二斤没问题,五十度以上的……最多也就一斤半。"

"真的假的？"听我这么一说,老梁顿时一脸惊愕,似乎有些不相信。

"当然是真的。"我一本正经道,"我上学时最高纪录喝了十八瓶啤酒,只不过那次喝断片儿了,就记得自己数瓶子是十八瓶,再往后就不记得了。往前推一个安全量,十三四瓶应该没问题。"

"行啊小伙子！"老梁不由得后退了两步开始重新打量我,"哎,不如你跟我干客服得了,有你这个酒量,还比个屁稿啊！"

"梁哥,咱别闹行吗？"说实话我还真就没当真,"真要是光靠喝酒就能拿客户,我认识一个能喝三斤的要不要介绍你认识一下？"

"可以啊！"老梁丝毫不像是在说笑,"不用三斤,二斤就行,一个月一千五保底再加项目提成,弄好了拿个七八千不是事！我真不是说笑。"

"行,我过年回去问问他。"我点了点头。说实话,我还真认识这么块料,用半斤一杯的啤酒杯倒白酒,一仰脖一杯,见底儿的速度不比喝啤酒慢,单看他喝酒的架势就能吓跑半桌子人。

【注　释】
①　比稿:广告圈将企业广告代理业务的竞标称为"比稿"。

12

与往年一样,今年的春节,还是那么的无聊。无聊的大扫除,无聊的串门,以及无聊的等别人来串门。与往年不同的是,这年春晚的一个小品,炒火了天津的狗不理包子。

初一到初七,喝了个昏天黑地,同学朋友还有亲戚,基本上是天天喝顿顿喝,不过我也趁这机会把传说中的"三斤哥"约了出来。此人姓孙名亚洲,言必称"俺老孙",是我大学时期的球友酒友兼游戏友,此时正在一家报社实习当美编,Photoshop 玩得贼牛,大学学的是环境设计,虽说算不上专业的平面设计,但好歹算跟广告沾上点边,只可惜一听是去当客服,这货连待遇都没问二话不说就拒绝了,看架势几乎没有商量的余地。他拒绝的理由有二:首先是喝酒问题,这货坦言,前不久他表姐过生日的时候,在喝酒这个问题上他跟他表姐夫杠上了,虽然最后挑战自我一顿饭喝了将近五斤酒,把他那个标榜千杯不倒的表姐夫逼到厕所抠嗓子眼儿去了,但他自己也是杀敌一千自损一千,经历了人生中最翻江倒海的一个晚上不说,还差点没送医院洗胃,所以至少近几年是不想再那么不要命地喝了,尤其不希望把喝酒这种歪本事当成谋生的手段;其次,对于广告而言,他还是有些意向的,但客服肯定不干,别看他姓孙,但那是"孙大圣"的"孙",真去当孙子肯定是当不习惯的。要干的话,设计师还是可以考虑的。

带着孙亚洲的求职意向,我赶在大年初八第一批返岗,顺便给同事们带了我大天津的著名特产十八街麻花,只可惜到了公司才发现,客户部的两个总监都来了,创意部到岗的却只有我一个,毕英英、关洋以及传说中的陶武,都还没见踪影。

整整一天时间,老梁骂骂咧咧地到创意部逛了不下五次,次次都没见来人,便骂得一次比一次狠。在他看来,弃标基本上是板上钉钉的事了,因为那个信佛的"八通苑"突然打电话给总经理姚羽要求比稿,时间就定在本周五也就是二月二十二号,而老梁拉来的项目比稿时间则是二月二十五号,中间只隔了周六周日两天,两个比稿的准备时间几乎是重叠的。

八通苑不是已经签约了吗?为什么还要比稿?

直到这时候我才知道,因为我们是新公司,手里没有成功案例,所以之前跟八通苑签的只是一份为期三个月的"试用合同",按照当初商定的条件,初期三个月双方合作顺利的话,就可以续签半年的正式合同,原本所有人包括总经理姚羽在内,都认为双方正式续约是板上钉钉的事,没想到今天却接到了对方要求比稿的电话,把姚羽搞得也很是紧张。既然是比稿,肯定就有别的公司参与,不用问,肯定是某家广告公司搞定了八通苑的内部关系,才搅出这么个幺蛾子。

因为八通苑是已经签过约的客户,算是轻车熟路,如果与老梁拉来的比稿有冲突,站在公司经营的层面肯定是集中一切力量优先应付八通苑,这也是老梁起急冒火的原因:早在半个月前他就已经向关洋通报了比稿消息,二者原本在时间上完全没有冲突,就是因为那个陶武玩消失吃空饷,竟硬生生地被拖成了有冲突。更要命的是老梁拉来的比稿是四家公司投标,除了我们公司之外,其他三家都是圈里比较有名的老牌房地产广告公司,案例和实力都比我们牛×太多,总经理姚羽觉得胜算不大,所以也不想花冤枉钱请Freelancer①,言外之意是有时间就做,没时间就算了。以创意部目前的人力状况而言,美术就一个毕英英,文案就一个关洋,外加一个不能自理的我,就算陶武来了,怕也不能赶在两天之内做好一套足够拿去比稿的作品。因为实在不忍心看老梁着急,我给关洋打了电话,结果直接转接移动秘书了,想必老梁也打过她的电话,结果也是移动秘书,所以他才会急成这样。

下班点到了,老梁最后推门看了一眼创意部,里面仍旧是孤家寡人一个,老梁摇了摇头似乎连骂都懒得骂了,正所谓哀莫大于心死,拎包打卡干脆回家抱孩子去了。结果就在老梁走后十分钟不到,一个陌生人竟然毫不见外地推门进了创意部。

那时我正在上网,听见有人推门进屋便本能地回头看了一眼,但见来者约莫一米七五的个头,留着一头半长不长的头发,发尾隐约有些波浪卷,不知是烫的还是自然弯曲;脸上戴着一副溥仪同款的黑框眼镜,貌似是一副平光镜;再往下看,上身穿了一件米黄色的毛线坎肩,里面套了一件白衬衫,灯光下袖筒的颜色似乎有些泛黄,好像被洗得很旧的样子,肩上背了一个略显破旧却又干净得一尘不染的蓝灰色单肩帆布包,里面鼓鼓囊囊不知装了些什么;下身则穿了一条深蓝色的水洗布直筒裤,整个人看上去似乎有些腼腆,进屋后先是跟我对视了一眼,继而微微一笑点了点头。

说实话,虽然之前从未谋面,但单凭这身欠抽的打扮,我就能猜个八九不离十,难道说所谓的"文艺"就是不按季节穿衣服? 这哥们儿是从南半球跑过来避暑的吗?

"你……你好……"我赶忙站起身迎了过去,毕竟此人是我未来的上司,留个美好的第一印象至关重要,"是……陶总吗? "

"哦,叫我小武就可以了。你是……? "看来还真是陶武。

"我是新来的文案,我叫张迈,叫我麦子就行。"我伸了半天的手,发现这货似乎并没有要跟我握手的打算,只好略带尴尬的把手缩了回来,"我是新人,关洋姐说让你带我,以后还请多多指点。"

"她跟我提过你。"陶武微微一笑,伸手指了指电脑,"你……正在用吗?"

"不不……我就是随便上上网。"我赶忙闪身让路,但见这哥们儿小心翼翼地把帆布包放在桌子上,从包里拿出一张软盘插进电脑,继而用鼠标点开了桌面上关洋的文件夹,用鼠标一圈便把一大片约莫几十上百个 Word 文档全部压成了 zip 格式,之后又把压缩文件拷进了软盘。

他这么干,关洋知道吗?不知为什么,看着这货拷贝关洋的文件,我心中猛然间涌起了一股莫名的警惕,关洋的手机一直打不通,他真的跟关洋打过招呼吗?他拷这些文件干什么?难道是准备回家去熟悉项目?

"关洋跟我说有比稿,但我最近有一些事情,来不了,所以把文件拷回家看一看。"转头跟我对视了一眼,这货似乎察觉了我的警惕,特意解释了一下。

"你跟她打过招呼了是吧?"我小心翼翼地问道。

"嗯!"陶武点头,"我们通过电话。"

"哦……她知道就好。"我点了点头,说实话,跟这个人说话酸得我七窍冒凉气,说打过电话不就完了吗,还"通过电话",你是哪儿的人啊?港澳同胞吗?

不到片刻,文件拷贝完毕。拔出软盘装回帆布包,这货站起身再次把包背在了肩上,似乎这就要走:"呃,你叫麦子是吧?"

"对!"我赶忙点头。

"有一件事情我想拜托你一下!"

"你说!"得知领导有安排,我赶忙装出一副赴汤蹈火的表情。

"等你见到关洋的时候，代我向她说声抱歉。"

"哦……好的，没问题。"我点了点头，"就这些？"

"嗯。"

"呃，陶总……不不，小武哥，你这就……要走吗？"

"嗯！"陶武话不多，"有一些对我很重要的事要去做。"

"那你……什么时候能过来呢？"

"等到春暖花开的时候，我就会回来。"陶武目不转睛地盯着我，满脸的语重心长，说实话，我真没想到"春暖花开"这四个字除了印在报纸上，竟然真的会从一个活人嘴里一本正经地说出来。啥叫"春暖花开"呀？您老是不是还得面朝大海呀？不会是要去秦皇岛办重要的事吧？

目送这货出屋，我也是无奈了，干脆把被他拷走的文件看了一遍，其中大部分是八通苑的内容，有广告软文，有平面广告的文案，有之前给项目起名字的文件，还有一些活动方案的策划，另外还有几个以拼音加数字命名的 PPT 文件，打开之后发现是一个叫"红旗别墅"的项目的资料。托陶武的福，这是我头一次斗胆偷看关洋的文件，因为 Word 或 PPT 文件一旦被打开，不管改动与否，最后一次访问时间都会被记录，如果关洋发现文件被别人打开过，第一个怀疑我那是没跑的，此时若不是有陶武这么个秦皇岛文青来给我背锅，我还真就不敢看。

之前倒是听老梁说过他拉来的项目是个别墅，想必就是这个红旗别墅了，当初关洋的确答应过老梁让陶武来接手这个项目的比稿，按理说他拷这个项目的文件就可以了，为什么要连八通苑的文件一块儿拷走呢？

的确，八通苑也要比稿。但客户今天刚刚打的电话，即便是姚羽也是刚刚得到消息，莫非是姚羽打不通关洋的电话才通知他来接手八通苑的？没道理呀，目前八通苑是公司唯一的客户，而这货干脆连来都不来,姚羽疯了才会把这么重要的比稿交给一个极端没谱的失踪人口来做,难不成……

坐在电脑椅上,我忍不住开始胡思乱想,不禁越想越怕:按老梁的说法,公司当初跟八通苑签的是试用合同,试用期满意的话直接转正,但现在客户又要比稿,说明对我们公司不满意,而关洋是创意总监,客户对公司不满意,说白了就是对她不满意,加之那女人的电话全天打不通,还把老梁拉来的比稿项目给拖黄了,估计是把姚羽惹着了,所以她才下决心让陶武接手关洋的工作拷走关洋的文件,我用一个理科生的逻辑分析,至少目前情况如此。

或许陶武会在外面联络一些厉害的 Freelancer 帮公司拿下这个客户,然后关洋出局。

对了,他刚才还说让我代他向关洋道歉。

道什么歉?

起初我还以为他是为这几天来不了而道歉,现在看来,这明明就是为了自己跟姚羽联手把关洋挤走的事道歉啊!文艺青年一般都很含蓄,是关洋介绍他入职的,而他却恩将仇报要把关洋挤走取而代之,换谁都无法面对,所以他要等春暖花开再出现,那只是为了避免见到关洋尴尬!

所谓的春暖花开,那并不是什么文艺,而是一种暗示!

再过十几天就三月份了,那就是春暖花开的日子,同时也是关洋出局的日子!

我了个天,破案了!

【注　释】

① Freelancer:英文原意为"自由职业者",广告圈中代指按单日或单幅作品即时结算报酬的临时员工。此类临时员工大都是资深人士,经验相对丰富且收费较高,当时拥有 4A 公司工作背景的资深人士如果外出做 Freelancer,正常情况下一天的报酬即相当于普通员工半个月到一个月的税后所得。

13/

翌日，上午十点。

关洋刚一进门我便迫不及待地想向她阐述我的猜测，说实话，虽然这个人对创意本身一丝不苟，但工作态度却总给人一种吊儿郎当的错觉，比如拖延老梁的比稿，比如昨天手机打不通，都会让人觉得她对待工作很不积极。我不是职场老手，但也知道没有哪个领导会喜欢不主动找活儿干的员工，将我的猜测告诉她，至少能让她提前有所准备，哪怕是在近期适当地装得积极一点，也免得给上面留下太多把柄。

"关姐，关姐，陶武昨天来了。"我故作神秘道。

"是吗？"关洋眼都没抬。

"是你让他过来的？"

"我八百年前就让他过来。"关洋仍旧若无其事。

"他把你电脑里的文件都拷走了。"我继续道，"也是你让他拷的？"

"文件？"关洋一愣，终于抬起了头，"什么文件？"

"就是电脑桌面上，你那个文件夹里的文件。"我回道，"他跟你打过招呼没有？"

"文件夹里的什么文件？"关洋继续问。

"全部。"我皱眉道。

"没事。拷吧。"关洋想了想，似乎没当回事，"那些都是发布过的东西，要么就是被客户否了的，没什么用。"

"我问的是他跟你打没打过招呼。"我追问道，"他说他给你打过电话了，但你的电话昨天一直打不通啊！"

"打招呼……"关洋眯起了眼，"我想想……"

"这还用想啊？"我也是无奈了，"八通苑要比稿你知不知道？"

"比呗。"

"陶武把八通苑的资料都拷走了！"我焦急道，"你就不觉得怪？"

"这有啥怪的？都是发布过的东西。"见我满脸的诡异，关洋似乎也有些好奇，"你到底想说啥？"

"我……"满腔的推理已然堆到了嘴边，却又被我咽了回去。姚羽和陶武联手想挤走关洋只是我一厢情愿的瞎猜，万一事情不是我想的那样，岂不是成了我挑拨离间了？"他鬼鬼祟祟地从你电脑上拷东西，你真觉得没事？"想罢我赶忙改口。

"你觉得能有啥事？"关洋冷冷一笑。

"我就是觉得有点怪而已。"我摇头道，"他还让我代他向你道歉，说他春暖花开的时候就会过来。"

就在这时候，屋门一开，姚羽推门进屋，看表情似乎是来者不善："关洋，你来一下。"

得，该来的总是会来。

看姚羽那一脸的杀气，没准我家关太后今天就得卷铺盖滚蛋，就算把我的猜测告诉她也没用了。

听天由命吧。

坐回位子，我的心情可谓像灌了铅一般沉重。昨天那个秦皇岛文青对我似乎不怎么友好，换他上台，再没了关洋这条大腿让我抱，估计我就要告别这个行业了。如果事实真如我想的那样，是他和姚羽联手挤走关洋，那他跟关洋肯定是彻底掰了，又怎么可能留我这么一个被关洋破格招进公司的新人在身边呢？记得琼瑶阿姨的某部爱情剧里有一句名言："你只是失去了一条腿，而她失去的是爱情啊！"试问普天之下有什么事比失去爱情更悲催？或许就是像我这样，爱情连想都还没想过呢，腿先没了。

话说回来，元鼎或许不是一个有前途的公司，但却是进入广告这个行业的捷径，就好比一个票价昂贵的风景区围墙的某处破洞一样。我是个理科男，美术方面狗屁不懂，更没有管理学或市场相关学科的学历或经验，不懂什么企划策略，我之所以能进入这家公司，靠的就是几篇玩 CS 之余写的帖子而已，换句话说，我就是个从墙洞钻进景区的身无分文的臭逃票的，没等看完风景就被查票的撵出去，再想找别的墙洞又谈何容易？虽然还没入门，但我似乎很喜欢这个烧脑的行业，至少现在是这样，我不想就此无功而返。

一分钟，两分钟，三分钟。就在我百爪挠心等待即将到来的判决时，关洋没精打采地回来了，"啪"的一声把一大摞文件摔在了桌子上："这群傻×。"

"怎么了？"见关洋拿了一摞文件进屋，我的心稍微放下了点，似乎是有新工作，不大像是要被开除的样儿。

"八通苑比稿。"

"我不是已经跟你说了吗？"

"但你没说原因。"关洋愤愤道。

"什么原因？"

"嫌咱们报价高了。想不比稿也可以，月费降一半。"

"太黑了吧？"我也是一愣，话说去早市买菜都没有这么讲价的，人家菜农告诉你一块钱一斤，你问他五毛卖不卖，他不把菜叶子扔你脸上才怪。关于公司对八通苑的收费，关洋跟我提过一句，好像是一个月八万,这已经是全行业的下限了,就算我们是新公司,人少成本低,但房租水电这些成本是免不了的,如果真把报价降一半的话,利润或许还不如总公司做拼点高。

"他们那儿有个姓黄的傻×,不知从哪儿扒拉来一家野鸡公司,说五万就能做。"关洋摇头道。

"便宜没好货啊。"我道。

"他家庞总也有点犹豫,所以才决定比稿,如果咱们真的比那家做得好就继续用咱们家。但就算比赢了,估计也得降价。最终报价姚羽还在跟他们谈,老庞的意思是最好能降到六万。"

"没准就是找借口压价吧?"我皱眉道,"或许根本就不存在什么野鸡公司。"

"不管它存不存在,稿是肯定要比的。万一真的存在呢?"关洋叹气道,"你也别等陶武教你了,赶紧努力自学成才吧,给八通苑写两篇软文,明天给我。"

我的个娘! 终于有活儿可干了!

在这里,有必要介绍一下所谓的"软文"。

软文的本质,其实就是超长的文案,就是在报纸或杂志上专门辟出来一个整版或半版的版面,用长篇累牍的废话把产品吹上天,这东西虽不是中国广告的特产,但绝对是中国广告的"特长"(房地产、药品以及保健品最喜欢这类东西,尤其是保健品,除了自吹之外,往往还会找一些所谓的"患者"现身说法,把自己吃完这款保健品之后"起死回生"或"返老还童"的经历与广大读者分享)。关于软文的技巧,其实也没什么技巧,只要把握好一字箴言就可以了,那就是"吹"。

正式下笔之前,关洋多少对我简单培训了一下,当然这并非是写作上的培训,对于我笔杆子上的功夫她还是比较信任的。她培训的内容主要是针对庞总的个人喜好,例如他喜欢什么样的行文风格、什么样的措辞、什么样的段落安排等，然后又把之前被他表扬过的软文给我看了一遍，之后给我列了一个项目卖点的列表，因为就算是吹牛，也要吹得有章法，不能漫无目的地胡吹，一定要找准一个或几个特定的卖点集中火力吹，在有限的版面中尽可能地把卖点吹到极致。

关洋列出的卖点如下：

第一条：比邻 CBD，交通便利。

说实话，此时我对北京城市地理的了解几乎是零，关于紧邻 CBD 交通便利这一条，我还特意比着地图用尺子测量计算了一番，结果不测则已，一测直接就把我自己给测崩溃了。

这个项目坐落在京通快速路沿线，按地图上的比例尺测算，距离东四环至少十几公里，我不知道十几公里对于北京是什么概念，但换作天津的话，距离外环线①十几公里那已经够得上长途车的规格了，是真材实料的远郊，口音跟城区都不一样。CBD 的核心是东三环国贸桥，东四环勉强算是个边缘，也就是说，坐十几公里的长途车仅仅是刚到 CBD 的边上，这要是也能叫比邻，那么哪儿不比邻？海南岛吗？

再有就是交通便利。当时还没有轻轨和朝阳北路，就一条京通快速路连通那个方向，每天早晚高峰绝对是堵成狗，公交车只有 928 路、938 路两条线外加一堆招手就停的个体小巴，这算是哪门子便利啊？

关于这个问题，我倒是壮着胆儿质疑过关洋，果不其然招来一顿骂："做广告最怕的就是腼腆，都实话实说我找你干犊子啊？"

第二条：三十万平方米大社区。

说实话，我对社区大小是没概念的，我家在天津买的也是商品房，就四栋楼二百来户，绕着小区十分钟能走两圈，应该不是什么大社区，住了好几年也没觉得有什么不好。在我看来，大社区唯一的好处,就是一旦大伙儿发现被开发商坑了,维权时人多势众。但这种优势似乎不适于用来宣传吧?

不过虽说有疑问,但因为有了质疑上一条挨骂的经历,我也就没敢再问,想破了头终于想出了一点门道:社区大了人就多,人多商机就多,在社区周边做买卖的商家也就更多,业主的生活也就更方便,在距离东四环十几公里的地方,卡在市区和通县之间前不着村后不着店,这一点似乎确实挺重要的。

第三条:成熟人文环境,配套一应俱全。

按关洋的话说,这一条,是客户三令五申要反复强调的铁皮卖点,原因是小区附近有一所市重点小学的分校,另外还有一所还算高级的双语幼儿园以及一家二甲医院②。

说真的,把幼儿园和医院当作卖点这个我能理解,但小区旁边有所重点小学,这跟你家小区有一毛钱关系吗? 当时还没有就近入学的政策和学区房的概念,上重点小学虽然不用参加考试,但至少要有个北京户口才行,你以为家住清华隔壁就能上清华了?

没办法,服务行业没有质疑的权利。按关洋的说法,那个信佛的庞大叔好像很喜欢角色扮演的风格,说白了就是要以一个刚刚买房内心充满兴奋的年轻人的口吻来吹捧他家的小区,而且要表现得对未来生活充满期待,要大谈特谈周边便利的配套设施给自己的生活带来的改变,因为他觉得这个小区的主力客户群是在 CBD 工作的年轻白领,而已有的销售数据似乎也印证了他的看法。看来只能充当一次坚信学校招生不看户口只看距离的 CBD 青年才俊了。

说实话,此时此刻我恨死我这个理科逻辑直男的出身了,因为在我看来,角色扮演这个变态喜好本身就是个伪命题。年轻人买完房确实兴奋,这个我理解,但你丫房子还没盖完呢,配套设施怎么就改变业主生活了? 提前搬到工地去了? 再者说,买你家房的业主,此时十有八九正在城里租房住,最不济也是正在通县租房住,你这个地方前不着村后不着店的，上比不了城区，下干不过通县，你要说某人是因为终于拥有自己的房子而兴奋，这个没问题，但你要说他兴奋是因为离一所重点小学比较近，以及附近有一家二甲医院还有马路上有那么几个烟摊或门口有个买菜便宜的早市，这是不是有点假啊？

关洋经常跟我说，广告是一门戴着镣铐跳舞的艺术，直到此时，我终于知道所谓的镣铐是什么了，就是智商啊！

其实在我看来，这两篇软文更需要以一个还没买房的年轻人的口吻来写，态度绝不能像打了鸡血一样满腔亢奋，恰恰相反，文章要写得沉闷、消极，甚至恐慌，要写出年轻人的压力、焦虑和危机，要提醒他们花天酒地的青春期已经结束了，大家的人生即将步入老婆孩子热炕头的柴米油盐期，作为顶梁柱要负起责任，要让爹妈朋友兄弟姐妹七大姑八大姨乃至整个家族整本同学录另眼相看，要给妻儿老小创造稳定的生活，不能带着他们颠沛流离满世界租房。但兜里这俩糟钱泡夜店全挥霍光了，已经买不起天安门附近的房子了，怎么办？逃避？拖着？以后再说？以后又是什么时候？大学毕业直到六十岁退休不过几十年光景，人这一辈子能有几个以后？

这就是年轻人的焦虑和危机，或许他们还沉浸在昨天晚上泡夜店的酒劲里没醒过来，一时间想不到那么多也看不到那么远，所以要用这篇软文去警醒他们：趁着身子骨还年轻，趁着冠状动脉还没放支架，趁着老板觉得你还能值回你的薪水，多往远处想一想。然后抛出八通苑刚开盘不久、各路户型随便挑且价格还没怎么涨的消息，去解决他们的焦虑和危机；我们帮你办贷款，我们帮你办暂住证，以小区最小的户型为例，只需要交上四五万的首付你就是一个有房的人了，谁家挤一挤拿不出四五万呢？就算你入住时后悔了，那阵子房价肯定比现在高，一转手赚个万八千的差价也说不定啊！

以上这些，我认为都是干货，与其说是广告软文，不如说更像是一个学长以过来人的身份给学弟学妹们的忠告:酒肉穿肠过,唯产权证永恒。成熟的标志不是泡到了妹子,而是买了一套房子;否则你拿什么向妹子证明我是想娶你而不是想睡你? 没人会因为房子附近有一家二甲医院而兴奋,真正让他们兴奋的,就是拥有本身而已。

关于上面这些想法,我自然跟关洋交流过,很意外没有挨骂,非但没挨骂,她反而因为我作为新手能想到这个层面而备感欣慰。因为她也曾经有过类似的想法,只不过被那个庞总无情地驳回了,理由是这类说辞太像父母教育孩子,年轻人都有逆反心理,跟他们说这些只能起到反效果,例如他自己就管不了他儿子。

真是无懈可击的理由啊!

不晓得有多少年轻人的幸福,就这样被他家糟糕的父子关系泯灭了。说句题外话,我无法猜测如果当时真的让我遵循上面的思想写一篇软文发布出去,时至今日会有多少人暗地里谢我,但可以肯定要比买他家楼盘的人多。记得就在两年后,我的一个同事手里的存款够交一套房的首付,或者全款买一辆"老三样③"家用轿车,当时我的存款和他差不多,我毅然决然地选择了买房交首付,而他为了耍帅毫不犹豫地选择了买车。至于故事的结局,你绝对没猜错:从那以后,他就再也没凑够过首付。

【注 释】

① 天津外环线:天津市最外围的一条环城公路,1987年竣工通车,全长71公里,被天津人视为市区与郊区的分界线。

② 二甲医院:二级甲等医院的简称,我国医院分为三级,医疗水平逐级递增,级别越高越好。其中三级医院又分为"特、甲、乙、丙"四等;一、二级医院分为"甲、乙、丙"三等,共十个等级。二甲医院,是二级医院中综合条件最好的医院。

③ 老三样:老款桑塔纳、老款捷达、神龙富康,这是最早进入中国市场且市场保有量最大的三个合资轿车品牌。

14

竭尽老衲二十年修为,绞尽脑汁字字泣血,两篇软文终于准时交稿。关洋大概看了一眼,说了句写得还行。

然后,就没有然后了。

因为这两篇软文,并非是真的为了发布,它们只是比稿提案时的摆设罢了。一般情况下,广告公司提案大概需要二十到四十分钟,当时的房地产客户最关心的只有两点:Slogan①和平面广告。至于软文之类的长篇大论,他们是没时间更没心思逐字逐句去细读的,这种东西只要有就可以了,向客户证明我们很重视这个项目、工作做得很全面,一没偷懒二没糊弄。

在此之后,我多多少少也参与了一些最重要的工作,也就是Slogan 和平面广告的创意,其中我想出来的一条 Slogan 竟然真的被关洋采纳并作为备选方案放进了提案文件,记得当时想了一句话叫"近点总比远点好",典型的直肠子风格,没有任何华丽辞藻,偏偏就是这句直男风的文案,非但关洋觉得有点意思,就连姚羽也觉得话糙理不糙,确实能对竞争楼盘进行精准打击。

关洋是女人,姚羽也是,但凡女人多多少少都有点小资②情结,想 Slogan 动不动就是生活长幸福短，偶遇我这么一个理科直男，还真是有点卤煮火烧换冬阴功汤的感觉。细想也是，八通苑周边项目不多，主要的竞争对手几乎都是通县的楼盘，说起生活的便利性，八通苑跟通县是比不了的，毕竟人家是市辖区，要商场有商场要饭店有饭店，衣食住行都比你强得不是一星半点，作为一个前不着村后不着店的项目，你的最大优势就是与市区之间的绝对距离比通县近那么一丢丢、公交车可以少坐几站，然而这么浅显直白的优势，不管是开发商还是广告公司，之前竟然都没提起过。

一眨眼的工夫，提案时间到。关洋决定带上我一起去，让我坐在旁边学学提案技巧，毕竟这套提案文件里也有我的心血，这一下可把我兴奋坏了，干脆吐血买了套新衣服，心情之激动简直是一夜之间回到小时候我爸答应带我去北京的那个夜晚。

坐着总公司给我们配备的低配款手摇玻璃版捷达，我第一次见识了所谓的"比邻 CBD"是怎么个距离，说实话，我要是冲着这句话去买房的话，车开到一半估计我就得强行开门跳车，你丫比邻的是秦皇岛的 CBD 吧？这不是明摆着行骗吗？不过没办法，不能说广告业是一个以撒谎为生的行业，但绝对可以说是一个以吹牛为生的行业，就像关洋说的，广告的艺术就在于寻找吹牛和行骗之间的那个细微的边界，实话实说不是广告，那叫"曝光"。

提案的地点就在他们的售楼处，那个传说中的"佛系"庞总早早到场，单看面相，此人真的很像一尊佛，圆脸大下巴，一字眯缝眼外加一对蒲扇一般的大耳垂，把头发剃了披上袈裟那就是一个方丈；庞总旁边坐着一个很瘦很瘦的女人，看上去约莫有个三十来岁，穿衣风格也像是从南半球来的，别人都穿棉服，她却穿了条毛线织的连衣裙，裙子底下隐约露着一双比我胳膊还细的小腿，关洋偷偷告诉我，这个人就是那个传说中的女秘书，姓董，别看长得比较凶，但人还是不错的，也是直来直去的性格，有一说一绝不兜圈子。在他俩对面,坐着两个油头粉面的西装男,其中一个留着背头的,就是介绍野鸡广告公司抢我们生意的那个姓黄的,是他们这儿的销售总监,獐头鼠目长得就不像什么好人,头发看上去只有两寸长却还梳着背头,也不知道是打了几斤的发胶才把如此短的头发活生生地逆向贴在了头皮上。

见我们进屋,那个庞总首先站起了身子,似乎很是尊重的样子,其他三个人也都起身致意,姚羽则挨个跟他们握了手,之后把包括我在内的随行人员逐一介绍了一下,或许是我第一次接触商务谈判的关系吧,总觉得大家看上去一团和气,完全不像将要谈崩的样子。

再往下就是提案了,由关洋主讲姚羽补充,说实话,关洋的提案水平是低于我的预期的,主要是她平时那副太后的气场被刻意收敛了,言谈举止就好似一个三好学生读课文一般,口齿清晰没毛病,逻辑通畅也没毛病,行云流水更没毛病,但总觉得似乎缺了点什么。一边看她讲,我一边暗暗琢磨,为什么她要收敛太后的气场故意装成邻家小妹呢?究竟是那个庞总就喜欢这个类型,还是说所有的提案都要这样,都要换上一副楚楚可怜的模样?莫非所有的客户都喜欢找低自己一等的广告公司合作?如果换作是我,该怎么做?关洋是女孩子,自然可以楚楚可怜,我一个糙老爷们儿,谁可怜我?

整个提案过程大概用了半个小时,基本没给我什么惊喜,或者说是只有惊没有喜,之后便是集体离席回去等消息了。就在我们上车的时候,姚羽忽然指示司机老杨把车开到了马路对过停在了一个小路口,距离八通苑售楼处大概有个三四十米的距离,正好可以观察售楼处的人员进出又不容易被注意到。之所以这么干,是因为刚才临出门的时候姚羽偷偷问了那个董秘书一句,得知那家野鸡公司还没来,便想在这个路口等等看,如果真同之前预料的一样,根本就不存在什么野鸡公司,比稿只是她家庞总找碴儿压价的借口,那么等我们一走,那个庞总过不了多久也该离开才是,公司老总不大可能在售楼处耗一整天。如果能证明这次比稿真的只是一出戏，根本就没有开价五万块的野鸡公司的话，今后谈判可就有底气了。

等了没十分钟，一辆红色富康出租车便停在了售楼处门口，只见两个人各自抱着硕大的提案夹从两边开门下车。面朝我们这边下车的那个人，毛线坎肩白衬衫，水洗布裤子帆布包，外加溥仪同款眼镜。

陶武！

这个春暖花开的文艺渣，果真是没去秦皇岛啊！这都一个礼拜了，连衣服都没换一件吗？我就知道这孙子偷偷摸摸去拷文件准没好事！吃着元鼎的空饷，偷拷关洋的文件，然后来抢元鼎的生意！

试问天底下怎么会有这么邪恶的人？跟他比起来，那个在网吧呕吐的人渣简直可以感动中国了好吧！

一时间，我有点发傻。而比我更傻的，是关洋。

她先是惊呆，而后不容分说打开车门就要过去拼命，只不过最后被姚羽和我死死地按在了原地。说实话，我确实也想过去让这货尝尝春暖花开的滋味的，但毕竟老板是姚羽，既然她不想把事闹大，我自然不能跟着关洋一起冲动，凭关洋的脾气，真放她冲过去十有八九就是流血事件，就算没流血只是指着鼻子臭骂一顿，她苦心经营的邻家小妹形象也必然崩塌，这稿也不用比了，等于是把客户拱手让人。

"你干吗拉我！"关洋恶狠狠地瞪着我，眼中已然满是泪水。

"我……我这不是怕姚总一个人拉不住你嘛。"我勉强挤出一丝笑，"算了算了……别跟人渣一般见识……"

"算个屁！"关洋情绪已然失控，"这事你能算啊？你脾气就那么好啊？"

"那你还想干吗？真冲过去抽他一顿？当着客户的面动手？"我皱眉道，"客户要是看见你打人，这稿就不用比了吧？买卖就直接便宜给他们了好吧?"

"这事没完!"两眼死死地盯着售楼处的方向,关洋似乎在强忍泪水。

"君子报仇十年不晚,您老今天先冷静一下……"我小心翼翼地把关洋推回了车里,而姚羽则始终一言不发,只是满眼愤怒地盯着售楼处的方向,见我把关洋推进了车,姚羽恶狠狠地喘了口粗气后也坐回了副驾,虽说没关洋那么失控,但不难看出,她也气得不轻:"小关,你回去给他打个电话吧,告诉他我不想扣他工资,把钱结清就别来了。"

截至这里,差不多就是我一生中与这位人渣准教练的所有接触了。

坦白讲,其实也不算是所有接触。

就在十年之后,也就是传说中地球即将毁灭的那一年,我在一家规模很大的 Local 公司担任创意总监,因为忙不过来所以想招一个副总监来帮忙,而后人力资源给了我一沓约莫两寸厚的简历让我自己挑,很快,一个刺眼的名字飘入了我的视线:陶武。

简历是用繁体中文打印的,应聘的职位是创意副总监,字体用了一种很扁很细的宋体字,依旧文艺得很,只不过下面的履历还是十年前的那些陈芝麻烂谷子,最高纪录四年之中换了三家公司,几乎是一年一换,且 2007 年往后就再没有工作信息了,取而代之的是一句"2007 年至今,寻觅自我"。

寻觅自我? 不会是又去秦皇岛了吧? 寻觅的结果如何? 到底找着没有?

带着一股难以抑制的好奇,我把这份简历卷成筒第一个塞进了废纸篓。说实话我不是小心眼儿的人,日子过了这么久,再大的气也消了。我只是觉得这个人空长了一张徐志摩的脸,却揣着一颗汪精卫的心,这样的人还是离他远点比较好。

【注　释】

① Slogan:英文单词,"口号"的意思,可以理解为核心广告语。
② 小资:原为"小资产阶级"的简称,而后成为追求浪漫情调与精神满足的年轻人群的代名词。

15/

一路上，车里的气氛始终如灵堂一般沉默，所有人一言不发，除了一脸蒙圈的司机老杨之外，其他人无一例外都是一副奔丧的表情。

回到公司之后，关洋跟着姚羽进了办公室，而我则垂头丧气地回到了创意部。

"玩砸了？"见我一副奔丧的表情，毕英英赶忙追问。

"遇小人了！"我摇了摇头，"你知道陶武这个人吗？"

"知道啊，怎么了？"

"咱们所谓的比稿，就是跟他比。他给八通苑报五万，想把这个客户抢走。"

"我……我去，这也太孙子了吧？"毕英英那个表情，简直跟见到了外星人一样。

"你快别侮辱孙子了。真生这么个孙子，肯定一屁股坐死。"此时此刻，我的心情可比毕英英复杂得多。如果公司没业务了必须裁员的话，像我这种生活不能自理的新丁肯定是首当其冲，此时此刻，对我而言，裁员，就意味着改行。现在唯一的希望就是那个"佛系"的庞总能够以道德底线为标准,用良心投票;但话又说回来,让一个商人把"道德"这种因素像报价一样作为决策的终极标准,这种事发生的可能性又有多大呢?

足足过了三个多钟头,关洋终于回来了,二话不说便把我叫到了会议室,然后诀别一般默默地关上了会议室的门。

"八通苑丢了。"关洋坐在我对面,目光似乎有些躲闪,"姚羽一分钱不降,然后那边决定跟陶武的公司签了。"

"留得青山在,不怕没柴烧。"我勉强挤出一丝笑容,"老梁那边不是还有一个别墅的比稿吗……"

"来不及了。"关洋摇了摇头,"姚羽不想比那个稿。她不想去丢人。"

"话不能这么说啊,体育彩票我期期都买,几百万分之一的概率我都没放弃,这可是四分之一的概率啊!"

"卖彩票的也让你做稿子提案啊?这跟概率有关系吗?"关洋一皱眉,刹那间似乎又恢复了太后的气场,只不过没维持多久又蔫了下去,"下周起,我就不来了,姚羽觉得你挺有灵性的,至少现在不会考虑动你,以后她会再找别的创意总监,你用心学,应该能跟得上。"

"你不来了……是什么意思?"我猛地抬起头,千算万算,没想到走的会是她,"难道你要……"

"嗯。"关洋点了点头。

"为什么?姚羽想让你走?"

"这还用她让我走吗?"关洋冷冷一哼,"你还记得'四有新人'吗?"

"记得。"我点头道。

"其实我还少说了一项——脸。"关洋道,"这东西有没有两可,或许没有更好。但我得有。老庞之所以想比稿,是因为他嫌我不听话,总跟他掰扯,然后呢,我又介绍来一个陶武,你说我还有什么脸继续在这儿赖着？"

"这件事也不能完全怪你啊……"

"你跟我说这些有用吗？怪谁不怪谁我自己心里没点数啊？"

"可是……"

"可是个屁。我叫你过来的目的，不是为了明确责任，跟你把责任明确了也没个屁用。客户丢了，瞒不住也没法瞒，姚羽也得跟上边有个交代，就算真是你的责任，黑锅也得我背，明白吗？"

"明白。"我点了点头，干脆把后面的话咽了回去。虽然我始终觉得这一切对她来说很不公平，但我觉得不公平是没用的，换句话说，谁觉得不公平都没用。的确，我们的确输给了陶武，他们报价五万，我们报价八万，每月贵出三万块钱，高傲而倔强的姚羽拒绝对八通苑降价，我们不是输在水平，而是输在脸皮。

说句题外话，作为房地产开发商，手里耍的是几亿几十亿的楼盘，真的会在乎每个月多花三万块钱？常言说得好：吃不穷喝不穷，算计不到就受穷。对于这个问题，恐怕把"万"字去掉，答案也是一样的，那就是会。

"其实广告这玩意儿，我也没干太久，工作以来一共相中过俩人。其中一个已经看走眼了，希望你别让我再丢一次人。"关洋两眼死死地盯着我，平静中似有几分无奈。

"我不会让你失望的。"我无奈一笑，"你说我这算不算是死在起跑线上了？"

"起跑线个屁，你丫还没进体育场呢行不行？"关洋也是一笑，"什么时候你能独立做一张平面稿了，那才算是上了起跑线。"

"平面稿而已啊，我现在就能做啊！"我也是不甘示弱。

"'四有新人'再给我背一遍！"

"哦，对对对，第一条是有自知之明。我现在还做不了平面稿，只能写软文。"

“别不要脸了,你写的那也叫软文啊？”

“提案那两篇软文,你不是说写得还行吗?这是你自己说的啊！”

“我说还行你就信啊？那我说你现在狗屁不是,你怎么就不信呢？”

“我……”说实话,这个女人的确是很难缠,我要是那个庞总没准也得考虑比稿。

“今天也没啥事了,你去把英英叫上,一块儿吃个散伙饭吧。还是上次咱俩吃饭那个地儿,我先过去了。”关洋抬手看了看表,“你帮我把东西收拾一下带过去吧。我不想进那屋了。”

16/

蒙眬中猛然清醒,只感觉头疼得似乎要爆炸一般,咬着牙睁开双眼,我发现自己正穿着衣服斜趴在一张单人床上,毕英英正蒙着被子躺在隔壁床铺上呼呼大睡。

我想起来了,昨天晚上喝断片儿了,最后的记忆停留在一口闷了半杯至少一两的二锅头上,然后就只剩一些碎片画面了,蒙眬中记得好像我和毕英英互相搀扶着手脚并用爬楼梯,不知道是不是爬这家宾馆的楼梯。

下意识地摸了摸手机、钱包、烟,还好,硬硬的都在。掏出手机看了看时间,已经是上午十点了。

"毕爷!醒醒!太阳晒屁股了!起来抽根烟呗!"我翻身下床推了推毕英英,温柔地送上一根点好的烟。

"我去……"毕英英受刑一般把眼睛睁开了一条缝,"你丫挺能喝呀。"

"我昨天晚上……说没说什么不该说的话?"我赶忙追问。

"我哪知道,昨天我比你强不了多少。"毕英英接过烟龇牙咧嘴地坐起了身子。

"以后怎么办？"我坐回了床上，靠着床头抽起了闷烟。

"什么怎么办？"

"工作啊，关姐走了，你有什么打算？"

"我能有什么打算？先干着呗。"毕英英摇了摇头，"我刚从上一家公司出来，刚把房子租好，我可不想再折腾了。怎么，你想走？"

"我更不能走啊！"我皱眉道，"跟你说句实话，我爸妈特反对我来北京，我是在网上认识关姐的，他们觉得网上认识的人都不靠谱，怕我来了被骗。我拍着胸脯寻死觅活保证没问题，他们才同意我来，就这么回去的话，这不是打脸吗？"

"你多大了，来北京找个工作还得家里同意？"毕英英叶了个烟圈满脸的不屑。

"这跟我多大没关系，我得找他们凑盘缠啊！我之前才上过半年班，也就存了几百块钱，那点钱在北京一天就没好不好？"我无奈一笑，"现在可好，路费还没挣回来呢就整这么一出，那个傻×陶武，早知道客户必丢无疑，当时就过去抽丫一顿了。"

"这算个屁。"毕英英伸了个懒腰，夹着烟满脸的满不在乎，俨然一副见多识广的样子，"我见过更狠的。之前我在一家公司上班，有一个副总特别年轻，就比我大一岁，跟老板长得特像，传说是老板的私生子，他天天请我们底下人吃饭唱歌，跟我们混熟了之后，自己私底下偷着成立了一家公司，然后连团队带客户一个不剩全拉到自己公司去了，直接把他爹晾那儿了。"

"我去，这简直就是'二十四孝'啊！"我也惊了，看来陶武在人渣的金字塔里的确算不上塔尖。

"怎么样？心理平衡了吗？"毕英英盯着我问道。

"我心理平衡有个屁用啊，公司没客户了啊！"我无奈道。

"没客户就出去磕呗，大不了累点。就咱们公司这几口人，只要能磕下俩月费客户，就足够养活。"

"要是磕不下来呢？"

"我估摸着，半年吧。要是半年之内一个客户都磕不下来，差不多就该黄了。"毕英英皱着眉若有所思，"不，也许用不了半年，有三四个月没客户的话，总公司那边估摸着也就扛不住了。"

"在北京拿个客户很难吗？"我问道，"八通苑是怎么拿到的？"

"其实也不难。一是看人品，二是看总监。"毕英英道，"八通苑是总公司那边介绍过来的，他们想找总公司做媒体发布，然后姚羽就过去喷了一通，就给喷过来了，当时也没比稿，稀里糊涂就签了，这就是人品。"

"照你这么说，能签下八通苑，说明咱们人品没问题；现在客户丢了，是总监不行？"我追问道。

"想听实话吗？"毕英英忽然满脸的神秘，"至少有她一半的责任。"

"怎么讲？"

"主要是太傲。"毕英英摇头，"你知道吗，不管是什么客户，一旦找了广告公司，创作欲肯定会大爆发，特别喜欢自己想创意，自己想广告语。就好比八通苑那个姓庞的，看见三星手机盒子上印了一句'三星数字世界欢迎您'，就灵感大爆发了，琢磨出一句'CBD 商务世界欢迎您'，自己把广告画面都想好了，非要弄一群穿黑西服的人拿着高脚杯互相敬酒，整得跟劳务市场组织的野鸡招聘会似的，当时我就跟关洋说，广告费又不用你掏，既然他强烈要求，你就成全他这一次呗，结果招来一顿骂，骂完我之后，她又跑去跟老庞掰扯，来回掰扯了一个多礼拜，订好的版面差点开天窗①，最后那个'招聘会'广告死活就没做成。你说你一个广告公司的总监，跟客户老总对着干，这还能有好吗？人家客户还能给你机会比稿，这就算够客气了。房地产客户的广告预算，国家规定不高于销售额的 3%，房地产项目的销售额，那都是以亿为单位计算的，就算八通苑的销售额只有一个亿，

3%就是三百万,你以为他们真差那一个月三万块钱?"

"嗯,像她的风格。"我一个劲儿地点头。

"关洋是个好广告人,但真不一定是个好总监。"毕英英摇头道,"她个性太强了,有的时候,客户给稿子提意见,想改几个字她都不让,跟人家各种掰扯,我都看不下去了。有掰扯的工夫,别说是改几个字,把稿子重做一遍都够了,掰扯个什么劲儿啊……"

"不对呀……"我皱眉道,"前两天她辅导我写软文,好像把那个老庞的喜好摸得挺透的,我还以为她已经学会妥协了。"

"她那也叫妥协啊?"毕英英不以为然道,"她和客户,妥协的标准是不一样的,她可能觉得自己已经很妥协了,但在客户眼里她就是个刺儿头,客户要的不是让广告公司猜自己的喜好,人家要的是听话!"

"照你这么说,所有客户都喜欢听话的?"我问道。

"也不绝对,得分人。要么他喜欢你,要么他信任你,你就容易说服他听你的,提案就容易过稿,但你也得适当尊重客户的意见,那些无大所谓的地方,就按他说的改,让他感觉有面子,但也不能全听他的,显得你没价值。这里边的分寸,就得看总监的把控了。所以说一个好总监很重要。"

"照你这个说法,创意总监其实就是个喷子啊?"我皱眉道。

"是,喷子很重要。但当然不能只是喷子,首先创意水平得过关,喷子只是锦上添花而已,否则你再怎么能喷,拿一泡屎去提案,该凉还是得凉啊。"

"其实……我有个想法。"我盯着毕英英,点上了第二根烟。

"什么想法?"毕英英倒是不客气,直接从我嘴里把点着的烟抢了过去。

"老梁那边有个比稿,别墅的,下礼拜一提案。"

"你想做?"毕英英顿时就是一愣。

"嗯。"我点了点头。

"别逗了哥们儿……"毕英英一笑，"谁做？就咱俩？"

"对。"我一本正经地再次点头，丝毫不像是在说笑。

"我劝你别蹚这颗雷。"毕英英道，"现在已经是礼拜六了，而且这一上午已经废了，还剩一天半，这么短的时间，咱俩肯定做不了，姚羽也不可能花钱从外边找人。你要把这个事跟她说了，到时候出不来东西，可就不好交代了。现在八通苑刚丢，没准她正琢磨着拿谁出气呢。"

"我们去八通苑提案的时候，姚羽怀疑是假比稿，她怀疑根本就没有第二家公司，所以我们提完案出来的时候就在离售楼处不远处盯着。"

"嗯，然后呢？"毕英英满脸的懵懂，似乎不知道我想表达什么。

"然后就看见陶武上门提案了。"

"再然后呢？"毕英英仍旧满脸不解。

"你猜他们有几个人？"

"两个？"毕英英微微点了点头，终于知道我想说什么了。

"对。"我道，"既然他们两个能做，咱们两个，怎么就不能做了？"

"任何项目都能两个人做，但关键是时间啊哥们儿！"毕英英仍旧不为所动，"就算你有陶武的水平，你也没有他的时间啊！"

"就四家公司，每家25%的概率，碰碰运气呗！"我干脆把概率的理论又跟毕英英说了一遍，"体育彩票几百万分之一的概率我照样花钱买啊。"

"哥们儿，以往这么多届世界杯，巴西、意大利次次出线，中国队一次都没出过，这种事跟概率没关系好不好？"毕英英满脸的不屑，态度与关洋是一样一样的。

"这届不是出线了吗？"真是哪壶不开提哪壶，我大中国队在米卢教练的带领下首次小组赛出线冲入世界杯决赛圈，你跟我举足球的例子这不是找打脸吗?

"咱别闹行吗?这届中国队能出线,是因为日本、韩国是东道主,不参加小组赛直接出线。如果日韩参加小组赛,你觉得中国队还有戏吗?"毕英英嘬了口烟满脸的消极,"我知道你是怎么想的,放在以往,去试试倒也无所谓,但这次不一样。你想想,关洋介绍了一个陶武,结果把客户抢了,姚羽对关洋介绍的人没准已经有了戒心了,咱俩可都是关洋介绍来的,没比下来的话,甚至说稿子做得太糙被客户嘲笑的话,白忙活一场那都是小事,没准还得惹一身骚。咱们要是还想继续在元鼎干,就得蔫着点,上边让干吗再干吗,别自己没事找事。"

"你说……如果中国退出亚洲,自己成立一个洲,就中国一个国,是不是就能次次出线了?"我笑道。

"那可不一定,大洋洲得跟亚洲争半个名额,中国次次都栽在那半个名额上。"看来毕英英对国足的丢人史是有所了解的,"就算中国自己成立一个洲,也绕不过那半个名额。"

"就算绕不过去,至少比跟日本、韩国分一组简单点吧?"

"那倒是。"毕英英终于点了点头,"不过凉得也快,就踢一局,一翻一瞪眼。"

"你觉得,咱们如果用这个策略去比稿,是不是也会简单点?"我问道。

"什么意思?"毕英英似乎没大听懂。

"红旗别墅的项目简报,我看过一眼,简报上说他们之前是打过广告的,这次比稿,说明他们对之前的广告不满意,所以才要重新比稿,对不对?其他的广告公司肯定会出全新的创意全新的策略,肯定不能跟以前一样。咱们反其道而行之,就顺着他们以前的思路继续做,他们是维新派,咱们是怀旧派,这样咱们和其他三家就分成了两个阵营,维新对怀旧,四选一变二选一!如果他们决定继续用以前的创意,那就只能选咱们了。"

"想法是挺好,但万一客户铁了心就要新东西呢?"毕英英疑惑道。

"创意好坏,的确要看水平,不看概率;但客户究竟是想创新还是想怀旧,这就是概率问题了!别人押创新,咱们就押怀旧!有50%的概率能赢!"我伸出双手打出了两个"五"的手势。

"你自己刚刚说过,比稿是因为客户对以前的东西不满意,你觉得他们选怀旧的概率是多少?"

"百分之百概率的头卖,还轮得到咱们吗?"我激动道,"就像你说的,咱俩都是关洋介绍来的,姚羽没准已经对咱俩有戒心了。咱们要是能把这个客户拿下来,不仅能消除她的戒心,还能帮关洋挣回面子,没准让姚羽把关洋找回来都不是问题!你要是觉得靠谱,咱们就把老梁叫来一块儿研究研究,还是说你这两天有私事没时间干?"

"我没私事。"毕英英破天荒地点了点头,"我觉得你小子就属于那种不撞南墙不回头的类型,这一点跟关洋倒是有点像,不过她的下场你也看见了。"

"我无所谓!"我掏出手机拨通了老梁的电话,"撞一下墙,顶多磕个包,总比连墙在哪儿都不知道要好!"

"喂……麦子?"几声嘟嘟声过后,电话听筒里传来老梁慵懒的声音,看来也是刚起床。

"是我。我跟毕爷在一块儿呢,正在研究红旗别墅比稿的事,你能过来参与一下吗?"

"不比了。"一听"红旗别墅"这四个字,老梁的语气忽然消极起来,"姚羽说了,公司现在的情况比不了创意,只能争取一下媒介②。"

"大哥,陶武就俩人,估计就是个皮包公司,咱们现在这么多人,怎么就比不了啊?"

"已经来不及了。"电话那头老梁无奈道,"我已经给那边打电话说退出创意比稿了。"

"那你再打一个电话告诉他们继续比行不行?"我的语气近乎哀求,"我有新想法,你抽空过来一趟,咱们一块儿商量商量可否?"

"你有什么想法?"老梁问道。

"电话里说不明白啊!"我无奈道,"梁哥,我刚才跟毕爷聊过了,他也觉得可以一试,你要是信得过我俩,就过来一起商量一下,万一能中标呢?何况,如果按我的办法来,那就不是万一,而是一半的概率! 50%啊!"

"我先问问姚羽吧。"沉默许久老梁终于表态,接下来,就看姚羽的气消没消了。

上刑般苦等了十五分钟,老梁终于把电话打了回来:"一点半,公司见。"

【注　释】

① 开天窗:媒体术语。指广告客户已经预定好了报纸、杂志的版面或电视时段,却没能在限定时间内提供相应的广告内容,媒体只能临时以公益广告或其他无关内容填充版面的现象。

② 媒介:广告公司的生意一般分为两大类,一是创意,二是媒介。所谓媒介,就是由广告公司向报社、电视台或网站购买版面、时段或其他广告资源,然后卖给客户,或是由广告公司代表客户向媒体购买资源,可以简单理解为广告客户与媒体之间的"中间商"。广告公司因为购买量大或与某些媒体存在长期合作关系,往往可以拿到较高的折扣、返点或买赠,同时依托与媒体的良好关系,也更容易帮客户争取到一些更加优质的稀缺版面或热播时段,这些优势,往往是广告客户直接向媒体购买资源所不具备的。在本文中,元鼎广告的上级总公司"名扬盛世广告",本身就是一家靠经营报纸版面"拼点"业务起家的媒体公司,在媒体方面自然有一定的优势。

17

我们没有公司钥匙,只好把前台妹子叫来开门,说实话感觉挺对不起她的。当老梁赶到公司的时候,我和毕英英已经把一摞一摞的报纸从会议室的架子上摘了下来堆在了创意部的桌子上。

报纸?

没错,就是报纸。广告公司就这点好,每天的各大报纸都会保留报样,三个月之内北京的所有主流报纸,包括《北京青年报》《北京晚报》《北京晨报》《京华时报》,几乎是一份不差都有留样,堆在一起足有上百斤重。

"你们……这是在干吗?"推门进屋,老梁顿时一愣。

"我们在找红旗别墅之前做过的广告。"我头都没抬,"我看过你的项目简报,说他们之前做过广告,但简报里没有图片,我想知道他们之前做的广告是什么样的。"

"哎呀你看那个有什么用啊?"老梁一皱眉,"不用看,特别烂。黑乎乎一大片,整得跟讣告似的,好像都没找广告公司,就是开发商自己雇了个美编做的,要多烂有多烂,连屎都不如,没有参考价值。你先跟我说说你有什么想法,我再决定要不要给他们打电话说继续比稿。"

"你没打电话啊?"我愣了。

"麦子,你得看清形势。人家是甲方,咱们是乙方;人家对咱们可以招之即来挥之即去,但咱们绝对不能说来就来说走就走。我已经告诉过他们弃标了,如果我再打电话恢复投标的话,咱们就必须要去提案,不管稿子做成什么尿样,都必须要提! 如果二次弃标,这个客户就彻底得罪了,连媒介也没戏了。可是,姚羽刚才偏偏又交代过我,去比稿可以,但不能丢人。所以说如果你的想法不靠谱,客户那边觉得烂倒是无所谓,但跟姚羽没法交差,明白吗?"

"我的想法……怎么说呢? 我先给你打个比方吧,你觉得,想让中国队世界杯出线,有什么好办法?"

"这……这跟比稿有什么关系吗?"老梁顿时一脸蒙圈。

"有很大关系!"

"中国队不是已经出线了吗?"

"这届不算,日韩东道主不参加小组赛,没难度。我问的是,让中国队在日韩都参赛的情况下,出线。"

"呵呵……你这是那个'佛都哭了'的段子吧?"老梁呵呵地笑上了,"中国队想出线的话……发射原子弹把日本、韩国都炸了就差不多了……不行,光炸日韩还不够,还得炸伊朗、阿联酋、卡塔尔、沙特、吉尔吉斯斯坦、土库曼斯坦……要不然,把整个亚洲都炸了得了,就剩中国自己,应该差不多。"

"嗯,我们想的办法跟你说的差不多。"毕英英搭茬儿了,"不过我们没你那么邪恶,我们觉得中国可以退出亚洲,单独成立一个洲,那就容易多了。"

"单独成立洲不行啊,肯定要去跟澳大利亚争名额,中国踢得过澳大利亚吗?"老梁是很狂热的球迷,一提足球的事干脆把提案的事都忘了。

"把亚洲都炸了不也一样得争名额吗？"毕英英一本正经道。

"那不一样啊，咱把亚洲都炸了，争名额的时候澳大利亚就不敢好好踢了。"

"你这是抬杠！都不敢好好踢中国不就夺冠了吗？"

"有敢好好踢的啊，法国、英国、俄罗斯、美国，人家也有原子弹。"

"照你这么说，印度、巴基斯坦和朝鲜也有原子弹啊，中国是怎么出线的？"

"亚洲有四个名额！"老梁煞有介事地伸出了四根手指。

"停！"我都快哭了，这两个人怎么能这么贫？平时完全看不出来啊，"我就是举个例子！"

"哦……你继续说，中国出线了，然后呢？"老梁正了正眼镜道。

"跟中国出线没关系，我就是举个例子，中国退出亚洲，单独成立一个洲，出线的可能性就会大大增加！"我满脸神秘，跟老梁挤了挤眼，"怎么样，想到什么没有？"

"没……"老梁摇了摇头，"你到底想说什么？"

"你想想看，他们以前打过广告，对吧？开发商自己的美编做的，免费，对吧？但是你有没有想过，他们为什么放着免费的美编不用，非要花大价钱找广告公司呢？"我问道。

"这个说来话长，他们内部很乱，我先跟你简单介绍一下吧。"老梁微微皱了皱眉，"这个开发商，底子就是以前的公社生产大队，董事长就是之前的大队长，改革开放之后带着大队搞企业，挣了点钱，然后就开始做房地产。董事长年纪挺大的，差不多有七十了吧，初中毕业，文化不高。现在公司的具体经营，都是他三个儿子负责。老大管人事和财务，老二管采购，老三管工程，然后公司里能管点事的，基本上都是他家亲戚，就是个家族企业。他们那个别墅附近有一个十八洞的高尔夫球场，他们之前也一直在打高尔夫的概念，但效果并不好,主要是因为球场附近的别墅项目不止他们一家,纯打球场概念的话,他家并不占优势。前些日子米卢当国家队教练,搞什么'快乐足球',老爷子是球迷,觉得这个'快乐足球'挺新潮的,就心心念念想打一版'快乐高尔夫球'的广告,几个儿子为了让老爷子死心,才打了之前那版屎上天的广告,广告打出去之后,就只接到了一个咨询电话,问了两句就没下文了。"

"快乐高尔夫球?这就是之前那版广告的主题?"我问道。

"对。"老梁点头,"我原本是想找他们要一张以前那版广告的图片的,但那个美编已经被开除了,临走时把电脑里的资料都删了,他们也没图片,只有那张报纸,还不能给我,得留着存档,不过那版广告你们也不用看,就黑乎乎一大片,原本是绿色的草地,但是那个美编把颜色调得太重了,屏幕上看着还行,在报纸上印出来却是糊的,绿到发黑,然后中间有一个白色的高尔夫球,不仔细看还以为是八月十五的月饼广告呢。还有啊,他们连个效果图也没做,广告上的别墅,是用数码相机拍的沙盘模型,要多丑有多丑,根本就没法看。"

"他们在哪个报纸发的?你还记得日期吗?"我问道。

"《京华时报》发的,《北京青年报》贵啊,本来就是为了糊弄老爷子,图便宜就买的《京华时报》。"老梁撇着嘴摇了摇头,"日期我没注意,应该是去年十月,这堆报纸里够呛有。"

"总部那边的报样是不是比咱们这边多?"我仍不死心。

"总部那边去年一年的都有。"老梁道。

"那就去那边找!不管好坏我必须看一眼!"

"你先别着急找报纸,你还没说你到底想怎么做!"老梁一本正经道。

"你先告诉我,他家董事长在他们公司里的话语权怎么样。"我问道。

"怎么说呢?脾气倔起来倒是没人敢不听,不过他一般不怎么参与具体管理，都是几个儿子在管。"

"下面人如何看待'快乐高尔夫球'？"

"这……肯定是不同意啊！太俗了。"老梁一个劲儿地摇头。

"肯定不同意？是他们肯定，还是你肯定？"我继续追问。

"当然是他们肯定啊！"老梁斜眼盯了我半天，似乎想明白了，"你小子不会是……你想把那个'快乐高尔夫球'再弄一次？"

18/

"没错!"我斩钉截铁道,"那是咱们唯一的机会!"

"哎哟……"老梁"啪"的一巴掌拍在了自己的脑门上,"我说麦子,你这满脑袋都在想些什么啊?放弃高尔夫,换别的概念,这是他们公司内部所有人达成的共识,包括老爷子自己!我拿标书的时候,人家已经明确告诉过我了,必须想新的概念,不提高尔夫!标书上白纸黑字写得很清楚了,你这么干不是找死吗?"

"为什么要换新概念?"

"因为效果不好啊!"老梁道,"球场附近有好几个项目,他家的项目并不突出,房子盖得太密,价格也没有优势,设计还特别土,就跟村里集资盖的二十世纪八十年代的小洋楼似的,去他们那儿看房的人,十个有八个都去买附近别的项目了,继续打高尔夫的概念,等于是给竞争对手打广告!"

"欸,这儿有一个高尔夫别墅的广告……"就在这时候毕英英扯出了一份过年前的《北京青年报》,画面很简单,就是一个老外在草地上挥杆,远景用 Photoshop 合成了一幢别墅,画面细节极其粗糙,房子和人的比例都不对,广告的标题是:独霸一隅,畅享私家球场。

"哦……这个项目就是他们的竞争对手之一，离得不远！"老梁指着广告道。

"他们那疙瘩的开发商，是不是都喜欢找厂里的美编设计画面？"我拿起报纸不禁眉头紧皱，舍得花十好几万买报纸版面，难道就不能多花个千八百块钱找个正经点的设计师吗？

"行了吧，这个比他们家那版强多了好不好？至少不像卖月饼的。"老梁叹气道。

"对了，他们的竞争对手不是也在说高尔夫吗？为什么他们要换概念？"我问道。

"人家是人家，他们是他们。既然他们已经决定放弃高尔夫球的概念了，咱们就别捣乱了。"老梁一个劲儿地摇头，"你要是还有别的想法，咱们可以聊；你要是就这一个想法，这次就算了吧，别去捅娄子了。"

"梁哥，你有没有想过，他家之前打广告效果不好，有可能不是'高尔夫球'这个概念有问题，而是广告本身设计得太烂？"我一把拉住正准备转身出门的老梁，"你也说了，那版卖月饼的广告，完全就是几个儿子糊弄老爹的产物，钱花了没效果，老爹也就死心了。但你有没有想过，他们为什么要想方设法糊弄老爹？就是因为老爹坚持认为高尔夫球是卖点啊！广告效果不好，有可能只是因为稿子设计得太土啊！"

听我这么一说，老梁也是一愣，虽然没说话，却把身子又转了回来。

"你想想，老爷子虽然是董事长，但他首先是个父亲，而且还是个上了年纪的父亲！天底下有几个老父亲能拗得过成年的子女？他最后同意放弃高尔夫概念，完全是对儿子们的妥协，广告做得烂他也没有办法，因为是儿子们在负责具体执行！公司上上下下没有人帮他说话，他孤掌难鸣啊！所以我要给你举中国队小组出线的例子，因为咱们要从四家比稿公司中跳出来,单独成为一个阵营! 别人都在想新概念新策略,都在挺他家儿子,但咱们要力挺他家老爹,坚持打高尔夫的概念,坚持原来的策略! 他们是维新派,咱们是怀旧派! 而且我个人坚持认为高尔夫球的概念绝不能放弃! 就像你说的,他家的房子盖得不行,产品有硬伤,球场是唯一的卖点! 如果咱们能说服他们坚持旧策略,坚持打高尔夫的概念,那他们就只能选咱们! ”

“你这个想法……很危险。”老梁想了想忽然蹦出一句,“老爷子很少参与具体管理,提案的时候他是否在场都不得而知。听你提案的人,最终决策的人,有可能全是反对你的人。退一步讲,即便老爷子在场,也不大可能因为咱们支持他的想法就力排众议跟咱们签约。风险太大了。”

“你所说的风险,指的是什么? ”我问道,“是担心白花提案的油钱? 还是担心因为咱们支持老子的想法会被儿子们拉黑,连累媒介的生意? ”

“当然是担心连累媒介。”老梁摇了摇头,“你这个想法,已经超出广告范畴了,这已经涉及到他们家族内部的博弈了:讨好了老子,就会得罪儿子。你别忘了,县官不如现管。他们那儿真正管事的是儿子不是老子。退一万步讲,即便老子喜欢咱们,拍板跟咱们签约,但签约之后呢? 你以为儿子们会让咱们好过吗? ”

“梁哥你错了! ”我的倔劲也上来了,“这不是什么博弈,这就是纯粹的广告! 儿子们让不让咱们好过,要看房子卖得好不好。如果别人中标,再怎么讨好儿子,但房子卖不动,那才是真正的不好过! ”

“真是初生牛犊不怕虎啊你小子……”盯着我看了半晌,老梁终于微微点了点头,“好吧,但有个前提:你出两个方案,主推方案必须是新概念,高尔夫球的概念只能作为备选。”

“为什么啊? ”我一愣,“新概念只不过是为了讨好客户而已! 真这么弄,咱们跟其他公司就没区别了! 其他公司很可能也会把球场卖点作为备选的！咱们能不能主推球场的概念,然后把新概念当备选？"

"你知道我是怎么拿到这次比稿的吗？"老梁忽然话锋一转,我也不禁一愣:"怎么拿到的？"

"他家老三,跟我在一个球场踢球,无意中跟我说起广告比稿的事。"老梁道,"这个项目的招标,其实不是开发商组织的,而是销售代理公司组织的。"

"销售代理公司？这又是个什么鬼？"我问道。

"就是专门替开发商卖房子的公司。"老梁道,"很多开发商自己不负责卖房,而是找一家销售代理公司帮他们卖,然后代理公司会从中抽成。这次广告招标,是代理公司组织的,投标条件里有一条硬杠杠,就是必须有别墅项目的成功案例,但咱们没有,不但没有别墅项目的案例,咱们什么案例都没有！完全是他家老三看在球友的面子上卖了个人情给我,把咱们公司硬塞进去的。"

"那又怎么样？"我不以为意道,"这跟咱们出什么样的方案有什么关系吗？"

"当然有关系。"老梁道,"他家老大在公司里权力最大,人事财务一把抓,老爷子基本上什么事都听他的。推动这次比稿的人也是他;力主放弃高尔夫球场概念的,还是他;比稿选哪家公司,最后看的也是他的脸色。现在标书上写得很明确,要新概念！这也是他的意思。老三破格推荐咱们公司参与投标,咱们代表的就不单单是咱们公司了,还代表了老三！如果咱们提新概念,再怎么屎,大不了是个输,买卖不成仁义在;但如果咱们偏偏主推高尔夫概念,故意跟老大对着干,这会让老三很尴尬。你明白我的意思吗？"

"说来说去,你还是担心什么狗屁博弈的问题,对吧？"我斜眼道。

"这种事很微妙,最好别冒险。"老梁点了点头,"姚羽现在是求稳,之前决定放弃创意比稿,为的就是力保媒介,跟那三家比,咱们的媒介还是有点优势的。"

"对了老梁,参加比稿的另外三家都是谁啊?"毕英英忽然插了一句。

"文德,龙正,众城。"老梁淡淡道。

"我×,呵呵……"听完这三个名字,毕英英先是一愣,之后冷冷一笑便没再说话。

文德广告,全称"北京文德时代广告有限公司";龙正广告,全称"北京龙正广厦广告有限公司";众城广告,全称"北京世纪众城广告有限公司"。在当时,房地产圈里有一本颇具影响力的全国性杂志,名为《新地产》,年年坐庄评选所谓的"北京十大地产广告公司",评选的标准好像是"代理项目数""代理收入"和"代理项目销售额"这三项标准中的某项,说白了就是"你有多少客户""你挣了多少钱""你帮客户挣了多少钱"这三项中的一项。在上一年的排名中,上面三家公司分别位列第三、第七和第九。至于我家"著名"的元鼎广告,如果这份榜单能延长到一百名的话,或许还有上榜的可能。

"这三家……很牛×吗?"说实话,对于这三家公司,我只是听关洋提到过其中的两家,且没什么概念,见毕英英如此表情我不禁一愣。

"至少比咱们厉害,所以姚羽决定弃标。她担心万一创意做得太烂,影响客户对咱们的印象,最后给媒介减分。"老梁道。

"好吧……把高尔夫球作为备选方案。"我无奈地摇了摇头也只得妥协,毕竟我只是个新人,人家老梁作为资深前辈,出于对我的信任大周日的跑到公司加班,且苦口婆心地解释了这么多,已经是很给面子了,"你们觉得……把关洋叫回来帮忙如何?"

"别……"一听"关洋"这俩字,老梁一个劲儿地摆手,"姚羽特意交代过,不许找她。"

"为什么？"我一愣。

"鬼知道为什么，估计是还在气头上吧。"老梁耸了耸肩一脸的无奈，"就咱们几个想，想得出来就做，想不出来就放弃。这个节骨眼儿，最好别因为这种事惹她。"

"你最晚什么时候给客户打电话？"我问道。

"什么时候都行，到明天晚上之前都可以，但你们要保证有时间把稿子做出来。"老梁说，"而且等你们把稿子和策划案弄完了，还得发给姚羽看一眼，她说没问题，我才能打这个电话。"

"什么什么？策划案？"我心头顿时就是一惊，怎么还有个策划案？哦对了，想起来了，当时关洋去八通苑提案，也是照着一个 PPT 文件在喷，喷两句就换一页，那东西应该就是策划案，提案前的好几天，关洋好像一直在写那东西，貌似是挺烧脑的，千算万算，把那东西忘了，一直以为做两张平面稿就能交差了，这可咋整！那玩意儿我从来没接触过啊！

19/

"你拿八通苑的策划案改改不就行了吗？"老梁倒是不以为意。

"改改？"我一愣，这也能行？

说句实话，此时此刻如果真的让我从零开始来写这个策划案，这事十有八九也就黄了。没接触过是其一，其二就算是轻车熟路，像这样洋洋洒洒几十页的 PPT，别看废话居多，没个一两天也写不完。关洋尚且憋了好几天，换我就更别提了。好在这种事在老梁这种老油条看来似乎不叫事，按老梁的话说，策划案里 99% 的内容，客户是懒得听更懒得琢磨的，像什么市场调研、区域分析、客群分析这类内容，在客户眼里基本都是废话，大部分内容客户比你清楚，他们感兴趣的东西就两样——Slogan 和平面稿，如果涉及起名，就再加上一条——名字，最多就这三样，这就是提案的核心。但话说回来，即便敌我双方都心知肚明策划案大部分是废话，这些东西也必须要有，一是显得我们很专业，对市场和消费者很了解，而且做了很多的调研工作；二是表达一下对客户的重视。没有这堆废话直接拎着两张平面稿去提案，那场景想想都尴尬，就算想跟客户聊两句都不好找话题。

在此，我不得不额外解释一下，传统消费品广告公司的竞标策划方案都是由客户部制订并撰写的，最多制订之前与创意部的人开个会商量一下，但最后成文肯定是客户部的事。至于策划方案中所需要的广告表现，也必须是由客户部提炼卖点，然后下一份 Brief① 给创意部，创意部只负责依据客户部的 Brief 想创意做广告。

房地产广告公司则属于异类。首先，少数比较有名的房地产广告公司，从来就没做过策划案这种东西，最多是做个 PPT 文件秀一下成功案例，然后给客户报个价，爱做不做，这种公司一般属于店大欺客型，接的项目多外加广告效果相对比较好，从来就不愁客户，所以才会如此之拽。这类广告公司的老总一般都是大喷子，具备相当的人格魅力，他的嘴本身就是一本策划案，提案的时候天上地下一通喷，直接把客户喷晕，外加手里一堆所谓的"成功案例"，稀里糊涂也就签了。讲真，所谓的"成功案例"，放在房地产圈本身就是个伪命题，因为房地产项目尤其是北京的房地产项目，就没有不成功的，再烂的楼盘也无非就是卖的时间长点，除非楼盘烂尾开发商卷款跑路。但话说回来，真要发生这种情况那就不是广告好不好的问题了。所以说，只要是做过的项目，就可以直接标成"成功案例"塞进 PPT。

除了这类"直喷"型公司之外，其他绝大部分房地产广告公司，竞标策划方案从外到里从头到尾都要由创意部完成，再说具体点就是都要由文案来写。有很多做消费品出身的广告文案听说要写竞标策划案，都会觉得不可思议，但没办法，这就是真实存在的事，而且很不幸地被我赶上了。

言归正传，继续说眼下的工作。

正式干活儿之前，我们三个分了一下工，先集中脑力想出一个与高尔夫球无关的新概念迎合那个神经病老大，之后想好画面如何表现，然后毕英英开工做画面，我开工写策划案，老梁则负责上网查一些策划案里需要的数据。说得简单，真做起来麻烦可就大了，直到此时我才真正理解了关洋所谓的"四有新人"的深层含义:任何毫无压力天马行空的瞎想都简单得很,因为你不必为你想出来的东西负任何责任;而一旦有了业绩的压力和各种条条框框的限制,可就完全不一样了。就像现在这样,明明是建在高尔夫球场边上的别墅项目,却只字不能提高尔夫,而且提案的成功与否甚至关系到自家公司的生死存亡,这时候就会发现,平日里无比活跃的思维,几乎在一瞬间就乱成了麻,不论怎么想都觉得不靠谱。尤其按老梁的说法,红旗别墅几乎是球场周边半径十公里内最烂的别墅项目,规模小,房子丑,价格高,户型少,密度大,容积率②更是高达 0.66,性价比几乎就是负的,最要命的是连个样板间都没有,客户想看房就只能戴上安全帽进工地,购房体验奇差无比,加之开发商还抠门得很,在其他项目买房,有签约送中央空调的,有送进口按摩浴缸的,有送全套进口木门的,甚至还有送奔驰宝马的,最寒酸的也送一套球杆,就他家啥都不送,哪怕你送一双球鞋呢? 抱歉,没有。总而言之,对于这么一个滚刀肉项目,不论强调上述哪个方面,结局都与"快乐高尔夫球"是一样的,都是给周边的竞争对手打广告,因为别人家哪儿都比他强。

就这样,三个人大眼瞪小眼想了两个多钟头,直到烟灰缸里烟头都按不下了,我才猛然顿悟:我们的目的是劝他坚持打高尔夫球的概念,也就是说,作为备选方案的高尔夫球才是重点,前面那个所谓的"主推"方案,随便搞一个不就行了吗? 既然策划案可以用八通苑的改,难道广告就不行吗? 实的不行,完全可以玩虚的啊!"老梁,你觉得给他们的项目换个名怎么样? "

"换名? "老梁一愣,"换什么名? "

"案名啊!"我捻灭了手中的烟头,满脸的兴奋,"红旗别墅,你不觉得没什么特点吗? "

"换名……不好吧? 人家没说要换名啊……"老梁似乎有点犹豫。

"他也没说不让换啊!"说着话我已经打开了关洋的电脑,点出了当初给八通苑起名字的 Word 文件，"关洋告诉过我，烂盘翻身最大的法宝就是换名，看这个怎么样？日内瓦公馆！够不够洋气？"

"他那房子盖得，就是村里的小洋楼，跟日内瓦一毛钱关系都没有啊……"

"管他呢！"我咬牙切齿道，"咱们的重点其实是备选方案，这个主推方案就是为了打发老大而已，有就行是不是？日内瓦公馆，主打北欧情调，就这么定了！"

"那 Slogan 和平面稿呢？你准备怎么做？"老梁将信将疑道。

"这个我来想，你先说这个方案行不行！"

"行……吧。"老梁挺不情愿地点了点头，"但是你在策划案里必须得解释一下为什么要改名，为什么要改成日内瓦公馆，有什么好处。"

"那是必须的！"说话间连平面稿怎么做我都想好了：一只摊开的手掌，中间有一把西洋风格的老式房门钥匙，然后让毕英英给项目做一个新 Logo^③，像浮雕一样雕在钥匙柄上；标题就写"沐浴独栋尊崇，日内瓦公馆样板间开放！"。

样板间？

没错，就是样板间。

之前老梁介绍了这个项目的一些情况，其中最大的软肋就是没有样板间，要知道，不是所有的问题都能靠广告来解决，没有样板间是硬伤，就算我的广告能把全北京的有钱人都引到你的售楼处，你连个样板间都没有，肯定是要招骂的。

按老梁的话说，他们也不是不知道样板间的重要性，只可惜别墅项目的样板间可不是搭一个临时的棚子那么简单，里面的装修与装饰都要够档次才行，家具家电也得用奢侈货，一定要让看房的人感受到住别墅的奢华感。别看就是个临时的棚子，成本却绝对不低，两个户型都做出来做漂亮的话，卖一两栋别墅的利润恐怕都不够填坑的，最要命的是，房子卖完之后，棚子从里到外就全废了，着实可惜。所以他家那个负责财务的老大，决定先突击建好两栋位置靠前的真实别墅，装修成样板房，这样就能省下搭棚子的钱，里面的装修和家具家电最后还能折价卖给业主，从而达到省钱的目的。但问题又来了，此时此刻整个小区都还是工地状态，路没修树没种草坪没铺，即便你集中火力提前建好了两栋别墅当样板间，周围乱七八糟一样影响看房心情。为了这个事，他们家族内部也是争论不休，一部分人主张在售楼处建样板间，这样可以提高现场签约率；还有一部分主张在小区里建，这样可以省钱。一直争到现在，究竟在哪儿建也没个准信。

　　我的策划案是支持在小区里建样板间的，理由一大堆，但真正的理由只有一个，就是他家大哥，权限很大的那个，主张在小区里建。在建样板间这件事上，我们誓死站在大哥这边。

　　除此之外，关洋给八通苑写的策划案里还有一个叫"SWOT分析"的东西。所谓的"SWOT"，是"Strengths""Weaknesses""Opportunities""Threats"四个英文单词的缩写，分别代表"优势""劣势""机会"与"威胁"，先分析一下咱家的产品哪儿好哪儿不好，再看看别人家是怎么弄的，最后得出一个结论咱们应该咋整，基本上全是废话。前面胡乱分析一通，后面写一个自己需要的结论，我不知道这玩意儿是哪个老外发明的，但的确是一个挺好的先射箭后画靶心的套路。这个"SWOT分析"到了我手里，"优势""劣势"和"威胁"全让我删了，就留了个"机会"：一是改名，二是赶紧把样板间搞定，三是做专业效果图提升广告品质。说白了，除了改名算个新想法，其他全都是废话；至于改名，理由也很简单，之前广告太烂，与别墅这种高端物业不符，已经形成了负面效应，改个新名字至少能吸引一些不明真相的群众。日内瓦是瑞士城市，建筑大都是北欧风格，所谓的北欧风格，说通俗点就是简单直白省成本，真正的直白，又直又白，刷个大白墙直上直下,没啥花里胡哨的修饰,不像西欧建筑那般雕梁画栋,正好符合他家二十世纪八十年代小洋楼的尿性,乍一看勉强也能成立。

主推方案,也就是应付差事的那套方案,到此就算是完成了,再多弄也是无用功,不如省点时间干正经事。

再往下,正经事来了:再推高尔夫球场。

在这段策划案中,我直接放弃了那个劳什子的 SWOT 分析,而是把他家的别墅和周边几个项目做了一个对比列表,对比项目就是上面说的那几项:户型、价格、容积率、促销措施。这么一比就不难发现,除非哪个有钱人脑袋被门挤了才会买他家的项目,我也不管他家那群亲戚高管看见这张表会不会心塞了,有道是知己知彼才能百战百胜,自家产品什么德行,至少你们自己心里要有点数才行。

接下来就是重塑"快乐高尔夫球"这个屎上天的恶俗概念了。首先一点,肯定不能照搬之前老爷子的原话,否则让他家的亲戚高管团队误以为我跟他家老爷子一个水平,那可就全完蛋了,必须换个角度说,还是原来那个意思,但表现上要洋气,要上档次,既能让老爷子领会到我们在挺他,又不能让他家大儿子觉得我们跟他爸一样过时,说真的这还真有点难度。

首先,我让老梁私下里给那个球友三儿子打了个电话,问出了截至目前买他家别墅的业主的年龄构成。这个项目规划分为三期,目前是一期预售阶段,一共是一百三十八栋别墅,卖了大半年只卖出了三十来栋,业主年龄构成维持在三十五岁到五十岁之间,其中四十岁到四十五岁的业主占到了七成。于是乎,感觉来了:第一版平面广告,标题就是"生日快乐!我的球场英雄!",画面则是让毕英英在生日蛋糕上做出球场草皮的效果,之后蛋糕上插一面高尔夫球旗子,旗面是红色的,暗示红旗别墅,在标题下面的文案中,我把男人的事业形容成一场看似悠闲实则残酷的竞赛,而红旗别墅,就是商战的优胜者奖赏给自己四十岁里程碑的礼物。

　　这个平面稿没提到红旗别墅那些见不得人的短板，只是在概念上聚焦到了客户群的年龄层，可谓是虚中之虚，如果真的发布的话，最大的作用就是通过唯美精致的画面一改之前那版月饼广告给客户留下的项目是城乡接合部村建小产权房的印象。关于这点，关洋曾经反复强调过，精致的广告或许并不能直接引导客户消费，但却可以给客户留下一个好印象，有好印象才能不排斥，而不排斥，则是最终埋单的唯一前提。

　　第二张平面稿则更加疯狂，直接就是别墅窗户上被高尔夫球砸了个洞，标题则是"别问我住得离球场有多近，去问你的球杆"，标题下面还加了一行小字："小区距离球场近到只有四百米。"按老梁的说法，红旗别墅唯一拿得出手的卖点，就是小区在附近所有项目中离球场最近，直线距离只有四百米，不过这是一个很禁不起推敲的优势，因为这里的"四百米"指的是围墙到围墙的直线距离，如果是正门到正门中间走公路的话，则要远上不少。打高尔夫球的人大多是开车前往，又不是拖着行李翻墙去打球，公路距离比别的项目近上那么一两公里，开车的话基本上是感觉不出的。不过话说回来，做广告嘛，不管禁不禁得起推敲，只要是卖点，就值得试上一试。再者说，比稿本身就是客户给广告公司设置的互吹牛×的擂台，大伙儿上台互相亮肌肉，谁看上去更猛，客户就选谁。对于这一点，毕英英是看得最透的，很多情况下，客户选了那个肌肉最发达的，却不过是让他从事一些擦桌子扫地倒尿盆的杂活儿，根本用不着那一身的肌肉，就好比所谓的比稿，客户选一个最漂亮最花哨的，到最后往往还是会出品一些屎上天的稿子，选最好的不一定就意味着他想做最好的，但如果你不把肌肉亮出来，他就不会选你。

　　昏天黑地地忙活了足足二十四小时，直到第二天下午，随着毕英英几近崩溃的最后一次存盘，一切准备就绪。为了把二十多兆的

PPT 文件发给姚羽,我还特意自费注册了一个能发五十兆大附件的 VIP 收费邮箱,可谓是仁至义尽。这里还要说一下,通过这次临阵磨枪,我真实地了解了毕英英的设计水平,真心一流,像我这样的半外行都能看出好来。看到完成的平面稿,老梁也长出了一口气,在他看来,这几张稿子客户感不感兴趣先放一边,至少在美术层面不至于丢人,从设计水平上讲,跟他家之前那张卖月饼的稿子基本上就不是一个时代的东西。

…………

经过一个多小时的焦急等待,姚羽的电话终于打回来了,总体满意,可以去提!顺便还对我提出了表扬,觉得我入行时间这么短,能做出这个水平的创意让人意外,另外还决定提案由我来主讲,嘱咐我发言的时候不要紧张吧啦吧啦,让我先跟老梁预演一次提案过程,听得我简直就是神魂颠倒,甚至产生了一种案还没提已经内定签约的错觉。

【注　释】

①　Brief:俗称工作单,学名创意简报。广告公司的客户部在接到客户需求之后,会对客户的要求进行分析解构,之后将广告类别、产品优势、广告诉求、竞品简况等诸多客观要求以书面简报的形式下达到创意部,创意人员再以此为依据进行创意制作。

②　容积率:又称建筑面积毛密度,是指一个小区的地上总建筑面积与用地面积的比率。小区容积率越低,说明小区居住环境越宽松,居住感受越好。市区高层住宅小区的容积率普遍在 2 到 5 之间,而独栋别墅项目的容积率普遍在 0.5 以下。文中红旗别墅的容积率达到了 0.66,几乎是独栋别墅的容积率极限了,甚至已经超过了部分联排别墅的容积率。

③　Logo:"标志、标识"之意,可以理解为产品的商标或代表符号。

20/

次日一大早，司机老杨开着那辆手摇玻璃版捷达拉上我直奔昌平，在回龙观接上老梁后又转向顺义。本次提案的地点是开发商的总部，具体位置很难描述，是企业厂区内部的办公楼，离县城很远，在我看来很偏僻，就是能绕死本地出租车司机的那种偏僻。

因为要接老梁，四家公司里我们是到得最晚的。这里不得不说一句，那辆手摇玻璃版捷达，直到现在仍然牢牢占据我心理阴影面积第一的宝座。记得当时停车的时候，楼门口已经停了一辆别克GL8 以及奔驰、宝马、奥迪一大排的各类高级车，按《大腕》里的台词，别克 GL8 就已经属于不好意思跟别人打招呼的了，估计连门口保安都没想到还有一辆更不好意思打招呼的在后面。就在我开门下车的那一刹那，楼门口的保安斜着眼满脸警惕地看了看我们，又仔细地看了看车牌照，从头到尾都没把脸扭正了，那个眼神绝对是令我终生难忘。

对于提案顺序的安排，是比较直白的，有多直白呢？谁先到谁先提。连老梁都没想到会这么直接，头天晚上还以为要抓阄，结果哪有什么阄啊，我们进楼的时候，第一家公司都已经喷了一半了，我们和其他两家公司一起坐在提案的会议室隔壁的一间屋子里等着,要说这办公楼的隔音效果也真是可以,加上隔壁提案的哥们儿嗓门也大,慷慨陈词几乎能听清80%,但见等候室里这一大屋子人无一例外都把耳朵竖得跟兔子一样,估计隔壁那哥们儿自己都难想到,就在他慷慨陈词的同时,公司的那点商业机密不经意间已经泄露得渣都不剩了。

我因为来得晚没听见前半场,但凭后半场多少也听出了一点端倪,这哥们儿似乎也在推高尔夫球场的概念,我心中暗道不妙,看来这家公司想的路子似乎跟我的一样,在我没听见的那前半场随便推了一个什么扯淡方案迎合招标要求,然后以备选方案的名义重点推起了高尔夫球场。果真如此的话,估计我们是没有一丝优势的,首先是先入为主,即便客户决定采纳广告公司的意见继续推高尔夫球场的卖点,十有八九也得找最先提出来的那家;其次,相比这几家公司,我们的装备可真不是一点半点的寒酸,早在停车的时候就已经输了一局了,就算客户看不见外面的车,里面的提案文件总得看吧?人家公司可都是拎着投影仪来的,刚才路过会议室的时候,已经看见投影仪打在墙上的大屏幕了,而我们公司根本就没有投影仪这种高级货^①,只好把策划案用A4纸打出好几份再装订好,与会领导人手一份,我坐在前边用笔记本电脑一边翻页一边喷,下面听的则只能翻打印文件,当然,他要是懒得翻,你也没办法,不像投影仪那样可以主动控制节奏。当初关洋提八通苑就是这么提的,有道是"工欲善其事,必先利其器",比起人家用投影仪讲策略,我们这个读书会一样的古代手段简直和非洲野人没区别。

"公司怎么就不说买个投影仪呢?"我下意识地拍了拍摞在桌子上的策划案,斜眼看着老梁压低了声音,"这稿还用比吗?我把这堆机密文件给客户发下去的时候,咱就已经败了好吗?"

"你以为姚羽不想买吗?买一台那玩意儿的钱够公司交俩月的

125

写字楼房租了,总部都还没有,能舍得给咱们买吗？"老梁也是有点无奈,"现在八通苑丢了,估计更没戏了。"

"总部没有,那是因为他们用不着! 拼点用哪门子投影仪啊! 但是你看……"说着话我瞟了一眼桌子上的两个黑色正方形拉链包,不用问肯定都是竞争对手们带来的投影仪,三家都有,就我们用纸打,绝对的鸡立鹤群,"除非客户普度众生四家都签,否则哪怕签三家,也得把咱们踢出去。"

"你也别这么说,客户签谁,看的是创意,又不是看谁家有投影仪。"老梁悄声道,"人家好歹是开发商,手里攥的是几个亿的买卖,你开捷达还是开飞机,在人家眼里没区别,人家不吝这个。"

说着话轮到第二家上阵。一大屋子人霎时间少了将近一半,直到这时我才意识到了一个比投影仪更严重的问题——阵仗。

第一家来了多少人我不知道,但第二家公司的提案人数是七个。屋里除了我和老梁之外还有五个人,这便是第三家公司的提案人数。虽然大家都心知肚明,提个案根本用不了这么多人,但人数至少代表了一家公司看待客户的态度。相比之下,我们公司只来了俩人,一个我,一个老梁,态度也便不言而喻了。我提创意,他谈价钱,这已然是精简得不能再精简的人数了,再少就是皮包公司了,其实俩人也挺皮包的,想当初陶武恰恰就是俩人去提案然后把我们的买卖抢了,此时此刻,我也只能希望陈家是一个什么都不在乎只看创意的客观家庭了,但问题又来了,我们的创意真的比人家强吗？

有了第一家提案的隔音示范,第二家公司提案声音明显小了很多,即便竖起耳朵也听不大清了,他们提案的时间似乎比第一家短,但结束的时候竟然传来了掌声,这个待遇是第一家公司所没有的,貌似是很讨客户喜欢。之后换第三家上阵,虽然他家提案的声音也不大,但此时隔壁只剩我和老梁两个人,干点龌龊事也无所谓了,我干脆用茶杯扣在墙上偷听,扩音效果堪比听诊器,老梁也学我一起用茶杯听，场景之猥琐，简直与在阳台架起天文望远镜偷窥对面楼的小姐姐洗澡没区别。结果是不听则已，一听反而放心了。

他家也在提高尔夫球场的创意。这家公司并不像老梁那样瞻前顾后，还得顾忌客户家族博弈什么的，他们有什么想法一律是直给，一共提了三个方向的方案，个个都与高尔夫球场有关，这种有一说一的态度是好的，只不过他们直给出来的内容似乎都不大靠谱，至少在我看来是这样。第一个方案跟我们一样也是改名，只不过名字偏俗，就叫"北京高尔夫别墅"，并且建议客户去注册商标，Slogan则是常规的云山雾罩思路，什么"徜徉高尔夫人生"，听上去跟老爷子的"快乐高尔夫球"似乎区别不大，至少从字面上没看出什么实在东西来，稿子做成什么样没看见，但估计就是某个打高尔夫球的老外一杆挥出一道彩虹之类；第二个方案画风就不大对了，名字不改，还叫"红旗别墅"，但Slogan是"私家球场典范"，提出从小区内部修一条直通球场的业主绿色通道，之后由物业提供电瓶车免费接送业主往返球场。

我去，这是个什么馊主意啊？球场你家开的啊，你说开绿色通道就开啊？为了让你打广告有得说，人家就得花钱修一条路，修路多贵呢！后续还得电瓶车免费接送，电不花钱啊？你这就等同于送给人家一张手机卡，让人家自己交一辈子月租费啊！这家人因为财迷，到现在连个样板间都没搞定，你给人家出这馊主意，想多了吧？

再往后，高潮来了。

最后一个方案，由开发商主办"北京高尔夫球节"，活动期间买别墅送高尔夫。注意，这里所说的高尔夫，既不指球杆，也不指球，而是指一汽大众生产的都市高尔夫②轿车。

估计他们也注意到了开发商比较抠门，送奔驰宝马舍不得，所以私下里降了点档次，改成大众了。

你以为送大众他们就舍得吗？

他们之前连双球鞋都舍不得送,你现在忽悠他们送车,就算他们老陈家豁出去了,日子不过了,真舍得送车了,竞争项目送宝马,你送大众,这不更显出差距吗?就因为那个车叫高尔夫,仅凭字眼儿上契合,你就忽悠客户干这种花钱买埋怨的事,所谓的"十大",都是这水平吗?

　　"真扯淡……"一旁的老梁似乎也觉得这家公司的方案有点挑战客户底线,"他们要舍得送车还用得着花钱请你啊?"

　　"哎,你说他们这群开发房地产的,动不动就几亿几十亿的资金,为什么一个个还这么抠呢?"听老梁这么一说,我不禁发问。

　　"他们不是抠,是价值观跟咱们不一样。"老梁说。

　　"此话怎讲?"

　　"就是咱们觉得值的东西,他们觉得不值;咱们觉得不值的东西,他们觉得特别值。"老梁一笑,"比如说做广告,好多开发商就觉得广告费不值,给广告公司的月费就更不值,因为他没看见东西。几十万买辆车,他能看见车;但几十万月费花出去,他看不见东西啊!就给他几张平面稿,设计点楼书、册子,他就觉得不值,觉得这点事自己花钱雇个设计师一样能干,根本不值那么多钱。"

　　"那他们就自己雇设计师啊,还比哪门子稿?这不是玩人吗?"我皱眉道。

　　"你跟我着哪门子急?"老梁一皱眉,"我说的这些,是他们潜意识里的想法,他们也知道自己弄不靠谱,但潜意识里就是觉得不值,所以掏钱跟剜心一样,他们感觉把钱给广告公司,跟捐了一样没区别。"

　　说话间第三家广告公司灰溜溜地结束了讲演,临走并没有享受到鼓掌欢送的贵宾待遇,看来本次提案最大的对手就是第二家,只可惜不知道他们都提了些什么。

【注　释】

① 2002 年前后的投影仪价格：早在 2002 年甚至更久远的年代，投影仪这玩意儿在电子产品中绝对是帝王一般的存在，那时的市场被松下、东芝、3M 等少数几个日本、美国牌子垄断，价格之高让人连砍价的勇气都没有。当时分辨率仅有800×600dpi 亮度低到只有拉严窗帘关上灯才能看清楚的极限低端型号，价格动辄两万以上，分辨率能达到 1024×768dpi 的型号已经算是中高端了，其中一些亮度高体积小的高端型号甚至能卖到四万多块钱，杀伤力堪比拦路抢劫，甚至一向以高价著称的苹果电脑，在投影仪面前都要退避三舍，且这些高端型号的投影灯泡寿命一般不会很长，用上一两千小时便会老化得十分明显，用得频繁点一两年就得再花上大几千更换灯泡，不管是价格还是使用成本，都能跟一辆"黄面的"媲美。在我的印象中，投影仪的市场行情大概是在 2006 年前后出现雪崩的，雪崩的原因跟当年空调的是一样的，就是这片纯洁的处女地终于被一群如狼似虎的本土厂商给发现了。

② 都市高尔夫：一汽大众汽车公司于 1995 年引进国内生产的一款家用小轿车。此车虽然名为"都市高尔夫"，却与德国大众久负盛名的高尔夫轿车没有一毛钱的关系，其原型车为西班牙西雅特汽车公司出品的紧凑型轿车 Cordoba，此车与大众 POLO 同平台，轴距仅为可怜的 2440 毫米，基本上就是一台三厢 POLO，比真正的大众高尔夫要低一个级别，在发达国家属于典型的工薪买菜车范畴，但在信息严重不对等的中国市场，在工薪族月收入仅为一二百元的 1995 年，此车上市售价居然高达十九万元且一度出现供不应求的局面。当时十九万元的市场购买力大概相当于今天的二百万甚至更多，真的不晓得当年那些花十九万买三厢POLO 的英豪们如今是个什么心情。

　　不过话说回来，1995 年的中国还没普及互联网，市场信息严重不对等，在盛行天津大发"黄小面"和三缸红夏利的中国市场，任何一款搭载发达国家最新技术的轿车都是神一般的存在，类似于别克、大众、福特甚至本田、丰田这样的国外平民车品牌，在中国都是以高端豪华的品牌形象运营的，以上海通用汽车公司 1999 年推出的别克世纪为例，此车上市价格人民币三十万元起步，这是个什么概念呢？当时北京亚运村一套一百平方米的三居室商品房差不多就是这个价。

21

夹着一大摞策划案走进会议室,我直接就怯场了。

首先一点,是气氛。

会议室中间摆了一张巨大的椭圆形会议桌,几乎占了会议室面积的 70%,客户方的与会人员一字排开坐在靠里的一面,以坐镇正中央的老爷子为代表,无一例外都是一副"豺狼来了有猎枪"的表情,尤其是这个老爷子,花白的寸头满脸的横肉,白眼球多黑眼珠少,单看面相就是个十足的倔老头;再看其他人,一个个满脸的不怀好意,这不是提案,这简直就是公审。

这还不算什么。比起屋里这番末日审判一般的诡异氛围,更催尿的是他们的人数。

我们的文件只打印了六份,而对面却坐了七个人。

老梁之前打电话跟他家三儿子反复确认过听标人数,得到的答复是五个,他老爹加他家三兄弟,外加一个代理公司的副总,一共五个人千真万确。稳妥起见,我们还特意多打了一份文件以防万一,一共是六份纸质策划案,结果,一下子比原计划多出来两个串门的。

真是天大的尴尬啊!

"各位领导,实在不好意思,我昨天跟小陈总确认过听标人数是五个,所以策划案算上我手里的一共打了六份,我也只能把我自己这份贡献出来了……实在是抱歉……"尴尬归尴尬,圆场是必须的,老梁也算是反应快,那份多打出来以防万一的文件干脆被说成是他的了。这下好了,虽然你们七个人里会出现两个人看一份文件的尴尬局面,但总比我强,我风格高,把文件让给有需要的人,自己连看都没得看。

"哦,你们这个发言的风格,倒是很朴素嘛!"让我万万没想到的是,现场第一个开口的竟然是老爷子。说实话,这老头的声音跟他的相貌绝对配不上套,捂上脸单听声音的话,感觉很像《神笔马良》里那个指导马良同志致富奔小康的热心老神仙,很慈祥很关怀的样子,但千万不能看脸,一看见脸就觉得跟他说话自己离判刑不远了。

"我们公司刚成立,很多设备还没来得及采购,暂时只能这么弄,的确是艰苦了点,各位领导千万别见笑。"老梁满脸的假笑,由老爷子开始逐一分发策划案文件,优先给他和他三个儿子,其余那三只鸟不管是哪儿来的干吗的,也只能给两份了。这个时候我当然也没闲着,从会议桌下面找了个插座插上电源,第一时间启动老梁的文物级笔记本电脑。

"文物级"是个什么概念?

文物级,就是启动系统要五分钟,然后打开一个 PPT 文件又得三分钟。

话说老梁这台笔记本,绝对是一台有故事的笔记本。当初买的时候就是二手货,但即使是二手货,也花了八千多块钱,之后感觉进系统太慢,又花了一千多块钱升级内存,结果还是慢,找到修电脑的检测,收了五十块钱检测费之后说是有病毒,又花了一百多块钱买杀毒软件,结果装上杀毒软件,病毒没查出来几个,进系统反而更慢了,然后换了一家修电脑的,又忽悠他换硬盘,一打听最便宜的硬盘也得两千多，算下来这些钱加一起差不多够买台新的了，因为心里实在不平衡也就没再花那冤枉钱，也就一直这么慢着了，直到遇见了我，才给这台"出土文物"开具了最权威也是最客观的检测结果——买上当了。这台笔记本虽然发票是2000年的，但配置却是1999年的，且不是什么高配，等于说就算买一手的也是过时货了，新机刚上市也就值一万三四，用了两年还能八折卖给你，这种冤大头的事也就老梁这类脑盲干得出来，千言万语汇成一句话：省钱，就是费钱的开始。

提案之前我们专门探讨过提案时如何应对笔记本启动慢的问题，因为进系统外加打开文件至少需要十八分钟，这么长的时间如果没事干简直太尴尬。起初我还真没拿这事当事，最简单的办法就是提前把文件打开，然后合上笔记本，提案的时候把笔记本掀开直接就是文件，很简单不是吗？

但是一试，不行。

文物毕竟是文物，正常的笔记本合上自动休眠，再掀开自动唤醒，但这台狗屁笔记本不行。也不知道是哪儿有问题，只要把盖合上，再掀开就是永恒的黑屏，怎么鼓捣都没动静，必须长按电源键强制关机，然后再重新开机，且启动之前还要额外加上一个慢死人的文件扫描，里外里比直接启动更慢。

最后老梁决定先口头介绍公司概况以求拖延时间，老实说，公司简介这东西，原本是准备放到最后阶段的，因为我们这个公司实在是没啥可"介"的，总公司是个拼点公司，做狗皮膏药广告出身，而我们这个分公司就做过一个项目还让叛徒给抢了，就这点玩意儿还用"介"吗？但没办法，即便是没话找话，也总比一屋子人大眼瞪小眼等电脑启动强。

"各位领导，我先自我介绍一下，我叫梁浩，是客户总监。这边这位，是我司创意部的同事张迈。我们公司的全称是'北京元鼎春檀广告有限公司',是一家新兴的专注于助力房地产市场推广的创意型广告公司。我们的总公司叫'北京名扬盛世广告有限公司',成立于1997年,是一家老字号广告企业,之前一直专注于平面媒体代理与媒体市场研究,与北京各大平面媒体都有很好的合作关系,连续三年被《北京青年报》评为年度代理商,代理额呢……去年在《北京青年报》是第三,在《北京晚报》是第二……"老梁一边说话,一边偷眼看屏幕,刚说这么几句就已然没什么可说的了,只能寄希望于这台宝贝文物笔记本能春光乍现鸡血一把,赶紧进系统开始正式提案。

"等等,你先停一下……"刚说到这儿,坐在老爷子左手边的一位大叔便打断了老梁的话,看岁数应该是陈家大儿子,也就是传说中的"大陈总","你们跟《万房》还有《新地产》的关系怎么样?"

"很好啊!"这么干巴的话题竟然也能引来客户互动,老梁顿时来了精神,赶忙点头回应,"我们每年在这两家的投放量都不小,《新地产》的话……去年应该能排进前三。"

"能给我们打几折?"大陈总追问。

"这个要看您这边的实际投放量了,但肯定是全北京能拿到的最低折扣。"老梁又偷眼瞄了一眼屏幕,刚进展到 Windows 标,"即便您这边投放量不大,我们也能跟总部那边协调资源,把送的版面要过来一部分给咱们上。其实不光是那两家媒体,别的也算上,都可以。总部对我们这边的支持力度是很大的,好的资源肯定会优先给我们。除此之外呢,我们公司的公关能力也很强,针对一些负面报道或是其他一些对咱们不利的报道,我们有专门的处理方法和公关团队,可以保证将风险和损失降到最低。"

"你们以前有过什么成功案例吗?别墅的。"这时候,两人合看一份策划案的其中一位不受重视人员似乎开始蓄意报复了,暂称此人为"轻如鸿毛甲"吧,真是哪壶不开提哪壶啊,刚才都说了是新公司,你还问这种问题,赤裸裸地找碴儿啊!

"别墅的暂时还没有。"老梁一本正经道,"我们只服务过商住项目。"

"都有哪些?"

"八通苑。"老梁略显尴尬,人家问的是"哪些",但答案直接就精确到八通苑了。

"八通苑?"对面提问的顿时一皱眉,"在哪儿?"

"在京通快速路沿线,紧挨着管庄……"

"哦……哦,我知道了,老庞的项目。"

"哪个老庞?"旁边与他合看策划案的另一个不受重视人员——"轻如鸿毛乙"开始帮腔。

"就以前那个……早先做幸福家园的那个……庞文英。"鸿毛甲道。

"哦……想起来了。"鸿毛乙点了点头,"还有吗?"

"暂时只有他们。我们是新公司,去年年底刚成立。"

"那你们现在还在做吗,八通苑?"两根"鸿毛"一唱一和摆明了来者不善。

"上周六合同刚到期。"老梁倒是挺淡定,但我可淡定不起来了,因为我发现,除了这两个热衷于找碴儿的鸿毛之外,其他的人,竟然都在聚精会神地翻看手里的打印稿,尤其是老爷子,连老花镜都拿出来戴上了,看得那叫一个认真。

我都还没开始讲,你们怎么就都开始看了,有必要这么猴急吗?等我两分钟会死吗?

"他们那项目卖得行吗?"鸿毛甲继续挑衅。

"具体销量不大清楚,但我们做的时候,每期稿子打出去……都差不多能接到二三十通电话,效果还是可以的。"老梁正了正眼镜继续偷瞄屏幕,已经进桌面了,但鼠标还是沙漏状态。

"嚯!我们这儿打一次广告能接到两三个电话就该烧高香了!"

还得说是球友,陈家老三关键时刻挺身而出,直接把话题带离了八通苑的泥潭,否则再这么问下去迟早露馅。关于八通苑的真实电话量,其实是很悲惨的,在我们服务的三个月时间里,一共发过四五次报纸广告,只有第一次接到了二十多个咨询电话,之后的电话量基本上都是个位数。当时的项目负责人是关洋,但这事真心不能怪关洋,因为很多不错的点子都被开发商自己给否掉了,没否的稿子也被改得面目全非,这还是在关洋据理力争各种掰扯的情况下。如果关洋像毕英英一样好说话,稿子做成什么样任由那个"佛系"庞总自由发挥,例如毕英英说的那个效仿"三星数字世界欢迎您"的"CBD商务世界欢迎您"的野鸡招聘会想法,如果真的做出来发出去,电话量还不定会惨成什么样。

"您这是别墅,买别墅的毕竟是少数。"老梁道。

"但我给报社的钱是一样的呀!"老三笑着看了看身边的老大,"上次打广告,接了几个电话来着?好像就一个吧?"

"两个,其中一个是推销监控的。"老大翻着手里的策划案头都没抬。

"您说的是上次在《京华时报》上打的那版广告吧?"老梁会意一笑,"那版广告我看了,卖点还是很明确的,但印刷质量好像不太好,颜色有点糊。"

"的确是印糊了,报社说文件格式给的不对,人家要四色,我们公司的美编不太专业,做的图是三色,然后一转格式颜色就转糊了。哎,那个小兄弟,你是搞创意的吧,三色四色,是什么意思?"

我去,好像是在问我。

但是,我也不懂啊!

三色我知道,RGB 也就是红绿蓝三原色,电视和电脑显示器用的阴极射线管就是基于 RGB 三原色显示图像的,但是,四色又是个什么鬼啊!

我说老三啊老三,您老替我们圆场我谢谢您,但您这话题找的,也忒专业了吧?

关键时刻千钧一发命悬一线,就在我求生不得求死不能的时候,咱家的宝贝文物笔记本终于把 PPT 文件给打开了!

22

"三色是光学三原色，显示器生成画面应用的是 RGB 三原色的颜色发光原理。三色转四色肯定要糊的。"虽然不懂四色，但我还是摆出了一副专业的样子，听得老三连连点头："这东西还挺复杂啊……"

"深层原理的确复杂，但在应用的时候把三色四色分清楚就可以了，没必要去研究深层原理的。"我一本正经道，"各位领导，下面由我来向大家提报本次的创意策略。"

没人理我。

"首先呢，我们对北京的别墅市场进行了一些必要的梳理，对购买人群的年龄层和职业分布也进行了比较详细的划分……"我偷眼观察对面，基本上连抬头看的都没有，尤其是老爷子，都不知道翻到多少页了，这场景简直跟小学美术课是一样的，老师在上边讲老师的，学生在下面看学生的，二者根本就不在同一个次元里，"我知道别的广告公司喜欢用 SOWT 分析来诊断推广与销售过程中所遇到的问题，但我们这里不说问题只说途径，因为很多客观问题是我们无法改变的，我们能改变的只有自己。所以呢，请大家翻到第二页……"

再抬眼，还是没人理我。

我来这儿到底有什么意义？就是送个打印稿然后你们一屋子人自己看？

这种活儿，叫个快递应该也能搞定吧？

你们这群人，怎么就这么不懂尊重人呢？为了弄这本破玩意儿我两天两夜没怎么睡觉，是，我是上赶着来的，目的也算不上纯洁，就是为了挣你点钱花；但话说回来，即便是上门修空调的工人，你们也要端杯水递根烟道一声辛苦吧？难道人家就不是为了挣你钱来的？

说到这儿，我就不得不提八通苑的那个"佛系"庞总，一样的打印稿提案，一样的讲一页翻一页，人家也一样是老总，当初关洋提案的时候，人家可是很有风度的，讲一页翻一页，也没像你们这么猴急，再者说，你们急个什么劲儿呢？你这房子都卖了大半年了，你着急这一两分钟有什么意义吗？

虽然心里骂娘，脸上却还要时刻保持微笑与谦逊，人世间最大的不爽莫过于此。"综合咱们项目目前的情况，我们认为最简单也是最直接的方案就是对项目重新进行包装……"

"小伙子，你先不要讲了……"刚说到这儿，对面的老爷子忽然打断了我，继而不慌不忙地合上策划案摘下了老花镜，貌似是把策划案看完了，"你说的这些东西呢，刚才的几家公司也说过，大家的想法都差不多。除了你们之外，还有两家公司也建议我们改名，你在这里给我讲一下，为什么要改名？"

我膀胱一紧，险些失禁。

正所谓"说者无心听者有意"，第一个改名的方案本就是个敷衍差事的东西，如今看来貌似惹着老爷子了。

事与愿违啊！

我们是来讨您老人家高兴的好吗？您老不会往后看吗？后面那一大串力挺高尔夫球场的方案可都是站在您的立场上啊！

"而且还要改成什么……"说着话老爷子又戴上了老花镜,拿起策划案翻了几页,"日……日内瓦……公馆,你说说看,我这个项目在中国,在北京,跟日内瓦有什么关系?"说罢老爷子再度摘下了老花镜。

完犊子。

严重的误判。

本以为这老爷子就是个被儿子们联手排挤的离退休老干部呢,但以现在的形势来看,在他老人家跟前,几个儿子似乎根本就没有说话的份儿,在《京华时报》打那版"月饼"广告,根本就不是儿子们蓄意糊弄老爷子,而是被老爷子逼的。

"这个创意是你想出来的吧?"见我愣住,老爷子干脆开始追问,丝毫没有放我一马的意思,字里行间听似平静得很,却夹杂着一股难以察觉的杀气,"说说看,你为什么会想出这个创意?"

"是这样的……我们接到的标书上规定不提高尔夫球场的卖点……"我脑筋飞速旋转,黄豆大小的汗珠像黄果树大瀑布一样顺着鬓角哗哗往下流,"可是……放着高尔夫球场这么好的卖点不说,偏要说别的,说什么呢?咱们附近的竞争对手,有买房送浴缸的,有送中央空调的,还有送宝马的,虽然他写的不是送,是两年的使用权,但大伙儿心里都明白,这跟送没区别。咱们有什么优惠?什么都没有!做广告是需要噱头的,我们当然也可以建议做一些促销,送点什么东西,但送东西这俗套真用得着让广告公司来建议吗?所以说,我也很发愁……"我皱着眉头满脸的苦大仇深,两只眼睛紧紧地盯着老爷子的一举一动,"后来我就想,能不能抛开地域局限,从建筑本身做点文章,后来我发现,很多别墅建筑,都喜欢追求西洋风格,把外观弄得花里胡哨的,但咱们这个房子不一样,外观设计比较简洁,这一点跟北欧的建筑风格是很像的,所以就想出这么一个名字。我真不是存心跟咱们之前的案名过不去,我就是想,换一个名字,就有新鲜感,大家可能会认为是新项目,就会关注一下,我不想盲目建议客户送东西搞促销增加成本,我们是来帮客户挣钱的,怎么能钱还没挣到,就先建议客户花钱呢?"

这本来是来提案的,怎么莫名其妙的就变成认罪大会了呢?

"真是胡闹!"听我说罢,老爷子从表情到语气貌似是缓和了不少,应该是还算认可我的解释,"我来跟你们说说这个房子为什么要盖成这样!国家规定,住宅的抗震指标是 8 级,但我这个房子,是按8.3 级设计的,承重结构复杂,做不成他们那么花哨。1976 年那会儿我还没来北京,在唐山的丰南①当广播员,大地震的时候我正好在市里学习,当时咱们国家测到的震级是 7.8 级,外国测的是 8.2 级,我这个房抗震 8.3 级,就是压着当年唐山大地震的震级设计的,我就是要保证,再有像那样的大地震,震不倒我老陈家盖的房!你们没经历过那个时候,永远想象不到当时那个场面有多惨!那时候,活着的人从砖瓦堆里往外扒人,扒出来十个,十个都是死的,就算偶尔能扒出个还有气儿的,没大夫,没药,连水都没有,过了多久也得死。当时我们没吃的,扒出来一袋面,就找了个锅,用泥坑里的雨水做成疙瘩汤,没办法,救援进不来,没路!方圆几十公里地都是裂的,根本就没有能走汽车的路!我就记得那时候没日没夜地扒人,饿得前心贴后背,没吃的,没水,身上发着烧,身边全是扒出来的死人,冷不丁就给你来一次余震,叫天不应叫地不灵,地震没被砸死,也得饿死渴死病死!谁都跑不了!直到我看见一面红旗!解放军的车进不来,他们跑步几十公里进城救灾!那个心情,那就是活了,有救了!最难的时候过去了!所以这个项目叫红旗别墅!日内瓦又是个什么玩意儿?嗯?日内瓦救过你的命吗?"

事实证明,小到比稿,大到二战,情报工作都是当之无愧的重中之重。这么重要的项目渊源,我们事先竟然连根毛都不知道,像老梁这么二把刀的情报人员,放在战争年代应该可以拉去枪毙了吧?

但下一秒我就知道错怪老梁了。

但见老爷子左右两边三个儿子互相挤眉弄眼一脸蒙圈,看这意思,别说是老梁,红旗别墅为什么要叫红旗别墅,连他家三个儿子事先都不知道,看来真正二把刀的并不是老梁的情报能力,而是他家的父子关系。

"老爷子,您在……唐山待过?"对于我来说,老爷子这番话的重点不是房子的抗震能力,而是他老人家的行踪。因为我老家就是唐山的。

"我就是唐山人。1980年调到北京的。"老爷子点了点头。

"我老家也是唐山的啊!"一听竟然真是老乡,我顿时就激动了,"我爷爷家住路北②,机场路,离老地道不远!"

"你的口音听不出来。"老爷子道。

"您说话也没有唐山味儿啊!"我兴奋道,"我爸是从唐山调到天津的,我小时候跟爷爷奶奶住唐山,上小学就来天津了。我户口在天津,但骨子里流着唐山的血!"

"嗯……"老爷子点了点头,似乎不想继续听我套近乎了,"那我再问问你,你觉得广告的本质是什么?"

我去,又来了。

老干部都喜欢问这种上纲上线的问题吗?中国向何处去?法治建设与道德准绳如何取舍?改革开放后要如何沉淀精神文明成果?广告的本质是什么?

"我觉得……广告……其实也没有什么特别高深的本质……"我深知组织考验我的时候到了,既然第一波马屁已经拍失败了,难得老爷子看在老乡的份儿上再露一次屁股,再拍不准的话或许就真要连累媒介生意了,我的广告生涯或许也就到头了,怎么办?

怎么孙子怎么说吧!

"您也别信什么大道理,您做这个项目其实就是为了挣钱,我们也一样。"此时此刻,老梁在旁边都快把我裤子拽掉了,言外之意就是,这么露骨的话题别说得这么直白。本来我是准备再接着说点暖心的话提提档次的,例如房子是您的作品,广告是我们的作品,我们更想在金钱的基础上留下一些禁得起时代考验的经典,诸如此类。但让老梁这么一拽,我反倒来了脾气,老子熬了两天一宿,难道就是来受审的?他们是客户不假,但到目前为止给过一分钱吗?还连句话都不能说了?别说是还没签约,就算已经签过约了,你也得让我说话啊!难道就因为你有可能给我钱挣,就因为有那么一点点挣钱的可能,我就活该熬成狗然后被公审?

大不了辞职回家。如果次次都必须像今天这样,瘦得跟面圣一样,这个职业干与不干,倒也没什么大不了,三百六十行,行行出状元,天底下不干广告的人那么多,也没几个是饿死的。"但我们挣钱的前提是,必须让您先挣到钱,这就是广告的本质。"

"嗯!"老爷子点了点头,似乎是在等下文。

"就这样!没了!"我一摊手,"广告就是为了帮客户挣钱,你们挣大钱,我们挣小钱,皆大欢喜。"

"呵……呵呵……你瞧这小子……这话说的……"听到这儿,老爷子呵呵笑上了,下意识地看了看两边,两边的人立即跟着一块儿假笑起来,尤其是刚才那对鸿毛甲乙,笑得简直比老梁发打印稿时还假。

"你想不想……帮我们成长?"老爷子的表情忽然变得极其诡异。

"成长?什么成长?"听老爷子这么一问,我心中顿时就是一动,以老爷子的年纪和阅历,是不可能说出"成长"这么肉麻的词儿的,他问这个问题是几层意思?

慢着!这话听上去似乎有点耳熟。

想起来了,上一家公司的人好像说过这句话,因为当时是用杯子扣在墙上偷听,所以听得比较清楚,这就是一句广告公司用来装×

的场面话,"我们希望能帮助客户成长",冠冕堂皇没毛病,当时我也没觉得有什么不对,但老爷子为什么要这么问?

联想起上一家公司滚蛋时那灰溜溜的场面,再联想到我刚一进屋时那末日审判一般的紧张气氛,我明白了。

或许就是这句话,把老爷子给惹着了。

以前我当网管的时候,曾有过这样一次经历:一个少说六十多岁的老爷爷来上网,什么都不会,连开机都不会,网管就站在大爷跟前手把手地教,本来是好事,但教来教去,反倒把老爷子给教怒了,为什么呢?因为这个世界上就有这么一种老人,从认知层面来讲,他们确确实实是被时代抛弃了,他们不会用电脑,不会上网,不会在手机上输入汉字发短信,听不懂流行语,欣赏不了《还珠格格》和周杰伦,甚至连复杂一点的电视遥控器都不会用。于是乎,就会有一些老人产生自卑感,觉得自己什么都不会,上了年纪脑袋不好使更学不会了,再之后,其中一部分自尊心比较强的老人,便会在不经意间将这种极度的自卑转换为极度的自大,尤其是那些当年风光一时的老人,觉得不会就不会,你们这些东西有什么了不起?现在这个社会就是我们这辈人一砖一瓦建起来的,我们当年经历的风雨,你们这些小年轻懂得个屁!你会打字算个屁本事,你会开核潜艇吗?老子会!上网算个屁,老子当兵那会儿亲手摸过原子弹!我们吃的盐比你吃的米多,我们过的桥比你走的路多!总而言之一句话,我虽然老了,但比你们这群小兔崽子牛×,允许你给我帮忙是你小子的福气,不要在我面前装×冒充专家,我除了不会打字不会上网,其他任何方面的本事都是你爷爷辈的。

那个被网管教怒了的老人,应该就是这类人,那个网管只不过在教他时无意间显露出了一些对脑盲的无奈,其实稍微懂点电脑的人,对脑盲都很无奈,这与年龄无关,脸上虽然看不出来,但一些消极的态度或偶尔不耐烦的口吻甚至一些无意间的取笑都多多少少透露出一点,但这绝不是针对老人,只要是脑盲一视同仁。但那位大爷可不管,你小子胆敢轻视我,这不能忍！老子在大西北当兵参加核试验的时候你爸还在庄稼地里撒尿和泥呢,几时轮到你个小猴崽子取笑我了?

如今看来,这位陈老爷子也是一样的。

或许你真的很专业,或许你真的是专家。但是,在他面前,你就是个单纯的乙方,绝不能装一丝一毫×,否则就是花式作死。你就是个臭做广告的,挣的是几万几十万的小钱,老子是开发房地产的,做的是几亿几十亿的大买卖;你一个挣几万的帮我这个挣几亿的成长?

坐在你眼前的,不是你随便发条诈骗短信就能骗来万八千的糊涂老人,而是一个自尊心很强脑袋很清醒的倔老头,除非你比他还老并且做过比他曾做过的还惊天动地的事,否则你绝不能在任何方面表现得比他牛×,哪怕是给他这种错觉都不行,即便是在你比他更擅长一万倍的领域也是如此。

144

【注　释】

① 丰南:唐山市丰南县,1994 年改为丰南区,属唐山郊区。

② 路北:唐山市路北区,唐山市中心区之一,市委市政府所在区。

23

"我们可以只想着赚钱，但你们广告公司可不能只想着赚钱啊！"老爷子似乎开始解释自己的问题，虽说语重心长，却似乎是装出来的，"你们时髦，想法多，挣钱之余，也要帮助我们进步才行，是不是？"

"您说笑了。"我尴尬一笑。你装我也装，我的尴笑也是装的，反正你们都已经把策划案自学完了，比听我讲提前了少说90%，提案时间还多得是，倒不妨说两句装孙子的话，"您这个问题，让我想起一件事。实话跟您说，我是文案，耍笔杆子的，但我是理科生出身，学的专业是计算机。"

"哦？那为什么改行呀？"老爷子一皱眉。

"为什么改行不是重点，重点是改行之前。"我回道，"我上初中的时候，我家隔壁的两口子给他们儿子买了一台电脑，我总去玩，然后就迷上电脑了。后来软磨硬泡，我爸也给我买了一台，当时是1995年，那玩意儿可正经不便宜。后来我上大学要住校，就往家里那台老电脑上装了好多小游戏，给我爸妈解闷。我爸就是个外行，脑盲，会开机不会关机的那种，每次开机按电源，关电脑都是拔插座。"

说到这儿，对面的老爷子和下面三个儿子都笑了。"这比我爸强，我爸连插座都不拔，抬屁股直接走人。"一边笑着，老三还不忘补上一句。

　　"然后我爸就天天给我打电话，不是这儿点不开了就是那儿进不去了，反正都是各种点两下按两下就能解决的算不上问题的问题，我看不见屏幕，他在电话里说也说不明白，教也教不会，每次打电话都得磨叽半个钟头，有的时候同一个问题连续三天给我打电话问，我就特别不耐烦，我说这个事我昨天刚教过你，你怎么就这么笨呢？后来我上班了，懂点事了，才想明白，笨的不是他，而是我。他们的确是脑盲，我的确是内行，但回到问题的原点，电脑是他们花钱买的！如果不是他们花钱买电脑花钱供我上学，我也是脑盲，没准还不如他们。还有就是，他们是我爸妈，但更是我的投资者，既然他们已经把很多钱投在了我身上供我学电脑，就没必要更没义务亲自学电脑了。相反，没把电脑设置成一键傻瓜操作，这是我的不称职，我是专业学这个的，怎么能用我的标准衡量他们呢？所以说，不是他们笨，而是我不懂事！"

　　说话间我一直在观察老爷子的表情，三分疑惑七分释然，有的时候跟我对上眼神，还会微微点头配合一下，似乎是比较认同。

　　"具体到您的问题上，也是一个道理啊！"我一摊手一脸的理所应当，"您是甲方，是我们的客户，我不知道您所说的进步指的是什么，如果说挣更多的钱就是进步的话，我们拿您广告费不就是干这个的吗？如果您没挣到钱或者挣少了，这不是您没进步，而是我们失职了。但如果您指的是房地产开发水平进步，那我们真帮不了，广告我们是内行，但搞开发我们是外行，这个进步您得自己摸索，天底下哪有外行帮内行进步的？"

　　"京油子，卫嘴子。天津人，的确是挺能说。"老爷子皱着眉冷冷一哼，从兜里掏出烟盒夹了根烟在指间，但没点着，而是用烟头一个劲地指我，"我看你小子这嘴皮子比笔杆子厉害。"

"我最厉害的还是笔杆子，嘴皮子只能排第二，然后才是老本行电脑。"我偷眼看了看老梁，他鼻翼鬓角的冷汗早就逆流成河了，"我知道我们跟前几家公司没法比，我们是新公司，没案例，但是陈总，新公司有新公司的好处，没案例也有没案例的好处。如果选我们，我们可以保证公司所有人围着红旗别墅这一个项目转，最好的资源都给这个项目用，案例都是做出来的，正是因为我们没案例，所以就必须用做案例的态度来对待这个项目，因为我们没得选。"

"嗯……"老爷子掏出打火机"啪"的一声点着了手中的烟卷，转头看了看左右的儿子们以及那俩不怀好意的"鸿毛"，"你们有什么要问的吗？"

"你们这个方案呢，我看了。总体来说呢，很不成熟。"这时，一个非儿子但也非"鸿毛"的人开口了，这个人跟陈家父子一样，也是单独看一份策划案，看面相应该比那两个"鸿毛"年长不少，长得脑满肠肥，猪嘴耷拉眼角，活脱脱就是个猪头三，一看就不像正派人，不知道是不是那个传说中的代理公司副总。我们进屋之后此人始终一言不发，等老爷子大体亮明态度之后却忽然开始挑刺，不知道是不是经过观察预判解读了老爷子的意图才跳出来发难，搞得我也是心中一惊。"首先呢，你们主张给项目改名，改名本身虽然不用花钱，但隐形成本是很高的。这个项目已经立项很久了，'红旗别墅'这四个字，在业内也有一定的名气，之前打广告也花了不少的成本，如果改名，之前的积累就前功尽弃了。这是第一点。"

"领导说得对，改名这个方案的确不是很成熟。"我赶忙点头称是。

"你先不要说话，我还没讲完。"但见这货把嘴撅得跟麻将牌里的"八万"似的，"你们这个稿子的标题是'样板间开放'，难道你们是要等到样板间做好了再开始打广告吗？这期间我们付你们广告费，就是雇你们来干等着的吗？"

说实话，我竟然无言以对了。

你们付广告费了吗？我们干等着了吗？狗都知道竞标的平面稿也就是意思意思，展示一下创作能力而已，你们愿意花钱发出去当然好，你们不愿意发的话，如果签了"包月"的月费合同，可以随便指挥我们重新创作。你揪住一个秀能力的竞标稿死不放手是几个意思？你是准备拿我们的策划案当合同附件来执行吗？

这是非常恶意的挑衅，这个人如果是代理公司的，应该跟老爷子比较熟，或许对老爷子的身体语言也比较了解。莫非老爷子点烟的这个动作，就如同《鹿鼎记》里吴三桂摸胡子就是想杀人一样，他一点烟就说明已经否定我们了？

"其实我们这也是……"

"也是什么？你们这就是投机取巧！我们做样板间，我们改案名，我们做效果图，什么事都要我们来做，花钱雇你们来做什么？你告诉我，你们能做些什么？"猪头三很粗鲁地打断了我的话，我就问候你祖宗十八代，这已经不是单纯的找碴儿了，"投机取巧"这种定性，基本上已经属于人身攻击了。我跟你有仇吗？我欠你钱吗？不选我们就不选我们，如此血口喷人又是什么动机？

"我们也希望能继续走之前推高尔夫球场的路子，但标书不让我们说球场啊！让我们想新点子！"我一脸的冤枉，"我刚才已经解释过这个问题了，广告是需要噱头的，标书不让说球场，我们自然就得找点别的噱头啊！"

"这就是你们找到的噱头？你们就这点想法？"这货象征性地翻了翻提案稿一脸的不屑，"红旗别墅叫了这么久，就为了方便你们找噱头，就要改名？"

这货……

我恍然大悟。

这货故意把话题往改名上引！他知道老爷子对"红旗"这两个字有特殊情结，所以就想抓住改名这个话题制造矛盾，从而增加老爷子对我们的反感。不管他动机如何，目的肯定就是这个！刚才老爷子也说了，建议改名的不止我们一家，四家公司里三家都有这个建议，或许这也是老爷子一脸不爽的原因，但你跟我们这俩可怜巴巴的连投影仪都没有的鸟人较什么劲呢？

"我们后面也有不改名的方案，改名只是建议之一，最终决定还是要看诸位领导的意思……"我强压火气始终保持着点头哈腰的态度，说实话，这也就是公司没客户了，走投无路，不得已而为之。要放在当年我当网管时，你跟我这么说话，早一顿臭骂轰出去了，顺便还得拦着那群"网腻子"跟你动手。一百多台电脑天天爆满，才不缺你这一小时三块钱呢。

"后面的可是备选啊，你们主推的可是改名！"猪头三仍旧死咬住改名的话题不放，言语间甚是苛刻尖酸。

"陈总，所有的广告公司都会遇到一个问题，就是跟客户意见不统一，但最后肯定会以客户的意见为准。"我干脆直接跟老爷子对话了，他坐正中间，足以见得这间会议室里最有分量的人是谁，肯定不是你这个猪头三，"这位领导问的问题，刚才您已经指出过了，我也解释过了。您刚才也说过，建议改名的不止我们一家，如果说只是我们一家建议改名，或许是我们考虑得不够充分，但四家公司三家都这么建议，这里面就有客观原因了！标书里三令五申不许提高尔夫球场，说这是您这边上上下下达成的共识！我们也是考虑到客户的推广成本，所以才建议改名，这也是很常规的推广手段，如果您这边不愿意改名，那就不改好了，这个事似乎没必要反复强调啊。"

"你说什么？"老爷子眯缝着眼，不知是在躲烟熏还是突然想起了什么，"什么三令五申？什么上上下下达成的共识？什么共识？谁的共识？"说罢，老爷子把目光移向了左右："标书上是怎么写的？标书呢？这里有没有？"

"这个……一共就四份，都发下去了。"这次轮到猪头三点头哈腰了，"这件事我问过大陈总啊！他说这是您的意思。"

"我的什么意思！"老爷子的眼珠子顿时就瞪起来了，立即转头怒视身边那个人事财务一把抓的实权老大，这架势把我也吓了一跳，"你是怎么跟他说的？"

"我就说您同意想新创意啊！"老大顿时一脸的无辜，偷眼再看猪头三，已然是冷汗横流。

我明白了。

标书！

那本所谓的标书，陈家人不管是老子还是儿子，肯定都没看过。你丫如此遮遮掩掩，八成是藏了什么猫腻吧？

老梁说过这次招标是代理公司组织的，想必标书就是你个死猪头自己写的吧？那家喜获掌声的公司，肯定是答应给你小子送回扣了吧？你写了一份足以误导所有公司的标书，唯独告诉第二家公司老爷子喜欢什么，哪里能改哪里不能改，然后其余三家公司傻乎乎地按标书上说的做，结果肯定是把老爷子气出一肚子火，只有跟你私通的那家公司可以无视标书规则，把所有方案都顺着老爷子的意思做，提完案你再带头鼓个掌，就可以顺理成章地矬子里拔将军了对吧？

脑回路挺复杂呀小伙子，没想到会碰上我这么个愣头青吧？

什么叫光脚的不怕穿鞋的？

我就是一个月薪两千五的实习生，我才二十二岁，以后有的是机会。万不得已的话，我不在乎错过这个客户，也不在乎离开这家公司，甚至不在乎改行；一句话：老子豁出去了！看你吃得如此脑满肠肥，应该是钱多活儿少离家近吧？你豁得出去吗？

你觉得我快把老爷子喷晕了，眼瞅着就要跟那份你魂牵梦萦的回扣失之交臂了，于是就奋不顾身地跳出来了，没想到故事的最后会发展成投案自首吧？

　　不管这个客户最终拿不拿得下来，老子明天就亲自蹬着自行车把原版标书给老爷子送货上门，我让你丫装！

24

"呃,陈总,这个可能是我们对标书的解读不够。"就在猪头三最窘迫的那一刻,一直一言不发的老梁似乎实在是按捺不住了,"标书上只是鼓励大家想新创意,并没有说必须给项目改名。"

"是这样的!是这样的!"猪头三抹了把汗立马顺坡下驴。

我惊了。

如果我没理解错的话,老梁这是在替那个猪头三开脱!

有没有搞错啊!这孙子前一秒钟还一门心思想置咱们于死地啊大哥!莫非您老真是菩萨下凡?

"以我的从业经验而言,我们改名之外的那些创意,还是比较精彩的,否则我们也不会放到策划案里拿来提案。"但见老梁满脸堆笑故作镇静,"关于改案名的事呢,确实是我们考虑得不够充分,这个是我们的责任,我们肯定会反思,但后面的方案,还是希望各位领导能考虑一下。"

反思?

反个屁啊!你这叫认贼作父好吧?距离打倒那个猪头三只有一步之遥了,你丫竟然跳出来替他挡枪,胡汉三都比你忠贞好吧?

即使心里各种骂街，我也没再吭声，不论老梁出于什么目的，一来不能拆自己人的台，二来人家好歹也是前辈，经验肯定比我丰富，或许真的有什么长远的顾虑呢？

"嗯……"听老梁这么一说，老爷子的情绪似乎平复了一些，"这件事情不要再提了。谁都有犯错误的时候，不能因为犯了错误，就否定他的成绩。"

这话说得简直太领导了。以我的理解就是：一、标书的事既往不咎了，猪头三捡了条命；二、我们的方案，虽然改名这个想法很万恶，但后面的东西还是有些可取之处的。或许老爷子也不想把事情搞得太尴尬吧，所以才搞出这么个世界人民大团结的圆满结局，在场所有人，包括我们和猪头三，都开始一个劲儿地点头称是。

"今天就先到这里吧。"老爷子掐灭了手中的烟，"你们先回去吧。具体怎么决定，我们内部也要研究一下，后续的事情，我会让国祥联系你们的。"说话间老爷子向一旁的实权老大递了递眼色，原来此人叫陈国祥。

"呃……这个……其实……"一听老爷子竟然要结束会议，老梁立马慌了，这就要散会了？媒介还没提呢哥们儿！那可是我们此行的保底项目啊！东西不多，就四五页，基本上都是一些跟我们总公司关系不错的媒体的推介以及一些刊例①和折扣介绍，原本是准备等我讲完创意之后再由老梁接棒开喷的，"其实我们还有一些媒体方面的策略和建议，想趁这个机会向您介绍一下……"

"媒体？"老爷子一愣，拿起了我们的策划案，"也在这个上面吗？"

"是啊是啊！"老梁点头道，"在最后几页。"

"哦，那就不用单独介绍了，我们自己看就好了。"老爷子象征性地翻了翻策划案，连老花镜都没戴，一看就是敷衍我们。

"可是……这个……有很多的细节，书面上是不方便说的，我可以口头向诸位领导介绍一下……"老梁仍不死心。这次轮到我拽他裤子了，"停！"我用右手食指顶着左手的手掌在桌子下面偷偷做了个"停"的手势，暗示老梁适可而止。我是理科生出身，我的同学录里有十个人十个都是理科直男。

什么是直男？

打个比方，他想买件 T 恤衫，你给他一本三寸厚四斤重的宣传画册，上面印满了各类洋模特在世界各地花式摆姿势的卖家秀、各种大师匠心手工缝制的渲染图、各种风景秀丽棉田万亩的无公害布料产地、各种创始人简介八代单传百年裁缝手艺世界级非物质文化遗产证书、各种能跟这件衣服扯上一纳米关系的一切，然后他拿着这本印刷成本比衣服都贵的宣传册，只会问你两个问题：有没有 XL（特大号）的？打完折多少钱？

只要其中有一条不满意，这本宣传册就白印了。

这就是直男。不要向他灌输他觉得没用的信息，把他说烦了就算两条都满意他都不买。

老爷子是不是直男我不能百分之百确定，但凭他翻书自学这个举动，几乎能定性百分之八九十。这事如果换我，我也直接翻，才懒得听你掰扯那些没用的。这是直男的通病，真心跟人品素质无关。

"如果有什么需要了解的，国祥会联系你的。"老爷子合上策划案，似乎是铁了心要散会了，加上被我一个劲儿地拽裤子，老梁也只得放弃："既然如此，那就感谢诸位领导听我们提案！"

"呃，先等一等！"就在我和老梁夹起笔记本和根本没机会打开展示的提案夹起身准备离席的时候，老爷子忽然叫住了我们，"这位……这位戴眼镜的同志，你怎么称呼来着？"

"我姓梁，梁浩。"老梁赶忙转身站定。

"小梁啊，麻烦你，把你们收到的标书，拿给我看一下。"老爷子此言一出，全场凝固。

我就哈哈哈了！

偷眼一瞧猪头三,脸都蓝了。好日子过到头了吧孙子,陈老爷子祝你减肥成功!

你以为这事真就这么过去了? 你以为人要是上了岁数,就好糊弄了?

哥可是接触过这类偏老头的人,当初在网吧,网管手把手教脑盲大爷上网,最后被他折磨崩溃,无意间说了句"大爷我可真是服了您了",就捅了马蜂窝,偏大爷在网吧闹腾了足足半个钟头,那叫一个不依不饶! 最后还是王大头打着车折腾到网吧,谎称自己是大老板,亲自道歉且承诺扣网管奖金,才勉强安抚住。其实这也是理科直男的典型特征:认死理,一条道跑到黑! 你伤害了我,就休想一笑而过! 绝对的非洲草原平头哥[②]!

你觉得老梁替你说了句开脱的话, 就能把一个老直男糊弄过去? 天底下哪有那么便宜的事!

"哎,好的! 没问题!"事到如今老梁也只能满口答应,否则还能怎么办? 哥不是不想帮你,但归根结底,事是你自己找的。

在猪头三惊恐眼神的目送下, 我和老梁逃难般溜出了办公楼。"我说梁哥,你这个情报能力,二战的时候要是为美国服务,希特勒就能统治地球了吧?什么家族博弈呀,什么老爷子不参与管理呀,什么大儿子掌权老爷子都听他的呀,一切一切,有一条能对上的吗?"出了楼门,我非常刻意地伸了个懒腰,顿感神清气爽,简直像刑满释放一般的放松!

"你小子……还好意思说我!"出了大楼,老梁迫不及待地点上了一根压惊烟,"什么话都敢说,我真是服了你了。"

"我说什么了?"

"人家问你广告的本质,你告诉人家广告就是挣钱,咱们好歹也号称是专业的创意型公司,你说得这么露骨,让人家怎么看咱们?"

"谁让你拽我衣服来着?"我不服道,"我后面原本是有高端大气上档次的话接着的！本来我想说'挣钱只是基础,房子是你们的作品,广告是我们的作品,咱们得在挣钱的基础上,共同留下禁得起时代考验的作品',这话够上档次吧？结果你一拽我衣服,我还以为你不让我说了,就三句并一句呗,那就只剩挣钱了！"

"好好好,这事怪我。可是……可是你小子,为什么要跟那个代理公司的傻×起冲突啊？"

"我跟他起冲突？"我双目圆睁就跟见了鬼一样,"梁哥,你可是目击者,咱不能睁着眼颠倒黑白啊！我这是正当防卫好吗？那孙子都抱着屎盆子冲到咱怀里来了,你还不许我往外推一把是吗？"

"你知不知道,宁肯得罪开发商都不能得罪代理公司。"老梁眉头紧皱道。

"按你这意思,刚才那傻×没事找事的时候,我应该扭脸把老爷子骂一顿？"

"你这人怎么这么爱抬杠呢？你就非得得罪一家啊？"老梁一摊手满脸的无奈,"你知不知道这个圈子有多小？"

"对！圈子小。照他那没完没了的劲,这个圈子马上就要更小了,又少了一家公司。咱们公司,黄了！"我呵呵道。

"总之,以后吃点亏就吃点亏,再有这种情况,他再怎么说个没完,咱当没听见就行了,如果有什么地方必须解释清楚,私下里找开发商单独沟通,千万别当面跟他顶。"

"我哪儿顶他了？我不是一直都点头哈腰的吗？"我一脸的无辜。

"你这还不叫顶？老爷子都找我要标书了。要不是你非掰扯标书的事,他想得起来吗？"老梁道。

"哦,这就叫顶他啊？"我故作震惊道,"照你这么说,他自己跳楼摔死了,是不是还得找个警察把地抓起来？"

"叫不叫顶他,我说了不算。他要是觉得这事怪你,这仇就算结下了。"

"我说梁哥，你是真傻还是装傻？咱们公司，说具体点，你、我和毕爷，被那个猪头给玩了，你心里没数？那份标书就是个阴标，幸亏我多长个心眼儿做了几个高尔夫球场的创意，要是全都老老实实照着标书做，老爷子的鞋底子就飞咱脸上了。那个死猪头如此明目张胆地骗咱们熬夜加班，到最后丫阴谋暴露恼羞成怒，咱们反而要低三下四向他投降，还是在一分钱都没挣的情况下。我就想不明白了，万一这个项目咱挣了钱，是不是得把公司所有人都叫上，一块儿到他家门口集体切腹自尽以死谢恩啊？"

"京油子卫嘴子，我说不过你行了吧？"老梁冷冷一笑，"反正被玩的不止咱们一家，多想想其余那两家，心里就平衡了。"说着话我俩已经走到了车门外，此时司机老杨正在车里抽烟，见我们来了便发动了车。

"跟他串通的公司，是不是得给他回扣啊？"我拉门上车坐在了后排。

"那还用问吗？"老梁道，"这帮人，都黑着呢。"

"你觉得老爷子如果拿到了那份标书，会是个什么结果？会不会把那家代理公司炒了？"

"没那么严重。真要炒代理公司的话，牵扯到的东西就太多了，不可能因为这点事就炒他们。这帮孙子到时候肯定是一推六二五，大不了说自己把老爷子的意思理解错了，挨顿骂而已。那群人脸皮厚着呢，听两句骂家常便饭。"

"对了梁哥，问点正经的，你觉得咱们这次有戏吗？"

"他们连报价都没问，能有什么戏？"老梁一脸的无所谓，"你刚才没见老爷子冲他大儿子瞪眼吗？标书这事没准把他也误伤了，还能有什么戏？"

"那媒介呢？媒介还有戏吗？"听老梁这么一说，我心里也是一惊，说实话我事先也没想到标书上会有猫腻，真不是故意跟老爷子提到标书的,都是话赶话赶上了。早知道后果这么严重,还真不如按老梁的风格少说两句,虽然当时我的想法是豁出去改行了,但那只是局限于跟那个猪头三同归于尽的情况下,眼下人家猪头三毫发无损,我却因为连累了媒介生意而被开除,这可就太亏了。

"我回头再问问他家老三吧……"老梁道,"你也别担心,这事怪不到你头上。他们自己翻策划案,连提案都不听,咱们还没开始讲呢他们都翻完了,这能有什么办法?况且媒介也挣不了多少钱,刨了税刨了成本,以他们家的投放量一年下来也就几万块钱,就是个象征性的业务,别担心,没事的。"

说话间,车已驶出厂区,就在这时候,老梁的手机忽然叮叮当当地响了起来,一看来电显示,竟然是陈家老三,也就是那个球友小陈总打来的。"喂,陈总,唉……唉……哎哟哎哟多谢多谢,您太过奖了,没事没事,我们能有什么事啊!哎呀……那都是应该的应该的!哦……是吗?呵呵!哎呀您这话说到哪儿去了……哦……哦……他呀,哎,是,这小子是这样,学理科的嘛,直肠子。"

听他打电话,我不由得一愣,好像是在说我。

"哦……哈哈哈哈……他叫……张迈,'豪迈'的'迈'!"老梁边说边笑,单看那满面春风的样子似乎不是什么坏事,"哦……好好!拜托拜托!……多谢多谢!……没问题没问题!"客套了半天,老梁终于挂掉了电话。

"他们问我名字干吗?"我满脸的疑惑,"不会是那个猪头想全行业封杀我吧?"

"封杀?你小子想象力也太丰富了,你以为他是谁啊?"老梁一笑,"是老爷子忘了你叫什么了,非让老三打电话问我。"

"他问我干吗?"

"想不到吧小子?咱这买卖,有缓儿!"老梁呵呵傻笑道。

【注　释】

① 刊例：也叫刊例价，指媒体对外界公开的广告报价。不同的广告代理公司，依据投放量的不同，可以在这个报价的基础上享受不同比例的折扣。很多专门以媒体代理为主要业务的广告公司，因为与媒体合作多关系好，往往还会在常规折扣的基础上享受更多的诸如"赠送""返利"或公关方面的隐形优惠，广告公司的所谓媒体优势，大多来自于这些隐形优惠。

② 非洲草原平头哥：蜜獾的网称，因其形象很像剃了一个平头故得此名，是一种栖息于非洲的小型杂食性哺乳动物，具备分解蛇毒的特殊生理能力，所以即便是剧毒的眼镜蛇也是其口中美食。蜜獾脾气暴躁睚眦必报，对前来挑衅的敌人一律是穷追不舍至死方休，是大草原唯一敢主动挑战狮子的小型哺乳动物，被视为最无所畏惧的动物之一。

25/

　　"哦？有这等事？"一听有希望，我顿时也来了精神，"什么情况？那边怎么说的？"

　　"是这样的，所有的公司里，只有咱们一家公司稿子里出现了'红旗'这个元素，就是你把高尔夫球的旗子做成红色的那个稿子，老爷子很喜欢这个创意，觉得很有想法。"老梁道，"但是代理公司不同意，代理公司力挺第二家。就是咱们没听见的那家，不知道他们提了些什么。"

　　"那个死猪头？"我一愣，"在开发商面前，代理公司也应该是乙方吧？他敢跟老爷子作对？"

　　"这里不牵扯谁跟谁作对的问题。"老梁抿着嘴若有所思，"这就是开发商和代理公司之间的博弈罢了。"

　　"怎么又是博弈啊？"我苦笑道，"梁哥，起初你说老爷子跟他仨儿子博弈，今天你也看见了，老爷子一瞪眼下面都吓尿了，哪有什么博弈啊？最后还不是都得老老实实听老爷子的？"

　　"你懂什么？你以为只有互相指着鼻子骂才叫博弈？"老梁摇头道，"阳奉阴违，这也是一种博弈。上有政策下有对策，老爷子纵然有想法,但落不到实处,没人认真执行,这就是他们父子之间的博弈。三个儿子觉得老爷子的想法又土又俗,但又不方便直说,就只能想各种办法敷衍。如今你那个草坪蛋糕插红色高尔夫球旗子的创意,三个儿子也觉得不错,洋气,还迎合了老爷子的想法,陈家倒是皆大欢喜了,但代理公司不同意,他们想用他们自己的广告公司,于是就轮到陈家和代理公司博弈了。唉……想挣点钱,真难!"

"那你觉得,老爷子赢的概率有多大?"

"不大。"老梁摇头道,"你还看不出来吗?他们的房子卖得不怎么好,按理说代理公司是有责任的,但代理公司把原因归结为没有广告支持。现在的时机其实很微妙,如果陈家人坚持选了咱们,房子还是卖不动,代理公司就会让咱们背锅,继续胡搅蛮缠。陈家兄弟也有这个顾虑。"

"代理公司就那么有信心,选了他们心仪的第二家,房子就一定能卖好?"我皱眉道。

"傻小子,对于那头肥猪而言,具体选哪家,跟房子卖得好不好已经没关系了。那傻×力挺第二家,单纯是为自己谋利!"说到这儿,老梁的眼珠开始乱转,"咱们要想拿下这个客户,就得想办法搞定那个猪头!"

"怎么搞定?给回扣?"我一愣。

"不知道,我得琢磨琢磨。"此时此刻,老梁一边琢磨,嘴里一边嘟哝,"回扣回扣……"

"你不会是真想给他回扣吧?"我心中一惊,"使不得啊梁哥!人为一口气佛为一炷香啊!"

"我倒是想给他回扣呢!"老梁呵呵一笑,"那三家公司,月费报价最低的都要十五万起,就算一个月给他五万的回扣,自己还能剩十万呢!咱们的月费,报也就报五六万!你觉得给他多少合适?"

"他敢要这么多回扣?"一听五万回扣,我眼珠子都要瞪出来了,

"这都可以报警了吧？"

"我就是那么一说，咱们也就是那么一猜。你哪只眼睛看见人家拿回扣了？"老梁翻白眼道。

"梁哥，刚才老爷子让你把标书给他送过去，你想，当时那个死猪头也在旁边站着，他却指名道姓找你要标书，这明摆着就是不信任他啊！你觉得，那份标书会不会成为他吃回扣的证据？"

"证什么据？现在合同都还没签呢，钱都还没看见呢，一份标书能证明什么？"

"证明他有收回扣的意图啊！"我两手一摊，"四家公司收到的标书都一样，其中三家思路都差不多，唯独有一家没按着标书上写的做，众人皆醉我独醒，那头猪反而带头给那家违反标书的公司鼓掌，这明显就是有猫腻嘛！"

"有猫腻就是有回扣啊？意图能当证据吗？"说到这儿，老梁忽然一愣，似乎是想起了什么，"等等，让你小子这么一说，我还真想起来了，标书！"

"标书怎么了？"我也是一愣。老梁并没有回答我，而是冲我比画了一个"嘘"的手势，之后掏出手机翻起了通讯录，片刻不到便把电话拨了出去："喂，曲总吗？是我，元鼎的小梁！今天提案时我家那小兄弟多有冒犯啊，您多担待，年纪轻不懂事，您千万别跟他计较……"

听这口吻，电话那头的"曲总"，想必就是那个代理公司的猪头三了。

老梁你丫到底是哪边的？不会是敌人打入我军内部的特务吧！还说什么我不懂事！我要真不懂事，鞋底子早就飞过去了好吗？

"对了曲总，有件事拜托您，您可一定得救救我……"说实话，听老梁说话这股孙子劲儿，我真恨不得推开车门一脚把他从车上端下去，"刚才呀，老陈总不是说让我把标书给他送去吗？哎……您听我说，我们公司最近正在装修，特别乱！标书让保洁阿姨给收拾丢了！

找不到了！哎……对呀，我也没办法，那大婶岁数比我妈都大，我能说什么？哎……我就是想麻烦您，重新打一份标书，盖个章快递给我，我好向老陈总交差！哎……对对！……哎哟，看您说的，哎……多谢多谢！我必须得请您喝两盅！这个必须的！哎……多谢多谢，那我把地址用短信给您发过去！……哎……好嘞！拜拜！"挂掉电话，老梁长出一口气，"搞定！这算是给了他一个台阶，不知道这孙子会不会领咱们的情。"

"搞定？怎么搞定？他领咱什么情？"我彻底被老梁搞迷糊了，明明就是老梁在求他啊，"你真把标书弄丢了？"

"你傻啊！"老梁眯着眼点上了烟，"那份标书上写的，根本就不是老爷子的意思！真拿给老爷子看的话，那肥猪少不了挨一顿臭骂，而且大陈总也得跟着挨骂，因为招标的事就是他张罗的。大陈总挨完老爷子的骂，转过头就得拿那头猪出气，等于说那傻×得挨两顿骂。我让他再给我发一份标书，实际上就是让他改一份天衣无缝的标书再发给我，我再拿给老爷子，明白吗？大陈总也不用挨骂，他也不用挨骂，咱们也不用跟大陈总结梁子，皆大欢喜，就算月费没戏，最起码能保住媒介，明白吗？"

"这……这不好吧？"听老梁说完，我可是真心高兴不起来，说实话，我对陈老爷子的印象挺好的，老乡且不说，人家毕竟是个铁面无私的正派人，而此时此刻，我们却和那个处心积虑拿回扣的死猪头合起伙来骗老爷子，这样真的好吗？"梁哥，这样一来，咱们岂不是成了那个死猪头的同伙？尊老爱幼传统美德啊！咱这么多年轻人合伙骗一个老爷子，这……不合适吧？"

"你小子可真是个愤青。"老梁叹了口气冷冷一笑，"这种事没什么合适不合适的。按你那个标准要是都合适了，咱这个公司早就黄了。"

"唉……"说实话，我也知道我的地位，不管是对于开发商，还是对于代理公司，抑或是对于自家元鼎广告，我就是个渣。虽然今天提案时临场发挥得不错算是闪了一下光，但最多也就是个闪光的渣。什么事究竟合不合适，还真没我说话的份儿，"万一，万一那个猪头以为你真的弄丢了标书，真的觉得是他在帮你，该怎么办？"

"他要连这点智商都没有，我就直接把真正的标书送过去好了。"老梁道，"真蠢到这份儿上，得罪他也无所谓了。"

26/

回到公司之后，老梁第一时间把提案结果跟姚羽进行了汇报，并且跟姚羽预先制订了针对红旗别墅的报价策略：报价七万。

这是一个预留了砍价空间的价格。报七万，就说明姚羽已经把收费底线降到了六万甚至是五万。

五万是个什么概念？只相当于那些大牌广告公司真实收费的三折甚至二折。陶武和另一个神秘人成立的那个皮包公司，就敢向八通苑收五万。

没办法，就公司的现状而言，低价已经是唯一的优势了，只有尽快签下一个月费客户，才能缓解总公司给的压力，才有机会招兵买马从头再来。否则，没有客户就没预算招能人，没能人就拿不到客户，就是个死循环，循环不了几个月也就真死了。

坐在创意部空荡荡的屋子里，我开始漫无目的地上网，开始是想查查租房信息，天天住澡堂子确实也不是个事，结果查到半截忽然觉得，我一个人住应该买个宠物做伴，于是又开始查卖宠物的信息，查了一会儿，忽然又觉得养个宠物不如搞个对象，于是又开始查交友信息翻美女照片，我翻得正起劲儿的时候，屋门忽然被人推开了一条小缝："小张啊,你没走呢?"

"谁?"我冷不丁一回头,但见另一个客户总监老冯推门进屋:"有个事得跟你商量一下。"

"冯总客气!"我赶忙关掉了满是征友美女头像的网页。

"你手头没什么事吧?"老冯满脸的尬笑似乎有点不好意思,"我知道你周末加了班,但我这边有一个客户要提案,特别急,你得跟我一起去一趟。"

"特别急是多急?"一听又有客户,我也不知道是该高兴还是该崩溃,一起去一趟是没问题,但既然是提案,总得拿着创意去吧?难不成又得熬夜赶工?

"提案时间是明天上午,但咱们马上就得出发!"老冯尴尬道。

"马上?"我一惊,"那怎么来得及啊?创意还什么都没做呢!"

"不用创意!就是过去聊聊!"老冯道。

"聊聊?什么意思?"我做广告的时间不长,真不知道竟然还有这种操作。

"是这样的,这个客户是石家庄的,最近在北京拿了块地准备开发项目,他们以前在河北省开发项目从来没打过广告,最多也就是在售楼处门口拉一个大横幅。但北京的房地产市场竞争是比较激烈的,所以他们准备找一家广告公司。"老冯道,"这个客户跟总公司那边有过媒介方面的接触,但创意公司还没确定,现在他们的项目刚进入规划阶段,距离开盘还早,所以不着急提创意,就过去聊聊。"

"那……聊什么啊?"听到这儿我已然是满头雾水,没策略没创意,有什么可聊的?聊聊的目的是什么?海选晋级?那么他们选择广告公司的依据又是什么?看谁更能聊?

"我也不知道他们要聊什么!"老冯摇了摇头,"年前就说要择日比稿,然后就没动静了,上午忽然打电话过来,说要过去聊聊,还强调要带上创意人员,谁知道他们要搞些什么。"

"可……可是……"说实话我真不想出卖毕爷,但我对自己是真没信心。首先,我是新人,对北京的房地产市场基本上是两眼一抹黑,认知局限在八通苑和红旗别墅;其次,对于广告创意,我就是半瓶子醋,或许还不到半瓶,抛开创意和策略,天马行空的纯聊,露馅的概率可就太大了。"可是……我现在就是个二把刀啊!如果他们想聊创意,毕爷更合适吧?"

"他住通县,再折腾过来都几点了?"老冯满脸的急不可耐,"况且刚才我问过老梁了,他说你挺能喷的,没问题!我跟你说,这是个外地客户,北京哪家广告公司到底怎么样,他们完全没概念,在他们眼里所有公司一视同仁!况且这个客户以前从来没做过广告,肯定也没那么多事,千载难逢啊!"

"行吧……"我能说什么?我也很痛苦啊!其实刚回公司的时候,老梁就建议我赶紧回家倒休,反正留在公司也没事干,可惜我没当回事,觉得在公司没事干回去更没事干,这个时间是不可能回澡堂子睡觉的,但不回澡堂子又能回哪儿呢?租的房子里啥都没有,想打发时间也只能去网吧,与其去网吧还不如留在公司上网,至少还能免费,于是乎,就为了免费上这么几个钟头的网,就被抓了壮丁了。

说到这里,不得不扯一句题外话。记得我曾就职过的一家公司里曾经流传着这么一句祖训:下班不走,天诛地灭。这句话绝不是大锅饭时代消极怠工思想的遗毒,而是很多前辈用血与泪换来的宝贵经验。

记得当时那家公司表面上各种正规,管理人员分成若干个等级,低等级每天都要做 KPI(关键绩效指标)报告,中等级每周 KPI,高管每月 KPI,创意组或客户服务组每周都要开总结会,用 PPT 文件把一周的项目进度、客户反馈和各项工作成果以讲演的形式向全体同仁汇报,甚至连报销个打车票都得用 ERP 系统在线填申请,一系列毫无意义的繁文缛节几乎占据了基层人员 80% 的工作时间,看似严谨得很,实则内部管理无比混乱,部门之间以及上下级之间的沟通机制,跟仲夏夜聚在路灯底下下象棋的街坊大爷们完全处在同一水准,派发任务的主要依据就是先碰见谁就派给谁。

记得有一次,我下班之前上了个厕所,结果让一个客户总监一边撒着尿一边把必须连夜加班交差的工作单给派发了,说接了个新客户,来头大得很,利润不高但意义重大,董事长亲自督办,总裁连夜开会,总经理二十四小时待命,等等,反正就是政治任务不接不行。本来闲了一天还能准时下班,心情好得不得了,结果毫无征兆的天就塌了。上完厕所之后,我回到了办公室,发现组里还真有几个不知天高地厚的货留在工位上傻上网,行吧,就你们几个吧,来来来,有个急活儿,一起开个会吧。什么? 想回家? 早干吗去了?

所以说,下班不走,天诛地灭。公司越乱越适用,走到哪儿都是金科玉律。

27

比我更郁闷的,是司机老杨。

开车往返了一趟顺义,按理说已经是很充实的一天了,没想到还有更充实的在后面等着:京石高速。

一路上,车里静得如同清晨五六点的网吧,车内人员的精神状态也是一样的,我躺在后排睡觉,老冯在副驾驶没精打采地思考人生,老杨面沉似水地开车,就这么僵了一路,待我一觉醒来,车已经停在了宾馆门口。

宾馆的名字叫"玉龙大酒店",是此次邀请我们前来聊天的那家开发商的"三产",开发商的名字就叫"玉龙集团",开发的项目基本上也都以"玉龙"两字命名,诸如"玉龙园""玉龙家园""玉龙润园""玉龙新园"之类,反正就是跟"玉""龙""园"这仨字玩命,颇有老爹比着家谱给一大窝孩子起名的劲头。

进了房间一根烟还没抽完,老冯便接到了开发商的电话,说要在一楼宴会厅给北京朋友接风,当时我还挺感动的,就我们这几块料竟然要动用宴会厅这么神圣的场所,河北人民真心好客。结果我们一到宴会厅,顿时就傻眼了。注意,不是"我"傻眼,而是"我们"傻眼,包括老冯在内,都没料到会是这种阵仗——在宴会厅的大堂里,宴会用的那种一圈能坐二十多人的超级大圆桌,竟然满满当当地坐了三桌,阵仗堪比企业开订货会。细一打听才知道,这家开发商竟然从北京找了大大小小十二家公司来聊天。

"冯总,你确定他们是认真的吗?"我尴尬落座,右手边是老冯,再右边是司机老杨,除此之外一大桌子人连个眼熟的都没有,名副其实的尴宴,绝对比我参加过的最尴尬的婚宴还要尴尬一百倍。如果是婚宴,主办方肯定会把新娘新郎两边的亲戚朋友和同事分桌处理,尽量让认识的人坐在一起,同桌就算不认识,至少不是竞争对手,吃起饭来也自由得很,想吃吃想喝喝,等新郎新娘敬完酒就可以抬屁股走人了。但这桌尴宴完全不一样,大伙谁都不认识谁,但却都知道同桌的人是来抢生意的,这就很尴尬了;除此之外,谁都不好意思动筷子,来去也不由自己,就算饿成狗也得保持淡定的微笑,客户没动筷子你好意思吃吗?客户没敬酒你好意思喝吗?客户没说晚安你好意思走吗?

"这帮孙子!怎么找了这么多家?"看到如此众多的参聊人员,老冯跟我一样意外,这不像我之前参与的比稿,四家公司比稿跟十二家公司比稿相比,中标概率根本就不在一个数量级上,前者是25%,后者只有8%,这可真跟买彩票差不多了,买体育彩票中六等奖五块钱的概率恐怕都比这高。

就在这时候,一个穿着黑色皮夹克烫了一脑袋卷花的神秘人走进了宴会现场,特务接头一般挨桌找人嘀咕,之后便不断有人换到另外一张空荡荡的大桌落座,等他嘀咕到我们这里,我才搞明白他的意图,原来是让每家公司出一个代表跟他们领导同桌,之后老冯也转移阵地去陪领导了,就留了我和司机老杨在原地。这就更尴尬了,不能动筷子,不能喝酒水,想吐个槽骂骂街也没倾诉对象了,下意识地看了看同桌的其他人,一个个也都是一脸蒙圈,想必遭遇与我们三个是一样的,以为外地客户没见过世面好忽悠,都揣着一肚子的"知心话"跑到石家庄,指望着连创意稿都不用做喷几句就能把客户喷到手,结果到了地方才发现是海选,再想骂街已经晚了。十二家公司竞标,这场面估计一辈子也见不了几次吧?

又尬等了好一阵,大领导终于显圣了。

一个穿着呢子大衣满脸冷峻的中年人前呼后拥地进入宴会厅,"代表桌"的人在那个皮夹克卷花头的带领下齐刷刷起立,他们这一起立,其他几桌的人也跟着站了起来,但见呢子大衣男微微一笑用双手比画了一个"请坐"的姿势,说:"今天真是辛苦大家了,大老远从北京来到这里,呃……我先自我介绍一下,我姓蒋,在集团里主要负责销售,本来呢,我们集团的董事长王总是准备亲自来欢迎大家的,但他临时有一些事情,欢迎的话呢,就只能由我转达了,希望大家不要客气,吃好喝好,有招待不周的地方,还请大家不要见怪。"

我天,吃好喝好,这话怎么听着这么耳熟?这不就是婚宴的台词吗?

再之后,这个蒋总并周围的一干手下在"代表桌"落座,跟各路代表尬聊起来,下面的服务员则开始把一道道跟婚宴一样难吃的尬菜往上端,一群早就饿绿了眼的人这才像大家闺秀一样拿起筷子小口开吃,算上代表桌一共四大桌子五六十人同时吃饭,除了代表桌时不时传出几句客气话,其他桌竟然只能听见筷子碰碗的叮当声,就算有人说话也基本上是私下里交头接耳。说实话,这一幕真的让我想到了庙里僧人集体吃斋时的场景,鼻观口口观心过午不食,感觉全天就指望这一顿呢。

又过了约莫十几分钟,那个蒋总竟然带着一干手下开始挨桌敬酒。

这,真的就是一场婚宴啊!

"杨哥,你觉得他们为什么要把提案时间定在明天上午。"我实在憋不住了,开始跟司机老杨嘀咕,"明天下午多好。上午来,下午提案,晚上回去,啥事也不耽误,谁也不用破费。这足足多耽误咱们半天时间,他们还得管吃管住,图什么呢?"

"这个……应该是照顾他们领导的时间吧?"见我主动搭讪,老杨也是一愣。

"真孙子!"我愤愤道,"他们领导的时间是时间,咱们的时间就不是时间吗?找十二家公司比稿,真服了。要不是这次来,我都不知道北京竟然有这么多广告公司。"

"谁让大伙都想挣这份钱呢。"老杨笑道,"再说了,你以为你愿意搭时间,这钱就能让你挣了?这才哪儿到哪儿。搭时间只是第一步,接下来坎儿还多着呢,现在想挣点钱多难哪!"

说话间敬酒大军转移到了我们桌,但见那个蒋总满脸假笑地从身后服务员端着的托盘上拿起了一只超级迷你的小玻璃酒盅:"我谨代表我们玉龙集团、代表集团董事会、代表董事长王总,欢迎各位远道而来,大家辛苦啦!我先干为敬,大家请随意!"说完话一仰脖,把酒盅里最多也就三钱①的酒喝了个干净。

"领导辛苦,领导辛苦……"我们这一桌人也如梁山好汉一般齐刷刷地站起身子拿起了酒杯。或许是我社会经验少的缘故,对于酒桌规矩的理解,还停留在上大学时哥儿兄弟聚会的阶段,年轻学生拼酒,别看年纪小,规矩比社会人士多,大体是要脸不要命的,几杯下肚不管熟不熟直接称兄道弟,这时候如果遇上比你岁数大的"大哥"敬你酒,即便他只喝半杯,你也要整杯一口闷以示"弟弟认了你这个大哥",双方不熟的话,便更要如此。此时在我看来,他干了其他人肯定也要干,不可能他说随意就真随意,毕竟人家是客户嘛,好在桌子大,离得远的倒是可以象征性地抿几毫升略微糊弄一下,但我不一样,我离他最近,两个人也就隔了一米远。这里要额外说一句,桌上喝酒用的高脚杯,跟他敬酒用的迷你酒盅可完全不是一个概念,他那一盅最多三钱,或许还没有瓶盖容量大,而我们这高脚杯本该是喝红酒用的，里面的酒是服务员倒的，都是真材实料的白酒，即使没满至少也有二两，我天这可咋整！杯子已经端起来了，现场换雪碧已经来不及了，为了事业，为了我们这家风雨飘摇的公司，我一咬牙，干杯啊朋友！

　　要说这个玉龙集团，没溜儿②归没溜儿，在饭局这种事上还是蛮讲究的，既然入了乡，当然就要随俗，到了河北当然要喝河北酒，饭桌上供应的白酒清一色是一种包装很高级的衡水老白干。

　　说起老白干这个酒，应该没人陌生，放到全国范围内，猛烈程度都是数一数二的，在我印象中，能跟老白干相提并论的烈酒只有东北的"烧刀子"、北京的"二锅头"和内蒙古的"草原白"（又名"闷倒驴"）。饭桌上的酒瓶离得远我没细看，具体度数不清楚，但入口的感觉至少六十度。别看我自恃能喝一斤半的高度白酒，但那只局限在慢慢喝，用这个度数的烈酒玩一口闷，那几乎就是自尽，没几个人受得了。记得当初关洋辞职的时候，我曾经一口闷了一两多点的五十六度二锅头，度数应该比这个老白干低一些，量也只有一半，就直接把自己喝断片儿了，而这次的酒口感明显要比那次的二锅头猛得多，我活这么大，如此自杀般闷白酒仅此一次，那个感觉，真是没齿难忘啊！第一口下肚，整个口腔加食道就已经没知觉了，后一口干脆就是掐着大腿根硬灌下去的，之后又过了足足三四秒，食道才慢慢恢复知觉，感觉从嘴到胃这一条线仿佛被人浇上汽油点着了一样，呼吸都能喷出火来，一股难以抑制的恶心一瞬间便由胸腔蔓延到了嗓子眼儿，一秒钟前还无比清晰的思维，几乎是当场就被打上了马赛克。

　　最可恨的是，这一大桌子人，似乎就我一个人在按礼仪办事，其他大部分都是"老实人"，领导说随意，就真的随意了，除了极个别几个事先已经喝过几口、高脚杯里没剩多少酒的人把杯中酒干了之外，其余的几乎都是抿一口了事，另外还有一大部分人用红酒甚至雪碧糊弄。话说回来，这种岩浆一般的烈酒，也不是谁都有勇气一口闷一杯的。

"哟!这位小同志,你这个酒量,可以啊!"蒋总似乎也有点意外,竟然伸手拍了拍我的肩膀,"没想到你们这些艺术家当真是卧虎藏龙啊!"

"呃……领导过奖。"我强忍着已经涌到嗓子眼儿的酸水勉强挤出一丝假笑点了点头,"领导都干了,我哪能不干呢?"

这话说出来,全桌都尴尬了。不光我们桌,估计前几桌也尴尬了。不过无所谓了,我的思维已经打了马赛克了,距离断片儿也就一步之遥,酒劲撞头有一说一,心态无敌。

"我不是说了让大家随意嘛。"蒋总笑了笑又拍了拍我胳膊,"到了这里,就当是到了自己家,大家不要客气嘛!"说着话,蒋总再度转身端起了他的祖传三钱盅,"我还有一些事情要处理,不能继续陪大家了,最后再敬大家一杯,大家吃好喝好,养精蓄锐,明天一早呢,我们会安排人带领大家参观一下我们集团的项目,顺便熟悉一下集团的文化,让大家加深一下对我们集团的了解,来来来,干杯!"

有了我上一次的示范,其他人也都学乖了,这第二杯酒至少我们这桌大部分人都龇牙咧嘴地喝了不少,之前那些喝雪碧的也都兑上红酒了,之前那些抿几毫升糊弄的,这次就算没喝干净也都掐着大腿猛灌一大口,可惜已经没用了,头奖已经被我给抢了。

蒋总这一走,剩下这几桌人终于不用再装斯文了,一个个就如同饿了三天的难民可算领到了免费盒饭一样,开始往嘴里猛夹菜压酒劲,我和老杨也不例外,尤其是我,喝得最多最快,酒劲也最大,此时一大盘东坡肘子正好转到我跟前,我也顾不得面子了,干脆伸手捏着棒骨把大半个肘子拿到了跟前的餐盘里,两大口肘子肉下肚,可算是把恶心劲压下去一点点。

"我的个娘,你小子这是要害死我呀!"老杨已然被灌得满脸通红。

"杨哥,你不是当过兵吗?怎么才这么点酒量?"我嘟囔道。

"谁规定当过兵就必须酒量大啊？"老杨皱眉道，"再说了，我当兵那都是三十年前的事了，现在这个岁数能跟你比吗？"

"其实我也扛不住了！"我撕开一包湿巾擦了擦手，"跟你说句实话，刚才我差点吐那个蒋总一脸。酸水都呕到嗓子眼儿了。"

"这个酒的确是猛……"老杨压低了声音，转了转桌子把酒瓶拿了过来，不禁摇了摇头，"不大对……"

"哪儿不对？假酒？"我一愣，"不会真是工业酒精吧？是不是得抓紧时间买副墨镜预备着？"

"不不不……酒肯定是真的，我是说，那个老总不大对。"说罢老杨把酒瓶拿到我跟前，用手指点了点标签上的度数——六十七度，"这是逼能的度数，请客接风用这个度数的酒，那个老总肯定是故意的。"

"故意干吗？想把咱们都放倒？给咱们来个下马威？"

"我之前在一家挺大的公司干过一阵子，以前的老国企改制的，但人还是之前那群人。"老杨若有所思道，"有一次，总公司派到我们那儿一个新领导，顺便还带来几个提干的名额，够资格的人很多，但名额就那么几个，领导是新来的，跟下边人也不熟，上边催得又紧，怎么办？提谁不提谁？之后呢，那个领导就找了个辙，请那些够资格的人吃饭，跟刚才差不多，他用小杯敬酒，故意让服务员给下面人上大杯喝。"

"喝的提干，不喝就不提？"我一皱眉，"这也太胡扯了吧？不会喝酒的岂不是很吃亏？"

"小伙子，这你就不懂了吧。"老杨诡异一笑，"这跟会不会喝酒，根本就没关系。就好比刚才，六十七度的酒，一仰脖就是二两，即便会喝酒，谁又敢这么喝，还要不要命了？这就是试探，一是试探谁最懂事，二是试探谁服谁不服。他是领导，他敬你酒，即便他用小杯你用大杯，你要是不跟他一块儿干了，或者他喝酒你喝饮料糊弄，他就认为你不服他，不拿他当回事，就觉得你这人当面尚且糊弄他，工作上肯定也是阳奉阴违！就好比现在,这么多公司这么多人,人家是大领导,哪有那么多闲工夫一个一个闲聊。即便他有工夫闲聊,场面上肯定都说好听的,也聊不出个所以然,倒不如弄这么一出,谁上心谁不上心,一眼就看出来了,你仔细想想是不是这么个理儿？”

“这么多人,谁喝谁不喝,他怎么可能记得住啊？”我皱眉道。

“他不用记没喝的！记住谁喝了就行。”老杨拍了拍我肩膀,“比如说你小子。”

“照你这么说,我刚才立功了？他们大老远把咱们找来,聊天其实就是个幌子,真实目的是让咱们拼酒？”我哭笑不得道。

“我也就那么一猜。”老杨笑了笑,“我也不确定人家领导是不是真有这个意思。不过,我刚说的那事,最后提干的人,都是喝了的。”

“借您吉言吧。”我摇了摇头,终于理解了周星驰版《鹿鼎记》中那句用于搞笑的俗语:“家有一老,如有一宝。”纵观全场,老杨岁数最大,即便只是个司机,却着实经历过大场面,阅历不是我们这些崽子比得了的。

再瞅眼前这群小年轻,估计平时也是鸡贼惯了,有人敬酒能躲就躲能搪就搪,这次也不例外,一个个有说有笑没准还沾沾自喜幸亏提前倒了一杯雪碧,完全没意识到自己已经被拉黑了,就是因为你那杯雪碧,石家庄白跑了吧？刚才人家蒋总连敬两次,分明就是给你们一次重新做人的机会,那些两次都没喝完一杯白酒的、全程喝红酒的、兑雪碧糊弄事的,尤其是那些连红酒都没兑纯用雪碧装蒜的,没想到这顿尴尬宴里竟然会藏着这么深的坑吧？

【注　释】
① 钱:中国传统计量单位,一般用于称量金银、药材之类需要精确计量的东西。十钱等于一两等于五十克,一钱等于五克。
② 没溜儿:华北地区(尤其是天津地区)俚语,形容人说话办事不经大脑不着边际,想一出是一出,让人难以理解。

28

次日，一大早。

一大早是多早？

早到天还黑着。在我印象中，上一次起这么早那还是高中时的

事。

等我穿好衣服洗漱完毕吃完早点来到楼下，一辆崭新的奔驰旅游大巴车早已等在了宾馆门口，车上负责导游的正是昨天晚上那个穿皮夹克的卷花头。

又过了约莫十分钟，十二家广告公司的人都到齐了，大巴车徐徐开出了宾馆大院，这一开就是一个多小时。我终于明白他们为什么要这么早出发了，因为我们的目的地根本就不在石家庄市内，而是一片我也不知道究竟是哪儿的前不着村后不着店的大野地。

当车停在公路边的时候，所有人都蒙圈了，还以为是司机想下车撒尿，结果司机没下车，我们倒是都下去了，因为眼前的一片荒地就是我们即将参观的"项目"。"这里！"卷花头朝着大野地大手一挥，足有一百七十度的范围，"这里是我们集团即将开发的一片商业用地，我们准备在这里建一个商业中心。"

顺着卷花头的手遥遥望去,那真的就是一片大野地,连农田都不是,一眼望不到边,半径十公里内绝对是渺无人烟。这个集团没事吧?在这儿开发商业中心,谁要想来这地方经商,恐怕出门前得预备干粮吧?

"大家有什么要问的吗?"卷花头面带自豪,跟下面的一大片蒙圈脸形成了鲜明的对比。

"这是哪儿啊?"下面不知道谁问了一句。

"呃,这里是定州到保定的中间。"卷花头道,"大家不要误会,我们的商业中心,不是面向普通消费者的,而是针对一些工业或民用商品批发商的。"

"敢情就是个批发城啊……"我冲着老冯苦笑道,"他一说商业中心,我还以为他们要在这儿建个商场呢,谁要是真跑到这儿来逛商场,那购物欲得有多强烈?"

"就算是批发城,这地方也远了点吧……"老冯眉头紧皱,"难道这就是他们要做广告的项目?"

"不能吧?你不是说他们的项目在北京吗?"我问道。

"是啊,是说在北京啊,带咱们参观这里是什么意思?"

"大家还有问题吗?"卷花头继续问。

"这个商业中心,需要进行广告推广吗?"老冯刚要开口问,别人先出声了,说白了就是:你带我们来这儿的意义是什么?是要让我们做广告吗?

"暂时不需要,有需要的话我们会通知大家的。"卷花头笑道,"还有别的问题吗?"

我天,不需要做广告,你大清早的把我们这群广告公司的折腾到这儿来干吗?这个集团怎么这么没溜儿呢?我偷眼看了看其他人,表情几乎都是一样的,脏字就差写脸上了。

"没有问题的话,咱们去下个项目!哎呀时间有点来不及了……"

说话间卷花头一个劲儿地看表。

来不及了?有没有搞错啊大哥,还不到八点啊!你不会是要带我们周游河北吧?

大巴车再度出发,目的地仍旧是一片鸟不屙屎的野地,附近好像还有点山,周围连条像样的路都没有,但见卷花头观沧海一般大手一挥:"我们将在这里开发一个高尔夫别墅区!"

"冯总,你说他们有没有盖好了的项目?"我偷偷拽了拽老冯的衣角,"他们这个集团,不会是专业囤地的吧?"

"有是有,但大部分都是经济型小区,据我所知还没有高档项目。"老冯道。

"那就带咱们去看小区呗,看野地能说明什么?"

"估计是想显示一下他们集团的实力吧。"老冯皱眉道。

"那你倒是先把房子盖好了啊!整一片大野地叫啥实力啊?"

"哎呀,既来之则安之,你就跟着走吧,就当旅游好了。回去不是一样没事干嘛。"老冯无奈道。

"说的也是……"说实话,老冯可能就是随口那么一说,但这话听到我耳朵里,却有一种说不出的悲壮。他们这些被挖来的资深人士倒是无所谓,公司倒了就倒了,有资历有人脉,再找一家分分钟的事,但我不一样,这里再强调一下,失业对我而言就意味着改行。

"大家还有要问的吗?没有的话就去下个项目啦!"卷花头大手一挥,一群满脸蒙圈的广告人继续像低价旅行团一样上车走人。

就在大巴车再次驶向又一片大野地的时候,我的手机忽然叮叮当当地响了起来,一看来电显示,电话是老梁打来的:"麦子!红旗别墅那边有动静了!有戏!"

"什么情况?"一听红旗别墅有希望,我顿时来了精神,"你把那头猪搞定了?"

"我现在也不知道具体情况,我都没来得及去搞他呢!"电话里,老梁的语气跟我一样满是兴奋，"那边一大早打电话来让我过去谈价，我和姚羽等会儿就出发！"

"只是谈价？"我问道，"他们就没说点别的？"

"哎呀，这已经是很有意向啦！你还想让人家说什么呀？别忘了咱们昨天刚提的案，你还想让人家直接把合同给你寄过来啊？"老梁笑道，"你那边进展怎么样？"

"我不大方便说……"我看了看周围，一车人一个个满脸的生无可恋，唯独卷花头意气风发，"客户正带我们参观项目呢。"

"参观项目？他们的项目不是在北京吗？"老梁问道。

"参观他们在河北的项目，还没动工呢。"

"没动工参观个屁啊？靠谱吗？"

"这个……一言难尽。等我参观完了给你打电话吧。"

"别别别，你别给我打，等我电话！你先忙着，等我给你打……我要下楼了，这边有什么进展我及时通知你。"

"好，那我就先'忙'着。"我摇了摇头，苦笑一声挂上了电话。

"到了到了！大家往右看，这是我们集团即将上马的重点项目……"大巴车缓缓停在路边，卷花头隔着车窗再次挥手，窗外是一片养鱼池。

29

养鱼池之后,卷花头又带着我们参观了一片正在拆迁的城乡接合部平房,此时所有的拆迁户都已经搬走了,各类重型机械正在拆老房子,到处热火朝天倒是有点搞开发的苗头。与前面的大野地和养鱼池不同的是,这片拆迁房竟然没有明确的规划,按卷花头的话说,对于这片地,目前集团的意见尚未统一,原本的规划是建设现代化高层住宅,但征完地才发现这片地是沉降区,建高层住宅存在一定的地质风险,建传统的低层板楼又存在成本过高的问题,总而言之一句话,先拆着,以后究竟建啥,到时候再说。

等于说,我们坐着豪华大巴参观的三片大野地外加一片拆迁房,没一个靠谱的。

看完拆迁房已经是中午十二点,大巴车把我们拉到了他们集团总部,安排我们在他家职工食堂吃了顿工作餐,之后便是此次出差的主题——聊天了。

聊天的地点,设在他们集团总部大楼的一处大会议室里,这间会议室比当初红旗别墅的会议室足足大出五六倍,中间摆了一张超大的椭圆形会议桌,会议室四周靠墙的地方还摆了不少的折叠椅,此时,包括昨天那个敬酒的蒋总在内,一众首脑已经一字排开坐在了会议桌的一边,广告公司的人则被安排在四周靠墙的折叠椅上落座,所有人共处一室,绝对的世界人民大团结的节奏。

"他们这是要干吗?开动员大会吗?"为了方便交头接耳,我特意把老冯拉到了一个靠后的地方落座,"所谓的聊天,不会就这么聊吧?听他家领导讲话?"

"应该是。"老冯点了点头,"或许他家领导是国企出来的,就喜欢搞这些形式上的东西。"

事实证明,我俩都猜错了。

这并不是什么动员大会或领导讲话,真的就是聊天,就是那种你问一句我答一句彼此交流的聊天,堪称史上最强群聊。群聊的规则是,各家公司轮流上会议桌跟桌上的领导聊,下面其他人听着,聊完也不许走,得留下听别人聊。就在我和老冯交头接耳的时候,主持人宣布会议开始,先是简单介绍了一下在座的领导,然后喊出了第一家参聊的公司的名字——北京蝉鸣广告有限公司。

我天,没想到这第一家就如雷贯耳啊!

说实话,对于广告圈,尤其是房地产广告圈,我的认知还处在婴幼儿阶段,听说过的广告公司非常有限,所谓的如雷贯耳,基本上都是关洋给我灌输的。按关洋的说法,蝉鸣广告曾经是北京最牛×的房地产广告公司,是教父级的,就好比 1996 年的 AC 米兰,横扫意甲,绝对具备把第二名按在地上摩擦的实力。如今的"十大"里,至少有一半公司的台柱子都是蝉鸣给培训出来的,这家公司当年的很多案例至今仍被一些广告公司当作教材分析研究。

那么问题来了:既然如此牛×,为什么要千里迢迢跑到石家庄,与我们这些生活不能自理的十八线公司同流合污呢?

这其中的内幕比较复杂。关于蝉鸣的衰落,圈里有很多传闻,有的是从蝉鸣辞职的人带出来的,也有一些是根本没在蝉鸣干过的人以讹传讹传出来的,传来传去就传走样了,排除掉那些越传越扯淡的谣言版本,真实可信的原因大致有两个:一是分赃不均,二是老板娘任性。

第一个原因很好理解,就是公司做大了,挣钱多了,几个最初跟着老板蹬自行车创业的元老心里不平衡了,拿死工资再多也是有上限的,于是开始组团跟老板聊股份的事。而老板呢,比他们更不平衡。客户都是我谈的,房子是我租的,设备是我买的,钱都是我挣的,所有人的工资都是我在发,你们这些老混子除了资格老,还有其他拿得出手的本事吗?你们干的那些鸡零狗碎的活儿,随便换个实习生也能干,当初到底是哪服药吃错了,竟然给你们定了那么高的工资?就在这个节骨眼儿上,那群老混子居然还大言不惭地组团上门谈股份,这要是都谈不崩,那世界大战也打不起来。

至于谈崩的结果,显而易见,公司元老大量离职出走。当然,人家也是有备而来的,辞职可不是白辞的,除了尽可能多地带走客户之外,还带走了相当数量的精英骨干。这算是蝉鸣第一次大吐血,非但是吐血,几乎是把肚肠子都吐出来了,损失之大触及灵魂。

那些离职出走的元老中,或许有些人真的就像老板想的那样,一直倚老卖老混吃等死骗工资,这样的人如果只是自己净身出户,对公司或许真的没什么伤害。但老板千算万算却忽略了一点,那就是公司内部错综复杂的人际关系和业务关系。

的确,客户都是老板自己在谈,但你一个人不可能跟所有客户都从头谈到尾,客户谈下来之后,与客户接触最多的是那些老混子而不是老板你;其次,下面干活儿的人大都是这些老混子招的,更多时候,那些底层的苦力更信任的同样也不是老板你,你觉得你只是挤走了几个废物,其实你是高估了自己的魅力。

蝉鸣吐出肚肠子之后,北京的房地产广告圈一下子冒出了好几家新锐公司,如今的"十大",其中好几家就是那时候冒出来的,其实就是那些蝉鸣的老混子出来自立门户干的，专门抢蝉鸣的客户，别看当初在蝉鸣是混吃等死，如今自己干可就不一样了，一律跟打了鸡血似的热情似火，只要是跟蝉鸣比稿，通通是赔本赚吆喝的节奏，把报价压得极低，宁肯自己不赚钱，也绝不给老东家留活路。

再然后，就轮到老板娘神助攻了。这就是第二个原因，关于"老板娘任性"的传说。

按理说，即便吐出了肚肠子，蝉鸣毕竟是蝉鸣，瘦死的骆驼比马大，人虽然走干净了，但底子和名气还在，加之那个时候房地产项目越来越多而广告公司却还不怎么多，可谓遍地客户粥多僧少，这个时候老板如果能痛定思痛，重新招纳人才并适当调整利益分配机制，东山再起分分钟的事。只可惜，此时此刻痛定思痛的不是老板，而是老板娘。

蝉鸣的老板娘在公司里是管钱的，绝对的骨骼清奇，元老们集体出走之后，老板娘凭她神奇的脑回路，认为是老公平时太放纵这些人，导致这些人妄自尊大自以为是，才酿成如今的局面。于是她便制定了一套非常严格、非常"科学"的管理制度，一是打卡制，二是报销签字制。在出事之前，蝉鸣的创意部门是不用打卡的，规矩跟我家元鼎一样，加班没加班费，迟到也没人管。但如今不同了，除了老板夫妇之外，所有员工不管职位高低都必须打卡，每月工资按打卡记录结算，不管头天晚上加班到多晚，第二天早晨九点准时打卡才能报销昨天的打车费和餐补；倘若九点之后打卡，那么加班三小时以上、迟到一小时之内的，不扣工资但所有费用不能报销；迟到一小时以上两小时以内的算"常规迟到"，第一次扣五十，第二次扣一百，第三次扣一百五，照此类推；迟到两小时以上的算旷工，扣全天工资，一个月无故旷工三次直接开除。

说实话，这波神操作，违不违法暂且不论，但至少是很不合理的。那个时候《劳动法》还不像现在这么完善，对加班费方面的规定不是很严,实际工作中也没多少人刻意去掰扯加班的事,但加班三小时才允许迟到一小时且不能报销加班费用,即使加班十小时,迟到两小时也算旷工,累计三次直接开除,这就真的是有点扯淡了。单这一项奇葩制度,就把90%的优秀人才给得罪了,进一步逼走了一些留下来的老员工不说,新来面试的人一听这条变态制度干脆直接拜拜,给多高工资都免谈。换句话说,但凡能忍受这种制度坚持干的,基本上都是在别处找不着工作的。

第二条报销签字,虽然杀伤力不如上一条大,但更变态。在以前,员工报销打车费、餐补等费用,找直属总监签字就可以了,但如今要找财务总监签字。

财务总监是谁?

是老板娘自己。

老板签字都不行,想报销必须老板娘同意。

谁服务什么客户加什么班出什么外勤,她一个坐办公室拨算盘的知道个屁呀!于是乎为了方便核实,这老板娘别出心裁地想出了一个"外出单"原则,也就是说谁因公外出,临走必须填一张外出单到行政部登记,单子上有因公外出的项目和时间,然后外出的人必须拿着这张单子找客户签字,回来才能报销。如果只是单纯的"踩盘",没有具体要拜访的客户怎么办? 没关系,用踩盘时拍的照片也行,公司有数码相机,临走别忘带上就可以了。说实话,堂堂客户总监、创意总监,为了报销十几二十块钱的打车费,必须拿着单据厚着脸皮找客户签字,能想出这种奇葩制度也是没谁了。蝉鸣的元老们之所以要出走,狗都知道是因为利益分配不合理,跟公司制度没一毛钱关系。这可好,历经如此沉痛的教训,非但没变大方,反而更财迷了,你觉得大伙真的是有自虐倾向所以选择这个行业吗? 简直奇葩到没朋友,只能解释为老板娘任性了。

再然后,广告公司越来越多,市场竞争白热化,蝉鸣广告翻身的机会也就越来越渺茫,最后干脆就彻底沉沦了,报纸上看不见作品,论坛里看不见消息,甚至连招聘网站也没有他家的招聘信息,在很多人看来,蝉鸣已经死了。

再回到眼前,主持人念完蝉鸣的名字,但见墙根底下四个满脸蒙圈的哥们儿委屈地站起了身子,"手无寸铁"地走向会议桌,战战兢兢地坐到一众领导的对面,用实际行动向世人证明了一件事:俺们家蝉鸣还活着呢!

为什么要用"手无寸铁"这个词呢?

因为这四个哥们儿是拎着大包小包进场的。看体积与分量,包里装的应该是笔记本电脑、投影仪之类的设备,只可惜此时的提案现场压根没给他们发挥的空间。刚上台的时候,其中一个四方脸留着寸头的哥们儿也曾声情并茂地与主持人交涉了一阵子,不用问,肯定是在商讨架投影仪的可能,但见主持人从头到尾一路摇头,估计是没戏,最后也只能放弃投影用嘴"直喷"了。

说真的,事态发展到这个阶段,我心中竟莫名地泛起了一丝窃喜。说实话,我们这家刚成立的十八线公司,一无案例,二无大拿,三无业绩,跟那些已经做出一些名气的广告公司相比,属于典型的"三无"作坊,真用 PPT 介绍的话,至多三页就再没什么好说的了。

但是,用嘴介绍的话,可就完全不一样了。

用投影仪介绍公司,客户的注意力几乎全都集中在投影画面上,投影内容为主导,旁白至多算是个辅助。

但如果没有投影的话,嘴,就是一切。

说白了,这就是考口才。嘴笨的人,介绍十个案例有可能让客户觉得只有一个案例;但换了能喷的人,有可能把一个案例喷出十个案例的感觉。对于这一点,我还是有些信心的,即使老冯不给力,我也完全有能力救场。

敞开了喷呗! 反正也不用上税。

30

　　玉龙集团与蝉鸣的聊天持续了二十多分钟,这其中还包括蝉鸣介绍自己公司的时间,其间数次冷场。蝉鸣的主讲人磕磕巴巴不知所云,或许是下面观众太多他太紧张,又或许是脱离了 PPT 投影直接嘴喷不习惯,反正效果很不理想。至于客户提出的问题,主要有以下几点:一是对玉龙集团北京项目的推广建议;二是对异地服务模式的探讨;三是对广告实际效果的评估与验证模式;四是广告公司可以提供的服务资源。翻译成人话就是:一、北京项目你们认为应该怎么做;二、能不能派人到石家庄驻场;三、广告打出去,效果不好怎么办,你们负不负责;四、你们公司跟媒体关系怎么样,如果有负面舆论,能不能摆平。

　　说句实话,这四条里,除了第三条,都是大部分开发商最关心的问题,对于广告公司来说也都是不疼不痒的需求,只要广告公司别太"皮包",全都可以满足,只有这第三条有点扯淡:他们认为广告效果不好,广告公司要承担相应的责任。

　　或许是因为之前从来没找过广告公司,这个玉龙集团完全不知道"广告有风险,花钱需谨慎"的潜规则。别说是在当时,就算放到现在,全世界范围内也没有哪家广告公司敢拍着胸脯跟客户保证广告效果,更别提包赔损失了。你找我做广告一个月才给我七八万块钱的月费,而《北京青年报》一个整版的刊例价就要二十万,你花了二十万打广告,倘若只赚回十万,难不成我还得倒贴给你几万?上辈子欠你的啊?

直到此时,我忽然明白了客户为何把这么多的公司聚在一起聊天。他们的目的不是让大伙儿互相砸价,只是希望这些公司在服务模式上当面竞争。一、二、四条就不说了,单说这第三条:广告效果不好怎么办?开发商花了冤枉钱,广告公司要如何担责?十二家公司面对面地聊方案,大家公开比较,谁能给我最保底的方案,我就选谁。

一连聊了七家公司,话题大同小异,但都逃不开第三条即所谓的"广告实际效果的责任问题"。包括蝉鸣在内,对于这个问题七家公司一律是顾左右而言他,没有一家是正面回答的,其间我也和老冯探讨过该如何回答这个问题,但思来想去也没个靠谱的方案,凭我们两个的职位,不可能给他们什么保证;但不给保证,就跟其他公司一样,毫无特色,石家庄也就白来了,大野地也就白参观了。讲真,对于其他公司而言,白来了也就白来了,但我们不一样啊,对于我们这家生活不能自理的十八线公司来说,每一次比稿的机会都弥足珍贵,如果不能借着这个"聊天"的机会给客户留下深刻印象,如果真跟十二家公司硬碰硬地比稿,希望就太渺茫了,死在蝉鸣前边真不是梦。

怎么才能给出一个两全其美的答案呢?怎么才能让他们觉得稳妥而我们又不必担风险呢?

就在我和老冯一筹莫展的时候,主持人念到了我们的名字——北京元鼎春檀广告有限公司。

第八家出场,次序不算差,但也说不上多好,因为我们还没想明白具体怎么说。老冯倒是想出一个说法:如果广告效果不好,公司可

188

以放弃媒介利润，零利润为玉龙集团代理所有平面广告的发布业务，以此冲抵广告效果的不足。但问题又来了，一是媒介业务是总公司那边负责的，你一个分公司的总监能不能做总公司的主，这件事打个问号；二是当初我去红旗别墅提案的时候曾听老梁说过，媒介业务的利润其实是很薄的，尤其是面对像《北京青年报》《北京晚报》这样的强势媒体，一个项目一年到头也就几万块钱的净利润，投放量大的话顶天能有十几万。而玉龙的项目不可能只打一次广告，如果次次都达不到预期效果，一次亏十万两次亏二十万，这么累积起来，你准备免费帮他服务到哪年？

疑问虽多，但也来不及想了，我俩也"赤手空拳"地坐到了会议桌上。

一看见我，那个蒋总立马两眼放光："哟，这不是昨天那个海量的小伙子吗？上午我还跟董事长提起你，说有个小伙子特别能喝，干杯的架势让人看着都害怕。我年轻的时候也像你这么喝过，哎哟那个感觉……一辈子都忘不了。"

"蒋总您就别埋汰我了。我跟您比不了，昨天喝完那一杯，回到房间差点把肚肠子都吐出来……"我低头一笑还真有点不好意思，看来老杨的预言似乎是成真了，这个蒋总还真的注意到我了。

"哈哈哈……"以蒋总为首，对面一干领导顿时就是一阵假笑，"小伙子，你平时是不是特别爱喝酒啊？"笑罢蒋总问道。

"是能喝一点，但昨天也确实是逞能。那六十七度的酒，我的天！"我摇头笑道，"我就是觉得，昨天晚上对于我们来说是吃饭，但对于您来说是加班。您加班来给我们敬酒，不喝不合适。"

"瞧这小子说的……"蒋总又是一笑，他带头这么一笑，对面又是齐刷刷一阵假笑，说实话，前七家聊天的时候我也曾仔细观察过这一排的领导，职位都是这总那总，大伙的表现也都差不多，还真没看出谁官大谁官小，现在这几声假笑，让我心里有了点底，从头到尾这个蒋总都是总瓢把子，他一笑别人立即跟着假笑，这绝不是普通的同事之间相互捧场那么简单，至少在这个现场，他是总负责人。

领导们假笑一阵后，聊天进入正题。先是老冯介绍公司，基本上都是总公司那点媒介上的业绩，额外提了一嘴我们元鼎广告服务八通苑的事，只可惜说了三分钟就没啥可说的了，起初我还挺有信心能帮他救场，但真到了这个节骨眼儿上，我也没词了，因为八通苑和红旗别墅都让他给说了，而且红旗别墅那边还没动静呢，在他嘴里却已经是正在走合同流程的签约项目了，这种透支的牛都吹出去了，我还能有什么可补充的？好在对面的领导们也没太深究案例的问题，而是直接把话题带到了前七家公司老生常谈的那四项。

说实话，这个老冯，是真敢拍胸脯啊！单就第一、二项而言，给出的条件比前七家都靠谱太多。首先是第一条"玉龙集团北京项目的推广建议"，别家给出的都是一些常规的媒体、活动建议，局限在北京本地；但人家老冯却直接指出玉龙集团的主战场除了北京还有河北，建议他们把宣传重心向河北倾斜，因为玉龙集团在河北的名气比在北京大，更容易获得河北人民的信任，身为开发商，要充分把握这份信任，号召河北的成功人士去北京投资购房，还现场编了个活动叫"拥有一片首都"，然后越聊越兴奋，最后还把触角伸往南方了，上海、广州、深圳一律不放过，一线城市有钱人多，一律都要拉到北京投资！玉龙集团家大业大，应该借着这次机会冲出河北放眼全国，赶万科超华润成就一番霸业。说句实话，号召河北人民到北京投资，这个建议放到今天看，的确靠谱，但后面那些就纯粹是胡扯了，不过胡扯归胡扯，开发商还真就吃这套，毕竟是前几家公司没提过的观点，单就这一个话题的聊天时长就超过了前七家公司里任意一家的全程时长。

再往下是第二条"异地服务模式"，说到这儿，老冯就差把上衣脱了直接肉碰肉地拍胸大肌了，他扬言我们公司正好有计划拓展河北省的业务,公司副总带队,配备一个客户总监和一个创意总监,组成"一总双监"团队,常驻石家庄一点问题都没有,甚至直接在石家庄成立一家分公司都不叫事!这通胸脯拍的,直接就把前七家公司甩出几条街了,听得我也是一阵一阵的后怕,心说大叔你这么胡喷,就不怕客户当真啊?万一人家真让你把这些鬼扯的话都写进合同里,这合同你签不签啊?还什么副总带队,咱们公司没副总啊!为了接一个客户专门招一个副总,这不是胡扯吗?你是准备让姚羽来石家庄伺候他们吗?你就不怕她拿鞋底子拍你啊?

再往后,就是第三条"广告效果"了。这也是最重要的话题。因为暂时没想到太靠谱的应对方案,老冯也只能把之前想过的"用媒介利润冲抵广告损失"的说辞拿出来搪塞,结果被蒋总一个反问问到了十八层地狱,蒋总问道:"如果我们把宣传重心放在河北,你们公司与河北的媒体关系怎么样?"

自己挖坑把自己埋了。

我说老冯啊,你胡喷可以,但也不能顾头不顾腚啊!总公司的媒介业务确实厉害,但那只局限在北京啊!你口口声声建议人家在河北本地打广告,你知道河北的报社大门朝哪边开吗?说得好听,"用媒介利润冲抵广告损失",但问题是你能从河北的媒体挣到利润吗?

有道是爬得越高摔得越惨,尤其是落地的地方自己还事先挖了个大坑。

算了,也别埋怨老冯了,这个坑连我自己都没意识到。

现在我们面临的问题是冷场!老冯瘪了,我该说些什么?媒体我不懂,如何救场?我就是个实习渣,不能也不敢像他那样噼里啪啦地拍胸脯给客户瞎承诺,而这第三点似乎又是客户最在意的地方,我该怎么说?怎么说才能让他们满意?或者说,怎么说才能让他们发自内心地认识到,找广告公司索赔广告费这件事,本身就很扯淡?

31

　　说到这里，就不得不提刚才那七家公司与领导们的聊天过程，尤其是第一个登场的蝉鸣，他家其实是牺牲了自己的聊天时间给玉龙集团的领导们上了一堂广告行业的胎教课，向他们普及了广告公司的收费模式与服务范围，顺便代表在座的所有广告公司阐明了对于第三条"广告效果责任制"的立场：广告打出去，如果你觉得效果不好，可以炒了我们，但让我们赔钱，没戏。

　　常言说得好："股市有风险，投资需谨慎。"你拿钱买股票，不可能有哪个交易所敢跟你签署保本协议。股票涨了你赚钱，股票跌了你不亏，天底下哪有那么便宜的事？

　　投钱做广告也一样。

　　广告其实也是一种投资，是投资就有风险，而广告效果其实就是投资回报，这个效果分成两类：硬效果和软效果。硬效果就是广告直接带动的销售额，软效果则是广告引起的社会效应以及为品牌或产品建立的知名度和美誉度。这两种效果，尤其是后者，根本不可能被量化。既然不能量化，赔偿也就无从谈起了。什么叫效果好，什么叫效果不好？你家房子卖得快就叫效果好？影响项目销量的因素有很多,地段、售价、户型、工程进度、周边配套设施等都会影响销售,广告或许会对销售产生影响但绝不是决定性因素,如果房子卖不动广告公司就要赔广告费,那么包工头要不要也一起赔你水泥钱呢?

当然,历经前七家广告公司的苦口婆心,上面这些道理已经反反复复地跟领导们掰扯过无数次了,但对面这些宝贝儿领导,就像攥着养老金在证券交易所大厅里撒泼的退休大妈一样,是油盐不进:你跟我说什么都没用!我就是要买股票!我就是不能亏本!我是顾客,顾客就是上帝,你必须把股票卖给上帝,还不能让上帝亏钱!

再回到眼前,冷场已经持续了五六秒,已经没有时间容我思考了。"蒋总,这个……呃……"我硬着头皮接过了老冯的话茬儿,"广告效果的问题,前面的同行已经从各个方面分析过了。是,广告是要由我们来制作,我们也确实应该承担一定的责任,刚才冯总也说了,可以用媒介利润冲抵效果的不足,这已经是广告公司能做出的最大限度的补偿了,您也知道,媒体费用和广告公司的服务费,二者根本就不在一个量级上……"

"小伙子,我看你呀,这是掉到钱眼儿里了。"蒋总破天荒地开口打断了我的话,继而左右看了看周围在座的人,"大家都没明白我的意思。责任,始终都是存在的,从你做这件事开始,责任就已经存在了!难道只有出了问题,才想起来追究责任吗?刚才我们一提到责任,大家都在想如何补偿,如何挽救,赔多少钱。我问你,责任,能用钱来衡量吗?我们盖了一栋楼,如果工程质量不好,出了安全事故,这是钱能解决的问题吗?责任的意义,不是出了问题找谁赔钱,而是要保证不出问题嘛!"

啪,啪,啪啪。此时此刻,领导席响起了稀稀拉拉的掌声,我手疾眼快赶忙跟着一块儿鼓起了掌,霎时间,会议室掌声雷动。说实话,但凡受过九年义务教育的人,对于鼓掌这种事已经是肌肉记忆了,眼前的景象俨然就是当年校长讲话的再现。

"我们是开发商，是搞工程的，包括我自己也是搞工程出身，我就给你们举一个工程方面的例子。"待掌声结束，蒋总继续发言，"国家规定，施工现场必须要有工程监理，而且这个监理必须是具备相应资质的第三方，不能是消费者，也不能是开发商自己。这个规定有什么好处呢？消费者当然希望自己买的房子越结实越好、用料越高档越好，但是他们不懂技术。普通消费者有几个会看图纸的？所以说，即使他们再认真再负责，也未必能真正起到监理作用。而开发商自己监理，既当运动员又当裁判员，难免会出现偷工减料欺上瞒下的情况，工程质量就得不到保证。所以，这个工程监理，必须是专业的第三方，按照国家标准对工程的各方面进行监督，客观公正，对开发商对消费者都是公平的。但是你们广告公司不一样啊，没有国家标准！刚才我听到有一个职位叫'创意总监'，是吧？"蒋总目不转睛地盯着我，似乎是在向我发问，我赶忙点头。

"如果我没理解错的话，这个创意总监，就相当于'工程监理'，要负责广告的质量，对不对？"

"可以这么理解……"我虽然觉得这种说法似乎有什么地方不对，却也无可反驳，创意总监的确要为创意负责，的确是天经地义。

"喏，你看，你们是广告公司，创意总监也是你们自己人，既当运动员又当裁判员；而我们呢，又不专业，也不知道什么广告好什么广告不好，我现在跟你们谈广告效果的责任，就是要解决这个问题！"蒋总叹了口气似是有些失望，"结果呢，所有人都在跟我谈赔偿，你们能赔多少？广告打出去，一旦效果不好，我们损失的不是广告费，而是时间和口碑！这种损失，没人担得起！我们自己都担不起！所以我要强调责任问题，我要跟你们探讨的是如何有效监督防止问题发生，而不是等出了问题再追究责任！"

说句实话，听他说了这么多，我真不知道是该哭还是该笑。跟前七家公司聊的时候，多数情况都是他身边的手下与广告公司交流，他本人很少说话，唯独聊到我这儿，竟然一股脑儿说了这么多，尤其是把问题的本源解释清楚了：人家根本不是怕亏广告费，而是怕广告不合格耽误时间坏了名声，只不过他手下人的表达有问题，而我们进一步错误理解了。

看来昨天那杯"岩浆"绝对没白喝，虽然人家不可能单凭一杯酒就把生意交给你，但照顾到这个份儿上已然是仁至义尽了。这里还要再说一句题外话，事情进展到这里，前七家公司是注定要出局了。就算玉龙集团的真正目的就是想让广告公司担责任赔钱，我们公司也是迄今为止最有诚意的一家，至少给出了免媒介代理费这个看得见摸得着的补救措施，不像前边那七家，各种转移话题避重就轻毫无诚意。

但问题又来了，他觉得广告公司的创意总监信不过，又不想亲自监督，那么广告质量到底由谁来监督呢？难不成也要像请工程监理一样请一个第三方来监督广告公司？这不是扯淡嘛。

"蒋总，我明白您的意思。"我点了点头，脑筋飞速旋转，拼了命地琢磨要怎么回答他提出的这个世界性难题，"您知道我们这些做广告的最怕的事是什么吗？"

"怕什么？"蒋总眯着眼微微一笑。

"您看今天这阵势……"我刻意往前探了探身子，回过头看了看坐在我身后的同行，"这就是我们最怕的事——比稿！也就是竞标。"

"这可不是竞标。"蒋总摇了摇头，"我们集团以前没做过广告，没请过广告公司。我们找你们过来，一来呢，是想了解一下广告行业的合作流程；二来呢，也希望能有一种方法让我们打消现有的顾虑，所以才要把大家组织到一起，集思广益嘛！我刚才讲了那么多，你还是没听明白吗？"

"明白明白，您都说得那么清楚了，我能不明白吗？"我笑道，"但是今天这个会，对于我们来说，尤其是对于我自己来说，就是竞标，至少是竞标的第一步。"

"哦，就算是竞标，你怕什么？怕拿不到生意，回去挨批评？"

"不是挨批评那么简单。刚才冯总也说了，我们公司成立时间不长，小公司。您知道像我们这样的小公司想拿一个客户有多难吗？跟您说句实话，比生孩子还难。"

扑哧一下，蒋总笑了。与此同时桌子底下老冯开始踢我脚。

"您还别笑，这个比喻可能有点不恰当，但真就是这么回事，每次竞标对于我们来说都是生一次孩子。医学界把疼痛等级分为十级，生孩子，就是第十级疼痛，最高级别，比什么断胳膊断腿之类痛得多！不但痛，前期还得怀胎十月。所以说，但凡能拿到一个项目，我们真的是含在嘴里怕化了，捧在手上怕摔了，真的，必须倾尽全力。"我目不转睛地盯着蒋总，但见这老小子竟然出乎预料地点了点头，与此同时，桌子底下脚脖子都快让老冯给我踢骨折了，但我可顾不得那么多了，你丫是喷爽了是吧？许你喷不许我喷啊？你踢你的我喷我的，"我这个比喻不恰当啊，您千万别生气！一个项目，是客户的孩子，也是我们的孩子。您的顾虑我特别理解，说实话，我们也想不出什么好办法监督广告质量，世界上也没有专门干这个的第三方。我们只能保证，客户对项目有多用心，我们就有多用心。爹妈疼孩子这种事，需要找第三方监督吗？"

"嘶……"但见蒋总吸了一口气欲言又止，他两手抱着胳膊肘很刻意地向后靠在了椅背上，盯我盯了足有四五秒才又开口，"你们刚才说，你们公司的上级公司，在媒体方面很强势？"

"是啊是啊！"老冯赶忙接过了话题，"我们的总公司就是做平面媒体起家的，运营规模在北京地区是名列前茅的……"

开始问媒体了？

这么说，第三个问题，他们最操心的广告责任问题，竟然糊弄过去了？

这么简单？

32

　　自我们之后,后面剩下的四家公司也都开始转换聊天思路,把谈话的重心由之前预想的吹牛×变成了卖惨和表忠心,但是,实际效果就跟昨天晚上喝酒一样,晚了,头奖又被我抢了,因为跟我们聊完之后,蒋总又恢复到之前寡言少语的状态,直到聊天会结束。

　　晚饭仍然是食堂的工作餐,之后所有人乘坐来时的大巴车回到酒店各自开车回家,在这期间,我始终惦记着红旗别墅的事,老梁始终没打电话,直到上了高速,我甚至都绝望了认为这事黄了的时候,老梁的电话才姗姗来迟:"拿下! 这两天签合同! "

　　"我去! 这么牛×! "我正躺在车的后排昏昏欲睡,听老梁这么一说立马来了精神。

　　"你先别高兴太早,咱们被那个姓曲的摆了一道! "电话中,老梁的语气丝毫没有中标后的兴奋。

　　"姓曲的? 哪个姓曲的? 那个猪头? "我皱着眉回忆了一下,当初老梁在车上给那个猪头打电话要标书的时候好像提到过猪头姓"曲"。

　　"还能是谁? "

"他怎么摆咱们了？压价？"我疑惑道。

"他支持的那家公司，基础月费只报了六万！"老梁叹了口气恶狠狠道，"再加千分之一的业绩分成。"

"基础月费是什么意思？业绩分成怎么讲？"我听得一头雾水。

"就是他们只要六万的月费，然后开发商每卖出一栋别墅，他们提成千分之一，明白了吗？"老梁无奈道，"红旗别墅的房子均价三百五十万一栋，每卖出一栋，广告公司提三千五百块钱。这种馊主意，肯定是那个姓曲的给支的着儿。"

"那咱们怎么报的？"

"老爷子觉得这种方式不错，咱们也只能跟着这么报呗，基础月费另加提成。"老梁似乎有点激动，"姚羽报了三万，外加千分之零点八的提成！"

"三万？"我一愣，"陶武弄个皮包公司还报五万呢！三万块钱够干吗的？"

"说的是呢！"老梁的语气有些激动，应该是刚喝过酒，"但没办法啊！苍蝇也是肉啊！本来姚羽是想报五万来着，勉强够成本，但那家是'十大'啊！他们才报六万，咱们报五万没优势，只能对半砍。"

"千分之零点八……"我粗算了一下，三百五十万一栋别墅，千分之零点八差不多三千块钱，"他们要是一个月能卖出十栋八栋的，三万保底再加三万的提成，应该也能接受吧？"

"十栋八栋？你知道他们上个月卖了多少吗？一栋！"电话那边老梁似乎是笑了，"八个多月一共才卖了四十来栋，有一多半还都是刚开盘那阵子卖的，越往后越费劲！现在附近项目都起来了，哪还有他家什么事啊！"

"可是……之前他们也没怎么打广告啊。"我回道。

"你小子还不明白吗？他们的产品有硬伤！压根就不是广告能解决的事！"老梁叹气道，"我跟你说，那个姓曲的就是故意的，他挣不着钱那就谁都别想挣着钱！他就是故意撺掇那家报低价,逼着咱们跟牌！就是奔着玉石俱焚来的！这个孙子！"

"我就纳闷,那家公司上辈子欠他的啊？报价这种事也能听他的？"我不解道。

"你还不明白吗？既然那孙子有底气撺掇他们报低价,肯定就有办法从别的地方替他们把亏空补上,但换成咱们,报多少就是多少,谁替咱们补？"

"行了行了,你不是也说了嘛,苍蝇也是肉,挣得少总比没得挣强啊。退一万步讲,有这个客户,毕竟也算是有个案例啊,总比提案时没的说强吧？"我安慰道。

"呵呵,也只能这么想了。"老梁无奈道,"对了,你们那边怎么样,有进展吗？"

"甭提了。你知道客户找了多少家公司吗？"我回道。

"十家？"老梁迟疑了一会儿,之后似乎是咬着后槽牙猜了这么个数。

"十二家。"我道。

"我……我去……"老梁呵呵笑上了,"他们在'石家庄',我还以为他们得找'十家'对应地名呢。"

"比地名多。今后恐怕得改名'十二家庄'了。"我笑道,"不过我觉得可能有点戏,他们老总敬酒的时候我一口闷了一大杯六十七度的老白干,成功地吸引了老总的关注,开会的时候对咱们家也是格外关照。"

"你看,我说酒量大就不用比稿吧！"老梁笑道,"你闷那一大杯有多少？"

"至少有二两吧。那可是红酒杯！满满一大杯！六十七度啊！差点酒精中毒！那根本就不是酒,简直就是硫酸！"

"一口二两?六十七度?"听我这么一说,老梁似乎有点不大相信。

"不信你问老冯！当时他家老总敬酒，大部分人都拿红酒兑雪碧糊弄，就我实在，闷老白干，绝对震惊全场！你等着我让老冯接电话……"

"别别别，我正跟客户吃饭呢，有什么话回来再说吧……"没等我把手机递给老冯，老梁那边便匆匆挂断了电话。

"怎么着，他们那边聊得怎么样？"老冯扭过头来问道，似乎也挺关心红旗别墅那边的进度。

"定了。这几天签合同。"我撇嘴道。

"刚才我听你说……就签了'三万'？"老冯特意强调了"三万"两字，满脸的不可思议。

"三万加销售提成。"我叹气道，"卖出一栋提千分之零点八。"

"那就是三万了，那零点八的事就甭想了。"老冯冷冷一笑满脸的不屑，"红旗别墅那就是一死盘，出了名的难卖，一个月能卖出一两栋就得烧高香。提成什么的全是扯淡。哼……三万块钱，做私活儿都比这贵！拼点都比这挣钱！我跟你说，全北京就没有过这么低的报价！"

"这不就有了嘛……"我苦笑道，"世上本没有路，走的人多了也便成了路……"

33/

事实证明,即便只要三万块钱,这合同也不是说签就能签的。因为保底月费实在是太低,姚羽取消了常规月费合同中的一个重要服务项目:楼书。所谓的楼书,就是一本艺术化的产品宣传手册,项目越高档楼书也就越高档,别看高档,里面却往往没有什么实在东西,大部分高档项目的楼书都是满满的抒情散文外加风花雪月的感性图片拼起来的,中间适当穿插一些户型图、样板间照片及小区效果图,再编几句业主感言这就算是交差了。别看里面废话废图居多,但做这东西着实费神费力,既折磨文案又摧残设计,算是全案服务包含的诸多服务项目中最磨人的一项,尤其是像别墅这种高档项目,一本像样的楼书即便一切顺利,从设计到修改再到最后印刷装订,没有个把月也是折腾不完的,万一那个曲猪头再从中挑点刺使点绊,那可就彻底没日子交差了。为了楼书的事,服务合同改来改去又磨叽了足足一礼拜才算正式盖章生效,楼书还是要做的,合同里好像规定了额外加钱,但具体加多少就不得而知了。

在这沉闷的一周里,唯一的好消息就是为了勉励我拿下红旗别墅的丰功伟绩,姚羽决定提前结束我的试用期把我转为正式员工,工资也由之前的两千五涨到了三千;再之后,老梁自掏腰包请我和毕爷吃了顿饭,算是感谢我们帮他拿下了一个月费客户。前面说过,老梁作为客户总监,保底工资是很低的,改善生活全指望项目提成,有客户就有钱,没客户就穷着。红旗别墅的月费低得离谱,项目提成肯定也不会很高,但总比没有强。

转过头下周一,喜讯传来,红旗别墅的三维效果图终于出炉了,虽然仍旧偏土,但总比用数码相机拍沙盘模型强。接下来的任务就是做广告了,这期间陈家老三来了一趟我们公司,算是代表甲方到我们公司进行例行考察,顺便也带来了陈氏家族对于签约后第一版广告的建议:把我提案时的两个创意"结合一下"。

详细内幕是这样的:我们的提案文件中有两张创意稿深得陈家人喜爱,第一稿是把生日蛋糕做成草皮质地,之后在蛋糕上插一根红色高尔夫球旗的创意,这个红色旗子,老爷子很喜欢,强烈要求先花钱把这张稿子打出去,但几个儿子不同意,尤其是老大,觉得这个创意虽然能突出"红旗"元素,但没能突出项目的卖点,对销售起不到作用。以他为首,三个儿子一致喜欢另外一稿,就是别墅窗户被高尔夫球砸了一个洞的创意,觉得这个创意能突出项目的卖点——离球场很近,一杆球的距离,而且这个创意中出现了别墅的实体,正好他们的效果图做出来了,能派上用场。再之后,父子四人历经一番互撕,最终各退一步,决定把两个创意"结合一下"。

说实话,听了他们这个建议,我真是剖腹的心都有了。这两个风马牛不相及的创意,怎么结合啊?

"这有什么难的?"对于我的痛苦,陈家老三跷着二郎腿很是不以为意,"你就在草坪上放一栋别墅,然后再插一杆红色旗子,不就行了吗?"

"陈总,你是认真的吗?你要是觉得这么弄没问题,我们二十分钟就能给你做出来!"我哭笑不得道。

"哦？这么快？那你弄一下我看看！"说到现场创作，陈家老三顿时兴致盎然。

说弄就弄，毕爷打开 Photoshop 软件现场作业，不到十分钟就做出一片横贯屏幕的大草坪，然后又用十分钟时间拼进去一大片蓝天，之后从原来的稿子里把红色旗子的现成素材拉到了草皮之中，又打开红旗别墅的效果图文件，找了一张角度合适的别墅效果图放到了草皮上面并加了点阴影特效，按照陈家老三的计划，这就可以发布了。

但是，真的是不堪入目啊！

还不如 Windows XP 自带的那个蓝天白云的桌面好看。坦白讲，是差远了，充其量就是个工地围挡的水平。

"你这个别墅……能不能放大一点啊？"看着屏幕上惨不忍睹的画面，陈家老三似乎也觉得不大妥当，"你们那个……窗户被砸了一个洞的创意，也得做进去啊！"

"陈总，你要是想让读者看清楚窗户上的洞，这个别墅就要放到特别特别大！"毕英英转过头一本正经地解释道，"整个画面，只能是别墅的局部，窗户的面积要占到画面的 80% 才能突出那个洞。"

"不用不用，你就把这个别墅再放大点，再放大一倍！"陈家老三似乎不信邪。

"好。"毕英英最大的特点就是脾气好，从来不跟客户掰扯，你说放大我就放大，干脆把画面整体放大了一倍。

"唉唉唉，别都放大啊，只放大别墅就行！"见毕英英放大整体画面，陈家老三赶忙阻止。

"只放大别墅，比例就不对了。"毕英英解释道，"那样旗子会显得特别小，就不像高尔夫球旗了，草坪和云的比例也会很奇怪。"

"哦哦……行吧，那你把那个洞放上去我看看……"

毕英英抿着嘴把之前做好的玻璃破洞效果缩小到适当的比例

后放到了别墅的窗户上。

"别……洞别缩小啊！"陈家老三再次制止毕英英。

"洞如果不缩小，就像是篮球砸的。"毕英英把原比例的破洞效果放到了别墅窗户上，一下子占了半扇窗户。

"哦，行吧，那缩吧。"待毕英英缩小了破洞效果，陈家老三眉头紧锁，盯着这幅不知所云的画面愣了半天。

说实话，这真的是一个很尴尬的画面。三维效果图假得要死的一栋别墅窗户上有个黑点，不拿放大镜绝对看不出来是个破洞，别墅旁边插了杆高尔夫球旗，还是红色的，整个画面百分之一千的不知所云。

"陈总，这是风马牛不相及的两个创意，没必要结合成一个。窗户破洞的创意只是善意的夸张，只有把别墅局部放得很大才有冲击力，这么小的话，很怪的。"我解释道，"整个画面会感觉不知所云。"

"是有这个问题……"陈家老三若有所思道，"要不这样，你们在这儿……"陈家老三指了指画面上一片空着的草坪，"你们在这儿加一个人，挥杆打球。"

"往哪儿打？"我顿时一愣。

"往别墅上打啊！"陈家老三一本正经，丝毫不像在说笑。

"陈总，这儿明明插着高尔夫球的旗子，然后这个人把球往别墅上打？这个……这个让人感觉他是故意搞破坏砸别人家玻璃啊！"我都惊了，这个陈家老三的脑回路，怎么就这么没溜儿呢？怪不得关洋当初要拼了命地跟客户掰扯，都这么指挥的话，不掰扯恐怕会出人命。

"唉……说的也是……"陈家老三再次陷入沉思，"要不这样，你们让那个人把球往外打。"

"往外打，是往哪儿打？"我皱眉道。

"往屏幕外面的方向打！"陈家老三道。

"他往外打,窗户上怎么会有洞啊!"我都快哭了。

"那就不要洞了。"陈家老三道,"只打球就行。"

"旗还要不要?"毕爷问道。

"要啊!旗必须要!"

"旗插在这儿,他为什么要把球往别的方向打?"

"这个……"陈家老三顿时语塞,"要不,让他往旗的方向打?"此时此刻,毕爷已经在翻图库了,片刻不到便找着个推杆姿势的高尔夫球手,然后把人物抠出来放到了画面里。讲真,高尔夫球推杆这个动作,猫着腰撅着屁股贼眉鼠眼,形象着实是猥琐。

"这个动作不好……"陈家老三摇头道,"不要推杆,要挥杆!大力挥杆!"

挥杆就挥杆,反正同一张图库光盘,里面都是打高尔夫球的图片素材,片刻不到,图中人物动作又换成了潇洒的挥杆。但问题又来了,人物距离旗子,按图中的比例也就几米远,这么近的距离,竟然纵情挥杆,这是想占球场便宜多打几杆吗?此时已经不用我多掰扯了,陈家老三自己也觉得有点扯:"算了算了,旗子也不要了,留一个人挥杆就行了。"

然后,旗子也被去掉了。

说好的两个创意结合呢?洞也没了旗子也没了,全都没影了好吧?

"这个创意,是不是有点平啊?"陈家老三盯着屏幕不禁摇了摇头。草地,别墅,一个人在别墅边上挥杆,说实话,这种烂俗创意换我爸也能想得出来。"你把人去掉,把破洞和旗子给我加回来我再看看。"想罢多时,老三再次改变主意,剧情又穿越回半个钟头之前。

我真是服了他了。

毕爷倒是早有准备,估计是以前被客户指挥惯了,知道坐到电脑前指挥设计的人基本上都比较没溜儿,所以每次修改时都会把之前的画面做个备份,此时果不其然收到了一切复原的指令,毕爷分分钟便把画面调回到半小时之前的德行:别墅红旗玻璃洞,蓝天白云大草坪。

"这个……画面是不是有点空啊?"老三皱着眉看了看我,似乎是想让我说句恭维的话安慰他。

这不是废话吗!

草坪上有一栋别墅,别墅窗户上有个黑点,然后别墅旁边插了一杆红色的高尔夫球旗,这只是画面空那么简单吗?爱因斯坦都猜不出你想表达什么好不好?

关洋要是在场估计已经开始满屋找刀了。

"陈总,既然你们喜欢提案时的稿子,原封不动地发布难道不行吗?"我问道,"蛋糕插旗那版创意,实际上也能突显高尔夫球场的元素啊!"

"不行不行,说好了结合一下的。"老三把脑袋摇得像拨浪鼓一样。

"那你现在也看见了,结合起来效果不好,能不能回去再商量一下?"

"唉!"老三长叹一口气,"这是我大哥的主意,原封不动用我爸喜欢的那稿,跟他没法交代!原封不动用他喜欢的那稿,我爸肯定又不高兴!"

"那要是谁喜欢的都不用,想个别的创意呢?"始终一言不发的老梁终于开口。

"别的创意?"老三表情微微一变,"什么创意?"

34

　　"陈总,你想想看,高尔夫球场的概念,别的项目也在打,球场周围有好几个项目,跟他们比,咱们的优势不明显,比如说现在的这个创意,我就见过一模一样的!"说着话老梁指了指电脑屏幕,"也是一栋别墅,也是有人在别墅旁边打高尔夫球,人家好几个月以前就这么做过了,现在咱们再做一遍,明显就是学人家呀!咱们得做一版具备独特优势的、让客户有新鲜感的创意。"

　　"独特优势……哪有啊?"陈家老三眉头紧锁,似乎对自家产品倒是有些自知之明。

　　"你还记不记得,我们的提案文件里有一版'样板间开放'的创意?"老梁故作神秘道,"现在样板间做得怎么样了?"

　　"哎哟,别提了,就算三班倒连夜赶工,至少也得半个月,正常干得一个月。"老三道,"内装还没做完呢,灯也没装,厨卫也没弄,家具、家电也没买。"

　　"墙面、地面弄完了吗?"毕爷突然问道。

　　"墙面弄完了,地面呢……大部分弄完了。"老三道。

　　"家具、家电我可以合进去。"毕爷道,"只要墙面地面都是原装的,就看不出来。"

"样板间是肯定要打广告的,但现在不行……"老三摇了摇头,似乎这根本就不是电脑合成能解决的事,"现在打样板间的广告,一旦客户来看房,发现你样板间其实没做好,是打广告把人家骗到现场,这不就更不买了吗?"

"外装做完了吗?"我问道。

"外装?什么外装?"老三一愣。

"样板房的外装。你们不是突击建好了两栋别墅当样板间吗?这两栋样板房,外墙做好没有?"

"外墙做好了,现在什么样,以后入住就什么样。"老三点头道,"但周边园林没弄,环境不太好。"

"园林可以合进去。"毕爷又插了一句。

"哎哟,外墙都做好了,你们还做哪门子效果图啊……"我都快哭了,"我有办法了,第一版广告,就打'样板房竣工'!回头我们去工地拍两张样板房的实景,这肯定比效果图有说服力啊!一栋已经竣工的实景别墅,本身就是广告啊!"

"哎……这个……"听我这么一说,老三似乎有些犹豫。

"陈总,我们可是靠销量拿提成的,房子能不能卖好我们比你着急!"我说道。与此同时,老梁又开始在边上拽我裤子。

这群人,怎么就这么谨言慎行呢?我说的有错吗?

"这个……我得问问……"说着话老三掏出了手机,一边拨号一边起身出门,在门外嘀咕了约莫十分钟之后,又返回了屋里,"这样,先按你们说的做,先把稿子做出来看看效果,再决定发不发。明天上午你们过去拍照,我也过去!"

光阴似箭又一天。转天是个大晴天,蓝天白云,光线正适合拍照。一大早我和毕爷就坐着那辆手摇玻璃版捷达来到了红旗别墅的工地,结果一到现场就傻眼了,天气适合拍照,但房子本身不适合。

说实话，真实竣工的别墅比效果图还土，真的特别土，我是个文案，我能想出一万个唯美的词汇来赞美这个项目的好，却想不出合适的词来形容它的土，反正就是很土，让人绝望的那种土，感觉随便从劳务市场找个包工头，让他带几个工人凭感觉自由发挥随便盖，都能比这洋气。就像老冯说的，这就是一死盘，那千分之零点八就甭想了，老老实实拿三万保底吧！我想象不出已售的四十多栋房子都卖给了谁，反正换我有了钱是肯定不会买，会被人误会是贪便宜买了村里自建的小产权房。总而言之，看见这栋真实的别墅，我心中的火焰顿时被浇灭了一多半。

"这房子，盖得真难看……"毕英英拿着相机绕着别墅转了一圈，龇牙咧嘴地拍了一堆照片。

"你觉得，把园林加进去，会不会好一点？"我试探着问了一句。

"一个丑八怪，穿上漂亮衣服他也还是丑八怪。"毕英英撇嘴道，"你丫这是给自己挖了个天坑！这种土坯房最好别用实景，效果图还稍微好看点，用实景就露馅了。太丑了。"

我的个娘！这可怎么办！

拍实景照片的主意是我出的，现在看来，这个方案百分之百不可行！我终于明白了当初关洋的教诲：广告的艺术就在于寻找吹牛和行骗之间的那个细微的边界，实话实说不是广告，那叫"曝光"。

心里七上八下地绕回别墅正门，此时老梁正和陈家老三站在门口闲聊。

"这个……陈总啊……"我脑筋飞速旋转一个劲儿地组织语言，"这个实景，跟我想象的不大一样。"

"呃……有什么问题吗？"老三一愣。

"别墅下面的这个铁栅栏啊，把房子挡住了一部分……"我灵机一动注意到了别墅周围的铁栅栏，按工程的规划，每一栋别墅都有自己的院子，整个院子分为两部分，前院和后院，后院在别墅窗户方向，几十平方米的样子，还算是宽敞，但这个前院，也就是别墅进门处的这个院子，可就太糊弄人了，顶天十几平方米，摆一张大点的双人床估计就没地下脚了。

"没事，这个栅栏可以拆！"老三倒是不以为意，我更崩溃了，唯一一个拒用实景的理由，人家如此轻松地就给化解了，总不能实话实说告诉他你家房子盖得太土不适合用实景吧？

"这个栅栏是临时的，小区竣工会统一建围墙，这个迟早要拆掉的。我现在就叫他们过来拆掉。"老三倒是雷厉风行，现场掏出手机就要拨号，吓得我赶紧上前阻拦，"不用拆……不用拆！这个可以用电脑修掉。"

"哦……"老三放下手机点了点头，"那还有什么其他问题吗？"

"这个……"我盯着眼前的"院子"一个劲儿地想，也不知脑袋里刮的哪股子邪风，猛然间觉得这个小院大小跟一个车位差不多，似乎比马路边那种画线的车位还更大一点，停一辆桑塔纳大小的轿车肯定是绰绰有余，这片地方，作为院子确实是小了点，但作为停车位还是合格的。

我脑袋里猛然间闪过了这么一个概念。

记得当初在网吧上班的时候，二股东时常到网吧来视察生意，人家可是有车一族，只可惜这网吧门口的空地一大早就被网民的自行车占满，不可能有地方停车，门前马路路窄车多也不具备停车条件，他只能把车停到马路对面一百多米外的一个银行门口，然后徒步走过来。别看只有一百多米，对于有车一族来说，俨然两万五千里长征一样让人身心俱疲，每每进门他必定会因为停车的事先骂上几句。我没车，不理解有车人的心态，但却知道他们的嗜好：能停多近停多近，用脚多走一米都嫌麻烦。

"陈总，咱们这个房子，车库能停几辆车？"想罢我猛然问出一句,把老三问得一愣:"什么意思?"

"别墅的车库,大小够停几辆车?"我追问道。

"就一辆啊,怎么了?"

"别的项目,一般几个车库?"

"这个体量的别墅应该都是单车库吧?"老三思索道,"一个车库三十多平方米,弄那么多车库人往哪儿住啊?除非是那种特别奢侈的,七八百甚至上千平方米的,能给你做成双车库。"

"陈总,你觉得,那些花得起几百万买别墅的人,家里是不是都有两辆车啊?夫妻两口子,总得一人一辆吧?"我问道。

"大部分都不止两辆。"老三点头道,"我知道你担心什么,你放心,小区有公共车位,他家里有十辆车都有地方停!"

"不不不,陈总,我不是那个意思,我听说你是管工程的,你能不能做主,把门口这个院子改成一个车位?"

"什么意思?"老三一愣,似乎没反应过来。

"就是这个院子,栅栏里边这个地方!"我用脚跺了跺地面,"把这个院子改成停车位!两口子两辆车,车库停一辆门口停一辆,下雪不用穿棉袄,下雨不用打雨伞,下车就进屋,你觉得怎么样?"

"不行不行,肯定不行。"老三一个劲儿地摇头,"改成车位门口就没有院子了!门口没院子谁愿意买啊?"

"没院子有车位啊!"我越说越来劲儿,"房子后边不是还有个大个儿的院子吗?是乘凉还是养花,那个院子足够折腾了!这个小院够干吗的?陈总你想,把这个院子改成车位,连墙都省了,地面给他铺平了就行,根本不用改设计图规划图。这么小的院子,留着也没什么实用价值,但如果改成车位,就有价值了!这就是咱们最大的优势啊!"

"什么价值?什么优势?"老三问道。

"双车位高尔夫别墅啊!"我兴奋道,"您不是说只有上千平方米的超奢别墅才能做出两个车库嘛,咱们不是那种超奢的项目,但也能让业主停两辆车,多牛×的卖点。"

"这个……"听我这么一说,老三似乎有点心动,"那门口没院子了怎么办?"

"你让业主自己选啊!他想要院子,就给他建围墙,他愿意要车位,就给他空出来!日后住进来要是后悔了,围墙随时建也能随时拆,车位、院子随时互换,多简单的事!"

35

不得不说，这个陈家老三其实是个耳根子特别软的人，不管出什么馊主意他都心动，例如这个院子改车位的事。只可惜，心动归心动，此人在家里地位似乎不高，啥主都做不了，啥事都得打电话请示，这次也不例外，打电话向他大哥足足请示了十分钟，他大哥也觉得似乎可以一试，不过把院子改成车位是件大事，于是乎，老三挂掉电话之后还得等消息，因为大哥当面去请示老爷子了。

又过了十分钟，老三电话响起：老爷子觉得无所谓，可以改，也可以用这个事打广告，但前提是必须把他老人家心心念念的红旗加进去。

人家老爷子才懒得管业主究竟是想在门口养花还是停车，人家关心的是"红旗"。

于是乎，又是一个不眠夜，第二天一早新创意出炉：

画面的背景是他家的土鳖别墅，近景左边奔驰右边宝马二车守门，一男一女一左一右靠在各自的爱车上，彼此眼神暧昧目送秋波，正中间的绿油油的草坪上插着老爷子魂牵梦萦的红色高尔夫球旗。广告标题就是："顺义核心区，双车位高尔夫别墅，震撼出炉！"其中

"双车位"的字眼被放大得格外明显。说实话，单就画面而言，的确有点乱，主要是元素有点多，又是房子又是车，还有那对眉目传情的小两口，再加上中间那面不知所云的红旗，的确是有违设计界"简洁即完美"的祖训。但话又说回来，如果不是有这么多的元素在前景吸引火力，倘若观众把注意力集中到背景他家的土鳖房子上，效果只会更糟。

额外提一句，为了弱化他家别墅外观给人的土鳖印象，毕爷特意对背景的别墅进行了模糊处理，稿子送到陈家父子面前，一家人皆大欢喜，唯一的意见就是背景的别墅有点模糊，必须弄清晰。

发稿时间定在下周的周四，这是《北京青年报》的地产专栏日期，买房或投资的人对这一天的《北京青年报》也是比较关注的，总部也很给力，拿到了很热门的版位，万事俱备了，连东风都具备了，剩下的就是看效果了。

发稿的那天，几乎是我人生中最漫长的一天，就像高考等录取通知书那天一样七上八下百爪挠心，直到下班时间，老梁哭丧着脸进了门，看了我一眼欲言又止。

"怎么了？"说实话，看见他这副奔丧一般的表情，我心都凉了。

"广告效果……不好。"老梁抿着嘴摇了摇头，"客户让咱们现在就过去一趟，开一个紧急会议。"

"怎……怎么个不好法？"我只感觉自己的下巴抑制不住地抖动，呼吸频率也比以往快了几拍，心脏跳得就像刚跑完百米冲刺一样。

"今天一共就接了三通电话，没人到场。"老梁紧咬下唇微微摇头，"刚才老三来电话说，他们可能会考虑换广告公司。"

"我去……这……"我一巴掌拍在大腿上不知如何是好，"是不是那个曲猪头在中间给咱们捣乱来着？"

"没人打电话咨询，这跟那个姓曲的没关系啊！"老梁皱眉道，

"算了，先动身吧，别让他们等着。有什么话，等见到他们当面解释吧。你路上想想该怎么说。"

"行吧……"我无奈地站起身子，失魂一般跟着老梁下了楼，脑袋里一团乱麻，一路上各种胡思乱想，感觉这次算是真完蛋了，《北京青年报》周四的版面可不便宜，我这个一个月三千的渣，害客户一下子白花了好几十万，也算是死得其所吧。就这么想着想着车开上了机场高速，但见坐在前排的老梁忽然扭过头来邪恶地看了我一眼。

"有事吗？"我不禁发问。

"没事……"扑哧一声，老梁似乎没忍住笑了出来。

"你笑什么？"

"你别打我啊！千万别打我！"老梁道，"我刚才是骗你的。"

"骗我？"我心中一动，"你说实话，广告效果到底怎么样。"

"广告效果呢，还是可以的……"老梁满脸的坏笑，"其实是客户想请咱们吃饭，老爷子点名叫你过去。"

"可以是多可以？"

"今天一天呢……签了十二栋！"憋了一路，老梁终于爆发了，表情就跟某个魔头终于弄到了失传已久的武林秘籍一样魔性，"售楼处接了三十多通电话，到场二十多个，售楼员都不够用了！比开盘那天还热闹！最后一共签了十二栋，九个小订三个大订①！老爷子激动得都含速效救心丸了！他们开盘那天才签了十栋！八个月才卖了四十栋，今天一天就签了十二栋！哈哈哈……"

"杨大哥，我现在要是一脚把他从车上踢下去，是不是违反交通规则啊？"我把头转向司机老杨。

"没事，你踢吧，这附近没摄像头。"老杨也是一笑。

"老梁啊，咱不带这么玩的好吗？我连辞职报告怎么写都想好了！"我斜眼盯着老梁道，"你这人看着挺忠厚的，为什么内心会如此歹毒？"

"如果我直接告诉你结果，你的内心就没有起伏了，体验不到起死回生的快感。"老梁倒是振振有词。

"现在最能给我快感的事就是一脚把你从车上踢下去。"我笑道，"你丫可真能演啊！这都快到地方了才说实话，我要是一个想不开跳车自杀你负得起责任吗？"

"对了，我跟你说点正经的！"老梁忽然严肃起来，"今天这顿饭，那个姓曲的也在场，这是咱们报仇雪恨的好机会！陈家人交给我，你去对付他！你不是一口能闷二两老白干吗？不要客气，往死里灌！别给天津人民丢脸！"

"没问题！"一听那个死猪头也在，我顿时来了劲头，"请组织放心，今儿个不把他送医院洗胃，明天我就去派出所销了我这个天津户口！"

"妥了！"老梁"啪"的一巴掌拍到大腿上，俨然攻克柏林一般一脸的慷慨激昂。

【注　释】

① 小订和大订：买房签约的两种订金类别。小订代表了业主的初步认购意向，一般住宅的订金只有几百元，高档住宅则是几百到数千元不等，此类订金若业主改变购房意向可全款退还；大订则是具有法律效力的认购订金，一万元起步，即便业主取消购房计划，开发商也有权拒绝退还。

36/

又是春光明媚,又是日上三竿。

猛然惊醒,赶紧"醒酒三摸":手机、钱包、烟,还好,硬硬的都在。睁眼看了看左右,仍旧是某个小宾馆的标间,时间仿佛又穿越回了跟关洋吃散伙饭那次的醒酒时刻,唯一的不同是,上次是完全断片儿,连自己怎么来的宾馆都想不起来,而这次至多算是"半断片儿",清楚记得饭局末尾成功地把那个曲猪头灌到溜桌,报了一箭之仇,甚至连老梁在宾馆前台开房的场景都还隐隐记得。说实话,跟开发商喝酒,场面要比上次散伙饭文明得多,至少喝得没那么猛且过程拉得比较长,总量虽然超过了一斤半的安全值,却也没出什么洋相。

此时此刻,老梁已经去公司上班了,仅给我留了一条手机短信:房钱已经交过了,你拿着房卡直接去前台退房就行。

不愧是客户总监,想得就是周到。

只可惜,退完房出了宾馆,我又崩了。这里是顺义城区,打车回市区多少钱未知,但肯定便宜不了。我天,这个孙子老梁,亏了我刚才还夸他会办事,老子身为创意人员,抛头露面陪客户喝酒归根结底是帮你公关,你管接不管送是个什么作风?

回到公司，刚一进创意部的门，老冯的电话又追了过来：玉龙集团北京项目，中标！

说实话，或许是幸福来得太突然吧，我甚至都不敢相信自己的耳朵。这就中了？这也太容易了吧？电话那边，老冯似乎也不大相信，告诉我说，起初那边只是打电话问报价，按理说，广告公司对外报价，一般都要把客户砍价的余量加进去，或许是考虑到这个项目我们有十几家竞争对手，竞争过于激烈，外加公司处于生存危机的缘故，老冯干脆砍掉了余量直接报了五万块钱的实价，不出意外的话应该是全场最低报价了，本以为后面还有一大坨诸如写稿子、做策略、商务谈判之类的繁文缛节，没想到报完价半个钟头不到电话就回了过来，直接就中标了，对方连砍都没砍，让老冯赶紧准备合同，北京项目即日启动。

只不过这次签约和之前八通苑的情况一样，因为事先并没有进行专业方面的比稿，所以首次签约只签三个月，算是试用合同，三个月之后或许二次比稿，或许直接续签，具体结果就要看我们的表现了。当然，对于任何一个房地产项目而言，最初的三个月应该都是工作最多最繁重的三个月，项目的名称、整体 VI① 系统甚至是楼书，都要在这三个月完成，总而言之所有最熬人的工作，基本上都集中在头三个月，签这样的合同，对一家广告公司而言，是福是祸不好说，虽然不能排除他们想用最小的代价把最繁重的工作完成，之后再大幅砍价或直接炒了我们再签一家更便宜的公司收尾的可能，但至少现在可以解决我们迫在眉睫的生存问题。

坐在椅子上，我长出一口气，五万加三万等于八万，虽然算不上前程似锦，但公司活下来了，至少在这三个月内是死不了了。回首这惊心动魄的两个礼拜，真好似做梦一般。乍一看我功不可没，但仔细一想，我做了什么？似乎也没做什么啊！

首先是红旗别墅的比稿。过程和我预想的完全不一样，老爷子一瞪眼儿子们就吓尿裤,父子之间似乎也没啥可博弈的,之所以能拿下,可以总结为两点:一是曲猪头神助攻假传圣旨,下发错误的标书,四家公司比稿,一上来就被他的黑标书淘汰了两家;二是姚羽不惜代价赔本赚吆喝咬牙将月费降到了史无前例的三万,这才拿下客户。我最大的功劳就是坚持去做这个项目而不是选择放弃,真论功行赏的话,我的作用或许还不如那个曲猪头明显。

其次是玉龙集团。我做的只不过是咬牙灌了一杯老白干,之后群聊时即兴发挥瞎喷了几句表忠心的扯淡话而已,如果说这就是拿下客户的关键因素,那只能归结为命好押对宝了,因为这和广告本身压根就没关系。

想到这儿,我不禁想起了单田芳评书里关于"福将"的说法,就好比《隋唐演义》里的程咬金,屁本事没有,就会三斧子,但却总能化险为夷遇难成祥,且凭着半瓶子醋的本事推动整个故事的发展,这就是"福将",没干过啥惊天动地的事,也没啥拿得出手的能耐,却比那些惊天动地的英雄混得都滋润。想当初《隋唐演义》大结局,十几条好汉,能耐一个比一个大,却死得一个比一个惨,又有谁能想到,唯独那个只会三斧子的程咬金笑到了最后。

"石家庄那家,签了?"看我接电话时笑得眉飞色舞,一旁的毕英英赶忙发问。

"嗯。不比稿,直接签!"我回道。

"行啊你小子!"毕英英"啪"的一巴掌拍在了我的肩膀上。

"真不是我行!"我摇了摇头故作谦虚道。

"我跟你说,谦虚和装×的最大区别,就在于承认与不承认。"毕英英道,"你还不赶紧找姚羽让她再给你加一千?"

"人家刚给我加完好不好!如此贪得无厌,影响多恶劣啊!"我笑道,"别回头让她觉得我穷得天天啃墙皮,就等着那一千块钱买米下锅呢,丢不丢人?"

"这丢什么人啊？你个孙子跟钱有仇啊？什么叫贪得无厌？这叫论功行赏好不好？"毕英英一本正经道，"石家庄那个项目，你们怎么聊的我不知道；但那个红旗别墅，要不是你吵吵着非要做，哪还有咱们什么事。"

"你要不说，我还真想不起来。"我说道。

"想不起来什么？"

"论功行赏。"我回道，"什么叫论功行赏？首先要有功才行。但说实话，我真不觉得我有什么功劳。之所以能拿下客户，一是敌人自废武功，红旗别墅的代理公司组织比稿，负责人为了拿回扣，暗箱操作下达假标书，直接就淘汰了两家守规矩的，四选一变二选一；二是咱们公司报价低，红旗别墅报三万，玉龙集团那边，老冯咬着后槽牙才报了五万，加一块儿八万，别的公司一个项目就敢报十五万，咱们俩项目加一块儿是人家一个项目的一半！我能有什么功劳？真要说我有功劳，最大的功劳就是命好。"

"命好也是功劳啊！"毕英英一本正经道，"你觉得那些大公司客户多要价高，都是因为专业牛×？我告诉你，即便是奥美，也有得是失败案例，被4A公司做死的客户到处都是。"

"你是说，4A公司客户多，靠的也是命好？"我一笑。

"你以为呢？"毕英英一笑，"咱们出去比稿，是跟房地产广告公司比；4A公司出去比稿，基本上都是跟4A比。奥美和萨奇②比稿，你说谁专业谁不专业？我告诉你，广告这东西，实际效果怎么样，发出去之前谁都不知道，广告公司不知道，客户更不知道！大伙都是瞎蒙！两家4A公司比稿，让某个乡镇企业的策划部市场部那群坐办公室的土鳖当评委，你觉得靠谱吗？一盘鲍鱼一盘熊掌，让一个连榨菜都没吃过几口的臭要饭的打分，你说科学吗？尤其是那些被4A公司做死的企业，你觉得那群土鳖有可能懂广告吗？他要是真懂广告，会放任广告公司把自己做死吗？所以说，不管是奥美赢了萨奇，还是萨奇赢了奥美,拼的都不是专业,而是脸!就是客户瞅谁顺眼瞅谁不顺眼那么简单!天底下所有的比稿都是扔鞋定生死,命好,就是最大的功劳!"

面对毕爷的谬论,我竟然无言以对了。

说得没错啊!让一群企业里坐办公室只懂填表盖章的土鳖来评断两家顶级 4A 公司的创意的好与坏,这跟二十世纪九十年代流行的买菜大妈炒股票相比也没什么区别啊,什么市场规律宏观调控一概不懂,涨跌全看脸,大学里的经济学教授炒股赔得血肉模糊,人家买菜大妈没准连交易所的门都没进过就轻轻松松地把孙子辈买房的钱都赚出来了,唯物主义根本没法解释,满满全是玄学,说白了就是看脸。

照他这么说,难不成我真是这家公司的"程咬金"?

【注 释】

① VI:英文 Visual Identity 的缩写,意译为"视觉识别",说白了就是运用统一的色系与美术风格设计名片、信封信纸、纸杯、便签以及广告版式、网页版式等一系列企业运营或产品销售所需的物料。

② 萨奇:英国萨奇广告公司(Saatchi & Saatchi)的简称,该公司后被法国阳狮传播集团兼并,其国内分公司为"盛世长城国际广告有限公司",该国内分公司一度是业内呼声较高的外资广告企业。

37

紧接着，红旗别墅楼书的制作工程开始了。

除了楼书之外，玉龙集团也来了一堆的活儿，一下子都堆在一块儿了，好在相关文案工作不多，最折磨人的起名工作不用我们操心，案名人家自己已经起好了，就叫"玉龙华府"，仍然是家谱风格，只不过"华府"两字比之前的"花园""家园""润园"之类的温吞水名字要显得高档不少，毕竟项目定位本就是高档楼盘，我的工作只是想一句 Slogan 而已，其余的诸如 Logo、VI、售楼处展板展架易拉宝这些美术上的活儿都是毕爷的事。鉴于楼书的时间比较宽裕，毕爷就先着手操刀玉龙华府的事了，让我先出一本楼书大纲，姚羽拍板没问题再开始写细节文案，都写好了再给他统一做设计。

老梁为我提供了好几本其他项目的楼书，有别墅的，也有高档公寓的，比着这些成品，历经整整一周，照葫芦画瓢，我可算是堆出了一个自己看得过去的大纲，姚羽也觉得还行，基本上没怎么改就进入到下一步的延展阶段了。这期间毕爷也把玉龙华府的初期美术工作弄得差不多了，之后开始设计红旗别墅的楼书，我写完一部分，他设计一部分，就这样撕心裂肺又是三天，楼书已然初具雏形，设计完最后一页，毕爷把设计完的页面逐一打印装裱制作成样册，看上去还真是有模有样。

拿着有生以来做的第一本楼书，我激动得就差号啕大哭了，毕竟是进入广告圈以来第一次主导如此浩大的工程。楼书这东西跟平面广告可不一样，沉甸甸一大本，随便翻一页满满全是字，一字一句甚至每一个标点符号都是脑细胞的萃取结晶，拿在手里绝对是得诺贝尔奖级别的成就感。这期间红旗别墅要求我们创作第二期报纸广告，鉴于上一次"双车位高尔夫别墅"广告取得的良好效果，我和老梁都觉得应该把上次的广告再打一遍，直到把这个"双车位"的概念打透。所谓的打透，就是一遍一遍地打，直到效果明显下降为止，稿子的画面可以换，里面的豪车美女帅哥都可以换，唯独标题不变文案不变。带着这个主张和装裱完成的楼书样册，我和老梁与陈家三兄弟开了一次会，虽然老爷子没参加，但三个儿子都同意了我们的建议，对楼书的设计也大体满意，除了老大觉得楼书有几张图片不大好看要求更换图片外，其他一切顺利，关于楼书中的文案几乎一个字的意见都没提，简直顺利得不行。

回到公司报告战况，姚羽也惊了，坦言做了这么多年房地产广告，就没碰见过这么痛快的提案，报纸广告不用重新想创意这就不说了，楼书这么麻烦的东西竟然也几乎一次通过，绝对是举世罕见。据她所说，之前她所在的一家公司给客户做楼书，前期的创意制作只用了一周时间，而后期的反复修改却足足磨叽了两个多月，直到项目五证①齐全正式开盘急需楼书，才不得不勉强通过，而此时客户签字通过的版本与最初设计的版本已然是一毛钱的关系都没有了，简直就是重新设计了好几遍的节奏。

一切都太顺利了不是吗？

人世间的规律就是这样，什么事一旦顺利得过了头，后面准有一个天大的深坑在等着。

按我们原本的计划,平面广告不用重新想创意,这就节省了大把的时间,一切都宽裕得很,转天就是周四,重新做一版双车位的平面广告,把豪车换一下,把帅哥美女换一下,再把上一版的文案放上去,最后再给楼书换几张图片,一天的时间足够搞定,次日周五再去红旗别墅提一次案,让陈家老大把同意制作发布的字签了,开开心心回家过周末,一不用加班二不用熬夜,简直是岁月静好人生大美。

然而,就像我刚刚所说的那样,什么事要是顺利得过了头,后面准有坑。就在转天也就是周四的下午,新版的"双车位"广告毕爷对着电脑刚做到一半的时候,姚羽忽然带了个陌生丑男到创意部参观,看面相丑男约莫三十岁,起初我们还以为是又有新客户上门考察了,赶忙起身笑脸相迎,结果等姚羽一介绍才知道,这个人竟然是我们这儿新来的创意总监。

说实话,我早就有心理准备会有新总监降临,只不过没想到会这么突然。而这个新总监呢,矮个子毛寸头满脸的糟疙瘩,虽然说话还算客气,但看上去却绝不是什么好相处的角色。据姚羽介绍,这个人叫荆丹,是总公司董事长经人推荐从某家 4A 公司挖来的大师,至于是哪家 4A 公司我就不点名了,免得得罪人,但绝对是一家在当时很一线的 4A 公司。这里还要顺便提一嘴,像创意总监这种敏感职务,不大可能走社会招聘的途径,所有广告公司都一样,一般都是由熟人介绍或推荐,之前关洋就是熟人直接推荐给姚羽的。这个荆丹来头就更大了,由董事长亲自派遣。总而言之,这个人身上带着一种让人很不安的气场,总是莫名地给人一种来者不善的感觉。

很快我的感觉就被印证了。

就在参观创意部的时候,荆丹无意中看了一眼毕爷的电脑屏幕,眉头顿时就拧成了疙瘩:"这是什么?"荆丹似笑非笑地看了看姚羽又看了看毕爷。

"是一个客户的新一期平面广告。"毕爷面无表情道。

"这个……呵呵……"荆丹摇了摇头,"这个客户是哪里的?北京的吗?"

"是。"毕爷仍旧面无表情。

"这个客户是做什么生意的?经营停车场吗?"说实话,荆丹的这个问题问得非常不友好了。"双车位别墅"的大标题就这么袒胸露背地摆在屏幕上,除非"别墅"两个字你不认得,否则不会这样明知故问,不满意就直接说出来,如此拐弯抹角,是想突出你比我们牛×吗?

"荆总,这个容我给你解释一下……"我满脸堆笑地接过了话茬儿,"这个客户呢,产品没什么特色,之前卖得也不是特别好,我们去拍照的时候,发现别墅门口有个小院,特别小,我们就建议他们改成停车位,然后才有了这个创意,然后……"

"这个创意是谁想的? 是你吗?"没等我把话说完荆丹便开始反问我。

"呃……是啊……"我不知所以地点了点头。

"我的天……"荆丹直起身子看着一旁的姚羽不住地摇头,脸上的那个表情,简直就是课本里那句"扁鹊望桓侯而还走"的真实写照。

"荆总,这个项目比较特殊。"此时此刻,姚羽估计已经尴尬得想自杀了,赶忙往回掰扯,"这个项目,客户跟咱们的合作方式是保底月费加销售提成,所以咱们的广告必须为销量服务,一切为销售让路,把创意做成这样也是迫不得已,同样的创意已经打过一次了,效果确实出乎预料……"

"这张稿子,他们准备什么时候发?"荆丹似乎压根就没听姚羽的解释。

"下周四。"我说。

"下周四……"荆丹深深地吸了一口气,眉头紧皱似乎是在进行一场心理斗争,"姚总,这个东西如果打算发布,要提前多久送到报社审批？"

"两天足够了。"姚羽道。

"提前两天……哎呀!这可没剩几天了!"斗争多时,荆丹似乎终于做出了一个艰难的决定,"你们这个东西先不要做了,再想想吧,现在这个肯定不行。"

"可是……"我眼泪都快下来了,客户已经同意的东西,你在这儿自己撸自己,究竟是图什么呢?

"可是什么?"荆丹皱眉道。

"可是……已经跟客户约好了明天去提案啊。"

"那就先不要提了。"荆丹一本正经,似乎根本就没有商量的余地,"本来我是约好下周一来上班的,现在看来要提前过来义务劳动了,你们先不要弄了,明天我会过来,可能会晚一点,你们不要着急下班,等我过来一起来想这个东西。"

"可是……客户已经同意这个创意了啊……能不能……"我正欲辩解,忽然感觉身后姚羽在拽我衣角。

姚羽,竟然在拽我衣角!

拽衣角或者踢脚脖子这类小动作我一共经历过两次,第一次是红旗别墅提案,我跟老爷子胡喷的时候老梁拽我衣角;第二次是玉龙集团群聊,我跟蒋总胡喷时老冯踢我脚脖子。那时候面对的是客户老大,你要是觉得我说了什么不合适的话,拽我踢我我都能理解,但现在对面的人只不过是个新来的创意总监啊!你姚羽可是总经理啊!至于这么腼腆吗?董事长派来的又怎么样?你不也是董事长派来的吗?

"能不能什么?"荆丹盯着我似乎有些不耐烦。

"能不能把这个先给客户看一眼,万一他们同意呢?"就像前两次没有理会老梁和老冯一样,这次我也没理会姚羽,你拽你的我说我的,客户已经同意的事,你一个新来的在这儿没事找事,什么意思啊?

"我不同意！"此时此刻，荆丹眯缝着眼似乎是在上下打量我。

"那……行吧。"我尴尬一笑只得闭嘴。毕竟这个人是总监。

"这周末，大家辛苦一下，加一下班。"说罢，荆丹撇着嘴指了指毕爷的屏幕，"这种东西，以后就不要拿给客户看了。客户的产品是什么？别墅啊！住别墅的人都在想什么，你们调查过吗，你们思考过吗？他们的需求是什么，你们了解过吗？"

寂静。死一般的寂静。

我，毕爷，姚羽，三个人大眼瞪小眼，就好像猛然间被绑匪摘下眼罩，发现自己已经被奥特曼劫持到了 M78 星云一样不知所措。

"不说话？那就是没想过。"荆丹煞是诧异地盯着我，满脸的不可思议。

我能说什么？

我一个月挣三千块钱，我怎么知道住别墅的人想什么。早点豆浆买两碗，喝一碗倒一碗？

"姚总，拜托你通知一下 Account②，让他们跟客户解释一下，就说我们有了新的创意，提案时间要推迟几天，我相信他们应该不会有什么意见。"

"好吧。"姚羽点了点头似乎有些无奈。

"行了行了，先这样吧。你们今天就不要加班了，回去养精蓄锐，明天重新 Brainstorming，我来之前你们自己先想一想，等我来了开会碰一下。"说罢荆丹摇了摇头迈步出屋。

我们今天本来就没打算加班好吧？

看着荆丹离去的背影，我真想冲过去一个飞铲为民除害。

但我还是忍住了，不仅没铲他，还笑脸相送，表情猥琐到我自己都不忍心照镜子。之前点灯熬油做红旗别墅比稿是为了什么？六十七度老白干一口闷一杯是为了什么？我为的可不是给这家公司续命，而是为我自己的广告生涯续命！现如今，我如果真的和这个人发生正面冲突,之前所做的一切岂不是前功尽弃?

所以,忍了吧!

就当是忍那个曲猪头!说实话,比起曲猪头,这个荆丹好歹也算是自己人,既然曲猪头都能忍,为什么就不能忍他呢?

"他说明天重新什么一下?"憋着一口恶气,我不得不就荆丹最后说的那句鸟语请教毕爷。

"Brainstorming,头脑风暴的意思。"毕爷仍旧面无表情,好似什么都没发生一样,转头直接关掉了电脑上的 Illustrator③软件,至于屏幕上正显示的"双车位别墅"文件,干脆连存盘都没存。

"这孙子有病吧?"看着毕爷几乎整体删除了做到一半的广告,我心中说不出的别扭,"新官上任三把火,也没有这么放火的吧?客户都同意的事,他跟着瞎搅和什么呀?"

"来,你告诉我,在你印象里,最穷最落后的国家是哪个?"还得说毕爷见多识广,此时此刻可是比我淡定多了,搬了把椅子坐在我对面二郎腿一跷点着了一根烟,颇有国外那些心理医生的风采。

"埃塞俄比亚?刚果?"我被毕爷问得有些莫名其妙。

"选一个,你认为最落后的。"毕爷继续道。

"这个……都差不多吧?"

"就算是刚果吧。"毕爷道,"你认为最先进的国家是哪个?"

"瑞士?德国?美国?"

"就算是美国吧。"毕爷道,"4A 公司看待咱们这种公司,就好比是美国看待刚果。刚才这个人看待咱们俩,就好比是美国大款看待非洲土著食人部落。你明白这意思吗?他感觉自己不是来上班挣钱的,而是来人道主义救援的。"

"谁用他救啊!"

"话可不能这么说。"毕爷一笑,"非洲那些土著部落,天天拎着狼牙棒出门打猎,茹毛饮血,几千年都是这么过来的,人家日子过得挺美,从来没求谁救济自己,但美国人到非洲一看,哎呀妈呀,太落后了!于是就大包小包地带着物资过来救援了,你说你不用救,他可不这么想,在他眼里你就是个难民!"

"他要真拿我当难民,给我加点工资好不好?"

"麦子,这些话,你一定要记住,千万别跟他正面冲突!"毕爷忽然认真起来,"他说什么就是什么,让你往东千万别往西!我以前在4A实习过,这群人可不是闹着玩的。"

"什么意思?"我不由得一愣,"他是总监,让我往东我当然要往东啦,你真当我傻啊?怎么可能故意跟顶头上司对着干。"

"你看你还不承认,刚才你说什么来着?"毕爷一本正经道。

"我……我说什么了?"

"说他有病,说客户同意的事他瞎搅和,是不是你说的?"

"不过是背地里说两句而已。"我无辜道。

"话在背地里说,当然没问题。但别让他从正面看出来你有这种态度,也别让他从别的渠道知道你说过这种话。"毕爷道,"你知道4A里最讲究什么吗?门户。4A公司如果换总监,新总监最擅长的事就是先弄走几个人,然后再弄几个自己人过来。如果你不是他招的或者他带过的人,在他眼里你就是个外人加难民。咱们这儿编制有限预算更有限,如果他想把自己人都弄来,势必要清理以前的老人给自己人腾地方,明白吗?总而言之,别给他制造机会。"

"哦……知道了……"我点头道。

"还有,今后当着他的面,千万别提客户怎么怎么说,绝对不能用客户的意见反驳他的想法,他们这群人最忌讳这个,你越这么说,越会起到反作用。"毕爷道,"舔客户是总监的事,你一个小屁文案,胆敢用客户压他,他轻则认为你藐视他的权威,不把他放在眼里,重则觉得你这人有野心。一旦给他留下这种印象,你就麻烦了!明白吗?"

"唉……行吧!"我勉为其难地点了点头,仰天长叹。

【注 释】

① 五证:《国有土地使用证》《建设用地规划许可证》《建设工程规划许可证》《建筑工程施工许可证》《商品房预售许可证》。国家规定房地产项目必须五证齐全才能正式对外销售,但有些开发商为了快速回笼资金,往往五证不全时便开始以"内部认购"或"预售"的名义私下进行销售。

② Account:本意为"账目、解释、报告",也是广告公司众多客户服务职位英文构成的前缀, 例如客户总监是 Account Director, 简称 AD; 客户经理是 Account Manager,简称 AM;客户服务专员是 Account Executive,简称 AE;有外资广告公司从业背景的广告人通常以单独的 Account 泛称客户服务人员。

③ Illustrator:一款排版软件,与大名鼎鼎的 Photoshop 一样,都是由 Adobe 公司开发,广泛应用于平面设计中的文字排版工作。

38/

转天一大早,听说双车位的稿子停了,老梁当场就抓狂了。

他的主要收入是客户月费提成,而红旗别墅的月费,与项目实际销量息息相关。上次双车位的广告刊登当天就签了十二栋别墅,事后几天又陆陆续续签了几栋,单这一版广告所带动的销量,就把红旗别墅当月的月费由难以启齿的三万块提升到了不那么丢人的六万块钱水平,按他的预计,同样的内容再打一次,效果或许没有首次发布的好,但再签个三五栋应该问题不大,如今听说新来的总监要换创意,老梁瞬间就精神崩溃了。

"这么好的创意,这么好的效果,为什么要换别的?"老梁脸色通红地冲进创意部,表情跟康有为得知老佛爷叫停戊戌变法时差不多,"客户已经同意再发一次了,约好的今天提案,现在人家把事都推了等咱们开会,我怎么跟人家交代?"

"梁哥你先别着急……"我把老梁按在了椅子上,看了看楼道确认没人之后反手关上了门,"平面稿就别再纠结了,铁定没救了。但楼书还能再抢救一下,不过你得帮我们一个忙!"

"帮什么忙?"老梁一愣。

"新来那哥们儿眼光挺高的，还好他昨天没看见楼书，否则楼书八成也得被他给干掉。"我双手捧起了装裱完毕的楼书样册庄严地递到了老梁手里，"客户要求换的图片毕爷已经换好了，你马上拿给客户去签字，生米煮成熟饭！不过那孙子日后问起来的话，你得帮我们撒个谎，就说在他来之前客户已经签字同意了。"

"这……合适吗？"老梁似乎有点犹豫，毕竟这么一来很有可能把自己置于未来创意总监的对立面。

"梁哥，这本楼书如果推翻重做，按那哥们儿新官上任三把火的风格，最早也要下个月见了。客户已经见过楼书样册了，曲猪头那边也一直在催楼书的事，如果一竿子支到下个月，你这边也不好交代啊。再者说，业主看了广告去售楼处看房，到时候要是连本楼书都没有，也不利于成交啊对不对？"

老实说，我和毕爷也知道风险很大，尤其是毕爷，昨天刚对我进行过如何自保的相关培训，按毕爷的经验，此类绕过总监直接把创意给客户看的瞒天过海行为，在 4A 是绝对不会被允许的，一旦露馅必死无疑。但我俩转念一想，重做一张平面广告倒是无所谓，但如果整本楼书都重做，几十页的设计、几千字的文案全盘推翻重来，如果还要按照上任新官那难以捉摸的标准来，最轻也得掉层皮。尤其是毕爷，最近刚搞了个对象，天天着急下班好去约会，重做个平面广告加一两天班还能接受，但要是靠我们两个人重做整本楼书，万一玉龙华府再有个什么新活儿插进来，连续一两个礼拜加班，没准对象都得给搅黄了。

于是乎，我们俩密谈了整整一早晨，最后决定冒险赌一个时间差，将楼书按历史遗留问题处理，只要能把老梁和姚羽全部拉下水，这事就没有露馅的可能。

姚羽？

没错。姚羽也知道楼书到现在都还没签字。想天衣无缝的话，必须把姚羽也拉下水，至少也要让她假装不知道才行。

"行了，你别说了……"老梁接过楼书点了点头，"我去跟姚羽合计一下，瞒你们总监可以，但这事不能瞒她。"

"好！"我点了点头，一巴掌拍在老梁的肩膀上，"昨天听那孙子的意思，或许今天下午会过来，你务必快马加鞭，赶在他来之前把字签回来！"

"万一客户不签呢？"

"那就一块儿死呗！加班做呗！"我手一摊，"曲猪头不是一直在催吗？你跟他们说清楚，今天不签，再想签都没有了！下个月的今天见！"

"好吧……"老梁把楼书装进公文包鬼鬼祟祟地出了门直奔姚羽办公室，不到三分钟又返回了创意部，隔着门缝冲我打了个"OK"的手势便消失在了茫茫人海。

这一天给我的感觉像过了三天那样漫长，直到下午两点，老梁才风风火火地赶回了公司，"啪"地一下把楼书样册拍在了我面前，翻开楼书扉页，陈家老大的签字冲入眼帘："同意印刷。陈国祥。"

"我去！牛×！"捧着签了字的楼书我哈哈大笑，可惜那时的手机还没有拍照功能，否则无论如何也要合影留念的，毕竟这是我百分之百原创且经过客户认可的处女作。

"广告的事，他们也想把之前那稿再发一次，我跟他们解释了半天才推到下周一提案，说要给他们一个惊喜。"老梁推了推眼镜似乎有满肚子的怨气，"这纯粹就是有病啊！没事找事瞎折腾什么呢？"

鬼知道他瞎折腾什么。

杀威棒？三把火？钓鱼执法评估我们的水平？显示自己的能力？鬼知道。

这一天我和毕爷也没闲着，各种创意也想了一大堆，有些甚至用 A4 纸画出了草稿，不管那货同意不同意，至少也显得这一整天我们俩一直没闲着。

直到下午五点半左右，荆丹终于风风火火地到了办公室，进门第一句话就是询问创意进度："各位，想得怎么样了？"

"有一些想法……"我们俩战战兢兢地拿着各自的草稿开始给他讲创意，毕爷先讲，我随后，前后一共用了二十多分钟，画出来的或是没画出来的，加一起有十五六个创意，当然，其中有不少都挺烂的，我们自己也知道烂，但没办法，他们那个项目确实没啥特点，房子丑，价格高，没优惠没赠品，甚至连样板间都还没有，双车位这个人造卖点也不能再用了，唯一的卖点就是离球场近，就这么一个卖点，憋出十几个创意已然是极限了。我们讲解的过程中，此人不置可否，只是静静地听着，直到我把最后一个创意讲完，他才微微皱了一下眉，说："就这些？还有没有别的？"

"没了……"我尴尬一笑，心说就一天时间你还想有多少？

"这个项目，难道就没有别的卖点？只有高尔夫球场这一条？"

"是啊！"我点头道，"否则也不可能八个月只卖了四十栋。"

"你们有没有问过客户，或者直接去问那四十个买房的人，他们为什么要买？"

"问啦，客户说其中有一半是开发商的亲友团买的，可能会有一些内部折扣吧。"

"那另一半呢？"荆丹刨根问底。

"客户只知道这一半。"

"唉！"荆丹一声长叹摆出了一副无可奈何的样子。"这个也不能怪你们，提炼卖点这件事情在 4A 都是 Account 的工作，但你们这里的 Account……"荆丹边说话边摇头，"有没有项目的效果图？"

"有。"毕爷转身在电脑上打开了效果图。

"哎哟我的妈呀！怎么这么难看？"双手撑在电脑前，荆丹怒目圆睁，"他们这房子，是包工头免费给他们设计的吗？"

"开发商老爷子经历过唐山大地震,心里有阴影,所以他对房子的抗震要求特别高,比国家标准高得多,这使得房子的承重结构比较复杂,盖出来跟碉堡一样,那种特别现代的造型做不出来。"

"哦?"听我这么一说,荆丹猛一回头,"这就是很好的卖点啊!你为什么说没有卖点?"

"您听我说,这个问题我问过他们,他儿子说承重结构复杂不利于装修,好多地方不能拆不能砸,所以不愿意大张旗鼓地宣传这个事情。"

"你做这行多久了?"荆丹忽然抛出一个莫名其妙的问题。

"两个多月了吧……"

"呵……怪不得。"荆丹冷冷一笑,那种"扁鹊望桓侯而还走"的既视感又出现了,"你知道做广告最重要的是什么吗?"

我摇头。

"是自信!"荆丹道,"你不能什么都听客户的,你一定要对自己的想法有自信,一定要相信他是错的,自己才是对的!一定要让他感觉到你的自信,要让他觉得不听你的话就会倒闭,就会破产!客户为什么要花钱找我们做广告?就是因为他不懂嘛!什么事都听他的,让一个什么都不懂的人来指挥你,那他干脆自己做广告好了,咱们这个行业也没有存在的必要了!"

"是啊……您说得对……没错……"说实话,我真的不知道该怎么往下接了,只能点头称是。

"喏,你看看你,在客户面前肯定也是这副样子吧。"荆丹睁大眼睛看着我,俨然一副预言成真的得意相。

我抬头看着他,说实话真不知道该怎么接了,连点头哈腰都成毛病了。你想让我怎样? 一拳封了你的左眼表达一下自信?

"我告诉你们,广告不是在外面摆地摊沿街吆喝。广告人是靠创意吃饭的!你们一定要让客户觉得你们是不可替代的,是有价值的!

否则,你就是个 PS①民工!"荆丹指了指毕爷,继而又指了指我,"而你,就是个敲键盘的打字员! 没有价值! 一旦你们的想法来自于客户,你们就不是创造者,而是执行者! 你们一定要当客户是白痴! 而你们的任务就是说服白痴,展现出你们的自信,让自己的想法得以实现! 这样才能成为创造者,只有创造,才是广告的价值所在! 你们懂不懂我的意思?"

"懂。"我点了点头,毕爷也点了点头,但没吭声。

"那下一步应该怎么办?"荆丹追问道。

"想一个抗震的创意?"我试探着问道。

"你……"荆丹顿时一皱眉,显然是没能得到想要的答案,"你是怎么进入这个行业的?"

要不要把我家户口本也拿给你看看?有事说事,打听这个干吗?
"是一个我在网上认识的前辈介绍入行的。"

"为什么介绍你?"

"她觉得我……有些潜力吧?"

"那个人是哪家公司的? 为什么不把你介绍到她自己的公司?"

"她就是这家公司的,后来出了点事,辞职了。"

"辞职了? 为什么辞职? 你们这家公司一共才成立几天!"

"这事说来话长,您要想了解内情,可以去问姚总。"此时此刻,我的脑海里已经浮现出了一幕景象:荆丹被捆在老虎凳上,而我则不紧不慢地往他脚底下加了块砖头,身心徜徉在此人的惨叫中。

"我偏要问你!"荆丹的两只贼眼死死地盯着我,我也死死地盯着他,气氛顿时凝固了。

【注 释】
① PS:大名鼎鼎的图像处理软件 Photoshop 的英文缩写。

39

"是之前的总监介绍他来的。"关键时刻毕爷解围,"除了他之外,还介绍了一个姓陶的总监,但那个人一入职就把公司的客户挖走自己做了,然后介绍他来的总监便引咎辞职了。"

"呵……"荆丹冷冷一笑最后瞥了我一眼,"我告诉你们下一步要做什么吧!首先要改变你们自己的思维方式!你们要先学会如何思考,然后才能去说服客户!记住,客户永远是白痴,永远没有想法!但你们要有,而且必须是正确的想法。你们要学会如何思考,如何从正确的角度看待问题,如何从正确的角度思考品牌和产品!打个比方,就比如这个别墅项目,抗震,房子结实,这是多明显的卖点!结果客户一说影响装修,你们就不再提这个事情了,就被白痴给说服了,你们从来没尝试过从别的角度思考这个问题,也从来没引导过客户从别的角度思考这个问题。然后搞一搞小聪明,搞什么双停车位,客户是卖别墅还是卖停车位?你以为买别墅的人是在逛超市吗?买一管牙膏送他一把垃圾牙刷,他就会觉得占了便宜,就会掏钱买吗?不对!真的不对!如果我来得早,我绝不会允许上一版稿子这么打!这会毁掉这个产品,毁掉这个品牌!别墅啊!几百万的东西,让你们这么一弄，跟超市那些用胶布捆上牙刷搞促销的廉价牙膏有什么区别？还有，我记得，你写的那个 headline①——双车位高尔夫别墅，我就不明白了，双车位就足够了，为什么后面还要加上一句'高尔夫别墅'？画面上明明有别墅的效果图，有草坪，消费者自己不会看吗？消费者会不知道这是别墅广告？会不知道别墅附近有高尔夫球场？为什么一定要说出来？很低级，知道吗？这就好比我买了一辆宝马车，然后用一张纸写上'我有辆宝马'，每天把这张纸贴在衣服上出门一样低级，这种 headline，今后绝不允许再出现！至少在这个项目上，'高尔夫别墅'这几个字不要再出现。你们一定要记住，客户买别墅绝不是为了打高尔夫！我住在这里可不可以去打高尔夫？我住在通县可不可以去打高尔夫？我住在河北省可不可以去打高尔夫？高尔夫不是太空旅行，没有门槛，住在哪里都可以打，不一定非要在球场附近买别墅，这不是卖点！卖点是什么？卖点一定在客户注意不到的地方！要是大家都能看到，为什么还要花冤枉钱打广告？消费者已经心知肚明的卖点，为什么要花钱再对他讲一遍，对不对？广告人的任务是什么？就是发现那些不容易被发现的卖点，然后把它放大、放大、再放大，让所有人看到，让所有的潜在消费者认识到这个卖点对于他的价值！就说这个产品，抗震远超国家标准，这么好的卖点，不但不打，还要回避，简直是愚蠢透顶！所以我说客户都是白痴！而你们呢？你们心甘情愿被白痴指挥！他让你打高尔夫你就打高尔夫，他让你打车位你就打车位，他不让你打抗震你就不打抗震，你们简直比白痴还白痴！"

说实话，我是真的想给他倒杯水润润嗓子啊。你说了这么多，这不行那不行，这白痴那白痴，到底怎么才算不白痴你倒是说清楚啊！

"那……我们要怎么做，才算不白痴呢？"毕爷眼神空洞地盯着荆丹，表情莫名神伤。

"我问你，买别墅的都是些什么人？"荆丹问道。

“有钱人。”毕爷道。

“没错！”荆丹打了个响指，“那么你再想想，有钱人最在乎的是什么？”

“钱。”毕爷的回答永远是那么精练。

“比钱更在乎的呢？”

“很多钱。”毕爷面无表情，我已经快绷不住笑了。

“所以说，你们天生就是被白痴指挥的命！”荆丹一脸不悦，丝毫没发觉毕爷其实是在逗他，“我告诉你们，有钱人最在乎的就是安全！安全意味着什么？意味着拥有！你所说的钱，只不过是安全给予他们的一部分，还有其他很多东西，美女豪车、社会地位，包括这栋别墅，都是拜安全所赐！总而言之，钱带来的一切，都以安全为前提。没有安全，人都被砸死了，还打什么高尔夫？这些话或许你们不理解，你们扪心自问，自己怕不怕死？为什么怕死？答案无外乎我有什么梦想还没实现、父母妻儿会伤心、担心他们以后不好过、自己没有尽到责任，无外乎这些。但有钱人呢？你问他们怕不怕死，肯定比你怕！为什么？因为除了你担忧的那些东西，他们拥有的更多，便更怕失去。失去自己的帝国，失去自己的财富，失去自己好不容易攒下来的金山银山！所以说为什么我会兴奋，为什么我一听抗震厉害就感觉你们错过了一座金矿？你们只知道站在那群白痴的角度去看问题，并没有设身处地地替业主着想。一座随便装修但不够结实的房子，和一座装修受到一些局限但坚如磐石的房子，如果让我来选，我一定会选后者！我才不在乎它有几个停车位或是能不能打高尔夫这些乱七八糟的东西！”

听上去似乎也不是完全没有道理，只不过，这么精辟的哲理，要怎样才能落实到创意上呢？

换句话说，什么样的创意，才能很好地表现出这个别墅不怕地震的优势呢？不但我和毕爷沉默了，荆丹自己的激情也是戛然而止。

三个人大眼瞪小眼瞪了足有一分多钟。"要不这样,等一下我还有些事情要办,你们也不要加班了,今天大家带着任务回去分头想一想,周末肯定是要加班的,明天上午咱们碰一下想法,争取周末这两天把稿子做出来,下周一向客户提案。"憋了半天憋出个散会的决定,本来周六周日我是想回天津孝敬爹妈的,如今可真是闭门家中坐祸从天上来,原本水到渠成的工作,就这样被这个从天而降的扫把星搅了个七零八落,原本的岁月静好硬生生改成加班了。

"哎,对了,差点忘了……"刚走到门口,荆丹猛地一回头,"你们现在手头上还有什么其他工作? 全都给我看一下。"

要坏!

我和毕爷对了一下眼神,一时间不知如何是好。

"没别的工作了?"荆丹一皱眉似乎有些狐疑,"你们不是签了两个客户吗? 两个客户,就这么点活儿? 只有一张平面稿? "

"还有一些美术上的东西。"毕爷道。

"什么东西? 给我看一下。"

"玉龙华府有一套 VI……"毕爷转身从电脑里调出了之前做好的 VI 文件,"下周一提案。"毕爷斜眼看着荆丹,但见荆丹熟练地用鼠标在屏幕上点了起来,同时眉头越皱越紧,荆丹问:"这是你做的? "

"是。"毕爷点头。

"不对。调性不对。"荆丹微微摇头,"字体太跳跃了,颜色和线条也过于现代了。玉龙华府,这个名字很中式,需要那种古朴中带着一丝奢华的感觉,怎么能这么现代呢? 你不觉得很轻浮吗? "

"不觉得。"毕爷一本正经地摇了摇头。

"呵呵……"荆丹冷冷一笑微微摇了摇头,转头继续看屏幕,边看边用鼠标乱点,没想到点来点去,竟然在软件的"最近打开文件"选项里发现了一个名为"红旗楼书"的文件,点开一看,哎呀妈呀! 新大陆呀！此乃红旗别墅全套的楼书设计文件是也！

"这是什么时候的东西？"看见红旗别墅的楼书，荆丹的表情明显不大对劲。

"前不久。"毕爷的脸表面上看颜色还算正常，仔细看却不难发现，脸颊深处的真皮层已然绿了。

"已经印出来了？"荆丹仍旧死咬不放。

"没有。"

"那为什么不告诉我？"

"因为客户已经签字确认过了。"毕爷淡淡道，"文件已经拿去出片②了。"

"客户签字在哪儿？"

"这里。"毕爷拉开抽屉取出楼书样册递给了荆丹，但见这厮有如在饭馆翻菜谱一样一目二十行地翻起了楼书，最后干脆把客户签字的扉页"刺啦"一声撕了下来团成团扔进了废纸篓，"你给出片公司打个电话，让他们先停一停！这个东西，必须重新做。我不管客户签没签字！不能因为客户的要求低，就用这种东西敷衍他们！你们知不知道，如果一直用这个水平的东西糊弄客户，中间一旦有别的公司稍微做一点好东西出来，随随便便就可以取代我们。"

我和毕爷，已然全傻。

为了把这本楼书保住，差点都发展成谍战片了，结果还是没捂住。

这个人是总公司派来砸场子的吗？这本楼书可不是随便糊弄出来的，这是我和毕爷两个人呕心沥血一个礼拜、撕心裂肺绞尽脑汁的结晶，至少在我看来绝不像他说的那样不堪，文案就不说了，按他那个翻菜谱的速度是不可能仔细看文案的。而设计呢？毕爷做的设计，明明就没什么问题呀！老梁给了我好几本其他项目的楼书，感觉还不如毕爷的设计漂亮呢。你丫用的是哪国的标准啊？如此血与汗的结晶,你丫随手一撕就给撕没了。你为这家公司挣过钱吗?你为拿下这个客户出过力吗?上了饭桌就直接吃现成的,还挑肥拣瘦,简直是岂有此理至极啊!

"从今往后,所有工作必须经过我!"荆丹恶狠狠地瞪了我俩一眼,之后"啪"的一声将楼书样册拍在了桌子上,气呼呼地摔门而去。

他倒还生起气来了?

"现在怎么办?"我斜眼盯着毕爷,只见毕爷的面色是前所未有的凝重,继而竟然把手机掏了出来"嘀嘀嘀"地按起了号码,"我得打听打听这孙子什么来头。"

"4A 的人都这么牛×吗?"我问道。

"这跟 4A 不 4A 没关系,纯粹就是人烂,人渣走到哪儿都是人渣……喂,老刘,是我,你毕大爷……哈哈哈……别扯了,说点正事,我跟你打听个人呗,你们公司有没有个叫荆丹的?……应该是'荆轲刺秦王'的'荆',哪个'丹'不知道……什么?你别说有可能,我要确切信息!……哦……哦,我知道肯定不是你们组的,你帮我问问别的组呗……行行,那我等你消息。"说罢毕爷挂断了电话,"我找人帮忙去打听了,估计这孙子不是什么高职位的人,否则我这哥们儿在那儿干一年多了,不可能没听说过。"

就在这时候,我的手机忽然叮叮当当地响了起来,一看来电显示,电话竟然是姚羽打来的:"麦子,你们那边怎么回事?"

"什么怎么回事?"我被问得是莫名其妙。

"刚才荆丹给我打电话,让我批预算找 Freelancer,到底怎么回事?"

"姚总,跟您说个事您可千万别激动,刚才荆总决定把红旗别墅的平面稿、楼书,还有玉龙华府的 VI,全部推翻重做。其中平面稿和VI,都是定在下周一提案。喂?喂?"电话那边姚羽沉默了足有十几秒,我差点就以为断线了,"喂……姚总? 能听见吗?"

"楼书不是已经签过字了吗？"许久，姚羽终于回问了一句。

"他把客户签字那页撕了扔纸篓里了，说必须重做。"

电话那边又是十几秒的沉默，等姚羽再说话，语气已然变了："好了我知道了，你把客户签字那页捡回来收好，千万别弄丢了。"

【注 释】

① headline：英文，"标题"的意思。

② 出片：印刷术语，意为将设计好的文件制作成菲林片也就是印刷胶片，并以此胶片制版。

40/

转天上午十点,我没精打采地来到了公司,办公室里竟然没人。

不是说好了周六日加班吗?

无奈,我只能一个人傻等,十二点半左右,毕爷到了,荆丹仍旧不见踪影,我俩干脆下楼喝起了小酒。

"那边帮我问了,那个傻×,曾经是制作部的完稿。"倒上酒,毕爷神秘兮兮道。

"完稿是干吗的?"我问道。

"打个比方,我是美术指导,我做了一张平面稿,是用很小的图做的,精度很低,根本就不能印刷,这种小稿只能提案用,放在PPT里让客户大概看一下效果。如果过稿的话,我会把这个低精度的小稿丢给制作部,然后由完稿用高精度的大图,原封不动地按照提案的小稿做成符合印刷要求的高精度大稿。除此之外,很多美术方面的力气活儿,例如去印厂盯印刷、修改画面尺寸、本来是横版的画面改成竖版,等等,都是完稿的工作。"

"照你这么说,那个姓荆的才是真正的PS民工?"我问道。

"没错。"毕爷点头。

"4A分工那么细？"

"也就4A那么多事。Local公司的美术指导大部分都是自己做完稿。"毕爷道，"这都是老外带过来的规矩，外国人金贵，美术就是美术，完稿就是完稿；美术是脑力劳动，完稿是体力劳动，一个白领一个蓝领，分得很清楚。"

"照你这么说，这孙子似乎也不是什么大师啊。"我问道，"总公司那边是不是被他给骗了？"

"你觉得呢？"毕爷冷冷一笑，"我那哥们儿说，他在公司问了一圈没人认识，最后还是问人力资源部的老大姐才问出来的，那货两三年前就辞职了，据说是上班时间干私活儿被人给点炮①了，被迫辞职的。"

"那咱们怎么办？"一时间，我满心愤懑，整个人即将爆炸一般，呕心沥血干了那么多活儿，要真是被正牌的广告大师毙掉我也认了，哪怕被关洋毙掉我都认头，但被这样一个劣迹斑斑的PS民工呼来喝去，真是想想就憋屈，"咱们是不是应该写封匿名信给总公司，也给他点一炮？"

"别别别……"毕爷把脑袋摇得像拨浪鼓一样，"你还看不出来吗？自从出了陶武那档子事之后，总公司对姚羽的用人策略已经不那么信任了。这个人明显就是冲着姚羽来的。咱们要是写匿名信，那边铁定会怀疑是姚羽在背后搞鬼。广告公司上班干私活儿也就4A管得严点，在小公司那不叫事，况且这个人还是董事长亲自招进来的，写信点他炮，等于是打董事长的脸，你觉得会有效果吗？"

"那怎么办？"我咬牙切齿道。

"老办法，他让咱干吗咱就干吗，别跟他顶，就静静地看着他作。"毕爷不紧不慢道，"作丢几个客户，总公司那边也就醒悟了，不用别人动手。"

"作丢'几个'客户？一共就俩好吧？"我瞠目结舌道，"他要真把客户都作没了,咱们岂不是又没着落了?"

"你放心,应该到不了那一步。"毕爷胸有成竹道,"姚羽又不是傻子。只要她在总部还有那么一丁点的话语权,就不会允许这一切发生。"

"但愿吧……"我摇了摇头,端起酒杯一饮而尽。

回到公司趴在桌子上又睡了一小觉,直到下午三点荆丹才蓬头垢面地推门进屋,发型乱得跟鸟窝有一拼,就好像是刚从被窝里爬起来一样:"怎么样同志们,创意想了没有?"见我和毕爷都趴在桌子上睡觉,荆丹似乎有点不大高兴。

"想了几个。"我和毕爷没精打采地凑到桌子边上,把之前想的关于"抗震"的创意,甭管好的坏的,通通说了一遍。这次跟上次不一样,这次没有草图了,心里明白肯定都得被干掉,画了也是白画,倒不如省下一些纸,也算为环保做点贡献。

"不好。"果不其然,听我们说完,荆丹撇着嘴一个劲儿地摇头,"你们完全没抓住消费者的痛点,仍然是在叫卖。我最看不上叫卖式的创意。你们要抓痛点!懂吗?抓痛点!"荆丹手拍着桌子一个劲儿地强调,"你设想一下,如果你有很多很多钱,是什么样的动机会促使你产生买别墅的想法?"

"我……呃……环境好?"我试探着问道。

"错!"荆丹一本正经道,"知道我昨天干什么去了吗?我找了几个别墅项目的潜在消费者,和他们聊天,了解他们的想法!三个人中有两个是为了证明自己,另外一个是为了奖赏自己!人在一穷二白的时候,会有一个最基本的追求,就是温饱!之后呢?饱暖思淫欲,会追求享受。再之后呢?追求权力,追求荣誉,追求成就感,追求社会的认可,追求更高层次的精神寄托,等等。每个阶段的人,有每个阶段的追求,阶段越高,追求的东西就越高。买公寓的人有买公寓的追求,买别墅的人有买别墅的追求。他们在追求什么?是你们之前所说的,追求打高尔夫球吗?是追求多送一个停车位吗?大错特错!他们都去买别墅了,会追求那些小恩小惠吗? 他们追求的,是一种释放、一种认可!这就是他们那个阶层的人的追求。每个成功的人,都会经历很多的苦难、很多的曲折,买别墅,就是对自身苦难和曲折经历的一种释放! 就是追求别人甚至是自己对自己的认可! 懂吗? ”

"那……您昨天说的那个抗震的创意呢? 还做吗? ”我听得满头雾水,好像又是一套新说法,似乎跟昨天那个安全的概念又没啥关系了。

"当然要做!我说了这么多,就是为了凸显抗震这个卖点!"荆丹斩钉截铁道,"你们想想看,如何把抗震的卖点与消费者对过去曲折经历的释放以及对认可的渴望结合起来。”

说实话,即便放到现在,这个课题也够我喝一壶的。房子抗震,跟业主释放,这个怎么结合?难道业主一释放小区就地震?买别墅的都是孙大圣吗? 简直就是风马牛一百万个不相及。

"算了算了,现在也不是给你们上课的时候。我说创意,你们来做,这样行不行? ”见我和毕爷王八瞪绿豆各种蒙圈,荆丹不禁满脸的无奈。

"好的。”毕爷点了点头。

"你做一个纸糊的别墅,然后把竞争对手的卖点都印在别墅的墙上,有问题吗? ”

"纸糊的? ”毕爷少见地皱起了眉,"怎么个纸糊法? ”

"就是一栋纸做的别墅,把之前的什么高尔夫啦绿化率啦二十四小时安保啦这些不疼不痒的卖点都印在别墅表面。”荆丹道。

"这……没有图啊……"毕爷一摊手满脸的愁容。

说实话,平面设计师不是 3D 设计师,平面设计师作图,一般是在既有图片上加以修改,前提是必须要有一张现成的图片。任何平面设计师都很难在没有原始图片的情况下凭空作出一张图来,就好比所谓的纸糊别墅,去哪里找纸别墅的图片啊,寿衣店吗?

"没图就不做广告了吗?这世界上要是没有图库,咱们这个行业就得取缔是不是?"荆丹斜眼瞪着毕爷,满脸的理直气壮,"创意已经给你们了,怎么执行是你们的事。如果连执行都不会,那你们现在就可以回家! 我自己想办法!"

"好吧,我试着做吧。"毕爷点了点头脸色铁青。

"然后你来写文案。"荆丹扭脸对我说道,"这张稿子是什么意思呢? 大概意思就是,别人家的别墅产品,虽然吹得天花乱坠,但本质上就是纸糊的,就是样子货,就是驴粪球——表面光! 消费者需要看到产品的内在品质,选择咱们的房子,才更结实更安全,才是真材实料的硬通货! 人在释放的时候容易失去理性,冲动决策,我都隐忍那么多年了,总算熬出头了,一定要释放一下,一定要享受一下,越是这种时候,越容易失去理智。咱们的创意,就是要提醒消费者,一定要谨慎,要理智,要看到产品的内在优势,明白吗?"

"明白……"说实话,我其实一点都不明白。一旁的毕爷也跟着点了点头,但没说话。

"我要出去办点事,今天就不回来了,明天下午我会再过来,到时候要看到成品!"

"我们争取吧……"我回道。

"不是争取!是必须!下周一就要提案了,如果明天做不出来,谁去向客户解释,你吗?"

"好,必须。"

"还有,这段时间他设计稿子,你除了写文案之外,还要再想一稿创意。提案不能只提一稿。"

"再想什么?"

"随便。"荆丹一耸肩满脸的无所谓,"想什么创意都可以,烂一点也无所谓, 只要能衬托刚才的那篇稿子创意的精彩就可以了,但记住，不要提高尔夫和停车位的事。咱们要教育客户，要告诉他们之前的路是错的！"

"知道了。"

"啊……对了，最近工作量比较大，你们两个可能应付不了。我会找两个 Freelancer 过来帮忙，你们来做平面稿，楼书和 VI 交给他们就可以了。"走到门口的时候荆丹又回过头补了一句。

【注　释】
① 　点炮：北方俚语，"揭发、检举"的意思。

41

毕爷决定通宵加班，我也没好意思回家，说实话回去也没啥事干，还不如留在公司上网。为了完成荆丹那个纸别墅的奇葩创意，毕爷决定干脆用普通的 A4 纸现场做一个真的纸别墅，之后再用数码相机实拍，具体操作方法就是先在平面设计软件里设计出裁切方法，然后将裁切线打印在 A4 纸上，用剪子按裁切线裁剪之后再用胶棒各种粘，总之超级麻烦，我们两个人就如同小学生做手工一样，连剪带粘折腾了足足一宿，试了十几种粘法，剪废了二指厚的纸，才做出一个勉强看得过去的"纸别墅"。当然，纸别墅用相机拍成图后还要放在 PS 软件里继续处理，直到最后看上去不那么简陋为止。

一张图足足修了五个小时，毕爷倾尽毕生修为可算把白色的纸别墅做出了看上去很自然的彩色效果，总算是不那么像出殡了，说实话，真的挺不容易的。

然后就轮到我写文案了。

写点什么呢？

那些要求印在纸别墅上的字倒还好说，最难的是标题，坐在椅子上我是百爪挠心，把头发都快薅光了才勉强憋出一句："谨慎释放财富,就像积累财富时一样。"

说实话,完全不着调。

说好听了是不像房地产广告,说难听了就是驴唇不对马嘴莫名其妙。一句不知所云的标题,下面是一片纸糊的房子,上面印着各种卖点,跟业主维权贴的标语似的,我真不敢想象,以老爷子那个脾气,一旦看见这个创意,将会发生些什么。无奈,我在下面又加了一行小字,俗称"副标题":"红旗别墅,超强抗震级别,比财富更稳固的内在品质,静待您的品鉴。"

左看右看,还是觉得没溜儿,不过没办法了,爷就这水平了。谁让这稿子打娘胎起就是个奇葩呢。说了那么多的大道理,又是释放又是认可的,结果憋出来这么一张上坟一样的奇葩稿子,真是没话说了。

截至这里,纸别墅的稿子暂且告一段落,不过别忙,还有一稿呢。

按荆丹的交代,我们还得随便做一张凑数的,目的是突出这张出殡的稿子创意好。要求是不提高尔夫,不提双车位,然后自由发挥。

发挥你大爷啊。除了那两样,还有啥可发挥的?

最后实在是没辙了,我们干脆做了个最简单最省事的:一杆特写放大的高尔夫球旗,然后旗子是红色的,标题就是"别墅中的'红旗'!"。也该着毕爷手欠,画面的背景放了两辆昔日国宾车队用的那种老款红旗轿车,车头呈八字形对着前景的高尔夫球旗,也算是对荆丹禁止提"双车位"的无言抗争了,除了红旗车之外,整张稿子的素材都是现成的,连美术带文案一共耗时二十分钟。曾几何时,红旗车可都是领导们的座驾,也勉强算是有那么一丢丢的创意了,就这么着了,爱死死爱活活,已经困成狗了,再这么熬下去就是两条人命,就算每人发五百万也没机会释放了。

也不知睡了多久，隐约中似乎听见有人敲门，猛然睁眼，发现创意部的门被人推开了一条小缝。

"请进！"我龇牙咧嘴地从椅子上坐起身子，感觉浑身说不出的酸痛，公司不比网吧，网吧里能用椅子拼床，但公司的办公椅都是带扶手的，只能可着一把椅子坐着睡，可怜我这"黑山老腰"了。

"请问，哪位是张迈？"门被推开，一个冰山美人没精打采地走进了办公室，看了我一眼又看了旁边埋头大睡的毕爷一眼，那眼神简直能甩出冰碴子来。

"我……我就是……"见美女到访，我赶紧站起身，"是……是荆总让你来的吧？"

"是……"美女上上下下地把我打量了一番，看得出来她真心不希望我就是张迈。说实话，我对我当时的形象还是有些自知之明的，一天一宿没洗脸没洗头，油光都快赶上家里的抽油烟机了，加上趴桌子上睡觉导致面容扭曲发型爆炸，单从视觉上判断基本上我就是个逃难的。

"叫我麦子就行了……"我迷迷糊糊地挤出一丝笑容把手伸了出去。

"好的。"美女象征性地跟我握了握手，"你们这儿有什么活儿？"

"荆总没告诉你啊？"我一愣，接着从抽屉里取出那本被撕掉了扉页的楼书，"这个。"

"楼书啊？"美女似乎很是吃惊，接过楼书一页一页地翻了起来，"客户有什么修改意见吗？"

"客户已经过稿了，但荆总不满意。"我答道，"他说要重做。"

"客户过稿了，他说重做？"美女似乎有些不大相信，"为什么？"

我去，问我为什么，咱俩谁是他的人啊？

"我也不知道为什么。"我尴尬一笑，"可能是嫌我们水平太差吧？"

"这本楼书……"听我这么一说,美女仔细读起了里面的文案,"感觉还可以啊……"

"你说真的？"听美女说这楼书还可以,我顿时如释重负,"你真觉得还可以？"

"文案是你写的？"美女盯着我,似乎不大相信我会写字。

"是啊是啊！"

"我觉得还可以……"美女一笑,态度似乎比刚才好了一些,至少不那么冷了。

"哎哟,谢谢谢谢,前天我被你家荆总打击得差点就喝敌敌畏了。"

"他这人就这样,你别往心里去。"

"既然如此,来来来！送你个见面礼……"我把美女招呼到了电脑跟前,打开了楼书文案的 Word 文件,"你家荆总翻完这本楼书一共就用了十秒钟,肯定没看文案,这是文案的原文件,你把标题改改,其余那些鸡零狗碎的字都是现成的,你要是觉得能用,就直接用呗！"

"谢谢！"美女瞥了我一眼诡异一笑,躬下身子拉了拉鼠标,洋洋洒洒几千字段落明晰,显然可以省下不少工夫。

"还不知道你怎么称呼。"我小心翼翼道。

"夏叶,'叶子'的'叶'。"

"哎,这个名字好啊！"我傻呵呵道。

"哪儿好？"

"这个……"我×,光顾着拍马屁了,一着急没把马屁细节想好,"你看,夏叶,对吧？夏天的叶子,对吧？茂盛啊！"

扑哧一声夏叶一笑:"你学理科的吧？"

"对呀对呀,理科,学计算机的,修电脑可以找我。"

"哎呀……啊呀呵！"就在我跟夏叶套近乎的时候,身后忽然传来一声近乎声带撕裂水准的嘶吼,毕爷伸了一个懒腰,醒了。

话说这一声杀猪叫也把夏叶吓了一跳,她本能地一回头,正好跟毕爷对上眼:"哎,怎么是你啊?"

"夏叶?"毕爷一愣,"荆丹找你来的?"

"是啊……"夏叶点了点头,我直接被搞蒙了,"夏美女,你们……认识?"

"是啊。"夏叶点了点头。

这世界真小。

"你怎么跟他混一块儿了?"毕爷懒洋洋地拿了根烟叼进了嘴里,脸上满是不屑。

"谁跟他混了!"夏叶冷冷一笑,"他上次找我干活儿的钱还没结呢,说这次干完一块儿结给我。"

"他欠你多少钱?"毕爷继续问。

"三千。怎么了?"夏叶始终在看文案。

"没事,我就问问。"毕爷喋了口烟,"除了你他还找谁了?"

"我哪知道。"夏叶心不在焉道,"反正我是不准备再接他的活儿了,这是最后一次。他跟我说活儿特少,就写几句话,结果是本楼书。"

"夏美女……"我终于找到插话的地方了,"荆大人说的没错啊……"

"叫我夏叶就行。"夏叶仍旧目不转睛地盯着屏幕。

"夏叶啊,荆大人说的没错啊,我刚才不是也给你支着儿了吗,这本楼书的字基本上都是现成的,你把各部分的标题重写一下就行,保证他看不出来!"

说完这句话,我心中顿时就是一动。

不光我心中一动,在场的三个人心中似乎都是一动,夏叶竟然把头转了过来,先是看了看我,之后又看了看毕爷,我和毕爷也一样,对视了一眼。

"唉,你说会不会是这孙子根本就没觉得楼书不好,单纯就是想推翻重做一遍,好借着找 Freelancer 的预算把上次欠你的钱糅里边一块儿还了啊?"毕爷抓耳挠腮不住地苦笑,"哎,麦子,你觉得呢?不光是楼书,VI 和平面稿都一样,重做不重做,跟创意好坏没关系,纯粹就是借花献佛故意制造工作量,逼公司批预算找 Freelancer,借机把之前欠的账都平了。"

就在这时,又有人敲门。

"请进!"我喊了一嗓子,但见一个瘦高瘦高的腼腆男怯生生地推门进屋,"请问,哪位是毕英英?"

"来来来……"毕爷懒洋洋地站起身把腼腆男带到了自己的电脑前,把 VI 和楼书文件打开摊在了电脑桌面上,"喏,这是 VI,这是楼书,要做的东西都在这儿呢。这个文件夹里是昨天做的平面稿,等会儿荆丹来了给他看就行了。"

"哦!知道了。"腼腆男小心翼翼地坐在了椅子上,点开软件二话不说直接开做。

"哎,哥们儿,你知道要做成什么样吗?"见这哥们儿竟然如此开门见山,毕爷不禁一愣。

"知道,老荆告诉我了。"腼腆男点头道。

"那就好……那我就不管了……"毕爷点了点头,"我先回去了,麦子你走不走,我打车捎你一段。"

"我等会儿荆总吧,你先回去吧。"说实话,我还真不大想回去,一是回去没事干,二是公司里一个熟人没有,虽说没什么值钱东西吧,留两个陌生人在办公室也不大合适啊,再者说,有美女在此,我真心是舍不得走啊……

42

又等了足足两个小时，直到天色擦黑，荆丹才浑身酒气地推门进屋，发现只有我一个人在，顿时就是一脸的不爽："毕英英呢？"

"有点不舒服，先回去了。"我回道。

"呵，真行！"荆丹摇摇晃晃地走到腼腆男的旁边，拉了把椅子坐下，"等等，你先别做了，你找找他之前做的一张平面稿。"

"哦……"腼腆男按照毕爷的交代打开了平面稿的文件，但见荆丹的眉头又皱成了疙瘩，继而满脸官司地扭头瞪我，"这什么玩意儿啊？"

"不是您说要做一个纸别墅吗？"我满脸的无辜。

"给他打电话！把他给我叫回来！"荆丹似乎有些气急败坏。

"好……"我一边点头一边以迅雷不及掩耳的速度给毕爷发了条短信，内容就四个字："快拔电池！"之后又磨叽了足足半分钟，估摸着毕爷已经收到短信了，才把号码拨了出去，果不其然，电话中传来甜美的语音提示："对不起，您所拨打的号码不在服务区。"

"打个破电话怎么这么磨叽啊？"看来这孙子确实没少喝，每一句话都跟吃了枪药一样。

"不在服务区。"我一耸肩，干脆把听筒换成了免提，此时语音提示已经换成了英文。

"行吧！"荆丹点了点头，双唇紧闭用鼻子深呼了一口恶气，似乎是想发作但又忍了回去，之后转过身子指着屏幕开始指挥腼腆男："把这句标题改了，写的什么玩意儿这是……"

我也懒得理他，跟醉鬼没理可讲。

"哦……改成什么？"腼腆男将标题删了下去，两手摆好了打字的姿势转头看着荆丹。

"改成……等等，容我想想……"荆丹手捻眉头陷入思索，紧接着又是一脸的茅塞顿开："你的别墅，是纸糊的吗？"

"什么？"荆丹这句话一出口，别说我和夏叶，就连从事美术工作的腼腆男都是一愣，我的个亲娘啊，这也算广告语吗？换成我奶奶来写恐怕也能写得比这好吧？

"不不不……先别写，让我想想……"荆丹似乎也觉得有点不合适，一个劲儿地用手揉鼻头，之后"啪"的一巴掌拍在大腿上，"不'纸'是抗震！你把'不止'的'止'字，换成'白纸黑字'的那个'纸'！"

说实话，我也不知道该说点什么了，但见这货站起身子，静静地欣赏着自己文曲星附体一般灵光乍现想出来的那句标题，俨然一副越看越顺眼的架势："文案先这样吧，这个纸房子，都改成白色的！"

娘！我真惊了，后背顿时就是一层冷汗。

你知道那堆白房子毕爷是费了多大的劲才做成了彩色的吗？都改成白的，那就真成"清明上坟图"了！万一提案时老爷子在场，七老八十了你给他看这个？

我该不该提醒他？拿着这种东西去提案，要么把老爷子当场气死，要么被老爷子用鞋底子拍死，没准你就真跟你老祖宗荆轲同志一样壮士一去兮不复还了。但是此时毕爷的忠告又在我耳畔回响："今后当着他的面，千万别提客户怎么怎么说，绝对不能用客户的意见反驳他的想法,他们这群人最忌讳这个。"

管还是不管?玩笑话不多说了,真拿这个去提案,客户没准就真丢了!难道他们4A公司都拿客户当孙子吗?甲方真能给乙方下跪?真能牛×到这个地步?现在看来,这个人就是个单纯的喷子而已,就凭这张"清明上坟图",几乎可以断定这货对广告的理解还不如我,至于文案水平那更是负的。事实证明,能说,绝不代表能写。

"你弄的这是什么呀?"一旁的夏叶终于看不下去了,撇着嘴满脸的不屑。

"这你就不懂了吧?"荆丹对夏叶倒是客气得很,"这叫争议营销!这张稿子周四出,周四,什么日子?那是房地产专栏!整本报纸都是房地产广告!怎么跳出来?怎么抓眼球?必须得整点狠的!必须得与众不同!必须得有争议!有争议,咱们就赢了!而且,这些纸别墅,指的也不是咱们的客户啊,暗指竞争对手啊!暗指买他们的别墅,就等于是提前给自己上坟!精准打击竞品!我告诉你,现在的房地产市场,已经进入'后传播时代'了。什么叫'后传播时代'?就是要把自我的优势和竞品的劣势进行无缝结合,就像这样!"说罢荆丹指了指屏幕,"这个稿子要是打出去,整个行业肯定是有震动的,不光是广告圈,房地产圈媒体圈都一样,都会震动!然后就有话题了!公关是干什么用的?就是干这个用的!你知道这个客户现在最缺的是什么吗?发声!不是他不想发声,而是没人关注!这个是最可怕的!我跟你讲,你知道商人做生意,最在意什么吗?什么成本、回报率,那全是扯淡!我告诉你,任何一个商人,但凡是真想做长久的,最在意的就是名声。名声从哪儿来?我给你举个例子,可口可乐,我第一次喝,感觉那就是中药汤子!我这么觉得,别人也一样!舌头都是肉长的。为什么到后来大家都喜欢喝了?我把这种现象称为辩证推广。你知道什么叫辩证推广吗?……"

这哥们儿,中午那顿到底喝了多少啊?大中午的,下午还有事,稍微喝点意思意思得了,你喝那么多干吗? 你知道你自己在说些什么吗?

又喷了足有十五分钟,荆丹嘴里一直没闲着,话题一律跟着感觉走,深度剖析全面解析,嘴比脑子快,不是想哪儿说哪儿,而是说哪儿想哪儿,先说后想。只可惜听到最后,我也没听明白可口可乐是如何由中药汤子摇身一变成为人民群众喜闻乐见的时尚饮品的。喷着喷着估计是喷累了,加上屋里也没人理他,他也就不喷了。夏叶似乎早就懒得听他酒后吐真言了,两只眼睛聚精会神地盯着电脑屏幕,就好像什么都没发生一样。

打了个嗝儿又沉默了一会儿,荆丹站起身径直走向门口,刚一拉门猛地又是一回头:"哎,我想起来了,我让你们再做一张其他的稿子,你们做了吗? "

"做了做了……"我赶忙起身,此时腼腆男按照毕爷的交代打开了第二张稿子的文件,一杆特写的高尔夫球旗,背景是隐隐约约的两辆红旗轿车。

259

"这……这是什么呀? "荆丹瞠目结舌俨然一副见了鬼的表情。

"稿子啊……"我耸了耸肩,"你不是说让我们自由发挥吗? "

"这就是你们的自由发挥啊? "荆丹双目通红好似见到了仇人一样,"案名叫红旗别墅,你们就真弄一个红旗啊? 后面还得放上红旗车啊? 这种广告,就是最初级、最低级、最无脑、最没营养的看图说话! 你们想向消费者传达什么? 这里边有一个字跟卖点有关吗? 广告费岂不是白花吗? 你以为客户的钱都是大风刮来的吗? "

"荆总,是你让我们随便做一稿拿去凑数的啊! 想什么创意都可以,烂一点也无所谓,这都是你自己说的啊! "说实话我真有点急了,这人怎么这样啊? 醉酒指挥,出尔反尔,董事长是不是被拍花①的给拍了,为什么会信任这么块料? 那个向董事长引荐他的人,是不是跟董事长有杀父之仇? "不提高尔夫,不提车位,你也没提别的要求啊! "

"你们这不是凑数,是向客户秀下限!"荆丹气急败坏道,"不提高尔夫,你们就给我搞一个高尔夫的旗子;不提停车位,就给我放两辆车,你们故意的是不是!"

"真不是啊!"我努力压抑着内心的怒火佯装委屈,"一开始真没想放车,但画面背景太单薄不好看,放别墅效果图更难看,实在没得可放才想到放两辆车,跟停车位真没关系!文案里不是也啥都没提吗?"

"行了行了,先这样吧!把后面的汽车拿掉,把这句标题给我改了!"

"这个……"腼腆男用鼠标点了点屏幕一个劲儿地摇头,"改不了,已经合层了。"

这里不得不解释一下"合层"这个 PS 技术术语,在 Photoshop 软件里,每一个图像元素都可以单独编辑修改,术语称这些可以单独修改的图像元素为"层","合层"就是把所有"层"都合并到一起的操作,将所有元素合而为一,不可再进行单独修改,对设计师而言,这是一项非常谨慎的操作,一旦执行便再无回头路可走,整个画面不论是图是文,都不会再有任何修改的可能。一般情况下,设计师只有在确定图像绝不会再有任何修改的时候(大都是在刻盘送印的时候)才会进行这项操作。也就是说,此时此刻,这篇红旗的稿子,不但汽车和文案改不了了,任何东西都改不了了。

"好!"荆丹冷冷地瞟了我一眼,"你们俩,你,毕英英,行!就这么干!很好!非常好!"

"要不……我今天晚上给毕爷多打几个电话,要是打通了,让他过来改改?"

"不用!"荆丹大手一挥满脸的轻蔑,"我明天就拿这个去提案,不用改!就这样了!是好是坏,客户自己会看!"

"好吧……"我也只能点头称是,"那明天咱们什么时候去提案?

我提前过来……"

"你不用去了！你们加了两天班，也挺辛苦的，在家歇着吧！"荆丹叼上一根烟大步流星地走出办公室，头都没回。

说实话，不让我去正合我意。你当我想去呢！真要跟你过去，就凭你那张上坟的稿子，就算不被鞋底子飞死至少也得溅一身血。

我就想不明白了，这个人到底哪儿来的那么强的自信，客户的脾气秉性竟然一句都不打听就敢拿着这种稿子去提案。

绝对是老奶奶过马路都不扶，就服他。

服了。

【注　释】

① 拍花的:北方部分地区对"麻醉拐卖儿童者"的俚称。传说社会上有一些拐卖人口的犯罪分子会往手上抹一种麻醉药，只要往小孩的脑袋上拍一下，小孩就会被迷惑然后乖乖地跟着他走，二十世纪八九十年代，很多家长会用这类传闻吓唬孩子。

43/

荆丹前脚离开,我后脚就准备走了,临走时把办公室钥匙留给了夏叶,告诉她走的时候把钥匙放前台抽屉里就行,最后还自掏腰包买了点饮料零食给他们送了过去,也算是尽一尽地主之谊。话说你个荆丹也真够行的,各种神出鬼没酒后滋事也就罢了,这么多人大周末的给你加班干活儿,关键是这本是干过一遍的活儿,是你没事找事才被迫返工的,作为罪魁祸首邪恶根源,你是不是得适当出点血,买点烟酒糖茶慰劳一下啊?这一点比起关洋、姚羽这些女领导可真是差太远了。

周一我约了个房东看房,房子在通县,一居室,带家电,尤其是还有影碟机,房租一个月才七百,比我那始终不好意思回去住的两居室的其中一间还便宜一百。说句题外话,事后毕英英告诉我,那地方交通不方便,离京通快速路太远,家电也不是新的,七百绝对是上当了,再砍两百应该问题不大,但说实话那时我已经很满意了,当场就把钱交了,没主动加一百已经是很理智了,要知道,每月花八百跟一家三口合住,每天不好意思回家还要去睡澡堂子,经历过这些磨难,回过头来再看这个一居室,可以随便上厕所随便洗澡随便做饭,还能洗衣服看影碟,不管它是远是近家电新不新,那都是人间仙境。

房子搞定,心情大好。回去取行李的途中又接到了老梁打来的密电:"麦子,你们是故意的吧?"

"故意什么?"

"那个旗子的创意,后边还停两辆红旗车的。"

"那个创意怎么了?"

"客户决定要那张,老爷子觉得那个创意特别好,尤其是那句文案,'别墅中的红旗',道出了他老人家的心声。但儿子们要求得把别墅效果图加在两辆红旗车的中间。"

凑数的竟然中标了。

这都哪儿对哪儿?

天地良心,我真没想过这也能过稿,那张稿子纯就是被逼得没办法拿出来凑数的,原本的计划是这两张破稿子拿过去肯定得挨一顿鞋底子,然后迫于压力还得再做回双车位,没想到瞎猫碰着死耗子竟然蒙中了老爷子的心声,真乃人算不如天算也!

其实结合之前的经历仔细想想,倒也没什么可奇怪的,我都能脑补提案时的场景,就像当初我提案时那样,荆丹在这边唾沫横飞地鼓吹上坟稿,大讲特讲可口可乐的故事,老爷子和三个儿子在对面一心一意地看红旗稿,两边根本就不在一个次元里。这倒好,本来是去说服白痴的,结果被白痴给群殴了。我就纳闷,那种上坟的稿子,随便哪个心智健全的人都应该能看出没溜儿来,就算换陈家老三来当这个创意总监,最次也能弄出一个别墅旁边挥杆打球的大俗稿来,虽说只是工地围挡的水平,但那好歹也能算是稿子,你弄一堆纸别墅算个什么玩意儿啊?美感不美感放在一边,退一万步讲,你好歹也是个会用 Photoshop 的人,好歹也在 4A 干过,没吃过猪肉还没见过猪跑吗?听毕爷说你小子在 4A 的任务是负责把美术指导设计的小稿做成符合印刷要求的大稿,如果哪个美术丢这么个小稿给你,你不得问候问候他家长辈啊?

现在好了,既然老梁给我打电话了,就证明老爷子那边已经拍板上红旗稿了,老爷子盯上的事,想推翻应该没那么容易,说服白痴的秘密计划已经被白痴识破了,有本事继续牛×呀,有种把老爷子的签字也撕了呀!

转天一大早,我怀着一种看热闹不嫌事大的阴暗心理哼着小曲来到公司,结果刚一进门便被姚羽喊到了她办公室里。

"麦子,你跟我说实话,你和毕英英是不是没按荆丹的要求做稿子?"姚羽满脸的凝重,这表情看得我心里着实是一哆嗦。

"没有啊!怎么可能啊!"真不敢相信姚羽竟然这么问我,一时间我简直是百口莫辩。莫非那小子想反咬一口?明明就是他自己现场指挥的上坟稿被客户打击了,这种事难道也要找我俩背锅?"都是按他说的做的,创意是他想的,标题也是他自己写的!他就站在电脑旁边指挥,怎么可能不按他说的做啊?"

"那昨天的事是怎么回事?"姚羽继续问道。

"昨天?"我一愣,"昨天我和毕爷都倒休了,根本没来公司啊!"

"他昨天向董事长投诉你们两个,说你们自作主张,不服管理。"

"我……"说实话,我真不知道该怎么说才好。我就是个渣,毕爷虽说不是渣,但也就是个普通员工,你就算投诉,也该找总经理投诉好不好,越级上访直接找董事长是几个意思?是想凸显你认识董事长吗?

"你也别担心,这事也不能全听他一面之词,你如果能保证你们两个确实不是故意跟他作对,我会找董事长解释的。"

"绝对保证,绝对保证!谢谢姚总,谢谢姚总!"说实话,姚羽这一番话说得我一身冷汗,这事越想越不对劲,按之前关洋的说法,开除一个我这样的渣,总监是有绝对权限的,哪有"投诉"这么一说啊,而且还是找董事长投诉,董事长管得着这种事吗?是不是厕所没洗手液了也要找董事长念叨念叨？会不会真被毕爷说中了，他就是想找碴儿开掉我们俩腾地方招自己人，只不过姚羽一直反对，他才去找董事长喊冤的？"姚总，我想问你个事。"憋了半天，我终于鼓起勇气开口。

"什么事？"

"我知道荆总看我俩不顺眼。这个……呃……怎么说呢？这个……他所谓的'投诉'，是不是……是不是想把我俩炒了啊？"

"是。"姚羽想了想，之后点了点头。

完，还真让毕爷说中了。

"尤其是你。"姚羽想了想，又追加了一句。"其实他来这里的条件之一就是要招他自己的人，至少也得是资深人士，总部那边也是同意的。"姚羽道，"但现在拿的两个客户有你很大的功劳，这样对你很不公平。他也同意考察几个月。"

既然考察几个月，干吗这么猴急啊？简直就是闭门家中坐，仇人天上来。昨天刚租完房子，三个月的房租刚交给房东，工作就又危险了，我怎么就这么倒霉！我只想安安静静地想想创意就那么难吗？说句实话还真是得谢谢姚羽，否则昨天的房租没准又白交了。

"唉！"姚羽叹了口气似乎也很无奈，我也理解她的处境，陶武把八通苑抢走，总公司对她的信任肯定是要打折扣的，有道是外来的和尚会念经，加上那个荆丹又是个大喷子，还顶着 4A 的光环，虽说也只是个 4A 的 PS 民工吧，但不论如何，这个新来的喷子和尚，肯定是把董事长给喷晕了，否则也不至于让姚羽这么为难，身为总经理差点连个渣员工都没罩住。

"你们可以试着跟他谈谈心，平时谦虚一点。"姚羽道，"之前没有总监，创意上的事你们两个可以商量着来，但现在毕竟是来了新总监，所有事都要听他的，客户满意与否，负责人是他，不用你们担心，你们做好自己的事就好。"

"明白了。"我点头道。

"等会儿毕英英来了你提醒他一下，我就不找他了。"姚羽道，"告诉他，画面合层这种事，今后不要再干了。"

"可是……合层那个稿子，客户过稿了啊！"我一脸的冤枉。

"记住，过不过稿，不是你们该操心的事。做好自己的事就好。"

行吧。

还能说什么？人家姚羽又不是我家亲戚，我也没救过人家的命，人家在自己有麻烦的时候还能腾出一只手来罩着我，已经是仁至义尽了，以她现在的处境，就算还能罩我，也是罩得了一时罩不了一世，今后真想翻身也只能靠自己了。

又过了半个钟头，毕爷来了，刚一进门还没等我找他，荆丹便气势汹汹地站到了他跟前："恭喜你啊兄弟，红旗那稿过了。"

"同喜。"毕爷眼皮都没抬。

哎哟我的亲爹呀！你就别跟他杠了行不行啊！

"两个问题！"荆丹搬了把椅子坐在了毕爷跟前，"电话为什么打不通？"

"我家小区的信号基站被拆了，然后就没信号了。"毕爷不紧不慢道。

"基站被拆了？"荆丹似乎有点不信。

"对。传言说有辐射，一群大爷大妈跑到营业厅闹事，然后就拆了。"

"好，这个先不说了。第二个问题，为什么把稿子合层？"

"合层？合什么层？"

"既然敢做，就要敢当。我最瞧不起有胆放冷枪没胆承认的人。"荆丹气呼呼道。

"荆总您在说些什么？"毕爷反倒是满脸的莫名其妙。

"好，你把那张稿子打开，红旗那张。"

然后，稿子打开了，但见 Photoshop 工具栏里，所有图层历历在目,所有的文字和画面绝对可以随便编辑修改,绝对没合层。

　　我在旁边看着真不知道是该哭还是该笑,这小子太损了,这个可以随便改的原始文件文件名叫"1111",那个合层不能改的稿子只是一个另存的副本而已,文件名叫"红旗别墅平面稿2",因为上坟稿文件名叫"红旗别墅平面稿1",所以昨天腼腆男本能地打开了不能修改的"红旗别墅平面稿2",而"1111"这个莫名其妙的文件实际上就趴在旁边,却理所应当地被忽略了。

　　说实话,荆丹那个脸色,跟桌上的鼠标垫是一样一样的:"那你为什么要另存一个合层的?"

　　"打印出来留作品啊!"毕爷一脸的理所应当。

　　"留什么作品?"

　　"放在简历里找工作用的作品啊!"毕爷一皱眉,"咱们这儿的打印机有点毛病,打分层文件会报错,必须合层才能打。"

　　"你准备拿这玩意儿去找工作?"荆丹冷冷一笑。

　　"是啊。怎么了?"毕爷一本正经地点了点头,"我这个人嘴笨,找工作只能靠作品。好的没有,坏的还没有吗?"

　　话说到这儿,气氛已经有点不对了,再不圆场真掐起来了,我连忙说:"这个……荆总啊,昨天都是误会,只能证明咱们之间磨合不够。凭我们俩这水平,现在也只能收集这种烂稿当作品,您来了好稿子肯定就多了,肯定不会用这种创意找工作了。我表个态,这次的失误,下次不会再有,前天听您说什么可口可乐,那些案例说了一半您就走了,您能多讲点吗?"

　　"有时间再说吧。"荆丹看了我一眼又看了看毕英英,愤愤地坐回了电脑前。

　　电脑前?

　　没错,就是唯一的一台苹果机,被这货无情地霸占了。

44

趁着中午吃饭的机会，我把姚羽交代的话跟毕爷学了一遍，但见毕爷冷冷一哼似乎完全没当回事："麦子，你有想过自己干吗？"

"自己干？干什么？"我不禁一愣。

"广告。"毕爷一本正经道。

"这……"我一时间不知该如何作答，我知道毕爷是什么意思，但这个问题对我来说，似乎来得有点早，我还只是个新丁啊！

"不像你想的那么难。"毕爷很神秘地伸出了一根手指，"先期只需要一个客户，雪球就能滚起来。你还记得陶武吗？"

"我知道。"我点头道，"可是先期的一个客户在哪儿呢？"说实话，做稿子简单，提案也简单，对于我这样的新丁而言，最难的是接触到客户，即便有机会接触到客户，也很难获得客户的信任。这里不得不说一句题外话，通常情况下，拉关系陪客户这种事是大多数创意人员的短板，这也是为什么在广告行业客服人员另起炉灶挖走客户的概率要大大高于创意人员。

"这件事，老梁本想亲自找你聊的，又怕你不同意，所以让我先摸摸你的意向，免得到时候尴尬。"毕爷给自己倒了一杯可乐，"如果你不愿意的话,就当我什么都没说好了。实话告诉你,红旗别墅,合同到期之后必丢无疑,绝对没有商量的余地。"

"啊?"听毕爷说完我不由得一惊,红旗别墅只签了半年的合同,眼下也就剩五个月了,到期是分分钟的事,别看月费只有三万块钱,但却是总公司继续经营我们这家分公司的重要精神支柱,更要命的是,总公司的另一个精神支柱玉龙华府,只签了三个月,这个客户将在红旗别墅之前到期!

以目前观察到的荆丹的水平,我并没有信心他能在未来的三个月时间里拿下新客户,更没有信心他能在这两个老客户到期之后把合同续上,相反的,不把这俩客户提前折腾丢就能烧高香了。如果毕爷说的是真的,红旗别墅到期必丢的话,三个月丢玉龙,五个月丢红旗,然后还没有新客户,那么这家公司的前途与我的职业生涯基本上就算是完了,倒不如提前改行免得浪费青春。要知道,现在公司的状况跟荆丹来之前还不一样,毕竟多了个总监,人力成本高了很多,万一他近期再高薪挖来几个自己人,成本更要高到离谱。别看陶武事件总公司尚且沉得住气,那是因为人少成本低;但若是等荆丹把他的"自己人"都挖来之后业务再次归零,面对一个如此昂贵的烂摊子,换我是董事长,或许就选择断臂求生了。花了这么多钱折腾了这么久,结果还是这样,估计换谁也没有"看成败,人生豪迈,大不了从头再来"的耐心。

"昨天提案的事,老梁没跟你说吧?"毕爷问道。

"他给我打了个电话,说红旗那稿过了。"我答道。

"是过了,老爷子挺喜欢那稿的。"毕爷点头道,"但他那三个儿子心里一清二楚,那样的稿子打出去,屁用没有,纯粹白花钱。之所以过稿,完全是矬子里拔将军,所以他们内部非常的不满意,不但对稿子不满意,对荆丹这个人也很不满意,觉得这个人油嘴滑舌,很不踏实。跟人家喷了半个钟头,其中有二十分钟是在讲可口可乐。人家完全是看在双车位那稿效果不错的份儿上给老梁留面子才没当场把他撵走。"说到这儿，毕爷的眉头皱了起来，"这个傻×我都没法说他了，人家是卖别墅的，你给人家讲哪门子的可口可乐啊？"

"说实话，其实他跟咱们喷的什么富人更注重安全那堆乱七八糟的，我倒是觉得多多少少还有那么点道理，他为什么不再给客户喷一遍呢？"听毕爷这么一说，我也是哭笑不得，还真是可口可乐，你丫还知不知道点别的了？"就算他那张出殡的稿子通不过，能让客户接受他的观点也是好的啊！"

"接受他什么观点？"毕爷冷冷一笑。

"富人惜命啊！所以抗震应该能算个卖点吧？"

"狗屁！"毕爷冷冷一哼满脸的不屑，"别墅不是车，不是说撞一下能给你弹出个气囊来，北京有几个买房的考虑过地震的事？人家开发商自己也是富人，跟人家喷富人心态，这不是作死吗？我告诉你，在红旗别墅这件事上，不管是平面稿还是楼书，只是为了推翻而推翻，不存在稿子好与坏的问题。楼书他仔细看了吗？那本楼书，咱俩加班加点做了一礼拜，他找来的人，轻轻松松只做了两天！美术只是重新排了排版，连图片都没换；文案只换了个标题，有的地方连标题都没换，影楼都没有这么糊弄的，他怎么就不挑刺了？这孙子纯就是找碴儿，目的就是让咱俩知难而退主动滚蛋，好给他的人腾地方。投诉不找姚羽，直接找董事长，这不是明摆着的吗？"

"文案的事，是我出主意让那个夏美女只换标题的，我把原始文本都拷给她了，能省点事就省点事呗。"一提文案，我来劲了，"我知道那孙子根本就没看文案，跟翻菜谱似的，那能看几个字啊？"

"我×，你小子还挺怜香惜玉啊！"毕爷诡异一笑，"怎么着？用不用帮忙？"

"帮忙干吗？"我一愣。

"帮你勾搭啊！装什么傻啊！"毕爷诡异一笑道。

"别别别，误会误会，我就是想，那堆字都是我自己辛辛苦苦写的，浪费了怪可惜的。"

"不扯别的了。咱自己出去干，怎么样？"毕爷一本正经问道。

"行吧！等红旗别墅的合同到期，我跟你出去干！"

"等合同到期黄花菜都凉了！"毕爷一笑，"红旗别墅二期很快就会启动，前期筹备工作已经开始了，但这个消息老梁没跟公司说。你要是愿意，咱们现在就出去，把二期的活儿先接了，然后等元鼎这边的合同一到期，再把一期的活儿一块儿接过来，相当于是接了两个项目。"

"现在？"我一愣，这也太突然了吧？

"这礼拜五发工资，领完工资就撤。"毕爷道，"现在的情况是这样的，新公司呢，现在正在注册，创始人暂时是三个人，除了我和老梁之外，还有代理商那边一个姓曲的，你要入伙的话，就算是第四个创始人，除了工资以外还有股份可拿，怎么样？"

"姓曲的？"我一愣，真是应了那句话，没有永远的敌人，只有永远的利益，老梁竟然会去找那个猪头合作，真是惊煞我的三观也！

"你应该认识啊！"毕爷一笑，"上次不是差点把他喝住院吗？"

"我就纳闷，咱们成立公司，有他什么事啊！当初红旗别墅比稿，丫在中间各种捣乱，咱不是也中标了？凭什么分他股份啊！"

"当初是当初，现在是现在。"毕爷叹了口气道，"二期的比稿也是由他组织，想万无一失还得靠他运作，况且他是代理商，手里还有其他项目，会有很多机会。老梁说老爷子挺喜欢你的，他的三个儿子也觉得你很有想法，所以我们希望你能一起。公司暂不设总监，先期只有咱俩。后期就算再招人，咱们也是创始人，不用看别人脸色。"

"咱们这么干，跟陶武有什么区别？"我皱眉道。

"这两件事根本就没有可比性！首先，咱们已经给公司拿到了两个客户，业务欣欣向荣，是总公司卸磨杀驴非要找这么块料来挤对咱们！而且咱们要拿的是红旗别墅二期，跟一期的合同不冲突，再者说，一期的合同到期，就算咱们不签，客户也不大可能把生意继续交给元鼎！当初陶武是靠砸价抢走了八通苑，但现在一期的月费本来就很低了，三万块钱，咱们不可能继续往下砸的，相反还要涨价，这是光明正大地竞争，不是恶意挖墙脚。"

"可是，姚羽好不容易才把我保住，结果我自己走了，这不是打人家脸吗？"我为难道，"总公司对她已经不怎么信任了，结果我还不给她做脸，这不是恩将仇报吗？"

"她保得了你一时，保得了你一世吗？留在这儿，你是对得起她了，你对得起你自己吗？"毕爷笑着摇了摇头，"这样吧，我给你讲讲荆丹这个人吧。"直到此时此刻我才知道，仅仅是昨天一天的工夫，毕爷已经把荆丹的底细打听得一清二楚了。

在 4A 和元鼎中间，荆丹还在一家叫"浩瀚蓝海"的公司干过一阵，这家公司业内简称"蓝海"，规模一般但相当神秘。之所以说它神秘，一个重要原因是这家公司的老总很神秘。此人姓穆，为人很是低调，平时很少在公司露面，却几乎是公司唯一的业务入口，但凡是穆总拉来的客户，有一半都不用比稿能直接做，另一半即便需要比稿，绝大部分也都是走走过场而已，不管把方案做成什么狗样都能中标。这里要额外说一句，蓝海的客户，大部分都不是大众消费领域的，换句话说就是，他们客户的产品几乎都不是卖给普通老百姓的，什么化工制品、机电产品、工程机械，诸如此类。蓝海之所以神秘，另一个重要原因就是他们的广告作品在大众传播领域几乎看不到。那些工业企业对广告公司最大的需求其实就是各类产品手册和一些在展会上派发的印刷品以及偶尔拍一条宣传片之类，他们对美术和文案的要求也不是很高，只要别出错，一般不会吹毛求疵。正是这种标准低到负海拔的业务体制，为荆丹制造了良好的滥竽充数的环境，换句话说，即便是白开水一样毫无营养的俗稿烂稿，客户也是能忍的。

按理说,标准这么低的公司,什么烂稿都能过关,岂不是懒汉或骗子的天堂?

完全不是。最多算是温床,但绝不是天堂。

首先,蓝海的工资之低,在广告圈是出了名的。据说总监级也就五六千块钱的标准,像我这样的渣,能给两千就已经算是不错了,资深人士的待遇了,蓝海的工资只有行业平均水平的一半甚至更少。人家穆总也不是傻子,很清楚自己的公司需要什么样的人,美术会用 Photoshop 就行,文案能把中文句子写顺溜就行,根本不需要多么惊世骇俗的创意能力,这样的员工可替代性是很高的,工资低无所谓,你不愿意干,有的是人挤破头。

其次,在蓝海混,参与广告奖项评选的概率几乎是零,出名几乎是不可能的;非但出名不可能,今后跳槽想拿点漂亮稿子堆简历都是有难度的。因为蓝海的客户审美虽然没有下限,但却拥有很明确的上限,把稿子做成嚼蜡一般的白开水俗稿烂稿没问题,但要是做得花里胡哨深奥莫测,那就要被扔鞋了。那些工业企业的头头脑脑大都是很淳朴的理工科出身,一就是一二就是二,广告所谓的艺术性夸张,在他们眼里是不成立的。比如说给一个机床做广告,画面就是一台拍摄得很有质感的机床,然后旁边站着一个鼻直口方的工程师露出满足的笑,文案写一个"某某机械,专家之选",这就很好了。如果你动用传统消费类广告创意的手段,例如以荆丹的风格做一个纸糊的机床,上边拍一句"不'纸'质量好",想以此暗讽别人家的机床都是纸糊的,那就铁定要出事了,就算没殉职至少也得落个工伤。

在这样一个环境里,荆丹算是个异类。因为这个人似乎从来都不懂吸取经验教训,总是想做点花里胡哨的东西出来,屡战屡败,屡败又屡战,几乎是整个公司里退稿返工率最高的总监,在底层员工间的口碑也差得很,给荆丹当手下,结局就是无休无止的加班,再加上无休无止的挨骂和返工,好不容易荆丹满意了,稿子拿到客户那儿,结果就是再来一顿鞋底子外加投诉,循环往复无穷匮也。

他这种不屈不挠的精神究竟是好是坏暂且不论,仅就客观事实而言,毕爷想表达的观点其实只有三个:

一、这个人挑刺不是因为新官上任三把火,而是他本身就是个酷爱挑刺的人。给他当手下,除非薪水超高,否则不值。

二、我们这两天遭遇的一切,今后很可能会成为一种常态,痛苦,且学不到什么真东西,还容易把自己的水平拉低。

三、这个人眼高手低却自以为是,从来不听取意见,也不考虑客户的感受,撞了南墙都不回头。这样的人连维护老客户都成问题,就不要指望他去拿新客户了。以前在蓝海,有他家穆总铁一般的客户关系撑着,任他再怎么折腾破坏力也是可控的,但换作元鼎这样一穷二白的新公司可就不好说了,由这种不管不顾的人把控关键业务,留在他手下结局只能是同归于尽。

说实话,结合目前的真实情况来看,这个论断很客观,也很吓人。

总而言之一句话:留在元鼎,我的结局很可能就是撑不过我那三个月的房租。

本来是吃一顿普普通通的工作餐,为什么莫名其妙地就站到人生的十字路口了呢?

我该说什么?

继续坚持当一个讲义气的人,还是认清形势当机立断?

"你也别着急做决定,我们永远欢迎你过来,只不过……"毕爷似乎看出了我的犹豫,"要是只有我和老梁俩人,什么都无所谓。但这家公司,那个姓曲的占大头,我们俩只占小头。所以说……截至这周五,如果你能做出决定,是有股份可拿的。拖太久的话,就只能拿死工资了,跟在元鼎没区别。"

45

　　吃完饭回到公司,我心里可谓是七上八下,在椅子上翻来覆去怎么坐怎么别扭。说实话,我是个心里藏不住事的人,究竟是跟着毕爷和老梁出去挣钱,还是留在荆丹手底下等死?

　　世纪难题啊!

　　就像莎士比亚那句著名的"生存还是死亡"一样让人撕心裂肺。

　　说实话,理论上讲这两个选项根本就没有犹豫的必要,答案是明摆着的。就算没有毕爷的橄榄枝,单凭荆丹的那股子敌意,我也得赶紧考虑后路。

　　但问题是,我如果真这么选了,将置姚羽于何地呢?

　　虽然跟她没太多接触,但她似乎一直都很信任我,从最开始支持我去做红旗别墅比稿,再到今天在总公司替我开脱,始终如此。如果我辞职滚蛋去了毫不相干的公司,那倒也无所谓,可偏偏毕爷他们相中的第一桶金是红旗别墅。即便如毕爷所说,是总公司抽风在先,找了一个荆丹来祸害基层,把我们逼走,但老梁对公司隐瞒红旗别墅二期启动的消息,毕竟也不是那么的光彩,如果我就这么跟他们走了,归根结底还是拆姚羽的台。古人云"受人滴水之恩,必当涌泉相报"，人家姚羽跟我萍水相逢却处处为我挡枪，处处护着我支持我，反过头来我不但没有涌泉相报，反而伙同两个叛变分子杀回来抢红旗别墅的生意，这么干是不是太孙子了？

但转念一想，似乎也没我想的那么不堪：荆丹又不听我的，我留下来，对她好像也没什么帮助吧？相反的，如果我走了，荆丹就扫清障碍了，姚羽也不用再绞尽脑汁替我说好话了，岂不是双赢的局面？

说实话，我潜意识里还是倾向于追随毕爷另起炉灶的，一来可以多挣钱，二来不用被荆丹蹂躏，百利而无一害。就在我犹豫不决的时候，姚羽推门走进了创意部，见我无比尴尬地坐在一个空空如也的工位上五脊六兽，干脆回办公室把自己新买的笔记本电脑拿给了我，说："采购电脑的报告已经报上去了，新电脑这几天就到，这期间你先用这个吧。"

哎哟我的娘啊，这是要折煞小人我啊！

这是一台崭新的最新款东芝笔记本电脑，还带着新品开箱时那股淡淡的塑料香。"这……万万使不得啊姚总！把这个给我，你自己用什么？"

"没事，你先用吧。我不太会用这玩意儿……"姚羽摇了摇头，"你不是学电脑的吗？顺便帮我装点软件吧，我不会装。"

"那我……装完软件再给您送回去？"

"送什么送？"姚羽一瞪眼似乎有点生气，"让你用你就用！一个大男人怎么这么婆婆妈妈的。"

"行行行，那就多谢姚总，多谢姚总……您需要装什么软件？"

"你觉得缺什么就都装上吧。"

"行行行，我家里有一张装机光盘，上边啥软件都有，今天我把笔记本抱回去，晚上就装好！"

"行吧，那就多谢你了。"

"哎呀，姚总你太客气了吧，你把自己的电脑让给我用，应该是我谢你才对啊……"说着话我小心翼翼地把笔记本接了过来,小心翼翼地插上了网线,小心翼翼地接通电源掀开屏幕,说实话,这可是最新款的高端型号,绝对的奢侈品,没个一万五六拿不下来,万一弄坏了未来半年我恐怕就得啃墙皮为生了。

再说荆丹。

从姚羽第一次进屋到我收下笔记本姚羽出屋,整个客套过程持续了至少十分钟,这货就像聋了一样,始终坐在电脑前心无旁骛地斗地主,竟然连头都没回。

这什么领导啊!霸占下属的电脑不说,关键是你把电脑霸占了,真干点正经事也行,上网斗地主,这也不说什么了,就在你身边,总经理把自己的电脑让给了我,你身为我的直属领导,是不是得象征性地谦让谦让客气客气啊?竟然无动于衷!情商负一亿啊简直!我这是得罪哪个神仙了让我摊上这么块料?

整整一下午,创意部都像高考考场一样死气沉沉,大家都在各干各的,直到六点整荆丹收拾东西准时消失,他走时连声招呼都没打,可见凑数的稿子过稿这件事已经触及了此人的灵魂,他对我俩的仇恨已然上升到意识形态层面了。

"怎么着,想好没有?"荆丹出屋,创意部又只剩我和毕爷了。

"想好了。"我叹了口气,"我决定留下。"

"嘿!我就知道!"毕爷溜溜达达到我跟前仔细看了看姚羽的新笔记本,"让你用两天笔记本就把你给收服啦?"

"大哥,咱说话得摸着良心。荆丹最想弄走的人不是你,是我!你在4A实习过,在大公司干过,资历深,我什么资历都没有,就一网管,专业也不对口,你是没怎么沾过姚羽的光,但我能活到今天全都靠她罩啊!"我掏出两根烟一人一根,"跟你说句实话,这个行业跟我当初想的不大一样,太没溜儿了。太乱,也太累。以我这种性格,真没信心能坚持到底,与其浪费几年青春再改行,倒不如趁着年轻赶紧滚蛋。我就是觉得，如果哪天我真改行了，不能在上一段历史里留下污点。"

"这有什么可污的？"听我这么一说，毕爷顿时眉头紧皱。

"你是觉得无所谓，但我就是觉得别扭。"我说，"我这个人，最不愿意欠别人情，更别说是在欠别人情的状态下去拆别人的台！大不了以后不干这行了，命里注定我不能干广告我就认命，但违背价值观的事，我下不去手！"

"你小子可真能上纲上线！"毕爷似乎有点急眼，"这算违背哪门子价值观啊？你以为咱们不干，红旗别墅二期业务就能给元鼎吗？不可能的！一期都保不住好吗？记得我跟你说过的话吗？比稿就是扔鞋加看脸！谁顺眼选谁！现在荆丹这个人已经被客户拉黑了！客户看他不顺眼！就这么简单！除非总部现在就换人，否则他比稿也是白比，就算那个姓曲的不运作，买卖也不是元鼎的，你怎么就想不明白呢？"

"跟红旗别墅没关系。我就说这件事本身，不符合我的价值观。"我摇了摇头，"你们干吧，我就不掺和了。我交了三个月房租，房租到期正好玉龙华府也到期，如果到时候续不了约，我就不干了，回老家了。太糟心。"

"行吧。唉！"毕爷拍了拍我肩膀不禁长叹一声，"不过我觉得你也没必要一天到晚琢磨改行的事，真不至于。我干了这么多年广告，你是我碰见的文案里脑袋瓜转得最快的一个，改行真的挺可惜的，真的！就算你不在元鼎干也不想跟我们掺和，你要是想继续干广告，我可以找人帮你介绍，怎么样？"

"别折腾了，好意我心领……"我苦涩一笑，霎时间心中好似涌起了一股生离死别的凄楚，"到时候记得去天津找我喝酒。"

"我看啊，你还是再考虑考虑吧，别把话说得那么绝对，糟心不糟心的，哪个行业都一样，广告圈还算是纯洁的。"毕爷一笑，似乎仍不死心，"反正话我已经给你撂在这儿了，我们这边随时欢迎你过来，就算以后没有股份了，肯定也比在这儿挣得多。老梁这人你也了解，是干事的人，不讲究那些人事上的歪的斜的，荆丹这种悲剧，绝对不会出现！你再好好想想吧，或者说，将来有一天实在忍不了他了，如果你还想干广告的话，考虑一下我们这边！"

"一定！"我猛曦了一口烟，郑重地点了点头，"走啊，喝点去？"

"今天不行，约对象了……"毕爷一笑，"明儿！明儿叫上老梁，咱哥儿仨好好喝点！"

46/

眨眼之间周五到。

三十张崭新的票子拿到手里，我却无论如何也高兴不起来。心想下周一毕爷就滚蛋了，创意部即将剩下我和荆丹两个人，那个尴尬程度，绝对能超越当初跟一家三口合住两居室，真是想想就头皮发麻。

结果等真到了礼拜一，我又惊了。

一大早，一群送货工人便把大箱小箱的电子设备搬进了创意部，电脑三台苹果一台 PC，除此之外竟然还有一台投影仪！目测至少得十几万的花销，真是豁出血本了啊！投影仪虽然是最便宜的入门机型，但苹果电脑可都是最新款的双中央处理器顶配型号，配的还是苹果原装的液晶显示器，听见没？液晶的！还是苹果原装！光这一台显示器少说也得万八千，这也忒与时俱进了吧？回想起公司这两个可怜巴巴的客户，我真想替俺们董事长哭一场，一共八万块钱的月费你才挣了几个月啊，光是买这堆设备就全填进去了吧，恐怕还倒贴了不少吧？你咋就那么有信心荆丹能帮你把钱挣回来？可怜的娃！

数了数电脑数量,我对荆丹的招人计划也有了点数,三台苹果机,一台荆丹自己用,另外两台肯定是要再招两个美术。估计这小子也没想到毕爷这么快就会滚蛋,不过这都不是重点,重点是另外那台PC机,肯定是给另外一个文案配的,会是谁呢?不会是夏叶夏美女吧?

哎呀我的维纳斯呀,辩证唯物主义真乃普世真理也,凡事都有两面性,有坏的一面肯定就有好的一面,一想到即将和夏美女成为同事,我这胸口就莫名地有小鹿乱撞,近水楼台啊!真能成为同处一室的革命同志的话,哪还用你毕英英帮忙勾搭啊,自力更生不就妥了?

不管怎样,先把电脑替我未来的媳妇拾掇好,该装的软件都装上,摊上一个浑球领导却成就一段天造地设好姻缘,也不算亏。就这样,鼓捣这台新买的PC机就耗了我一整天时间,虽说此时尚未有新人到岗,但也不算无聊。

又过了两天,新人陆续报到,真的是夏叶!

欧了个耶呀!

我敬爱的荆总,荆月老,荆神仙,虽然你这个人很招人烦,但我仍然祝福你身体健康万事如意,您老的人事安排巧妙地解决了一个进京务工人员的感情问题,功德无量胜造七级浮屠。畅想一下我们小两口结婚典礼交换戒指喝交杯酒的甜蜜场景,恍惚间,我甚至萌生了请你当证婚人的冲动,谢谢你荆总,以后想骂你的时候,多想想未来的男女搭配干活儿不累,再怎么刻骨的仇恨也不过是浮云一片过眼云烟,被你干掉几本楼书白写几千字这种芝麻蒜皮的小事又能算个屁呢?

除了夏叶之外,新到岗的还有两个设计师,职位跟毕爷一样,都是资深美术指导,其中一个就是那天的腼腆男,此人名叫陆春,感觉就是个大暖男,怎么使唤都没有怨言的那种,虽然红旗别墅的楼书是糊弄了一点，但玉龙华府的 VI 做得还是不错的，至少美术功底是很扎实的，而且脾气应该比毕爷更好，应该不难相处。另一个是位大叔，叫杨启亮，理论上讲这个人年龄应该不大，之所以叫他大叔，是因为我实在猜不出他到底多大，留着挺长的八字胡，眼角还有鱼尾纹，看上去挺老的，此外就是听嗓音似乎不年轻，感觉像是在某个武侠小说描写的山洞或水牢里关了几十年的样子，类似于"任我行"那种，说句"你好"都给人一种快断气的感觉，总而言之，一听他说话我就特别想递个氧气瓶给他。

人到齐了，姚羽主持开了个全体员工大会，说是全体，听着挺恢宏，其实就这么仨瓜俩枣，创意部五个人，客户部就剩了一个老冯，加上姚羽一共七个人，小小一间会议室竟然没坐满。然而就是在这么一个无限接近于皮包公司的情景之下，姚羽的情绪却显得非常之乐观，而且不像是装出来的，仿佛是新人新气象，广阔天地大有作为。

我的亲姐呀！

一个客户总监和一个资深美术指导忽然组团辞职，你就不觉得有什么地方不对劲吗？

荆丹什么水平，你心里就没点数吗？

就眼下这么个烂摊子而言，你乐从何来呢？

那哥儿俩自立门户了你知道吗？

他们俩背后还潜伏着一个神通广大的曲猪头，你知道吗？

此时此刻他们没准已经开始在陈家人跟前挑拨离间了。我倒是不担心红旗别墅二期，因为按毕爷的话说那本来就没戏，真正让我肝颤的，是已经签过约的红旗别墅一期的工作，马上又要提新一期的平面稿了，荆丹不定又会搞出什么么蛾子，他冲在前线可劲作，老梁和曲猪头躲在后方玩命挑，如此前拉后推众志成城，这得多牢固的客户关系才架得住这么折腾？

话说上次提案荆丹已经被拉黑了,而红旗那张稿子虽说道出了老爷子的心声,但实际效果却正如儿子们预料的那样,并不怎么理想,时至今日陈家人已经很不满意了,没准下次提案之日就是老爷子飞鞋之时,提前解约不是梦啊!

这一切的一切,你有所察觉吗?

这里不得不说一句掏心窝子的话,虽然我一天到晚嚷嚷着改行,但骨子里真的是心有不甘!这么多天的腥风血雨,住澡堂子闷老白干忍气吞声四处装屄,在客户面前装屄,在这个天降仇人荆丹的面前也得装屄,如此夹缝求生要是真能挣多少钱也行,到最后没准连房钱都挣不回来,反倒落一个灰头土脸打道回府的下场,让爹妈甚至网吧的那个王大头看我笑话,耗费这大半年的青春我图什么呢?

很快的,老冯将红旗别墅新一期平面稿的工作单下达给了荆丹,但很快便被荆丹给退回去了,理由是产品卖点提炼不够明确,工作单内容不规范。说实话,这个人不把全世界人民都发展成仇人是绝不会善罢甘休的。说真的,房地产广告公司的流程几乎就没有规范的,所谓的工作单大体上都是走过场,有些公司干脆就没有工作单,所有工作都是口头传达,说白了就是客户总监喊一嗓子创意总监答应一声,这就算是派发工作了,跟 4A 公司那种事无巨细的繁文缛节肯定比不了。按毕爷的说法,比起 4A 我们就是非洲土著,天底下有几个土著部落标配传真机的?估计老冯也是头一回遇见这变态的事情,硬着头皮翻来覆去修改了三遍,荆丹才勉强在工作单上签字,但签字归签字,人家压根就没把这件事放在心上,随手把工作单甩给了我。或许是因为上次被陈家人打击过心里有阴影,也或许是人家志存高远压根就瞧不上这个月费三万块钱的抠门客户,借口新客户比稿不能分散精力,干脆就把这项工作交给我打理了。

新客户比稿?

没错,就是新客户比稿。或许这就是姚羽乐观情绪的源泉所在吧。我们开完会第二天便空降了一个姓赵的客户总监,上任当天他便下达了这个比稿任务,号称开发商的一个高管是他家亲戚,拍胸脯打包票各种十拿九稳,说以元鼎目前的资质,他有信心把月费谈到十五万以上,从头到尾干脆就没提稿子的事,言外之意不管稿子做成什么样,哪怕你捧着一泡屎去提案,项目也是手到擒来。

请注意他的措辞:以元鼎目前的资质。

元鼎目前什么资质?

依我看,略强于皮包公司吧,但加上荆丹这么个搅屎棍,创意水平或许还不如陶武那个皮包二人组。的确,现在的元鼎手里有两个月费客户,其中一个还是相对高端的别墅项目;包括被陶武抢走的八通苑在内,案例总数已经达到了三个,比我刚来那阵子的确强了不少,但是,仅仅如此,这十五万,甚至有可能达到十五万以上,真的能手到擒来吗?

"十大"都没有这么强的自信吧?

不管姚羽信不信,反正我是不信。

我不管那个开发商的高管是你什么亲戚,哪怕是你亲爹,也不可能真让一泡屎中标。就凭荆丹那个水平,能谈到十五万?你家亲戚是准备用日元结算吗?

再具体说说那个比稿项目吧。其实也没啥可说的,因为我几乎是啥都不知道,就知道项目名叫"富澜国际中心",是个写字楼,位置在西三环附近,其余就一概不知了。对于这个新项目,荆丹近乎防贼一样处处对我保密,即便是开创意会,也是叫上陆春、杨启亮、夏叶他们去会议室密谋,而我干脆就被晾起来了,除了红旗别墅这个不疼不痒的平面稿之外啥事都没有。

我也是没脾气了,你个孙子是齐天大圣派来整我的吗?

跟我玩非暴力不合作那一套?你看我究竟是有多不顺眼?毕英英都辞职了,苹果电脑都给你腾出一台了,难道还不够吗?莫非把我这么个渣挤对走,公司就能把我的工资发给你?

　　被逼到这份儿上,我的脾气反倒上来了,老子就是不走!癞蛤蟆当定了!你牛×你把我炒了,谁主动辞职谁是孙子!你三十岁我二十岁,有种就对着耗上三十年,到时候于理于法也是你先退休,老子就不信耗不过你!

47/

牢骚发够了,回到眼前的工作单:

> 项目名称:红旗别墅
>
> 工作内容:平面广告
>
> 制作尺寸:318mm×240mm×150ppi①(《北京青年报》,半版)
>
> 创意目标:提升产品形象,提高项目关注度,传达差异化卖点,吸引电话咨询,促成意向客户到场商谈,增强已购房业主的信心与自豪感,间接促成口碑效应与行业内的话题效应,制造社会谈资。

上边这一项直接把我给看乐了。以前的工作单,"创意目标"这一栏都是空着的,如今写得满满当当且基本上全是废话,看来这老冯是被荆丹给逼得没辙了,连"谈资"这种冷门词汇都蹦出来了,这已经超出废话范畴了,明显就是在凑字数。除了广告公司,谁吃饱了撑的没事干拿报纸广告当谈资啊?你谈点啥不行啊?实在没话可唠了聊聊巴以冲突关心一下世界和平行不行啊?我就纳闷,你老冯也是总监,和荆丹的行政级别一样,而且不在一个部门,你为什么就非得听他指挥呢?还是说你客服干得太久装孙装惯了,见了谁都觉得像客户?

说实话,上面这些倒还没什么,毕竟只是堆废话,没什么实际杀伤力,但下面一栏可就不一样了:

> **产品/品牌优势:**产品内在品质优秀,优于国标的抗震级别。
> **客户偏好/特殊要求:**不得提及双停车位,不得出现红旗图案,避免提及高尔夫球场。

再下面,是日期和签名。

得,又来了!

看来不把抗震这一项打出去,这货是不会善罢甘休的。

贼心不死啊!千年咒怨啊!而且比之前又加了一条,"红旗"也不能再出现了,看来不把老爷子也发展成仇人这事就不算完!估计是上次提案受到的打击太过沉重了,心理阴影都能覆盖华北平原了。

我说这张工作单怎么反反复复改了那么多次,原来症结在这儿呢。这个孙子,脸皮可真是比装甲车还厚,不许提双车位,不许提红旗和球场,这些臆想出来的伪要求竟然填在了"客户偏好"这一栏,这明明就是你个死变态自己的偏好好不好?还是以前那一套谬论,啥都不许提,只能说抗震,成功人士热爱生命,高高兴兴睡觉平平安安起床,住进俺们家的抗震别墅,从此再不必担心做着半截梦被房顶子拍死在被窝里。

怎么弄呢?

说句实话,他要真是像上次一样大包大揽,站在电脑旁边现场指挥,文案也自己想,倒好办了。大不了他怎么说我怎么写,最后弄出一张屎,他自己去找陈家人求虐。但他现在这么一弄,直接把工作单扔给我,简直就是分分钟被他玩死的节奏啊!最简单的一招儿,不管我想出什么创意,他都是回以俩字"不好",然后让我重新想,这就够我喝一壶了,万一最后弄出一个比上次还屎的稿子,进而再把我送上前线去挨鞋底子,我在陈家人心目中好不容易树立起来的高大形象是不是就得土崩瓦解啊?

退一万步讲,就算稿子做出来视觉上比上次好看,但人家客户已经很明确地告诉过你不要谈抗震,且不管他们的顾虑到底是对是错,你作为乙方非得跟甲方对着干,到底是图什么呢?

"姚总,有时间吗?"我拿出手机,硬着头皮给姚羽发了条短信。

"有。"

"有件事想请教你。"

"什么事?"

"红旗别墅平面稿,荆丹让我弄,要求打抗震的概念,但客户很久以前就明确要求过不要提抗震,他上次亲自去提,已经失败了,现在让我继续提,我该怎么办?"

"按他说的做。"

"好吧。"没想到姚羽会是这个态度,说实话我有点失望。没错,前不久你刚刚教导过我,伺候客户是总监的责任,小屁文案把总监伺候好就行了,言犹在耳;或许你还不知道客户已经看咱们很不爽了。其实我也明白,这事也不能完全怪姚羽太过教条,毕竟我没把毕爷老梁的行踪告诉她,就像我不想拆她的台一样,我也不想出卖哥们儿。毕爷临走时玩了命地拉拢我,伸过来的已经不是橄榄枝了,干脆是把整片橄榄林都伸过来了,不去就不去,但不能向公司告密,是不是这么个理儿?

事实证明,诸如"不负如来不负卿"这种两边都合适的事,压根就不存在。谁都不负也没问题,那就负自己,但问题是我又不是耶稣,让你们都舒坦了唯独我自己在这儿遭挤对,凭什么啊?

事到如今，也只能硬着头皮先满足荆丹了，只不过这孙子骨骼清奇审美独特，怎样才能满足他呢？猛然间，我心中生出毒计一条：他自己想了个纸别墅，我能不能照葫芦画瓢弄个陶瓷的呢？

没错，就弄一个陶瓷别墅！陶瓷这东西看着好看却一摔就碎，是驴粪球表面光中看不中用，他不就是想表达这意思嘛。他想的标题是"不'纸'是抗震"，我就来个"一砖一瓦，不'瓷'辛苦"。

妥了！完美克隆，青出于蓝！

美中不足的是，这个创意的平面设计难度肯定是要上天的。我翻过公司的图库，从来没见过陶瓷别墅或类似陶瓷别墅的图片，所以说这是一条毒计，万一荆丹脑袋一热决定把画面做出来，设计师没准就得被逼得上吊了。纸的还能自己用 A4 纸粘一个，瓷的怎么做，在公司里挖个瓷窑烧一个？不可能的。但没办法，我也是受害者，也是被反动派逼的，陆春大哥，杨启亮大哥，咱们远日无冤近日无仇，万一这事成真，千万不要恨我，要恨就恨你们自己逆历史潮流而动与反动派为伍，既然选择了这条不归路，就要时刻做好献祭的准备。

就在我要将这个恶毒的创意画成草稿以备汇报的时候，姚羽的短信又到了："到我办公室来一下。"

我×，这是什么意思？回心转意了？

"麦子，我跟你说过的话，你是不是忘了？"一进门，但见姚羽面沉似水，开会时的那股子自信早就不见了踪影。

"姚总，我明白你的意思，我也知道我该怎么做。"坐在姚羽面前，我满脸的忧国忧民，"我只是想不通，客户明明就想把双车位再做一次，你心知肚明，我也心知肚明，荆总也应该心知肚明，既然大家都心知肚明，为什么非要意气用事呢？"

"这不是意气用事。"姚羽沉默良久，忽然甩出这么一句，"这是规则。"

规则！

我，竟然无言以对了。

啥叫一物降一物？这就叫一物降一物！根本不用多废话，就俩字"规则"，就把我这一大肚子指点江山的激扬文字全给闷回去了。

"我问问你，就算荆总同意再做一稿双车位的创意给他们，这个概念还能再打几次？一次？两次？再好的创意也有效果枯竭的时候。然后呢？"

"这个……我……"老实说，我还真没想过然后，只能继续无言以对。

"你愿意留下来，我真的很欣慰。"姚羽淡淡一笑，"你不用担心老梁他们，你想不出来，他们也一样想不出来。咱们现在面临的问题不是老梁，更不是荆总，而是这个客户本身！"

"老梁他们的事……你知道了？"我顿时就是一愣，外加莫名的尴尬，纸果然包不住火，她故意提到老梁，是在埋怨我没主动告诉她吗？

"当然知道。"姚羽点头，"你要是真的在乎这个客户，就不要只盯着老梁和荆总，你要多想想产品本身，多想想双车位之外还有什么可做的。创意不仅仅是用 PS 拼几张图片想几句谐音的标题，创意不是局限在报纸上的东西。就比如把院子改成车位，这就是很好的创意，你可以继续往这个方向想。如果有什么好点子，能满足荆总当然最好，万不得已我可以想办法和他沟通，但前提是你的想法一定要禁得起推敲。"

这显然是话里有话，翻译过来应该是这样：

一、这个客户不能丢，尤其不能丢给老梁；

二、荆丹的面子还是要给的，老娘可以替你出头，但最好别走到那一步；

三、规则不是不能打破，但在打破它之前，一定要有替代它的东西。

讲真，姚羽的话让我理智了不少。距离红旗别墅合同到期还有五个月，这么长的时间，是不可能无休止地打双车位的，很有可能再打一稿就没啥效果了，剩下四个半月咋熬？倘若能放下偏见仔细想想，不难发现红旗别墅的先天优势很少，除了高尔夫球场之外貌似也只有抗震这个特点还算有点潜力，荆丹的着眼点是没错的，只不过是表现方式太没溜儿而已。

但这么一来问题就更大头了。陈家人始终担忧大肆宣传抗震会暴露房屋不利于装修的缺陷，之前我也跟老梁探讨过这个话题，得知他们的担忧并非是凭空臆想，已经有很多大款因为装修问题而放弃购房了。这类极其重视装修的人在购房人中所占的具体比重不得而知，但肯定存在，而且不在少数，否则陈家人绝不会对这么明显的卖点三缄其口。

如果真的要在抗震上做文章，我要想办法搞定的人便不再是荆丹，更不再是陈家人，而是那些重视装修的人。对于这些人而言，荆丹那套所谓的"安全"理论，显然是站不住脚的。就像毕爷之前说的那样，在北京买房的人，有几个会考虑地震啊。

【注　释】

① ppi：英文 Pixels Per Inch 的缩写，意为"每英寸内像素数"，是数字图像制作的精度标准。150ppi 即画面精度达到每英寸 150 像素。常规四色印刷对于图片的精度要求一般是 300ppi，而黑白印刷或报纸印刷对精度要求相对较低，通常为 150-200ppi。

48/

我正坐在位子上瞎琢磨的时候,屋门猛然被人推开,但见夏叶一个人气呼呼地走进屋子,"啪"地一下把开会的记事本拍在了桌子上,继而直挺挺地坐到椅子上一个劲儿地喘粗气,看这架势肯定是被气的,至于被谁气的那就不用猜了。

我站起身子偷眼看了看门外走廊,没人。看来他们的秘密会议并未结束,很可能只是夏叶一个人被气回来了而已。

难道说这就起内讧了?有没有搞错啊!这可是你们这个反动小团体第一天上班啊!

这要是换成别人,例如那俩美术兄弟,我肯定就买好花生瓜子准备看热闹了,但夏叶不一样,毕竟是未婚妻,安慰一下还是很有必要的。拉开抽屉看了看,还好,前不久加班熬夜买的速溶咖啡还剩下几包,我赶紧找了个一次性纸杯把咖啡冲好了偷偷摸摸地放到夏叶的办公桌边上。

"你干吗?"见我偷偷摸摸地冲了杯咖啡给她,夏叶不由得满脸敌意。

"别误会,倒热水太没诚意,我这儿最值钱的就是这个……"我指了指纸杯,小心翼翼地坐回了椅子上,"夏叶,你怎么……一个人回来了?"

"懒得跟他掰扯了。"夏叶并没有去拿纸杯,而是晃了晃鼠标唤醒了电脑屏幕,"神经病!"

"仅仅是给你冲了杯咖啡,你就给我确诊了?"听她说神经病,我赶紧佯装惊讶。

"没说你!"夏叶冷冷一笑,甩了一地的冰碴子。

"你之前还安慰我来着,怎么自己反倒沉不住气了呢?"我问道。

"我安慰你什么了?"

"你忘了?你第一次看那本楼书的时候,告诉我他那人就那样,让我别往心里去……"

"哼……"夏叶冷冷一哼,继续看网页。

说实话,此时此刻这个冰窖一般的语境,真的是没法再往下聊了,好在我有一张火热的脸,常言说得好,世界上就没有热脸贴不上去的冷屁股,见她不理我,我干脆搬了把椅子坐到了她桌子跟前。

呵呵一笑压低了声音,说:"你以前应该跟他干过吧,怎么今天刚上班就闹掰了?"

"以前他也没这么变态,谁知道最近抽什么风。"

"给我透露点国家机密呗,他到底又想出什么幺蛾子了能把你气成这样。"

"哼……人家写字楼挑高很高,能搭 LOFT①,一层能当两层用,结果他非要弄一个什么空间大增'殖',把'增值'的'值'换成'繁殖'的'殖',感觉跟长了肿瘤似的。我跟他说字面上看着不舒服,他死活不听,最后干脆告诉我不愿意干就滚,气死我了!"

"不愿意干就滚?他原话这么说的?"此时此刻我才注意到夏叶打开的网页竟然是招聘网站,我的天哪!这孙子的情商到底是负几亿啊?哪有这么跟女孩子说话的!

"原话不是这么说的,但反正就是这么个意思!"夏叶满脸的不服,"滚就滚呗!谁稀罕跟他干啊!"

"哎哟使不得啊!"说到这儿,我干脆自作主张关掉了招聘网站的网页,"这不是稀不稀罕跟他干的事,你看我,到现在为止我也就干了三个来月,百分之百的新人,他早就想把我弄走,你们在会议室开会干脆都不叫我,就算这样我都没走,为什么呢?你觉得我稀罕跟他干吗?"

"你这算是在安慰我吗?"夏叶盯着我,看我把网页关了也没拦着。

"必须算啊!"我理所当然道,"你要是自己走,你就输了!照他这样胡来,只要多坚持几天,他肯定滚你前边。常言说得好,士可杀不可辱,咱绝不能向恶势力低头!他不是增殖吗?那就增殖呗!到时候客户虐他又不虐你。你看看我,他弄了个驴唇不对马嘴的工作单,扔给我之后就啥都不管了,当甩手大爷去了,我这还发愁怎么弄呢,估计怎么弄他都不会满意,我还巴不得让他自己想个标题呢!"

"他让你弄什么啊?"夏叶皱着眉问我,刚刚融化的冰山似乎又开始缓缓上冻。

"就那个别墅啊……"我站起身子把工作单拿给了夏叶,"底下那堆客户偏好什么的不用看,那都是他自己的偏好,非让我做抗震的创意,人家客户早就说了,不能提抗震,他自己上次去提已经被客户羞辱过一次了,这次又想让我去蹚雷,估摸着是想借客户的手把我给灭了。"

"那客户为什么不让提啊,房子结实这不是好事吗?"夏叶问道。

"唉!客户老总经历过唐山大地震,心里有阴影,所以把房子盖得特别结实,抗震标准比国标高很多,但高也不是白高,这个别墅内部,哪儿哪儿都是承重结构,各种不能砸不能拆,装修很受限制。其实吧,他那个样板房我也进去看过,一进门六米挑高,巨气派,搭三层 LOFT

都够了。这房子外边看着磕碜，但内部设计我感觉还是挺合理的，基本上也不用非得把哪面墙拆了。但买房的不管那一套啊，可能是因为之前没有样板房没法实地看，好多人一听不能拆墙就走了。据说周边的项目，大部分都是框架结构，结实不结实放一边，哪儿哪儿都随便拆，有好多注重装修的都爱买那种别墅。对于这一点，客户也挺无奈的，其实好多人买了那些随便拆的房子，最后也不见得真拆多少，这就跟汽车的天窗一个道理，好多人买车都追求带天窗的，其实那个天窗他一辈子也开不了几回，但这车要是不带天窗，他还就不买。"

"我觉得……你要是必须按照荆丹的要求打抗震的话，应该从装修入手。"夏叶道。

"我也这么想……"我点了点头，"但装修这玩意儿我一点都不懂啊！"

"我舅舅是做建材的，认识不少搞装修的小老板，用不用我介绍你跟他聊聊，就当报答你今天安慰我之情了。"

"哎？好啊好啊！"我顿时来了精神，"你看看，照我说的做，你这么会儿就变成菩萨了！"

"呸！你们天津人怎么都这么贫呢？"

"哎，对了，我记得你是北京人吧？"我问道。

"是啊，怎么了？"

"那你舅舅，应该也是北京人吧？"

"废话。"

"呃，北京人，为什么做建材啊？"

"北京人就不能做建材吗？你规定的啊？"

【注　释】

① LOFT：意为"阁楼"，后成为一种流行的装修方式，即在大挑高空间中搭建夹层房间，兼时尚性与实用性于一身，受中小型企业追捧。

49/

　　跟夏叶舅舅见面的时间约在了转天晚饭时分。人家毕竟是生意人，占用人家正常营业时间是不合适的。为了这次见面，我特意把重大提案专用的高档衣服穿上了，要知道，这身衣服可是浅色纯毛面料，穿一次就得干洗一次，使用成本极高，毕竟是见未来的娘家舅舅，留个好印象还是很重要的。

　　而夏叶的舅舅呢，穿得竟然比我还高级，西装革履不说，连领带都打上了，别上胸花那就是个新郎官，见了面寒暄了两句，夏叶舅舅直接开始打听我的私人问题，哪个学校毕业的，什么学历，父母是干什么的，诸如此类。不知是夏叶打电话没说清楚还是舅舅理解错误，反正现场气氛俨然就是带着对象见家长的节奏，一旁的夏叶脸都绿了，一个劲儿地冲她舅舅挤眉弄眼外加咳嗽，不过对于他老人家的问题，我还是很乐于回答的，毕竟我是来向人家咨询问题的，为人家解答一些疑问也算是礼尚往来。

　　私人问题打听够了，话题开始步入正轨，我想知道的其实就是装修人群在消费过程中的"痛点"，按荆丹的话说叫痛点，其实就是消费者在消费过程中很关注却又很难解决的问题。我的想法很简单,如果能像双车位那样忽悠开发商在不增加成本或只增加很少成本的情况下给予业主一些装修上的帮助,解决业主自己解决不了的问题,或许就能抵消不能拆墙所带来的负面影响,从其他方面挽回那些对装修问题格外注重的客户,就好比买车,你想要带天窗的,虽然我卖的车没有天窗,但我们有车载导航,您要不要了解一下?

这里要额外说几句。对于装修,其实我也不是完全没有概念,我爸爸是做小生意的,家里条件还算过关,我家1998年就买了一套商品房,那个年代,普通老百姓对装修的认识还局限在铺点地砖装个高级点的吊灯这样的范畴,至于什么整体橱柜,不存在的,即使存在,也是贵得荡气回肠,那东西自古以来就是按"延米"卖的,绕着厨房做一圈,要价绝对比整个厨房的房价还高。记得当初我家的橱柜是买了一堆木料找木匠在家里现场打的,虽然丑了点,但质量绝对比现在那些刨花板的品牌橱柜强,毕竟是实木的。其实不仅是橱柜,家里的屋门、门框、暖气罩这些东西全是木匠现场打的,那时候还没有什么居然之家、红星美凯龙之类的品牌家装商城,所谓的装饰城跟郊区的早市没有区别,都是散户租店面自己进货自己卖,货品的种类和款式也远不如现在这么齐全,不是说你想要什么款式就能买到什么款式,只能是他们有什么款式你就装什么款式;装饰城的管理也仅限于收房租而已,至于售后服务就更是天方夜谭了,在马路边推三轮车的小摊上买个烤白薯你还想要三包服务啊?白薯吃一半发现没烤透想回来换个新的没准就找不着人了好吧? 当然,上面这些,是局限在普通老百姓的消费领域,至于大款们的装修流程,就不得而知了。

扯远了,继续说正事。

问完私人问题,舅舅俨然已经把我当亲戚对待了,从各个层面把当时家装行业的现状和内幕给我剖析了一遍,其中不乏一些轻易打听不到的商业机密级别的黑幕和猫腻，就像之前提到过的两百万元买三厢POLO的话题一样，猫腻虽多黑幕虽大，原因却可以用五个字来概括，那就是"信息不对等"。

什么叫信息不对等？简单来说就是内行知道的行情你作为外行不知道，而且也没有渠道没有机会知道。因为一旦让外行知道这些事，内行们就不好赚钱了。

举个简单例子，除了汽车之外，在奢侈品领域，包括服饰、箱包、化妆品在内，到处都是信息不对等的重灾区，尤其是在2000年前后，大街上动不动就会冒出一个国人压根没听说过的世界顶级奢侈品品牌，在那个工薪族一个月工资几百块的年代，一件短袖T恤衫动辄大几千，然而很多土豪还就信了，而且是趋之若鹜，殊不知这个牌子真拿到发达国家，要么老外们压根就没听说过，要么在原产国就是个地摊品牌，在社区便利店里搭架子打折卖的那种。这些牌子到了中国就成尖货了，上当者中不乏那些手提大哥大坐拥私家车的初代土豪，他们花上大几千买一件老外五六十都嫌贵的地摊货，觉得这样自己就与世界接轨了。这就是典型的信息不对等：你根本就不知道什么是真正的高档货，你唯一的信息来源就是那些想坑你钱的人。

消费领域如此，家装领域则要加个"更"字。

按舅舅的话说，"假冒伪劣"和"坑蒙拐骗"是家装业的两大顽疾，前者针对普通老百姓，而后者则是针对那些先富起来的所谓的成功人士。

先说前者假冒伪劣。

在当时，老百姓对家装品牌的认知基本上是一片空白，或者说整个领域也没有几个真正意义上的名牌，即使有，知名度也仅仅局限在行业内部，老百姓基本上是没怎么听说过的，尤其是开关、电线、油漆涂料这些不起眼的小件产品，谁买颗钉子还看品牌啊？涂料是白的不就行了吗？至于防火阻燃、绿色环保这类指标，通通没概念，啥叫甲醛？不存在的。在任何领域，卖假货次品的利润都要远远高于经营合格的正规品牌，加上2009年以前的《消费者权益保护法》漏洞偏多，而老百姓自身的品质观念也比较淡薄，人人贪便宜更没啥法律意识，借助装饰城鱼龙混杂的环境，这些假冒伪劣商品得以大行其道。

不过呢，普通老百姓还算好的，按夏叶舅舅的话说，那时的假货大部分还算良心，至多就是假冒个牌子模仿个款式，质量虽说算不上好，但肯定能用，至于能用多久，就要看人品了。单就装修费用本身而言，是亏不了多少钱的，就算买回来的东西一件都不能用，连油漆都不能刷，全亏了也就一两万块钱，当然，建材质量问题造成的额外损失不能算在内，例如瓷砖质量不合格，整个厨卫全是透水砖，想换就得拆房子，这个损失就要另算了。

大款们就不一样了。就算满屋子都是正品，质量可靠历久弥新，大部分也是要亏出血本的。

这就涉及到了家装领域的第二个大坑：坑蒙拐骗。

夏叶舅舅经营的项目是大理石，在当时，这玩意儿本身就属于高档建材，大款们的生意他也接过不止一单两单，在他看来，大款大致可分为两类，第一类可称之为"土豪类"。

土不土放一边，但此类大款是真的很豪。买完房直接找个装修公司，装修方案设计好之后，施工就直接交给装修公司承包，至于品牌、用料这些细枝末节的东西，就一句话：什么好就用什么！开多少钱就给多少钱，即便讲价也只是象征性地抹个零头，之后再露面就是收房入住了，"潇洒"二字简直连人家的脚后跟都不够形容。

碰上这类抻着脖子冲过来的冤大头，就算是菩萨开的装修公司，不宰上他们两刀也是过意不去的。等入住的时候，绝对的光鲜亮丽国际情怀，满屋子找不着一个中国字，全是进口货，乍一看必须高端大气上档次，但若找个内行拿着计算器一件一件地加，这一屋子物件没准连报价的三分之一都不值。这就是前面所说的信息不对等，进口货也有三六九等之分，你花大几千买了件外国的地摊 T 恤衫都没察觉，怎么可能知道那些印着外国字的马桶、浴缸、洗手盆是个什么档次？

"建材不是奔驰宝马，不是能带在身上出门撑门面的东西，很多人注意不到，也绝对不会主动去注意。比如说我认识的一个小工头，自己雇工人组了个施工队，我总给他介绍活儿，那小子特别喜欢车，天天买杂志逛花乡①，什么奔驰宝马奥迪凌志②，门儿清。但你若问他汉斯格雅是什么，他不知道。你让他看货，他能看出来质量好，但你要问他这是什么牌子，他不认识。你想想看，他是专业干装修的，都不知道汉斯格雅，那些外行，又能有几个知道的？"

"那……汉斯格雅到底是什么呢？"说实话，当时我也不知道。

"德国的一个卫浴牌子，很高级，一个好点的水龙头要五六千，没有国内组装的，全进口。在中国也没打过广告。其实还有更高档的，例如德国的当代、维宝，五金件的高档货几乎都是欧洲的，德国最多，但在中国不好买，你现在问我在哪儿买，我也不知道，得打电话问，即使找着卖的，也是天价，一般老百姓承受不起，大款都肉疼。"舅舅道，"所以为什么我说那些大款冤呢，因为他们往往用买德国货的钱买了个日本货甚至中国台湾货，还不是什么高档型号，就这样还满意得不得了，觉得进口货就是好用，款式就是洋气。说白了就俩字：外行！其实单就外行也没事，外边满大街都是外行，但他们想买也买不起，问题就在于这些土豪不但是外行，还不在乎花钱！那不是等着挨宰吗？"

"对对对，电影里不是也这么说嘛：'不求最好，但求最贵。'"我笑道。

"但求最贵没错，但人家可没说但求被坑吧。"舅舅呵呵一笑，

"这可不是贵不贵的事,这就是单纯的冤大头,他花着买奔驰的钱买了个丰田,还一个劲儿地夸这车坐着舒服,我不觉得这是有面子的事,这叫人傻钱多速来。"

按夏叶舅舅的话说,第二类大款可称之为"周扒皮类"。

周扒皮大家都熟,半夜鸡叫那个,小学语文学过,整篇课文周扒皮的性格大致可以概括为两字:鸡贼。

这类大款别看有钱,那钱可都是拴在坐骨神经上的,比普通老百姓还财迷,常言道"吃不穷穿不穷,算计不到就受穷",指的就是这类人。其实这类大款我也不是没接触过,之前上班的网吧老板兄弟俩应该就可以归到这一类,给网吧抹个水泥地面还得让我摊一半钱,总而言之一句话:越有钱越财迷。

这类人装修,流程和普通老百姓是一样的,自己设计,自己雇施工队,自己采购,甚至连监工都自己当,唯恐某个环节没盯紧被人给坑了。这类人所面临的问题跟普通老百姓也是一样的,就是必须在假冒伪劣的海洋里大浪淘沙,因为你不是内行,就算你想买高档货都不知道途径,纵然你是个大款,也只能跟老百姓一样在装饰城里撞大运。再者说,你觉得自己眼巴巴地盯着工人施工就能保证工程质量百分之百过关吗? 人家是专业搞施工的,真想玩点什么猫腻还能让你看出来?

于是乎,周扒皮类抠门大款自己搞出来的装修,结局通常都是刻骨铭心的。首先是土,土到惊心动魄的那种土,因为装修方案是他自己设计的。普通老百姓自己设计没问题,因为老百姓大都没啥过分的奢望,墙刷了地面铺了就行,土也土不到哪儿去;但抠门大款们不一样,我辛苦了这么多年,好不容易成功了,花了这么多钱买了这么大的房子,就像荆丹说的,我要大展拳脚,我要释放,这一释放基本上就悲剧了,不舍得花钱找专业设计公司,还想弄得花里胡哨,最终结果只能是鬼哭狼嚎。顺便说一下,大款们所谓的设计,绝对不是画图纸，他也不会画图纸，更不会做三维效果图；他们的设计，就是在自己脑袋里大概勾勒出一个灿烂的景象，然后向装修工人们口头描述，万一他嘴笨点工人手艺再糙点，实际效果做出来那铁定是惨绝人寰的。这就跟当初陈家老三坐在电脑旁边指挥毕爷把两个创意"结合一下"是一个道理，在一切真的开始之前想象得特别美好，实际做出来却完全不是那么回事，等工人按你说的做好了，没准连工人自己都不忍心看。这里要强调一点，房子可不是电脑设计图，一旦竣工，再想往回改可就不是敲两下键盘那么简单的事了。所以说，很多诚实劳动的淳朴有钱人家里土得不可开交，真的不是因为他审美差，这其中的悲壮往事或许连他自己都不忍心回忆。

除了土之外，还有一点就是售后服务不可能有保障，因为施工队是你自己雇的，建材也是你自己买的，施工和建材不是一家，一旦出现问题，就算还能找到责任人，问题究竟出在哪边也绝对掰扯不清，最后往往是自认倒霉。据夏叶舅舅回忆，他自己也曾遇到过这种情况，有苦主找上门说他家出售的大理石地砖质量不好，结果到现场一看发现是水泥不合格，整个屋子的地砖半数松动，掀开地砖发现下面的水泥都是糟的，轻轻一掰就掉一大块，俩手指头一捻直接成渣，而当初负责买水泥的包工头早就消失在茫茫宇宙里了。碰上这种情况，就只能苦主自负盈亏了，唯一的修复方案是把所有地砖都掀了重新铺，这施工难度比重新装修还夸张，因为你得把家具挪走。

聊到最后我的三观也是被刷新了，按夏叶舅舅的说法，装修，尤其是高档装修，其实就是个地雷阵，档次越高雷越多。因为整个流程涉及的环节太多，五金、洁具、建材、电器，还有管材、线材、砂石料这些基础小件，所有物料加在一起几十上百种，额外还有设计和施工这些软性东西，全都是雷，总有一颗能炸到你，内行都难免中招儿，更别说你一个臭外行了。这跟有钱没钱没关系，行业大环境使然，归根结底还是因为信息不对等。全都自己研究,买个阀门都找内行打听肯定不现实,但都交给一家店大包大揽铁定会被宰,都自己折腾就是累成狗外加给自己埋雷。在未来的某一天,或许会有一个全新的业态出现解决上面的问题,但在当今这个情况下,很难两全其美。

【注　释】

① 花乡:北京花乡二手车交易市场,是北京最大的二手车交易集散地。

② 凌志:日本丰田汽车公司推出的高端品牌"雷克萨斯",早年音译为"凌志",后凌志商标在中国被抢注,故更名为"雷克萨斯"。

50

不得不说,整个晚饭过程,夏叶还是很给面子的,虽然我一开始被她舅舅误会成了外甥女带来见长辈求鉴定的男朋友,她却并未针对舅舅的误会过分解释,至少表面上看自然得很,只偶尔象征性地敷衍几句。

"夏叶啊……这个……你舅舅这人不错啊……"出租车上我实在忍不住了开始没话找话。说实话上车之后她就一句话也不说,我坐副驾她坐后排,虽同乘一车却形同陌路,气氛冷得跟冰窖一样,我实在不想让司机误会我们俩刚干过什么非法的勾当,只得硬着头皮活跃气氛。

"嗯。"夏叶两眼始终望向窗外,十分敷衍地"嗯"了一声。

"我问你件事你能不生气吗?"

"说。"夏叶的眼睛依旧看着窗外。

"你舅舅,是不是误以为咱俩搞对象了?"

"哼……"说到这个话题,夏叶终于斜眼看了我一眼,"怎么着,我还配不上你啊?"

"不不不……误会误会,我就是担心,万一你舅舅把这事告诉你爸妈,你爸妈要是不同意,回头再因为这事说你一顿,那多不合适啊。"

"我爸妈不同意什么?"夏叶一皱眉。

"不同意咱俩搞对象啊!"我欣欣然道,"你看,我是个外地人,刚参加工作,没啥钱,顶头上司还总惦记着把我给炒了,你爸妈一听你搞了这么块料,不得跟你断绝关系啊?"

"你……"听我这么一说,夏叶终于把脸扭了过来,"你这个人,怎么这么好意思呢?"

"开玩笑开玩笑,我就是想调动一下你的情绪。"

"嘁……"夏叶瞥了我一眼,继续扭脸看窗外。

"我跟你说点正事,今天跟你舅舅聊天,给了我很大启发。"

"他能给你什么启发?"

"其实我看得出来,说到最后,他也挺感慨的。偌大一个行业,凭良心做事的人却只是少数,大部分人只要有那么一纳米的机会,都恨不得见缝插针坑别人一下,只顾眼前那点蝇头小利,丝毫不顾及长久信誉。"

"你以为他不坑啊?"夏叶冷冷一哼似乎不以为然。

"你没听懂我的意思。"我若有所思道,"我觉得吧,这种行业风气,其实就是个恶性循环。大家都在坑人,你不坑成本就下不来,就没有竞争力,所以不得不坑。你以为所有人都愿意坑别人吗?只不过是极少数坏人破坏了规则,却绑架了大多数好人为后果埋单而已。比如说这车里空间有限,我要是放个屁,大伙是不是就得一起闻味?"

"你就不能举个不那么恶心的例子吗?"夏叶皱眉道,"我说你这人,可真够忧国忧民的。你今天到底是干什么来的?废了这么多话,正事想了没有?别墅的创意,你准备怎么向老荆交差?"

"想法倒是有,而且很大胆,但我觉得荆丹不会同意的。"我摇了摇头，"说实话，就算是胆小的想法他也不会同意，啥想法都得让他干掉，丫就盯着逼我滚蛋呢。"

"哎哟，又来了。真受不了你们这群男的。"夏叶叹了口气满脸的不耐烦，"知道同意不了你还在这儿费什么劲哪？还让我把我舅舅约出来。"

"哎哟，你倒是听我把话说完啊！"我解释道，"你舅舅真的给了我很大的启发，所以我才有了这个非常大胆的想法，不但能解决产品抗震宣传这一问题，更能开拓一个崭新的世界，给整个家装行业来一次'土改'！但也正是因为这个想法太大胆了，所以我准备直接找客户聊！如果客户觉得不靠谱，我无话可说，但若是被荆丹这么块料给掐死在摇篮里，那我就太不甘心了！"

"嚯！听你这意思，是不是以后还得把你头像印钱上啊？"夏叶冷冷一笑。

"不不不，印钱上倒不至于，能在语文课本里歌颂一下我就满足了。如果还能要求背诵、期末考试出两道填空题的话，就更完美了。"

"我呸！"夏叶憋着笑对我狠狠一呸，"你准备把老荆绕过去？你觉得他能饶得了你？"

"不饶就不饶呗，大不了他把我给开了。他还能干吗？拿刀把我砍死灶底藏尸？我亲手把刀递给他，找公证处做公证是我自己求他杀我，再去法院开一份证明证明他杀我不犯法，他都未必有这胆儿。"

"哎哟，说得就跟你多无所谓似的，你不是说不能向恶势力低头嘛，怎么又改成破罐子破摔了？"

"唉！我也就那么一说。尽最大的努力，做最坏的打算，这么说行了吧？"我耸了耸肩，"我觉得姚羽和老冯都还算是明白人，大不了找他们帮我演场戏撒个谎，就说这是客户自己的想法，不就行了吗？难不成荆丹还能去找客户核实？"

"他们能帮你撒谎？"夏叶似乎有点不信，"总经理能帮着一个刚上班仨月的小文案一块儿糊弄总监？"

"以前又不是没帮过……"我不以为意道，"他们那不是帮我，是帮他们自己！荆丹不在乎那三万月费，姚羽在乎！她是总经理，公司的盈亏，最后总部得找她兜底儿！"

"哎，你可别忘了，我可是老荆招过来的。你把这事告诉我，你就不怕我去找老荆告密啊？"夏叶扭过脸满脸的坏笑。

"不怕！绝对不怕！"我把胸脯拍得啪啪直响，"你昨天不是也让他气得差点辞职吗？事到如今，咱们已经是同一个战壕里的战友了。常言说得好，敌人的敌人就是女朋友。你今天也带我见过家长了，像你这么忠诚的革命同志，怎么可能出卖对象呢？"

"你就自己在那儿静静地不要脸吧。"夏叶抿嘴一笑扭过脸继续看窗外，"你等着吧，明天我就找老荆告密去，让他赶在你们合伙骗他之前先把你炒了，让你小子也明白明白，恶势力可不是那么好欺负的。"

51/

　　把夏叶送回了家，我赶紧给老冯打电话，让他以最快的速度约陈家人开个会，顺便还得嘱咐好，一旦约好了时间，必须跟荆丹扯谎说是陈家人主动找广告公司开会，还不能说是有大事找，得说是想让广告公司文案帮忙写几句祝词这种鸡毛蒜皮的小事，用不着总监亲自出马，绝不能说是我主动约他们，更不能泄露我有新想法；我一小屁文案，绕过总监私自跟客户聊想法，那还了得？好在老冯也知道这里边怎么回事，自然是满口答应，形势发展到这份儿上，他也顾不得什么规则不规则、得罪不得罪创意总监这些屁事了，他跟老梁一样，都是靠提成混饭吃的，万一客户被荆丹给搅黄了，那可不止是挨上面一顿骂那么简单了，提成没了才是真正触及灵魂的惩罚。

　　额外说一句，这个电话打得我也挺郁闷的。我只不过是想干点正经事而已，怎么莫名其妙地就发展成地下工作了呢？我只不过是想见见客户聊聊想法，却不得不搞得跟特务接头似的，什么玩意儿啊！

　　的确，我就是个最底层的小渣文案，我的想法是好是坏，我自己说了不算，领导说了才算。不光广告行业，各行各业都是如此，这不是什么潜规则，这就是光明正大的明规则，正所谓领导不问出处，且不管他是从哪儿冒出来的，如何当上领导的，既然他存在，就必须受到尊重，领导神圣不容侵犯，你可以不服他，但不可以不服从他。道理我都懂，我也知道我这么做不对，但是，我就是想骂街，这有啥办法啊！

转天一大早，老冯接到电话，会议安排在当天下午三点，地点就在开发商总部。而荆丹呢？没来，整整一上午都没露面，据说是昨天晚上给新项目设计 Logo 加了班，两个美术倒是都来了。或许他比手下人更辛苦吧，反正是没来。

我巴不得他不来呢，正好还不用串通扯谎了。跟老冯合计了一下，我俩决定干脆借吃中午饭的机会直接消失，虽然这时才十一点半，虽然会议时间远在下午三点，但公司这种地方着实不宜久留，万一被荆丹堵屋里那可就坏了，肯定被问个底儿掉，就凭老冯那个一张工作单反复改三遍的尿样，我还真不放心让他独自面对荆丹。

会议的主角又是久违的软耳陈家老三，早就猜到会是他，果然不出所料。在陈家三个儿子里此人地位最低，啥事都做不了主，啥事都得打电话请示，而且好像还不能直接请示老爷子，得先请示他大哥，由他大哥判断是否需要请示老爷子，总而言之，这个人就是一个开发商版的我。好像不止是跟广告公司开例会派他出面，据说跟所有不怎么受重视的第三方开会，例如什么给小区装摄像头的、给保安做制服的，诸如此类可以随便得罪的无所谓的第三方，开发商似乎都是派这个人出面。不过话又说回来，此人毕竟是陈家的儿子，即便不受重视，向上推荐好想法的权力也还是有的，而且此人年纪轻，观念相对新潮，对新鲜事物的接受能力要远强于他大哥和他老爹，最关键的是，此人的耳根子比嚼过的口香糖还软，给他出啥馊主意他都心动，就算做不了主也会踊跃向上建议。

寒暄了几句之后，我直入正题。先是阐明了来意，之后按照昨天晚上的预演，把产品面临的结构性问题，也就是装修受限的硬伤摆上了台面。

一听又是这个话题，老三的脸上明显流露出一丝不悦。说过多少次了不能提抗震，你们这群倔驴怎么就非得哪壶不开提哪壶呢？说实话，这要是换成荆丹没准刚一开场就直接被撵出去了，好在陈家老三对我的印象似乎还不错，上次的双车位就是我们俩通力合作的结果，所以即便心里不爽，他也没直接打断我，而是耐着性子听我继续往下说。

我也知道人家不愿意听，所以早就想好了一套言简意赅的说辞，内容如下：

一、房子装修受限这个问题是客观存在，广告不提它也会存在，客户在报纸上看不见，在售楼处也会看见，在售楼处看不见，在样板房也会看见。丑媳妇总要见公婆。

二、这个问题触及了客户买房的审美和喜好，不是说广告上不出现或广告语玩玩文字游戏换个说辞客户就可以接受。截至目前，项目还有一半没卖出去，这个问题迟早都要面对，你现在不提以后也得提，回避不是办法，躲得过初一躲不过十五。

三、双车位的广告的确起到了一些作用，但《北京青年报》的周四专栏也不过才签了十二套，即使再打一次，也不大可能超过这个成绩，证明这只是个别需求，连小众都算不上，此卖点远不足以支撑到项目清盘，所以必须想一个长久的办法。

听到这儿，陈家老三虽说显现出了那么一丝赞同，但表情反而更凝重了："你说的也有些道理，在卖房的时候，装修受限这件事情是必须提前讲清楚的，否则将来肯定会有纠纷，这个确实没法回避；但是抗震这个话题，最好还是不要再提了。我们内部很久之前就讨论过，也做过调查，结论是业主对抗震没概念，宣传的话弊大于利，这是大家一致认定的事，你说服我一个人是没有用的，所以今后不要再提这件事了。"

看来他是误会我了，把我当成荆丹派来的说客了，觉得我想继续推销抗震。

真是遗毒不散啊！

看来荆丹留给客户的心理阴影面积，不比客户留给他的小。

"陈总您千万别误会，我这次绝不是来推销抗震的。"见陈家老三误会了，我赶忙解释，"我的想法的确与抗震有那么一丁点的关系，但主打绝不是抗震，广告上也不会出现这俩字！"

"小张啊，你跟我说句实话，上次你们公司有个什么总监来提过一稿，一大堆纸房子的那版创意，那个是不是你做的？"陈家老三忽然把身子往前探了探，脸上的表情也变得极其诡异。

"不……不不不，那张稿子不是我做的！"一听是那张出殡的稿子，我吓得赶紧否认，万一让陈家人误会我就是那个水平，以后还怎么交流啊？而且话说回来，你也不是没见过我做的稿子，双车位那版稿子虽说算不上好，但好歹是个正常广告，和纸房子那个出殡的风格明显就是一天一地啊，究竟是不是我做的，你自己就没点判断吗？

"那是谁做的？那个总监自己做的？"陈家老三继续追问。

"陈总，那个稿子是谁做的，其实不重要……"此时此刻，我的脑筋飞速运转，千算万算没算到陈家人会翻旧账问起那篇陈年老稿，事先连一点预案都没有，只能临场发挥硬着头皮往回掰扯，"重要的是，抗震这个概念，严格来讲毕竟算是个卖点。广告这东西就是这样，只要是卖点，就肯定能炸出那么几个掏钱的。大卖点炸出的人多，小卖点炸出的人少，但肯定能炸出来。打个比方，双车位，无非就是给门前的小院刷个车位线，那么简单，说白了就是投机取巧。陈总，你平心而论，当初在样板房外面我给你出这个馊主意的时候，你能想到这么个歪招儿竟然能卖出将近二十套房吗？想得到吗？"

陈家老三摇了摇头，似乎还算认同我的观点。

"所以说嘛！"我"啪"的一巴掌拍在大腿上满脸的理所当然，"您想想看，小区公共停车场到别墅最远也就两三百米，况且别墅还自带一个车库，把院子改成车位，只不过是方便业主停第二辆车，仅仅是为了让家里的第二辆车停近一点，就舍得掏几百万买别墅，这种事说出去有人信吗？陈总，换你，你干得出来吗？但事实是，一张稿子打出去，炸出十几单生意！谁能想到？天下之大无奇不有，满北京几万十几万的有钱人，好哪口的都有。所以说呢，抗震这个概念真打出去，未必就完全没有效果。"说实话，此时此刻，我必须力挺一下抗震的概念，这个雷毕竟是荆丹哭着喊着非要踩的，他是创意总监，代表了元鼎广告，否认抗震就是否认他，否认他就是否认我们自己。

"你说的有道理。"陈家老三点了点头，咱家软耳三就这点好，什么歪理邪说都能接受，"但是这个概念我爸不喜欢。"

果真是直男世家啊！

你拿一丸太上老君的仙丹给他，告诉他吃了这丸仙丹可以养生、抗癌、补肾、壮阳、润肺、强心、益脑、明目、安神、养胃、舒筋、活血、护肝、利胆、健脾、补钙、降脂、减肥、通便、抗敏、防脱、控油，你把世界上所有的美好词汇用扩音喇叭向他反复播放三个小时，他就回你仨字：不喜欢。

一句话噎人于千里之外。

好在我不是来推销抗震的，不喜欢就不喜欢好了，只要能把话题岔过去我的目的就达到了。

"我知道老陈总不喜欢，上次那稿不是已经被毙了嘛。"我故作神秘道，"所以我又想了个新的，源于抗震高于抗震，几乎可以算是双车位的升级版。"

"哦？"一听"双车位"这仨字，而且还是升级版，陈家老三顿时双眼一亮，"说说看。"

"陈总，您想想，为什么你们内部一致认为不能推广抗震这个概念？"

"那还用问？当然是影响装修呗。"

"对呀！"我一拍大腿，"您再想想，既然影响装修，为什么仍然有人掏钱买，难道这些人不用装修吗？"

"这个……"陈家老三被我问得一愣，一时间有些不知所措。

"住宅分成两个部分：一个是建筑本身，也就是咱们卖的房子；一个是家装，也就是装修。买咱们房的人，注重的是前者；而不买的人，尤其是因为装修的事而不买的人，注重的是后者，或者二者全都注重，其中一项满足不了他就不买。所以一听装修受限制，他就拜拜了。咱们现在要解决的就是这部分人关注的问题——装修。"

"装修？"一听这两字老三的眉头顿时就拧成了疙瘩，"你别说了！肯定没戏。"

"陈总您千万别误会，我绝不是建议你们送精装修，那是开发层面的决策，轮不到我们广告公司来建议。"见陈家老三态度突变，我赶忙解释，"我的主意的确与装修有关，但绝不涉及额外的成本支出，您能不能听我把话说完？"

"好，你说吧。"

"前不久呢，我特意拜访了一位家装行业的专家，跟他聊了一次……"我长话短说，把夏叶舅舅跟我说的话去糟粕取精华地向陈家老三转述了一遍，"按那位专家的话说，现阶段中国装修行业有两个坑：一是宰人，专宰那些撒手不管的人，这类人很可能花了买奔驰的钱，却只能买到丰田，奸商会告诉他这车比奔驰好，外国人都开这个，他要是非得买奔驰也行，没准就得花买飞机的钱；二是骗人，就骗那些亲力亲为的人，虽然他们有可能没花多余的钱就买到奔驰，但买的很有可能是辆假奔驰，要么就是事故车，开两天就得大修的那种。因为什么呢？信息不对等，欺负外行！陈总，咱们的房子不是那种顶级豪宅，严格来讲应该归为经济型别墅，买咱们房子的人呢，跟李嘉诚霍英东他们那个量级的富豪可比不了，按国外的标准，就是中产阶级而已，虽然比一般老百姓富裕很多，但还到不了买飞机都不眨眼的那个地步，所以他们仍然逃不出装修行业的这两个大坑。"

"嗯……这个说法我赞同。然后呢？"听我滔滔不绝地说了十几分钟，陈家老三一个劲儿地点头。

"我就想，咱们如果能替业主解决这两个坑，让业主能花买奔驰的钱买到真正的奔驰，而不必担心遭遇偷工减料的豆腐渣工程，这就不只是卖房子了，简直就是功德无量啊！您想想，如果咱们能让那些特别在意装修的人花高档货的钱享受到真正与价格相符的高档货，还不用为施工质量操心，他们还会在乎能不能拆墙这点屁事吗？"

"这个……"沉思良久，陈家老三缓缓地摇了摇头，"这个不是我们能解决的事。这是装修行业的问题，我们只是个开发商而已，我们怎么解决。"

"我是这么想的……"我一本正经道，"首先，找一家专业的装修公司，搞一个'家装学院'的活动，不管是买了房的还是没买房的，通通组织起来，由真正的内行给他们普及一下基本的品牌概念和装修常识，让他们对国外的高档品牌及其型号价位这些信息有一个最基本的了解，对国际上的时尚趋势有个基本的概念。"

"嗯……然后呢？"陈家老三眉头紧皱始终呈思考状。

"然后由咱们组织采购，或者直接把高档建材的授权经销商拉到售楼处设立推广点，业主参加完家装学院活动，直接就能找装修公司设计，主要的大件在售楼处就能完成选购，这么多的房子，这么多的业主，应该能争取到一个批发价了。接着由咱们自家项目的工人负责施工，由咱们自己监理，像水泥砂石料这类基础材料也从咱们自己的渠道采购，保证质量，免除业主在施工方面的后顾之忧！从设计到选购再到施工，一条龙服务，钱肯定是要业主自己出，咱们只负责组织协调以及监督施工质量，保证成本平衡就行，不必以此盈利，让业主可以享受到货真价实的高级建材和可靠的施工品质，免去中间被宰的那一刀，明明白白消费，不再上当受骗。"

"事情不是你想的那么简单！"陈家老三连连摆手满脸的不为所动，"如果让业主自己选购建材，你买这个牌子他买那个牌子，根本就走不出量来，价格也就不大可能比外面低，甚至还有可能更贵，业主肯定也会质疑我们组织这种活动的动机，愿不愿意参与也是未知数。羊毛出在羊身上，我们说不以此盈利，谁信啊，换你你信吗？开发商组织装修活动，学雷锋不要钱，低价卖你东西还免费帮你盯装修，你信吗？这么大的事，需要协调那么多的第三方，协调好了最后却没人参与的话，该怎么收场？"

"陈总你误会了，我不是说要给他们优惠，只是让他们享受经销商的一手价格而已，避免装修公司或包工头在中间骑驴①再狠宰他们一刀。盯装修也不是免费的，也要业主自己出钱，咱们只负责组织协调，然后收他们一个成本价，保证咱们自己不亏。您还不明白吗？业主们缺的不是钱，有钱买别墅能没钱装修吗？他们缺的只是一份信任，缺一个可信赖的内行帮他们打理，而咱们现在就可以扮演这个角色！我们是做广告的，广告最大的职能就是帮助客户与消费者建立信任，我完全有信心让业主相信咱们。"

"好，就算咱们能扮演这个角色，然后呢？你以为装修施工和建筑施工是一回事吗？建筑工程监理并不难，因为所有的房子都一样，户型一样，用材一样，规格一样，标准也一样，有限的监理人员就可以负担起很大的工作量，因为负责施工的是同一批工人，施工水平和验收标准也是相同的。"陈家老三一边说一边摇头，"但搞装修完全不一样，我们只是开发商，装修这种事对我们来说也是陌生领域，归根结底还是要外包的，而且不止包给一家。不同的承包方施工水平是很难统一的，监理起来会很麻烦，那么多的业主，家里设计风格不一样，买的东西也不一样，没有统一标准，这怎么监督？出了问题算谁的？如果由我们负责监理，我们就要承担售后风险，本来卖完房子就没事了，现在却要承担业主装修的质保，完全没有必要嘛！"

"这个问题我问过专家。"我回道，"他说只要材料合格，根本不用多高档，合格就行，施工质量也过关，坚持个二三十年不成问题！咱们象征性地给他个三五年的质保，就像样板房那个施工质量，您觉得五年坏得了吗？不故意拆的话，五十年都没问题吧。如果是建材出问题，比如洁具五金件这类建材，就更好解决了，质保是厂家的责任，关咱们屁事啊？咱们的质保仅局限在施工范畴，就算偶尔有个坏的，比方说水泥没抹严实，找个工人帮他重新抹一下能花多少钱？至于您说的装修风格不一样监督起来很麻烦这个问题，我觉得要分成两个方面来看。的确，盯装修很累工作量很大，但您有没有想过，咱们的房子有很多地方是不能随便拆改的，如果让业主自己装修，他拆不拆墙根本就没法监督，至少没法全部监督！但如果由咱们自己施工自己监理，就不存在这个问题了，一举两得啊！"

"我们是有办法监督的。"陈家老三胸有成竹道，"拆改限制是要写进合同里的，装修竣工之后物业会派人检查，如果违规拆改，不但要把拆了的地方原样砌回去，还要罚款。"

照这么聊下去迟早发展成抬杠。这里要额外说一句，陈家老三所说的检查罚款之类的监督措施，真的已经是抬杠范畴了。别墅不同于住宅楼，违规拆改住宅楼的承重墙肯定是不行的，因为那会影响公共安全，就算物业不作为，肇事者也会受到街坊邻居的各种声讨外加举报；但别墅尤其是独栋别墅不同，在传统观念看来，整栋建筑都是业主自己家的，并不涉及太多的公共利益，街坊邻居举报也便无从谈起，物业对装修的监管往往也都是睁一只眼闭一只眼，人家拆自己的房子你管得着吗？更何况，买别墅的都是有钱人，不好惹，物业也不愿意惹，惹急了就不交物业费了。有的别墅小区，个别业主别说是拆墙，人家把整栋房子都拆了重新盖，最后也只能不了了之,所以说,你的合同签得再怎么严谨,终究也只是防君子不防小人,落实到执行层面那合同基本上就是废纸一张。

"哎……依我看啊,即便后面的施工层面有风险,但前面的那个家装学院的点子还是蛮好的啊!"聊到这份儿上就该老冯出马了,看来老冯也觉得施工层面有风险,开发商接受起来有困难,也便退而求其次希望把家装学院的点子推销出去,"我去过我以前公司的老总家,哎呀,土得不像样子,据说装修花了五十多万,比我家房子都贵,却完全看不出来!感觉就是二十世纪八九十年代的那种过时风格,壁纸质量也不好,才两三年就起鼓了,显然是被人给骗了,这就是因为不懂嘛,不但不懂,还没有渠道了解,就会吃哑巴亏嘛!我觉得如果是注重装修、追求时髦的人,肯定愿意参与活动,了解一下什么牌子在国外算什么档次,国际上流行什么材质什么风格,就算成不了内行,至少能做到心里有数,也不至于当冤大头,对不对?"

"呃……容我想想……"但见陈家老三两眼望天好一阵冥思苦想,忽的一声长叹,"不行。这个事太大了,需要协调的第三方太多,根本没法把控,可操作性不强,风险太高,不是咱们几个聊两句就能有结果的。你们还是把双车位那版广告再发一次吧,安全第一,好不好?"

这就是您老人家冥思苦想出来的结论吗?

的确,你是开发商版的我,咱们都是做不了主的渣,目前这个想法也确实很大胆,咱们两个渣凑在一起也确实聊不出个所以然,但您老就不能像上次一样打个电话请示一下吗?从你这儿就给毙了,这跟被荆丹毙了有啥区别啊?

"这个……陈总……您能不能……"我仍不死心,哪怕你打个电话问问再毙呢。

"今天就先这样吧……"陈家老三一边说一边看表,"等一下我还有个会,今天就先到这儿吧,把双车位再打一次,就这么定了,咱俩都好交差,行不行? ”

　　"哎……行吧! "我只得勉为其难地点了点头,我就是个乙方的渣,自然界最底层,把荆丹绕过去就已经算是越级上访了,挣扎到这一步已经是极限了,否则还能怎样?

　　【注　释】
①　骑驴:零售业行话,指不同零售商之间相互串货然后从中吃价差的行为。

52

回到公司,等待我的是另一场风雨:该怎么向荆丹解释客户要求把双车位稿子重新发一次的这个决定。

这里需要强调一下,客户的意愿已经非常明确了,就是要把双车位的稿子再发一次,铁板钉钉,谁都阻止不了。你荆丹再怎么飞扬跋扈,毕竟只是乙方;客户给的月费再怎么少,人家毕竟是甲方。不能说因为钱给得少,甲方就得听乙方的。

所以说,归根结底一句话:荆丹又失败了。

为什么要说"又"呢?

因为纸房子已经失败过一次了,而且是败给了两个不顺眼手下瞎糊弄出的凑数产物,这样的挫败触及灵魂刻骨铭心。

然后,其中一个主力不顺眼手下滚蛋了。荆丹本以为机会来了,想借着新一期创意的机会再抢救一下,结果却又搞成了现在这个样子,改了三遍的工作单也白改了。不许提车位,不许出现红旗,不许提球场,总之工作单上的一切禁忌,仅凭双车位那一张稿子,就一条不落地组团违反了个遍。千年咒怨也没用,你是乙方,咒也咒不过客户。

于是乎,问题就来了。作为新上任的总监,连续遭遇两次如此重大的挫折,心灵肯定要受到重创,灵魂深处的怨念总要有个发泄的渠道,纵观公司七八口人,除了我他还能找谁呢?

第二天上午,荆丹将近十一点才到公司,我赶紧愁眉苦脸地凑了过去:"荆总……昨天呢,红旗别墅的小陈总要写一篇发言稿,把我找过去帮了个忙……"

"哦,帮得怎么样?"荆丹脱下外套拉了把椅子落座,俯下身子去按电脑电源,压根没看我。

"发言稿倒是没什么问题,只不过呢……关于新一期的平面稿创意,可能有点问题。"

"创意?"一听这俩字,荆丹终于肯拿正眼瞧我了,只不过表情很是警惕,"你去跟他们聊创意了?"

"不不不,没有没有……"我赶忙摆手,"是他主动跟我聊。"

"主动跟你聊?聊什么?"

"他说上一次那个红旗的稿子,效果不理想。"

"哼……那种东西打出去,能理想才怪!"荆丹冷冷一哼,眼神又回到了电脑屏幕上。

"是这样的,上次的稿子发完后,他们内部讨论了一下,决定把双车位的稿子再打一次,荆总,这个真不是我建议的,真是他们主动要求的!"

"他们是怎么说的?"一听客户还是坚持打双车位,荆丹的眉毛顿时就立起来了。

"不是'他们',是小陈总,要求必须把双车位的稿子再打一次,说是安全第一。这话也不是他一个人说的,是他们家族内部研究决定的,他也只是负责传达而已。"

"安全第一?那种东西怎么可能安全!"霎时间荆丹怒不可遏,"不要听他们的,你继续想创意,不要受他们影响!最晚明天下午,一定要想出几个方案给我！这件事我去找 Account 沟通！不能总由着他们胡来！"

"荆总,这个……怎么说呢?"说实话,我真的是受够了。这边是孙大圣那边是二郎神,你们两个上仙打架,为什么就非得把我这么个战斗力只有五的奔波儿灞夹在中间呢?还有你荆丹,贼心不死阴魂不散,非得让我想几个方案给你,我要真想出来了你真准备做吗?提案谁去?你还是我?你已经被人家拉黑了你知道吗?你一出现,陈家人根本不用看稿子,光是看见你那张脸,提案就可以结束了好吧?人陈家老三都把话说得那么明白了,不许提抗震,必须双车位,就差拿笔写我脸上了,结果我提一个完全反着的稿子过去,你是想让陈家人在提案现场就把我捆结实了扭送精神病院吗?"昨天小陈总说得很明白,抗震这个概念呢,他家老爷子不喜欢。他那个年纪的人,认死理,他的几个儿子都说服不了他,咱们去掰扯恐怕更白搭,所以我觉得呢……"

"你觉得什么?"跟我预想的一样,这货肯定要把心中的咒怨发泄到我身上,"你这么孝顺老爷子,干吗不去他给你发工资?什么事情都要他喜欢,他多大年纪了?他喜欢广场舞,你喜欢吗?业主喜欢吗?他们卖的是养老院吗?上次的稿子就是因为他喜欢,结果呢?他们花钱找咱们做广告,究竟是为了卖房还是为了尽孝?吃一堑就不知道长一智吗?还有,客户白痴也就罢了,最让我失望的是你!这种话竟然会从你的嘴里说出来,拜托你不要忘了你是做什么的,你是个广告人,不是敬老院的志愿者!你要服务的是红旗别墅这个项目,而不是什么老爷子!"

整个办公室,包括夏叶在内,所有人的目光都集中到了我身上,所有人的表情说不上是错愕还是同情,但有一点是可以肯定的,那就是我真的很没面子。

我真服了,就算你真的铁了心想逼我滚蛋,多少也要找一个合理的契机好吗？我只不过是传达一下客户的指示而已,至于当着全部门的面如此羞辱我吗？这些话有种去找陈家人说去啊,质问他们喜不喜欢广场舞,当着老爷子的面指出他全家都是白痴,去啊!有这个胆儿吗？也就跟我本事大。你把我教育明白了有用吗？

忍吧!忍字头上一把刀,被他激怒就输了。张迈,千万不要忘了练就蛤蟆神功的烈火雄心!不能向恶势力低头!此时此刻,我紧握着拳头强压着火气,脸上仍旧是低三下四的尬笑:"是是,我的确不该这么想。"

就在这时,办公室的门忽然被人推开了一条小缝,包括我和荆丹在内,所有人不约而同地望向这条小缝,但见老冯在门外鬼头鬼脑地往屋里窥视,接着他把整个脑袋伸了进来,说:"哦,你们在开会啊？那我等一下再过来。"

"我们没开会。有什么事吗？"荆丹冷冰冰地问道。

"哦……是这样的,红旗别墅新一期的报纸稿先不要做了。"老冯推门进屋满脸堆笑道,"我今天一早接到客户通知,让我们停掉这一期的报纸稿,他们可能要搞一个什么活动,内部正在研究。再出报纸稿的话,可能要以活动为主题。"

搞活动？

听老冯说他们要搞活动,我心中不禁一动,难不成是敬爱的软耳陈三爷一时没按捺住,真的把我的建议向上边反映了？

"活动？什么活动？"荆丹也是满脸的狐疑。

"不知道,他们没细说,只说让咱们先把稿子停一停。"老冯说道,"估计也就是送点东西或者给点优惠吧,他们那家人一天到晚财迷兮兮的,能搞出什么活动。"

"他们不是已经把版面都订好了吗？"荆丹问道,"这也能停？"

"哦,刚才总部已经和报社协调过了,报社已经同意了,所以我才来通知你们。"

"好吧,我知道了。"荆丹点了点头,似乎还是有点不甘心,估计是骂我还没骂够。

"哦,那你们继续忙,我就不打搅了⋯⋯"说罢老冯转身就要出屋,却被荆丹叫住了,"等一下冯总,你现在有时间吗?"

"哦,有啊!"

"那我耽误你点时间,有点事想找你聊聊。"

"哦,可以啊。"老冯点了点头,满脸的茫然。

"以后记住,做广告,智商不重要,重要的是心态!你自己要有做出好作品的欲望!明白吗?"荆丹站起身子把桌上的烟和打火机揣进了裤子口袋,临走还不忘教育我一句,"一味地讨好客户没有用!你越是讨好他们,他们就越瞧不起你!只有好的作品才能换来尊重!明白吗?"

"明白,明白。"我一个劲儿地点头。

再之后,荆丹先出门,老冯后出门。临走的时候,老冯把胳膊背到了身后,朝着我的方向悄悄竖起了大拇指,那角度应该只有我一个人能看到。

哈哈哈!果然成了!

世界上哪有什么岁月静好,只不过是背后有陈三爷替你往上反映!

53

混过这一劫,我又开始焦虑了。

靠在椅子上一个劲儿地胡思乱想,荆丹把老冯拉走聊天,肯定是想核实昨天我去开会的真相,那股子咄咄逼人的架势,老冯这个尿蛋扛得住吗?

我当然知道自己昨天那种瞒天过海的做法不合规矩,按毕爷的培训,绕过直属领导直接找客户聊战略级问题,是广告圈乃至各行各业的大忌,换菩萨来当总监估计也得把我逐出佛门,走到哪儿都是我理亏,万一罪行败露,岂不是连姚羽都罩不住我?

然而仅仅过了半个钟头,我的顾虑就被打消了。

正好十一点半午休时间,老冯的电话打了过来,告诉我荆丹找他的目的是想推荐一个朋友进公司,在老冯手下当客户经理,根本就没问昨天开会的事,让我别担心,此外还告诉我红旗别墅的活动也别太乐观,他们停掉广告并不是因为活动已经板上钉钉,而是要先尝试接触第三方,验证装修活动的可操作性,至少也得十天半个月才能有结果,太麻烦或成本太高的话,没准还得按部就班的把双车位再发一遍。

再往后就是等了，这一等就是两个礼拜，整个红旗别墅就像解约了一样杳无音信，中途老冯倒也主动联系过两次，那边都是敷衍两句就挂了，弄得姚羽心里也有点不踏实，还去开发商总部拜访了一次，唯恐开发商把创意采纳了然后交给别的公司执行，例如老梁那边。只可惜，即便是对姚羽，陈家人对活动的进展也是三缄其口，翻来覆去就一句话：内部还在研究，有结果会通知。

当然，在这期间我也没闲着，有好事也有坏事，先说说好事吧。

借着中午 AA 制吃饭的机会，我进一步拉近了与夏叶的阶级感情，另外跟杨启亮、陆春两位老大哥混得也还算不错，话说这两个人都不是特别善于交流，但人都不是坏人，不像我想的那样属于反动派的爪牙，相反的，包括夏叶在内，他们三个人跟荆丹的关系其实很一般。首先是杨大叔，此人仅仅是很久以前跟荆丹当一阵子同事外加合租过房子，时间甚至可以追溯到荆丹进 4A 公司之前，荆丹辞职搬走之后，二人的联系并不多。其次是陆春，此人是荆丹在上一家公司也就是很神秘的"浩瀚蓝海"的同事，但二人不在同一个组，工作上也没太多交集，最大的交集就是住得比较近，下班经常拼车回家。最后是夏叶，干脆都没和荆丹处过同事，三个人之所以会被荆丹招到元鼎，唯一的纽带竟然是"干私活儿"。

对于荆丹的私活儿情结，我是不意外的。据毕爷所说，此人之所以被迫从 4A 公司辞职，就是因为上班时间干私活儿被人举报了。按同桌仁人的共同说法，荆丹这个人社会关系似乎很复杂，经常能接到一些私活儿，且不管有没有时间做有没有能力做，一律是先接了再说，自己做不了就转包给别人，然后从中间吃个差价。同桌这三位，包括夏叶在内都是荆丹的长期合作伙伴，甚至离入职没几天的时候，他们还从荆丹手里接了一单即将入职的公司的私活儿，仔细想想简直就是呵呵。这里还要额外说一句，以他们之前的经验，荆丹的脾气也说不上坏，彼此都客气得很，对创意水平也没有那么高的要求，甚至可以说是根本没有要求，毕竟是做私活儿，凑合能往上交差就行了，来回改可是要加钱的，包括他上次把夏叶气回办公室，其实也没说太重的话，就是因为以前太客气了，这次稍微有点口舌之争就破纪录了，加上夏叶的脾气也比较暴，才会出现之前那一幕，北京姑娘脾气都暴，很正常。至于他为什么偏偏跟我这么个渣过不去，夏叶的分析还是很在理的：他开始应该只是想把老人炒了招自己人而已，这个很正常。但发现根本炒不掉我，这就很不正常了。

在那些以创意为业务主导的 4A 公司里，创意部的老大也就是传说中的 ECD①才是公司事实上的大哥大，这些人的收入往往比外籍总经理还高，实权更是大得没边，年薪五六十万的资深总监他们说招就招说炒就炒，个别 4A 公司的 ECD，权力甚至大到可以开除其他部门的总监级领导，整个公司除了总经理就没有他们炒不掉的人，在他们眼中，总经理也不过就是个高级前台，创意部才是公司赖以生存的核心，整间公司都是给创意部打工的。荆丹作为创意总监，有过 4A 公司的从业经历，势必很向往那种 ECD 唯我独尊的感觉，加之还是董事长派下来的钦差，自然也就没把姚羽这个总经理放在眼里。但当他忽然发现，因为姚羽的存在，自己连直管部门一个三千块钱的实习渣都炒不掉的时候，他应该是觉得自己的价值和权威受到了挑战，于是乎，矛盾就不再是创意部的内部矛盾了，换句话说，他看我顺不顺眼，与我本人的创意能力好坏是没关系的。我这个渣，实际上已经变成了他和姚羽之间暗战的阵地，我的去与留，实际上象征了他们之间的胜与败。

这个解释，怎么说呢，逻辑上是没错的，但是，八个人的公司还搞这出，我也是没话可说了。不过总的来说，这种解释也算是对我的极大宽慰，至少证明我的创意能力并不像他说的那样不堪。夏叶这丫头尚未过门，却如此懂得安慰未婚夫，也着实是值得欣慰的。

好事说完了，再说说坏事。

首先，玉龙华府那边来了新活儿，内容是玉龙华府开盘前的预热软文两篇以及玉龙集团的企业宣传画册一本，荆丹都扔给我了。看来此人对我已经上升到恨屋及乌的程度了，只要是我拿下来的项目他就不想沾，更不想让他的人沾。

　　这里要强调一点：软文好挡，画册难防。为了做这本宣传画册，我差点就没能挺到红旗别墅的活动开始，差点就被折腾得提前殉职，这一点都不夸张。

　　首先，没有任何靠谱的企业资料。他们以前也没做过企业宣传画册，所谓的资料就是二尺厚的企业内刊，而且还没有电子文档，想引用上面的内容，就得照着内刊往电脑上敲字，要真是有得可敲也行，把内刊逐本翻了一遍后，我差点没一口老血喷到电脑屏幕上，除了有价值的内容没有之外，里面什么都有：有《读者》上转来的短篇小说，有介绍好莱坞大片的影评，还有企业职工写的乱七八糟的投稿文章。记得里面有一首他们职工自己写的现代诗，水平好坏我就不评论了，但十来行的诗句竟然占据了整个跨页版，除了诗之外还有那位作者同志的全家福照片，明显就是某个懒蛋编辑凑版面的产物。之后还有一些凑版面的马屁文，主要是讴歌集团高层领导个人事迹的文章。除此之外竟然还有国际新闻，没记错的话好像有一篇是深度剖析"9·11恐怖袭击事件"的，剖析得是好是坏我不评论，只是觉得文章作者的名字眼熟，翻回封面一看，就是编辑自己。我真服了，估计给我这摞内刊的人自己都没看过这玩意儿。这一大摞十几斤的内容，有一个字跟你们集团的简介有关吗？

　　内刊不靠谱再看网站，他们集团还真有个网站，只不过也是糊弄得可以，一百多字就把集团给概括了：成立年代、职工人数、产值利税，就这三项，统计日期还是一年半以前；整个网站能用的内容连他们开发过的项目的名称都算上也就五六百字，做个折页都不大够，根本不可能撑起一本宣传画册。

折腾了一礼拜，其间的痛苦我就不赘述了，可算写出来个初稿，能用四字成语的地方绝不用两字，东拼西凑硬是憋出三千多字，另又凭空写了点连吹带拍的赞美文，勉强凑了四千多字拿给他们那边，结果对接人一看，嫌字太少。我也崩溃了，反复解释能凑出这么多字已经是极限了，您老人家给我的内刊上印的全是言情小说，网站也没啥能用的内容，想字多也行，再给点资料，例如企业有过什么荣誉、哪位领导视察过、创新过什么特色服务、做慈善捐了多少钱，等等，只要是能找到的数据就都给我，实在没有的话，把你们开发的项目写详细点也行啊，多大面积、多少业主、多少绿化率，或者说前些日子带我们参观的那些大野地准备盖点啥，这些都可以。没想到这位爷一不做二不休又给了我两本他家董事长写的书，16开版面厚厚两大本。我彻底崩溃了，董事长不是应该很忙吗，为什么还有闲工夫写书？而且一写就是上下两集？更要命的是，这两本书仍旧跟他们集团没啥关系，写的全是他家董事长上山下乡的事。

有道是"福无双至，祸不单行"。

除了这本剧毒的宣传画册之外，还有一件致命的事。

致命？

没错，就是致命。

八通苑被抢走公司没客户的时候我没用过这个词，荆丹找董事长投诉我的时候我也没用过这个词，但现在是时候用了。

这件事要从荆丹主导的新项目比稿中标说起，也就是对我严格保密的那个写字楼项目。

中标？

没错，真的中了。

非但中了，而且一下子就签了十三万的月费，虽说比那个新总监当初拍胸脯承诺的少了两万，但对于元鼎来说已然是创纪录了。

说实话我不傻，元鼎这种公司能把月费签到十三万，里边肯定是有回扣的,而且还不是小数,乐观猜测公司实际能挣到签约月费的一半就不错了,或许都到不了。话虽如此,我却不得不承认,提案的稿子,是真的做得很酷,创意不创意先放一边,单就画面文案而言,真的是超乎我预料的酷。

稿子的标题是"凶悍空间与野蛮种群",然后下面的画面是一张放得极大的某种兵蚁的图片,兵蚁旁边还有一只普通工蚁做对比,兵蚁的个头明显比工蚁大了好几倍,样子也更生猛。整个画面做了消色处理,视觉感只能用一个"酷"字来形容。细节文案基本与蚂蚁无关,都是介绍诸如写字楼有很大的挑高空间,更适于极具攻击力的创业型公司之类的项目卖点。说实话,我真没想到房地产广告还能这么做,可以这么说,相比那个剽窃已故诗人遗作当文案的被关洋当作经典案例让我学习的棉花糖一样的文艺广告,眼前这版"兵蚁"简直就像迈克尔·杰克逊的 MV(音乐短片)一样,让人热血贲张。

当然,在他们提案之前,我就已经在电脑屏幕上见过这版广告了,吃饭时也向夏叶他们问起过这张稿子,毫无悬念跟荆丹没半毛钱关系,创意是杨启亮想的,画面也是他做的,文案是夏叶写的,但即便如此,如今稿子过了,客户也签了,功劳肯定全是荆丹的。说到这儿,我不得不批评一下我自己,人毕竟是自私的,稿子过了客户拿了公司活了,本来是好事一桩,但我却无论如何也高兴不起来,因为我觉得以荆丹的风格,刚一上任就拿下一个十三万月费的大客户,暂且不管实际能挣多少吧,这人肯定是要上天的,他要是上了天,我也就该滚蛋了。

很快我的预感就被印证了。

新项目签完合同没几天,红旗别墅的好消息也到了,估计咱们的软耳陈三爷也想通过这件事证明自己的工作能力,从而提升自己在家族中的渣地位,总而言之他亲自出马,一共谈定了三十多家高档建材的授权经销商,让他们同意将红旗别墅作为一个特别展示点,并且业主可凭购房合同享受直供优惠,具体优惠多少不知道,但即便是九九折这种找抽的优惠,毕竟也是一手价,总比让包工头骑驴强;此外装修工程也将由开发商统一组织监理,享受与 8.3 级超强抗震品质同样的施工质量保障;设计公司他们本来就有合作方,也不用另谈。总而言之,家装学院没问题,物料直供没问题,统一监理没问题,预期目标基本达成。按老冯的话说,所有第三方都敲定的时候,陈家人也很兴奋,毕竟这是别墅市场从未有过的新模式与大手笔,效果好的话,将考虑永久保留,作为公司的特色服务沿用到二期以及今后的其他项目上。

　　然而,就是在这个普天同庆的节骨眼上,我瞒天过海绕过荆丹的事竟然鬼使神差地露馅了。

【注 释】

① ECD:英文 Executive Creative Director 的缩写,即"执行创意总监",是 4A 广告公司创意部门的最高职位。

54

老冯把工作单下给了荆丹,荆丹拿着工作单找到了我,与上次直接甩给我一张纸不同,这一次,他把我单独叫到了会议室。

"这次的活动很新奇,看来他们也不完全是个白痴嘛。"会议室中荆丹坐到了我的正对面,把厚厚一沓 A4 纸摆在了会议桌上,最上面一页是工作单,下面则是附带的活动规则。

"是啊……"此时我还不知道他为什么要把我单独叫到会议室,但不知为何,我总觉得荆丹的情绪有些古怪,不,何止是古怪,简直是让人毛骨悚然。

"你跟我说句实话,上次你去找客户开会,究竟聊了些什么?"荆丹淡淡一句,却问得我心里咯噔一下,额头的冷汗顿时就冒出来了,"就……就是帮忙写发言稿啊……"我结结巴巴地说。

"如果你的创意能力和撒谎的本事一样厉害,我一定会不遗余力地培养你。"荆丹冷冷一笑掏出了烟,出乎预料地给了我一根,"我不会平白无故地问你这个问题。我给客户打过电话,根本就没有什么发言稿。"

"我……这个……"我顿时无言以对,只觉得自己血压升高心跳加速，呼吸频率已然和跑完百米无异，人世间最大的尴尬莫过于谎言被当面戳穿。

荆丹没说话，而是用手指敲了敲桌上的工作单，之后缓缓地推到了我的面前。

"是，这个是我想的。"我也知道，事情到了这个份儿上，再往下编已然没有意义了。

"为什么不告诉我？"荆丹冷冷道。

"我觉得你不会同意。"

"哦，这么说，你把我绕过去，我就会同意？"荆丹一笑，"我不同意你的创意，但同意你把我绕过去，是吗？"

这次是真的无言以对。我能说什么？早在做这件事之前我就知道后果的严重性，只不过没想到真的会东窗事发。

"这份 Brief，由你全权负责，咱们的两个美术能力都很强，你想用谁都可以，你想创意，你来把控，你去提案，直到它出街为止，我绝不会过问。这是你的创意，也应当由你来享受成果。"荆丹面带微笑，伸手拍了拍桌上的工作单，"然后，你自己去找姚总提辞职。我知道她很喜欢你，我说的喜欢不是那种喜欢哦，你应该明白，我觉得你也喜欢她，你也不希望因为这件事让她难做，对不对？"

"好吧……"我点了点头长出一口气，话说到这份儿上，我反而释然了，因为我明白，现如今荆丹拿下了大客户，腰板硬了，姚羽应该已经罩不住我了。即使她罩得住，今后我和荆丹恐怕也没法相处了，倒不如来个痛快，"但是荆总，我想问你一个问题。"

"问吧。"

"我不明白你为什么要针对我。"

"针对你？"荆丹一皱眉，"你觉得我针对你？"

"是。"我点头道，"否则我也不会这么做。我知道这是原则问题，也知道后果。"

"这么说吧,你的确很聪明,我也喜欢聪明人,但我喜欢的不是你这种聪明人。"荆丹嘬了口烟,之后把烟缸拉到自己跟前弹了弹烟灰,"你知道吗,广告人的职责,是解决现有的问题,而不是制造新的问题。你的点子很好,效果也很好,但这只是偶然。一旦你习惯了这种偶然,就会忽略固有的职责,把希望全都寄托在偶然上。这个客户什么都不懂,或者说是你什么都不懂,你想出了办法,他们答应了,他们为你的想法做出了改变,创造出一个偶然,然后呢?你不但自己习惯了偶然,也让客户开始迷信这种偶然。那么下一次偶然还会不会发生?你觉得每一次偶然都会发生吗?你有没有想过,如果他们相信了你,为你做出了改变,就像这次这样兴师动众的改变,而偶然却没有发生,那么客户对你和你公司的一切信任都将瞬间崩塌,不管你之前为他们卖出多少房子帮他们挣过多少钱,只需要一次失败,就会被全部抹杀!期望越高,失望就越大!抑或是你遇到了一个不肯为你的想法而做出改变的客户,但你已经习惯了客户为你做出改变,到了那个时候,你该怎么办?拍脑门听天由命?还是破罐子破摔,一切由客户指挥?的确,你可以认为我是在针对你,但我可以明确地告诉你,我针对的不是你这个人,而是你思考问题的方式,明白了吗?"

"我明白了⋯⋯"我点了点头,虽然我不知道他说的是真是假,却也找不到话语去反驳,真的找不到。或许是因为他是总监,肩负的职责与我不同,思考问题的出发点也与我不在同一层面,我们很难说服对方。我很清楚他想表达的是什么:在公司风险和客户利益面前,身为广告人要永远先替自己的公司考虑,在客户的高利益与自己公司的低风险之间,首要选择后者,如果我没理解错,应该就是这个意思。

"这份 Brief 我就不看了,如果你觉得有什么问题,可以自己去找冯总沟通。"荆丹掐了烟站起身子走到会议室门口,"记住,如果一个人做错了事却不用付出代价,那么这个人永远都长不大。"

一个人待在会议室,我足足抽了半盒的烟,直把会议室抽成了毒气室。

历经各种辗转腾挪,最坏的结果却还是发生了。我的脑袋里一团乱,不知该想点什么。想恨谁却谁都恨不起来,命中注定也好,鬼使神差也好,遇人不淑也好,所有结果毕竟都是我自己作的。我也曾试图猜测是谁告密,但转念一想,猜出来又有什么用呢,倒不如让它成为一个谜团永远地埋在心里,偶尔翻出来想一想,或许会比揭开谜底更有价值。

眼下,对我而言,真正有意义的就剩下这张工作单了。说实话,这工作单写的,完全可以用四个字来形容,那就是"不知所云"。若不是活动本就是我自己想的,单看工作单的话,我绝对猜不出老冯想表达什么。真换成荆丹亲自对接,估计老冯又得掉层皮。

55

这次工作单的内容分为两个部分：软文和平面稿。或许是因为停了一次广告省了一笔费用，陈家人这次干脆合二为一买了一张整版，半版软文半版广告，也算是出了一次血。其中软文肯定是由我自己来写，平面广告我找了杨大叔和夏叶帮忙想创意，毕竟他们的"兵蚁"系列做得太牛×了。荆丹把这么重要的工作交给我一个人打理，夏叶和杨启亮自然有些怀疑，我只好解释为获得了姚羽的支持，动用行政级别优势对荆丹进行了权力压制，对于这个解释，他们虽然不大理解，却也没再多说什么。

最终的创意是夏叶贡献的：画面是整个屋子的横切面；墙体、家具、饰品全都长出了根，墙体、家具扎根在地上，饰品与建材扎根在墙上或其接触面上，比喻整个房子以及所有家装饰品都像长了根一样结实可靠，房子抗震 8.3 级，家装也一样。这既突出了房子和家装的整体施工品质，又迎合了荆丹全力倡导的"抗震"概念，可谓一举两得。

说实话我真是快哭了。在夏叶的印象中，我似乎还在为迎合荆丹的要求而奋斗，所以她才想出这么一个尽量去迎合荆丹的创意；

殊不知这一稿基本上就算是我的毕业设计了,稿子出街之日,就是我张迈滚蛋之时。

讲真,这个创意的美术执行难度非常大。以当时的美术执行水平来看,建筑横切面的实景效果几乎是不可能实现的,杨大哥退而求其次,用矢量图①与实景图片结合的方式实现了这个创意,实际效果是超出我的预期的,与《维纳斯诞生》那种风格的油画有点类似,很美,很生活,毕竟不是专供创业团队的写字楼,没必要弄得那么酷。

广告的文案由我自己撰写,标题是"天生高贵,与家俱来",下面的文案则阐述了红旗别墅家装活动的细节与好处,重点强调了由开发商负责协调家装工程的特色服务及其独特优势。接下来的软文就更简单了,标题是"报名红旗别墅'家装学院',装点一个有根基的家",内容除了把活动的细节规则写明白之外,额外描述一下业主在装修方面的痛点就可以了,文章结尾再把好处罗列一下,比如自主设计个性风格、高端物料一手价一站购、工程品质享受开发级保障等,最重要的好处就是明明白白消费绝不背地挨宰。

提案之前杨大叔把平面稿和软文分别用 A3 纸打印出来,然后贴在了真实的报纸上,模拟出一版《北京青年报》的真实版面,陈家人看后满意得不得了,一个字都没改就把字给签了,搞得我心里是七上八下。《北京青年报》一个整版就是四十多万的费用,说实话我是盼着他们给点修改意见的,万一效果不好也还有得掰扯,这可好,一个字都不改,效果好还则罢了,万一效果不好,四十多万打水漂儿可就全是我的锅了,就算荆丹不炒我,今后恐怕我也没脸再嘚瑟了。直到这时,我忽然理解了荆丹对我的教诲:"一旦偶然没有发生,那么之前的一切功劳都将付诸东流,期望越高,失望越大。"

稿子发布的那天,我拿着事先打印好的辞职报告去找姚羽提辞职,说实话还是挺伤感的。首先一点就是愧疚,人家姚羽明里暗里地护着我,最后却是我自己作死不给人家争脸;其次一点还是愧疚,人家明明指点过我不要忤逆荆丹,就算不得不忤逆,至少也要找她出头,但我还是自作主张私下里伙同老冯干了出格的事,亲手把小辫子送到了敌人手里,我从头到尾都没跟她商量过。一想到这儿,负罪感便排山倒海地向我袭来,就像当年李甲无颜面对杜十娘一般,当然,这种比喻不是很恰当,但程度真的是一样的。站在姚羽办公室门口,我铆了半天劲儿才终于鼓起勇气敲起了门。

结果敲了半天没动静。

一拧门把手,锁了。

人家根本就不在公司。

我天,这大姐天天准时到岗,唯独今天旷工。

"姚总,在公司吗?"站在楼道里,我明知故问地发了一条短信。

"不在。什么事?"

"有点事想找你聊。"

"什么事?重要吗?我在谈客户。"

"重要。我等你回来。"

"到底什么事?"

最后一条信息姚羽发了三遍,我始终没回,她最后还打来了一个电话,我也没接。不管怎样,这种事还是当面跟她说清楚比较妥当,是告别更是歉疚。就像夏叶说的那样,我的去与留,意味着她与荆丹暗战的败与胜,意味着她的自尊与公司的平衡,意味着很多很多的东西,如今因为我的任性,害她吃了败仗,真的对不起了。

此时荆丹还在办公室里斗他的地主,说实话我真不想回办公室了,一来尴尬,二来干什么都踏不下心,干脆出去找了个网吧上了一天的网,其间我把辞职的事在 OICQ 里跟夏叶聊了聊,对于辞职这个结果,夏叶表示理解却并不认同,她觉得事情虽然严重,但应该还到不了砸饭碗的地步,并表示可以豁出老脸帮我说服荆丹。

虽然婉拒了她的好意，但我真的非常感动，也很欣慰，这至少证明了我虽然没把事做成功，但做人还没那么失败。见我已是铁了心要走，夏叶也只能对我表示祝福了，除此之外我俩还约了个散伙饭，只有我跟她两个人。什么未婚妻未婚夫之类，都是玩笑话，但整间办公室我跟她感情最深这也是不争的事实。至于其他那两位大哥，叫不叫他们我也是犹豫了好久，最后还是决定不叫了，一是接触太少关系实在太一般，没必要道德绑架耽误人家下班回家；二是叫上他们必定会起"灯泡"的副作用，说我不想泡夏叶那是假的，我只不过是有自知之明而已。如今我前途未卜，今后还在不在北京混都是个未知数，但是，只是但是，万一泡上了呢？

打了几把 CS 逛了一阵论坛，不知不觉到了下班的时间，荆丹已经收拾好东西准时滚蛋了，整间办公室只剩下夏叶一个人在等我，而姚羽办公室的门仍然是锁着的。

无奈，我只能把辞职报告从下面的门缝塞进姚羽的办公室。或许这就是缘分吧，不是我不想当面跟你告别，只是缘分耗尽了。结果我和夏叶刚走到楼门口，一辆出租车就停在了马路对面，开门下车的正是姚羽和老冯。

"你跟我来一下！"姚羽恶狠狠地瞪了我一眼，继而用白眼翻了一眼夏叶，似乎已经猜到了我的目的。

"你先在这儿抽根烟，我最多十分钟就回来……"我跟夏叶打了声招呼，没精打采地跟着姚羽回到了她的办公室。

推开门，我的辞职报告就在脚底下，偌大一张 A4 纸就印了两行小字：

辞职申请

本人因个人原因决定辞去现有职务，由此对公司造成的不便在此深表歉意。

再往下则是我龙飞凤舞的签名。

"又怎么了？"低头捡起报告，姚羽面沉似水。

"东窗事发了。"我尴尬一笑。

"什么东窗事发？"说着话姚羽把手包放在了办公桌上，之后坐到了办公椅上，我则坐在办公桌对面。

"就是红旗别墅活动的事，荆总已经知道是我背着他给客户出主意了。"

"他想让你走？就因为这个？"

"算是吧……"我摇了摇头，"其实我自己也有点扛不住了，一直这样下去也不是个办法，倒不如赶紧结束。"

"这是什么时候的事？"

"下工作单那天。"

"为什么到现在才说？"

"这个……"我深吸了一口气，"这件事我不光没告诉你，我谁都没告诉。我不想影响别人的情绪。"

"这能影响什么情绪？"姚羽眉头紧皱，"你不用辞职，这件事回头我去找他沟通。"

"算了吧算了吧，真不用了……"我一个劲儿地摇头，"姚总，我知道你一直在保护我，我打心眼儿里感谢你，但有些事，光保护是没有用的。这次确实是我犯规在先，而且触犯的还是原则性问题，我真不想让你难做。"

姚羽没说话，从手包里取出一沓文件摆在办公桌上推到了我的面前，说："你以为你走了我就好做了是吗？"

低头一看文件封面，《红旗别墅二期项目广告代理商招标书》，再看标题下面的发标日期，竟然是十天前。

不是说二期比稿不会找元鼎了吗？难道说又是那个曲猪头在玩

什么猫腻，又想拉上元鼎陪黑标。

"我和冯总刚刚和客户开过会。他们对荆总不感冒，这次招标，本来已经把咱们公司排除在外了。但今天的广告效果比预期的要好，所以他们决定让咱们继续参与招标。"姚羽面无表情道，"从现在开始，咱们还有一周时间。这次机会是你争取来的，我希望你能做一个有始有终的人。"

【注　释】

① 矢量图：也称为面向对象的图像或绘图图像，最大的优点是进行放大、缩小或旋转等操作不会失真，最大的缺点是难以表现色彩层次丰富的逼真图像效果。

56/

发现我一大早仍像往常一样出现在办公室，荆丹那个表情，就如同刚喷完杀虫剂却发现仍然有苍蝇在飞一样。

"荆总，别误会，昨天我已经向姚总提过辞职了，她也同意了。"我赶忙上前解释。

"哦……然后呢？"荆丹点了点头，似乎是在等我进一步解释。

"我现在已经不是元鼎的员工了，等会儿就去财务那儿结工资。"

"你是来结工资的？"荆丹微微皱眉，似乎不大相信。

"也不完全是。怎么说呢？现在还没到月底，结也结不了多少钱，姚总的意思是，可以发我整月的工资，但我也得额外帮公司干点活儿，她跟财务那边也好有个交代，就算是项目外包了。"

"外包？"荆丹顿时瞠目结舌，"她想让你干什么？"

"红旗别墅二期有个比稿，姚总包给我了。"我佯装尴尬道，"我这个资历您也知道，出去找工作恐怕也不好找，这次领完工资，下次再想领不知道得扛到哪年了，多领点是点，您说对不对？"

"比稿？外包给你了？"荆丹那个脸色，跟锅底有一拼。

"是啊……"我尴笑道，"策划案啊软文啊报纸稿啊，麻烦着呢。千把块钱包给我干，这不是两边都合适嘛。"

"岂有此理！"荆丹气呼呼地把外套往椅子上一甩，骂骂咧咧地摔门而去，不用问也知道是找姚羽理论去了，我很清楚，他去也白去。

首先是职权问题，姚羽是总经理，业务也是人家亲自磕来的，想派给你就可以派给你，想外包自然也可以外包，这是经营层面的决策，只要理由充分收支合理，即便是董事长也无权指手画脚。其次呢，就是荆丹自己的人缘问题，让他接手比稿，机会基本就算浪费了，就像之前说的，客户一看见他那张脸，提案就可以结束了。

说起红旗别墅二期项目，跟一期还是有本质上的区别的。首先，因为二期的规划面积比一期要小，所以独栋别墅只占销售总体量的20%，项目以联排别墅和花园洋房也就是低层高档公寓为主，联排别墅和花园洋房的购房总价远低于独栋别墅，因此客户群体与一期相比也会发生巨大变化，以前是中产往上，如今或许只是次中产或小康家庭。

其次，或许是吸收了一期产品不好卖的教训，二期项目中的联排别墅与花园洋房的抗震标准将由之前的8.3级下调为8.1级，仍旧高于国家标准但建筑成本显著下降，而且建筑外观也将得到很大改善，对装修的限制也将大幅放宽。

综上所述，开发商与广告公司的合作模式也会回归正轨，不再采用基础月费加提成的模式，毕竟房子漂亮又便宜，肯定要比一期好卖不少，再给广告公司提成开发商就亏了。据姚羽开会的结果分析，这次陈家人对月费报价的心理预期在十万左右，而且就是纯粹的月费，不存在回扣之类的东西，换句话说，这单业务的真实利润要远高于荆丹刚刚拿下的那个十三万的写字楼项目，这才是迄今为止元鼎有机会接手的最大项目。

果不其然，没过多久荆丹便脸色铁青地回到了创意部，他恶狠狠地瞪了我一眼，然后愤懑地坐到办公桌后面捅开了电脑。看来是沟通失败了，如今也只能把有限的愤怒发泄到无限的斗地主中去了。总经理毕竟是总经理，没错，我的人最终还是辞职了，我在战略上输给了你，但在个别战斗上，我还是有办法恶心恶心你的。

再然后就是开会商量了。

首先是分析标书。这次的标书，是姚羽从陈家大儿子陈国祥的手里接过来的，应该是陈家人审核过的版本，可以代表陈家人尤其是老爷子的意愿。但问题是，他们的意愿，基本上就是没有意愿，标书从头翻到尾，也没列出有什么明确的需求，唯一一个还算清晰的需求是需要起一个新的案名，因为直接叫"红旗别墅二期"的确有点糊弄，而且这个名字容易让人误以为这个项目跟一期一样还是个别墅小区，有误导消费者的嫌疑。

那么问题来了，按红旗别墅确切的说是按老爷子一如既往的风格，新的案名肯定要叫红旗什么什么，例如红旗公馆、红旗家园之类，老冯和姚羽也是这么认为的。但我却不这想，什么事如果答案过于明显，肯定就是个坑。老爷子喜欢红旗不假，这已经是尽人皆知的秘密了，所有投标公司都会在"红旗"两字上做文章，尤其是曲猪头和老梁成立的公司恐怕更是门儿清。如果所有公司都提红旗什么什么，陈家人没准会挑花眼，以他们家的直男作风，最后一急眼八成就是抓阄定胜负随便挑一家便宜的。虽说砸价的确是元鼎的看家本事，但话说回来，这次我们的奋斗目标可是回归正常报价啊！即便到最后迫不得已必须靠砸价取胜，你砸得过老梁和曲猪头那种真正的皮包公司吗？

争论到这个地步，所有人又都沉默了。

大家都觉得我说的有道理，可问题是，不叫红旗又能叫什么呢？老爷子那么喜欢红旗，忽然出现一个没有红旗的名字确实是鹤立鸡群,但风险未免也太大了吧?

"麦子,你以后有什么打算。"正经事讨论不出结果,会议的话题自然而然就走样了,姚羽干脆开始询问我的个人打算了。广告公司开会就是这样,再怎么火烧眉毛的事,也得先喝杯热茶压压惊,然后再慢慢聊,一旦聊不出个所以然,那就怪不得大家伙儿跑题了。姚羽的问题基本上都比较严肃,要是换成毕爷,此时此刻恐怕已经在讲荤段子了。

"不知道。"我摇了摇头,"先发发简历碰碰运气吧。房子到期之前要是能找到新工作就继续干,要是找不到,就回去了。"

"回去?回哪儿?天津?"姚羽一皱眉。

"否则还能回哪儿。"

"还想干广告吗?"

"真要是回了天津,恐怕就得干点别的了。"我摇头道,"我觉得天津的经济环境不具备广告公司生存的土壤,至少现在还不具备。"

"你没回答我的问题。"姚羽道,"我问你还想不想干广告。"

"想啊!"我欣然道,"怎么着,你能给我介绍个地儿?"

"那得看你能不能把这个项目拿下来了。"姚羽诡异一笑。

"姚总,你还真别太小瞧我。"我拿起一根烟叼在了嘴里,"我绝不会把这次比稿的结果和我的个人前途挂钩。你帮我介绍工作我谢谢你,你不帮我介绍,这个案子我也会全力以赴,把这个客户做牛×了,是我的个人情结,不是筹码。"

"人不大脾气不小。"姚羽微微一笑不以为然,"你哪只眼睛看出来我小瞧你了?"

"这真不是脾气的问题。"我佯装严肃道,"我知道我这几个月混得挺失败的,但我一点都不后悔。如果上天给我机会重来一次,我还是会把荆丹绕过去。就像我刚才说的那样,这个客户是情结,为了这个情结我不在乎丢工作,这是特别单纯的事,不涉及任何利益交换。

你可以不帮我介绍工作,但不能把我看扁。"

"说得就跟你真能拿下来似的。"姚羽单手托腮一脸的满不在乎。

"至少比上次有信心。"我回道。

"你以为你帮他们出过几次主意,他们就能一直听你的?"姚羽懒洋洋道,"的确,比起其他公司,你确实有点优势,但也只是印象分高点而已。他们是商人,不会跟你讲什么江湖义气,创意不好的话,该不给面子一样还是不给面子。"

"错!我的信心绝不是因为帮他们出过主意,这跟印象分没关系。"我胸有成竹道,"姚总,你说说看,这次比稿有几家公司?"

"五家啊,不是告诉过你吗?"

"又错了!"我伸出两根手指比出一个"V"字形,"我告诉你这次是几家公司比稿吧,就两家!只有咱们和老梁!其他那几家都是冤大头,纯就是被代理公司那个姓曲的骗过去陪标的。咱们获胜的概率是50%,我是理科生,凡事喜欢看概率。上次我非要去比稿,并不是因为我对自己的能力有信心,我是觉得四家公司比稿获胜的概率有25%,比中彩票的概率高太多,所以才想去搏一把。这次概率更高,是50%,所以我的信心也更大!"

"比稿和概率没关系。你小子命好罢了。"姚羽一笑,"据说后来之所以中标,是因为你做了一张稿子,把高尔夫球旗做成了红色的,你能想象客户最终看中的竟然是那玩意儿吗?那东西和概率有关系吗?"

绕了一大圈,话题竟然又回到了"红旗"上面。

"这个客户太喜欢红旗了,仅仅是为了与众不同而丢掉这个元素,风险太大。依我看,咱们还是想一个跟红旗有关的案名吧,否则真是一点希望都没有!"始终一言不发的老冯终于说话了。

"你说什么?"我正在琢磨红旗的事,听老冯这么一说心中猛然一动。

　　"我说这个客户太喜欢红旗了……"

　　"不不不，你说……没希望？"

　　"是啊……"老冯满脸的不明所以，"怎么了？"

　　"我明白了！"我"啪"地一拍大腿，"我知道所谓的'红旗'究竟是什么了！"

　　"怎么讲？"姚羽似乎有点蒙圈。

　　"老爷子是地震幸存者，他特别绝望时看见解放军举着红旗进城救灾才觉得自己终于得救了。"

　　"这个我知道。"姚羽点头。

　　"当时我觉得，老爷子是把解放军当成了救命恩人，所以对红旗有特殊的情感。"

　　"难道不是？"此时此刻，姚羽也陷入了沉思。

　　"至少不完全是！"我斩钉截铁道，"我记得《阿甘正传》里有这样一个情节，阿甘的一个哥们儿死在了阿甘的怀里，死前最后一句话是'我想回家'。"

　　"我记得这个情节。"姚羽点头。

　　"家是什么？家就是安全感！之前荆丹一直想打'安全'这个概念，但他说的只是物理上的安全，家给人的安全感不是物理上的，而是精神上的！所有人在走投无路的时候都会想到回家，回家就是最后一道心理防线！"

　　"是这样。"姚羽不由自主地点头。

　　"老爷子并未在地震中丧生，按理说他应该庆幸，但他并没有！他感觉自己跑不了了，迟早会死，为什么？因为家没有了！他面对的并不是恐惧，而是绝望！绝望比恐惧更可怕！家是最后一道心理防线，家没有了，心理防线也就崩溃了！红旗的意义，并不是救他的命，而是给了他一线希望！家虽然没有了，但他并没有被人抛弃，看见红旗,家人就有了被救的希望,家园就有了重建的希望!红旗,就是老爷子心中的希望,这点或许连他自己都没有意识到,他只是觉得一看见红旗心里就踏实,其实红旗只是他心里的一个符号而已,真正让他踏实的,是希望!"

姚羽听得两眼放光频频点头,看来情绪也是被我调动起来了。

"不光是对老爷子,对所有人而言,希望都是将人生继续下去的最大动力!比如说买房,有的人为了买房贷款上百万,月供要五六千块钱,三千左右就能在三环租一个三居室,他非要买房图什么?就图两个字——希望!这就是买房的动力。想在北京扎根,想获得稳定的生活,只要买了房,一切都有希望!房子就是实现这一切的希望!买别墅的人也不例外,他觉得买了别墅生活就能变得更安逸,社会地位就会得到更多的认可,这也是一种希望!咱们现在要说服老爷子的就是,红旗只是你一个人的希望,而广告的职责就是把你的希望翻译成每个消费者都看得懂的希望!"

"有道理。"听我说到这儿,就连老冯也是频频点头,"照你这么说,看见红旗就是看见希望,这已经是老人家的条件反射了,那什么词才能取代红旗呢?希望……难道要叫'希望家园'?"

当然不能叫希望家园。

再之后的掰扯和烧脑我就不细说了,总而言之,只要调子定了,后面的事情就都水到渠成了。至于我们给红旗别墅二期起的案名,或许有人会笑,因为单从字面上看,跟"希望"还真就没啥关系,我们给项目起名为"后院"。

没错,就是"后院起火"的那个"后院"。当然,"后院起火"这个词的确不大正面,但单看"后院"这两个字,还是可以给人一种居家隐私的感觉的,前院待客后院自赏,这也是中国自古以来的传统。

这个名字跟"希望"唯一的关系就是它的英文名叫"Hope Park",直译过来是"希望花园","后院"是直译和音译的混合体,借了英文

"Hope"的谐音。除此之外,这个名字还有一个优点,那就是好记,一般人听一遍就能记住。

不许笑!

广告就是这样,至少当时的广告是这样。头脑风暴的时候喷得天花乱坠,最终的成果,没准就是个风马牛不相及的东西,但肯定能解释得通。当然,这种拐了八道弯的解释为的只是能在提案时让客户理解我们的初衷,从而接受我们给项目定下的调子,最后执行时,肯定要用更通俗的手段来表现,比如广告标题直接就写"人生就是一次希望接着另一次希望",诸如此类,直接把我们要表达的概念写出来,或是用视觉表现出来,当然,我们提案稿的标题可不是这么写的,但也差不太多,内容如下:

> 新希望的诞生,不代表旧希望的结束
>
> 红旗别墅二期——后院
>
> 盛大开幕
>
> 希望的"后院",如今对你开放

其中"后院"二字被我们用毛笔字体做成了项目 Logo,并直接以 Logo 的形式出现在了文案里。

至于画面就比较恶俗了,就是个花团锦簇的院子,一个小孩流着鼻涕抱着个皮球冲镜头傻笑。孩子就象征着希望,画面是暖男陆春做的,内容的确没什么冲击力,但美感还是足够的。我的确是想做点有创意的画面,但姚羽非得这么搞,女人嘛,都喜欢那种暖洋洋很生活很小资的感觉,这我理解。

当然,就像荆丹说的那样,提案不能只提一稿,后面还有三稿垫底的,都比较侧重实际卖点,不像上面第一稿那么云山雾罩。后三稿中第一稿打的就是荆丹心心念念的抗震概念,房子结实毕竟是卖点,关键是这次不耽误装修了,单纯就是结实而已,标题就是"人生的后院,必须坚如磐石";之后一稿是突出一梯一户电梯入户的,标题是"唯有后院不容分享,一梯一户独享尊荣";最后一稿是突出超大露台的,标题是"二十平方米——后院之中最接近天空的地方"。这里额外说一句,其实我也不知道多大的露台算是"超大",二十平方米真的算超大吗?算了,管不了那么多了,开发商说超大,那就超大吧。要说这几篇稿子荆丹看了肯定得激动得热泪盈眶,没提车位,没提红旗,甚至有一张稿子还提到了他梦寐以求的抗震,千年咒怨终于可以释怀了。

总而言之,稿子不是重点,能让老爷子接受"希望"这个概念,我们就算是成功了。除此之外,没有备选方案,绝对是孤注一掷。姚羽起初也犹豫,但最后还是选择相信我,在我看来,所谓的"备选"其实就是心虚的表现,我不是偷懒,而是要显现我们的信心:我们只给你最好的东西,我们不会把二等品卖给你。

57

一周时间转瞬即逝。

这次提案跟上次不一样，上次是谁先到谁先提，这次改成抓阄了，要说老冯那双手也真是臭得可以，上来就抓了个第二家，我天你敢先洗洗手再抓吗？这里要说一下，这次提案有五家公司，每家公司的提案时间规定是四十分钟，都堆在上午提案的话时间是很紧张的，而且老爷子那个岁数也坚持不下来，所以第四家和第五家被安排在了下午，也就是说，第一家、第三家和第五家都是安全的，第一家虽然也存在被偷听的风险，但毕竟后面等候的是两家，彼此不熟的话是不好意思上玻璃杯的。第二家、第四家是铁定会被听个底儿掉的，五家里三家安全两家危险，结果老冯这双臭手就抓了个危险的。

没办法，这都是命。

还是那间会议室，还是隔壁那间小屋，一进屋我又是一愣，但见老梁仍旧戴着那副眼镜穿着那身衣服，正叉着腰朝我淫笑，见我进门，第一件事就是给我看抓阄的纸条，就一个阿拉伯数字"3"，之后又把上次我们偷听用的杯子拿起来在我跟前晃了晃，哎呀我天真是怕什么来什么，你丫是故意让曲猪头这么安排的吗？这也太耍赖了吧？你就不怕我当着老爷子的面揭穿你勾结曲猪头搞暗箱操作吗？说到这儿我就不得不鄙视一下姚羽了，或许她还不知道玻璃杯是个什么典故，跟老梁你一言我一句聊得比朝韩失散亲属见面会还热乎，人家是来抢你饭碗的好吧。

废话少说。第一家公司很快开始提案，隔壁剩下我和老梁他们，虽然已经是阶级敌人了，但毕竟还是熟人，拿起杯子一块儿听谁也不避讳谁，加之提案的哥们儿也不知道会议室的隔音有问题，提案的嗓门比帕瓦罗蒂都大，"帕瓦罗蒂"加玻璃杯，那音效简直比电影院都好。果不其然，这家公司要么是研究过红旗别墅之前发布的广告，要么就是通过其他渠道打听过陈家人的喜好，一共提了两个案名都跟红旗有关，第一个叫"红旗郡"，第二个叫"红旗山庄"。至于推广策略，无非就是以往那堆俗套，送东西搞活动诸如此类，案名俗方案更俗，其中有一个核心活动，主要内容是搞一次高尔夫球大师赛，参赛者买房就送高尔夫球年卡。我就纳了个闷了，你能分析出他家喜欢红旗，难道就分析不出他家财迷吗？你以为当了开发商就能在庄稼地里种钱吗？办个球赛得花多少钱咱就不提了，买房还送年卡？当初那群买别墅的他都没送过年卡，你让他给买公寓的送年卡，你这是憋着煽动一期业主集体退房吗？

提案很快结束，没有掌声，甚至都没什么互动。估计是陈家人也不知该说点什么好。对于这家公司，根本就不用曲猪头表态，我就可以给它定调了，纯就是个陪标的，没猫腻也是陪标的。

接下来轮到我们上场。临出门老梁还举着杯子冲我摆了摆手，可气死我了。

刚一走进会议室，我顿时感觉对面氛围不对。以老爷子为首的陈家人，看我的那个眼神，简直就像见了鬼一样。我衣服上沾屎了吗？干吗这么看我？

"各位领导，久违呀！"我满脸堆笑地把投影仪放上了会议桌。

"怎么是你呀？"老爷子微微皱了皱眉，"你不是早就辞职了吗？"

我顿时就愣在了当场，停下手中正在接线的动作下意识地回头看了看姚羽，只见姚羽也是一脸蒙圈，显然没想到老爷子上来就会问这个。

这谁泄的密？非但是泄密，简直就是造谣啊！什么叫"早就辞职了"？没错我的确向姚羽提了辞职，距今也不过一个礼拜，一个礼拜很久吗？你们家上期的报纸广告还是我做的好不好？"陈总，您这话是听谁说的？"

"是我说的。我听说上期稿子发布之后你就离职了。看来你家姚总是舍不得放你走啊。"根本就没用老爷子指认，嫌疑人自己站出来了，果不其然又是这个曲猪头。我一下子全明白了，荆丹为什么会知道我绕过他的事，陈家人又是怎么知道我辞职的，里里外外全是这个孙子在中间搞鬼，两头挑唆，唯恐天下不乱。不过这倒也符合他的风格，我挣不着钱就谁都别想挣着钱，上次怂恿别的公司跟我们砸价就是这个路子，最后逼得我们不得不报出了三万块钱这种震撼全宇宙的绝世低价；这次还是一样的把戏，你小子不是不愿意来我的公司上班嘛，那就哪儿都别去！左手跟荆丹串通右手向老爷子告密。你这个脑满肠肥的死猪头，你一个月挣多少钱我一个月挣多少钱？你给元鼎使坏也就罢了，连我这么个底层渣渣都不放过，你还是人吗？

"小张啊，你跟我说句实话，到底辞职没有？"老爷子可不像曲猪头那么嬉皮笑脸，此时这句话是问得很严肃的，脸上的横肉已然传达出了撒谎的后果。

"这个……怎么说呢？"我尴尬一笑，脑筋又开始疯转，组织考验我的时刻又到了。倘若实话实说，本次提案或许就可以结束了；倘若说谎，今后一旦露馅，后果恐怕比实话实说还严重，毕竟在元鼎和陈家人之间还埋着一个曲猪头，露馅的概率应该是高于百分之百的。"可以说辞了，也可以说没辞，但有一点可以肯定，那就是红旗别墅这个项目不管是一期还是二期,我都会参与服务。"

"你这话是怎么讲的?"老爷子一皱眉。

"是这样的,我准备以公司的名义成立一间独立的工作室,目前的人选只有他一个。"关键时刻姚羽把话茬儿接过去了。我天真是神思维啊!以公司的名义成立独立工作室,那你还开公司干吗?直接成立工作室呗!这种脱了裤子放屁的神借口都能临场生成,不当总经理真对不起你。

"姚总,他本来就是你们的员工,为什么还要独立出来?"曲猪头毕竟是曲猪头,所有的碴儿都能找在点子上。对付他我有经验,就是他问问题,答案得冲着老爷子说,老爷子一发话,丫就可以闭嘴了,只不过有一点要注意,那就是回答时不能犹豫,嘴边有啥就得说啥,必须一气呵成,稍有犹豫就可疑了。"陈总,这个事呢,说起来有点复杂,我简单给您举个例子吧,我听说您之前是生产队大队长。"

老爷子没说话,只是点了点头。

"后来您带领社员致富,成立了公司,对不对?"

老爷子继续点头:"我知道你想说什么了。"

我都不知道我想说什么,您老人家怎么就知道了?"您猜的没错啊,就是解放生产力嘛!"这句话脱口而出时我自己都惊了,莫非我是被荆丹灵魂附体了不成?说实话我在说这句话的前一秒都还不知道该怎么说,有生以来第一次嘴走在了脑袋前边。

"你这小子……"老爷子呵呵一笑伸手指了指我,貌似对这个解释比较认可,老一辈人对这种上纲上线的理由真的是来者不拒。

"你们新来的那个总监今天为什么没过来,你们内部是不是有分歧呀?"没等老爷子再往下说,曲猪头竟然再次开火。这话问的,已经不能算是放冷枪打游击了,这就是吹冲锋号发起总攻的节奏了,老爷子已然是压不住他了,这货似乎是铁了心要把我或者说把元鼎这家公司在提案现场就地正法。我也明白,为了这次提案,姚羽孤注一掷,他也一样,而且他付出的东西可比姚羽多得多。这次提案对他而言,可不像上次找家公司商量商量回扣那么简单,他已经伙同老梁成立了自己的广告公司,注册广告公司需要一大笔注册资金,老梁肯定是拿不出这个数的,肯定都要由他来出,即便这笔注册资金后期可以通过各种名目抽出来,但他们毕竟已经招了员工租了办公室买了昂贵的苹果电脑和投影仪,这可都是真金白银,一旦失败可就全打水漂儿了。

"曲总您真是说笑了。"我恶狠狠地斜了这孙子一眼,"我怎么可能和总监有分歧呢?我是文案他是总监,我是下级他是上级,下级和上级之间怎么有分歧呀?"

"我没说你,我说的是你们内部!"曲猪头纠正道,"难道真的是你跟他有分歧?"

"不可能的!"姚羽尴笑道,"荆总没到场是因为总公司对他的工作另有安排。"

"哦,所以说你们要成立独立的工作室?"听姚羽这么一说,曲猪头反而满脸的大彻大悟,你所以个屁呀,你这话问的和姚羽上一句说的接得上吗?你这是逼我给老爷子写匿名信吗?说实话,要不是考虑到老梁拖家带口跟你捆一块儿孤注一掷,我这匿名信早寄出去了,谁手里没点对方的短儿啊?既然是竞争咱们就光明正大地竞争,比创意拼想法,你这阴阳怪气没完没了的,非得逼我跟你一样玩阴的吗?

"这个问题没必要在这儿讨论,后面还有一家等着呢,不要再浪费时间了,赶紧开始吧!"关键时刻我家软耳陈三爷挺身而出,哎哟我就谢谢您顺便祝您老人家多子多福了!

"是啊,快开始吧!他们公司内部的事,让他们自己回去处理!"三爷之后老爷子也紧跟着表态,直到这时曲猪头才愤愤地把嘴闭上,此时老冯早就把文件打开了,我调好了投影仪的焦距,终于可以开始说正事了。

开篇还是那堆废话,各种分析,分析消费者,分析区域,分析市场,分析优势、劣势、机会、威胁,我一边分析一边观察陈家人的表情,稍有不耐烦立即翻页。这堆东西其实也不用我们分析,就算陈家人不知道,其他四家公司提案肯定也得分析,说实话我也挺理解陈家父子的,同一堆废话得连听五遍,换我我也烦。

分析得差不多了,开始讲情怀。我把当初我跟姚羽老冯说的那些关于"希望"的话原封不动地说了一遍,讲真陈家人还是比较认同的,尤其是老爷子,看那眼神已然是梦回灾区了。最后我把案名打出来,全场震惊。

"后院儿?"陈家大儿子揉了揉眼睛仔细看了看屏幕,没错就是这两字,不禁眉头紧皱。

我的天,我的祖宗,您敢把儿化音去了吗?"是'后院',您可以尝试不加儿化音!"我只能亲自示范一下读法,挺文雅的意境,让他加了个儿化音俨然就成了几个街坊大叔光着膀子坐一块儿吃炸酱面就腊八蒜的地方。

"你这个名字起得……"此时此刻老爷子也是眉头紧皱,"是不是太随意了?"

偷眼观察曲猪头,那必须是春风得意,在他看来我们已经可以收拾东西走人了。一没有"红旗"这两字,二没有高尔夫球场,现在连老爷子都给出这种评语了,你们还赖在这儿干吗?

"我来解释一下……"我清了清嗓子,"我们这次提案,一没提高尔夫球,二没提红旗,为什么呢? 首先,我们的一期项目在打高尔夫别墅的概念,在老百姓的固有印象中,高尔夫球就是贵族项目,很奢侈,很高档,独栋别墅项目用高尔夫的概念没问题。但我们的二期项目并没有那么高的档次,一半以上都是花园洋房,虽然一梯一户也很奢侈,但地点是顺义,单价跟东三环 CBD 比不了,如果也去突出高尔夫球场，会弱化高尔夫的价值，别忘了咱们的一期项目还没卖完。我们的建议是，把高尔夫的概念单纯留给一期，二期不要碰，甚至连'红旗别墅'这个字眼儿都要逐渐弱化，开盘时说一声就行了，后期推广就叫'后院'，完全当作一个独立项目来处理，不要跟一期扯上关系。"

"嗯……这个我同意。"陈家老大鲜有地点头赞同，"只不过你们这个后院儿……"

我天怎么还是加儿化音啊？我刚刚示范过读法好吧？"您先听我说完，这个案名是有解释的！其实就是'红旗'这个元素的一种演化。"

"说吧。"老大点了点头。

"红旗的事刚才我粗略解释过，现在我必须详细解释一下，红旗是希望的象征，陈总您刚才也同意了我的说法，是不是？"我满怀期待地看着老爷子，但见老爷子抿着嘴若有所思并未明确表态。哎哟我的老祖宗怎么这么快就变卦了，刚才不是一个劲儿地点头吗？"您想想，您经历过那个场面，解放军举着红旗来救灾，所以您一看到红旗就能感受到希望；但消费者没有类似的经历，他们感受不到，所以就理解不了'红旗'这个元素的含义。如果我们想把那种'希望'的感觉传递给消费者，让他们感受到这种希望所带来的力量，不如就把'希望'这两个字直接说出来，对不对？"

"你这么想，没有问题。但是你这个名字，跟希望有什么关系？"老爷子眉头紧皱满脸的疑惑。

"这底下不是有英文吗！"我都快急死了。的确，跟七十多岁的老干部聊英文翻译这种事，有难度也属正常，"Hope Park，Hpoe 是希望的意思，Park 是花园的意思，我们取的是 Hope 的发音和 Park 的意思，组合起来就是'后院'。Hope，后；Park，院，后院，别加儿化音！"

"嗯……后院……后院……"此时此刻老爷子倒是挺听话，很自觉地把儿化音给去了,读了几遍后竟然出乎预料地点了点头,我的神啊好迹象!

"这个名字,其实是有很多讲究的。首先,'院'是很神圣的一个称呼,比如说现在的北京第一豪宅——贡院六号,贡院是古代的考场,朝廷选官员的地方。考场的特征是什么?宁静,私密,神圣不可侵犯,古代擅闯考场那是要杀头的,包括现在的法院、检察院,那都是很严肃很神圣的地方。在汉语习惯里,老百姓家里的院子为什么要叫院子,为什么要用到这个'院'字,这跟古代女性称呼老公为'官人'是一样的道理,与其说是图个吉利,不如说是一种情怀和向往,院子是家的一部分,家的院子,就像贡院法院检察院这些'院'一样,享有神圣不可侵犯的尊严和隐私,风能进雨能进皇上不能进,这就是自古以来人们对私密的一种向往。"我一边说一边观察大家的表情,陈家人似乎都挺认可这个说法,唯独曲猪头面沉似水,不晓得又在酝酿什么阴谋。

"说完了'院',再说'后院'。后院是什么?是神圣中的神圣,私密中的私密,是一个家庭私密空间的底线。咱们也知道有个成语叫'后院失火',意思就是老底儿被人抄了,就是这个意思。"这时,我把目光转向了老爷子,"我举个例子吧,您是经历过大地震的人,我没经历过,但听我爸描述过当时的情景。当时我爸和我大爷都在天津上班,郊区靠近河北岐口一带,建设油田。得到地震的消息都是好几天以后的事了,他们哥儿俩联系了几个老乡,骑着自行车从天津回唐山,路上不紧不慢的,当时还不知道事态严重,结果到了地方就傻眼了,几个二三十岁的大老爷们儿跪在地上号啕大哭。上次提案,您说您震后一直在参与自救,没吃没喝还发烧;但我父亲他们没有,他们没经历地震,不是从废墟里爬出来的,他们身上带着干粮,也没发烧,也没看见多少死人,但哭得跟您一样伤心,按我大爷的话说,那才叫真正的'后院失火'。为什么?他们人在外地,在那里上班,在那里分了房子,在那里生活,但在他们心中,那里只是前院,唐山才是后院,才是根,才是真正的家。他们哭不是因为害怕,而是因为家没了!"

听我说到这儿,老爷子的眼圈已然通红。不光是他,我把自己也说得有点激动:"很多在顺义买高档住宅的人,都把这里当成第二居所,我们想出这个案名——后院,就是想让他们把这里当成后院,当成真正的家,只有真正的家,才能给生活带来希望!"

"好! 说得好!"老爷子用手揉了揉眼睛,"把咱们的项目当成真正的家! 说得好! 我就是这个意思,但我不会表达,你们帮我说出来了! 说得好!"

"说得好"这三个字,老爷子一口气说了三遍,我这一颗心,总算是放下了。

不过别着急,曲猪头的大招还没放呢。

"你们还有没有别的方案? 就这一个吗?"曲猪头操着公鸭嗓很违和地问了一句。

"就这一个。"我点头道。

"你们这个案子做的,倒是蛮省事嘛!"

"这是我们能想到的最好的方案,既然已经是最好的,就没必要提别的了。"

"那你们上次提案为什么会有备选方案?"

咱不带这么玩的好吗? 连上次提案的案底都翻出来了,你丫是不是实在没有可挑刺的地方了?

"小曲呀,你也不要再为难他们了,好方案,一个就够,不好的方案,再多也没用!"没等我们说话,老爷子亲自反驳。嘿嘿,就像姚羽说的,这就是印象分的力量。

"陈总,不是我要为难他们。他们公司确实为项目出过力,以往的广告效果也比较显著,这是事实,但我希望您不要因为这个就降低标准！"但见曲猪头一脸的义正词严，这算是彻底撕破脸来硬的了吧？"广告公司的人员流动是很频繁的，据我所知，小张确实已经辞职了，让一个已经辞职的员工来做提案，这是什么态度？即使如他们所说，要成立什么工作室，但他们自己也说了，目前只有小张一个人，连个创意总监都还没有，这怎么可能服务得好？如果二期销售出现问题，这个责任谁来担？"

"总监我们可以招，现在也正在招！"姚羽也有点急了。之前那两版效果好的广告，不也是在没有总监的情况下做出来的吗？事实摆在眼前，你一个成年人，怎么就能如此颠倒黑白混淆视听呢？

"你看，连他们自己都承认没有总监！"曲猪头满脸的理所当然，"我来问你，你们现在的这个方案是谁做出来的？有创意总监参与吗？你们本来是有创意总监的，他现在人在哪儿，为什么没来提案？在你那个工作室里，小张是什么角色？难道以后的工作都要这样完成吗？陈总，像这种内部管理混乱的公司，希望您能慎重考虑！"

说实话，此时此刻，如果把这个猪头和荆丹捆在同一根柱子上，给我一把枪一发子弹只能打一个人，我肯定打这个猪头。

"现在在隔壁等着的那家公司，总监是谁？"关键时刻，我的守护天使又现身了，陈老三此言一出我顿时就是一惊，看来陈家人早就知道老梁跟这猪头有一腿。

"老梁大家都认识，还有一个小伙子我也见过，之前是元鼎的美术指导。另外还有个小姑娘，看着跟小张差不多大，她是总监吗？"陈老三面无表情死死地盯着曲猪头，但见曲猪头张了张嘴想说话却又似无话可说，脸色已然跟马王堆出土的古尸差不多了。真是哪壶不开提哪壶啊！挑我们什么刺不好，非嚷嚷我们没总监，当我们家荆丹是死的吗？我们没总监难道你就有？没错，荆丹被陈家拉黑了，但好歹也算有吧，你们连拉黑的都不趁吧？

"都别说了。"老爷子叹了口气终于站出来主持公道了，"做广告也好,盖房子也罢,都得先做人!做人要讲原则,要光明磊落!没有总监可以招一个,但原则却是招不来的。"

我明白了。

老爷子,或者说陈家人,并非像我们想象的那样,是两眼只认钱的商人。

他们是有底线的。

他们跟八通苑那个姓庞的老总并不一样,类似陶武那种吃里爬外的行为,在陈家人眼里似乎是不能容忍的。或许是家族企业的缘故,他们最厌恶的似乎不是什么猫腻或黑幕,而是不忠。换句话说,如果我去了老梁的公司,现在来提案,他们未必会买账,相反的,他们或许会把我和陶武归为一类人,即使提同样的方案,用同样的说辞,也未必会有同样的效果。在这里我不得不替老梁鸣一下冤,我知道他是因为有荆丹捣乱才被迫自立门户,他的收入和项目月费直接挂钩,先前他误判形势,认为荆丹肯定会把客户搞丢从而影响他的收入,这才不得不另谋后路;但陈家人可不管那一套,他们看的只是眼前的事实,他们看到的只是,面对同样的环境,我留下来了,而你却成了老东家的对手,不管出于什么原因,这都是一种不忠诚的表现。

"后面的标,我就不参与了。"老爷子缓缓站起身子,从椅背摘下衣服披在了身上,"国祥啊,你们几个仔细听,回头把结果向我汇报一下,就这样吧。"在曲猪头绝望的眼神中,老爷子起身离席先我们一步走出了会议室。

可怜的曲猪头。

你要是能安静地做一个美猪头,或许老爷子还能坚持把老梁的提案听完,万一方案他老人家喜欢到无法自拔呢?这可好,非得明刀明枪,把人家老爷子气跑了吧?彻底没戏了吧?

活该。

58

比稿结束,我倒休了一天,加上六日连着休了三天,周一一大早顶门到公司,让我意想不到的一幕出现了:此时夏叶、杨启亮和陆春都还没到,头天加班一秒钟转天就得倒休一上午的荆丹竟然到了,比我来得还早,荆丹之外,办公室里还有一个陌生的哥们儿,看面相应该跟我差不多大,竟然正坐在我的位子上上网。

"我来介绍一下,这是咱们这儿新来的文案刘晓争。"没等我发问,荆丹主动站起身子走到了我跟前,"小张啊,你们比稿还没比完吗?还是说姚总有别的活儿准备继续外包给你?"

这个孙子竟然背地里招了个新文案来替我!

我们在前线点灯熬油比稿拿客户,你丫身为创意总监,屁忙都帮不上也便罢了,竟然还觍着一张狗脸偷偷摸摸招人替我,这是人该干的事吗?

我无奈一笑,刚才怎么进屋,现在怎么出屋。老实说,一开始我的确是想厚着脸皮当一阵子癞蛤蟆的,但问题是,一个人的脸皮再怎么厚也有上限,就如同现在这个情景,座位都被人占了,要有多厚的脸皮才能心安理得地找一个连电脑都没有的空位子坐着继续耍赖？反正我的脸皮是没那么厚。

站在楼道心里斗争了一会儿，决定还是找姚羽告个别的好，顺便问问她能不能真的帮我介绍个新工作，之前她不是透露过类似的意向嘛。

"又怎么了？"见我愁眉苦脸地进屋，姚羽似乎心里早有准备，抬头看了我一眼，之后继续埋头打字。

"我觉得我还是辞职比较好……"回头关上屋门，我坐到了姚羽的对面。

"又想起什么来了？"姚羽这次干脆连头都没抬。

"不是我想起什么了，而是……"我皱着眉一时不知道该怎么说。

"而是什么？"姚羽停下了敲字的手，抬眼盯着我说，"你家荆总又挑你刺儿了？"

"不是挑我刺儿，而是……招了个新文案。"我支支吾吾道，"我的座位和电脑也被占了，姚总，我真不想这样了。"

"他招了个新文案？"但见姚羽霎时间柳眉倒竖杏眼圆睁，大有抄刀拔枪夺门而出血洗创意部的架势，看得出来，对于招人这件事，她作为总经理却是毫不知情。

"你……不知道？"说实话我也惊了，完全没想到这家公司的管理竟然会乱到这个地步，我本以为这个新文案就像夏叶一样是计划内招聘呢，只是入职的时间比较恶心人而已。没想到啊没想到，竟然真的是荆丹自作主张招来的。总监招人居然可以绕过总经理，这孙子是准备自掏腰包给人家发工资吗？

"废话，不知道！"姚羽气得脸色发白，"你在这儿等着，我去找他聊聊！"说着话姚羽站起身就要出门，被我一把拦住："别别别，姚总，你要聊也别现在聊，就好像我又找你打小报告似的……"

"他自己招了个人来上班！这种事你不打小报告他就能瞒过去

了是吗？"姚羽已然气得要爆粗口了。

"姚总，你先别激动，听我说两句行不行！"我连哄带劝地把姚羽又按回到了椅子上，"上次我把他绕过去，直接跟客户聊产品战略，这件事结局怎样暂且不论，但确确实实是我破坏了规则。他要干掉我，而你把我留下了，你保护了我，但也给了他把柄。所以说现在他也把你绕过去，明显就是针对这件事。他巴不得你去找他呢！你一找他，他肯定拿我说事！"

"你是怎么想的？"许久，姚羽问出这么一句。

"你不是说……可以帮我介绍个新工作嘛。"我支支吾吾道。

"谁说帮你介绍工作了？"姚羽一皱眉。

"你说的啊！上次开创意会，你不是说如果我能把客户拿下来，就帮我介绍新工作吗？"

"你不是说不把个人前途跟客户挂钩吗？这个客户是你的个人情结，跟介绍工作没关系，是不是你说的？"

363

"我……"我真没词了，无言以对啊！我那就是客气一下好吗，您老人家还当真了？

"你看看这个……"说着话姚羽把笔记本转了过来，只见屏幕上显示的是一个 Word 文档，最上方的标题是一排大号加粗的宋体字：《红旗别墅二期项目广告全案代理协议》。

这就是姚羽刚才一直在写的东西，红旗别墅二期的广告代理合同。

"真中标了？"我试探着问道。

"废话。他家老头儿一共就听了两家提案，咱们前面那家提成什么德行你也听到了，能不中吗？"说到这儿姚羽叹了口气，情绪似乎平复了一些，"当初提案的时候，咱们跟客户打了包票，说你一定会参与服务，又是成立工作室又是解放生产力，你小子倒真是挺会临场发挥的，但你想没想过，一旦客户签完合同之后发现上当了，你真的已经辞职了，会有什么后果？"

"我……"说实话，我就知道姚羽会拿这件事压我，难道是我想这样的吗？我本来就是个受害者好不好？"姚总，要不咱真的成立个工作室怎么样？"

"工作室你就别想了，不可能的。荆丹也不会答应。"姚羽摇了摇头。

"可是……再这么下去我真的会被他折磨死的。"我苦笑道，"姚总，难道你还看不出来吗？现在已经不是他看我顺眼不顺眼那么简单了，他已经是对事不对人了，他不是要开除我张迈，他是一定要开除一个底层的文案，以创意总监的身份，他一定要证明自己有这个权力才会罢休！你上次能救我，这次能救我，但还有下次、下下次；不怕贼偷就怕贼惦记，你救不过来的！"

"这样吧，你再坚持几天。"姚羽沉思了片刻，"只要再进一个新客户，我就向上边申请再招一个总监，到时候另设一个组，把你放在新组里。"

"你觉得荆丹能拿下新客户？"我愁眉苦脸地问道，"还是说，下次比稿，继续外包给我？"

"这个问题，到时候再说吧……"姚羽把笔记本屏幕又转了回去继续敲字，"你今天先回家吧，明天准时过来。那个新来的文案，我去总部打听打听，如果董事长也不知道这事，就让那孙子滚蛋。"

"这合适吗？"

"合不合适不用你操心，先回去吧。"

59

也不知道姚羽和荆丹究竟达成了什么龌龊的交易，第二天等我到公司的时候，行政部已经派人把一台二手电脑送到了创意部，配置跟我原先用的那台一模一样，估计是同一批买的，即使二手也没二到哪儿去。我还坐我原来的位子，新文案也没被开除，只是被安排到了别处。

而荆丹呢，继续视我如无物，甚至比之前要加个"更"字，之前好歹还把我自己比稿赢下来的项目扔给我做，如今连玉龙华府和红旗别墅都没我什么事了，开会也不叫我，一大屋子人稀里哗啦地拿着记事本去会议室，就留我一个人在办公室上网；到了晚上一大屋子人加班，就我一个人拍拍屁股收拾东西回家，不愿意回家也可以，继续在办公室里耗着陪同志们聊天也行，但打车费要自理，因为丫是绝对不会给我签字报销的。足足两周时间，我干过的唯一一件正经事，就是去红旗别墅提了一次案，而且纯就是个吉祥物的角色，提案由夏叶主讲，我就负责坐在旁边静静地观摩，唯一的作用就是证明我没辞职，人还在呢。

不过话说回来，整个创意部，除了荆丹视我为阶级敌人，其他人跟我处得正经挺好,平时中午吃饭一块儿 AA,下班一块儿拼车,绝对是无话不谈亲如一家。尤其是那个新来的文案刘晓争,真的是一个特别单纯特别腼腆的小男生,喝酒一口闷,夸两句就脸红,没有任何坏心眼儿,不管是说话还是做事都单纯得很。有时候遇到一些专业上的问题,太腼腆不好意思去问夏叶,便会偷偷向我请教。说实话,我也就比他早入行几个月而已,真不好意思冒充专家,加之这小子问的很多问题我也拿不准,干脆建议他直接去问荆丹,你在我这儿获得认可是没有意义的,到他跟前一样会被枪毙,最终还是要返工。但是一提到"荆丹"这两个字,刘晓争的嘴就会情不自禁地撇到腮帮子上,不屑之情简直溢于言表。

看来,对于荆丹的真实水平,人民群众之间绝对是有共识的,绝对不是我一个人的成见。

就这样行尸走肉一般混了将近一个月,终于,新项目来了。

项目是总公司介绍过来的,标书是老冯接的,一个全新的商住项目,工程刚进行到挖坑的阶段,名字当然也没起。按老冯传达的意思,这家开发商跟红旗别墅差不多,也是个家族企业,只不过老爹年纪太大已经退居二线了,真正主持工作的是他儿子,而且是独生子,有海归背景,思想观念很时髦,要求项目的案名、广告语以及所有相关视觉都要新潮、个性,这可不是老冯的臆测或主观判断,是白纸黑字写在标书上的硬性要求,而且在后面明文例举了北京著名的前卫写字楼"左岸工社"为样板。

"左岸工社"是位于北京西四环的一座写字楼,光听名字就给人一种名画《自由引导人民》一般的叛逆感,这个案例是北京著名房地产广告公司"揽胜广告"早期的代表作。这家公司在"十大"里的排名始终在前三位,应该是当时北京最好的房地产广告公司之一,作品多以另类前卫著称,除了"左岸工社"之外,像"后现代城""朝外MEN"这些出了名的另类楼盘广告背后都能找到这家公司的影子。

不知是何原因,开发商虽然想做出揽胜风格的广告,比稿却并未邀请揽胜公司参与,否则也不可能把"参考左岸工社"这种要求写进标书里,非但没请揽胜,"十大"里的公司竟然一家都没请,四家参标公司里只有一家叫"万千画卷"的公司还算有点名气,实力上接近"十大",其余三家包括我们在内都是十八线公司,对我们而言,这也算是一个天大的利好,如果真去跟揽胜比稿,我还真就没啥信心。

然而就在我摩拳擦掌准备大干一场好拿下新客户招聘新总监从此摆脱荆丹魔掌的时候,魔掌同志却抢先一步主动伸过来了:本次比稿工作由荆丹全权主持。

由荆丹,全权主持。注意这里的措辞——全权。

这样一来,别说去跟"十大"比,"倒数十大"都比不过吧?

"姚总,如果今后所有项目都是他来抓,新总监恐怕一辈子都招不进来吧?"我怯生生地向姚羽表达了我的担忧。

"他做他的,你做你的。"姚羽叹了口气道。

"此话怎讲?"

"项目的策划案由你来写,提案也是你提,但主推方案必须用他的。你可以自己想一套方案作为备选加进去,他不会干涉你的方案。"说到这儿,姚羽的表情似乎充满了无奈和歉意,"有一件事我不该现在才告诉你:这样的机会只有这一次,如果拿不下客户,或是客户选了他的方案……"

听姚羽这么一说我就明白了,在与荆丹的暗战之中,姚羽始终处在不利的位置,即便拿下了红旗别墅二期这种油水丰厚的项目,仍旧没能抹去当初弄丢八通苑给上层留下的阴影,以至于身为总经理,却处处受制于一个行政级别比自己低一级的总监,包括这次比稿的安排。由我写策划案,由我提案,我自己想出的方案也能完好无损地加入提案文件,这些看似对我有利,实际上却完全不是这样。

首先,房地产项目所谓的策划案,就是一个花瓶,唯一的作用就是显得广告公司对这个项目很重视，一直没闲着，做了很多幕后工作，仅此而已。我在前面不止一次谈论过这个问题，99.9%的客户根本懒得看所谓的"策划案"，人家就看后面的平面稿和广告语，PPT文件打印出来厚厚一沓，客户真正关心的就那么几页而已。

对于传统消费品广告尤其是快消品广告而言，所有的创意都是为策划案服务的，广告公司的思维顺序也是先想策划后想创意，如果说策划是运算过程如"3+3=?"，那创意就是结果"6"，说白了，创意是根据策划推导出的结果。

但房地产广告正好相反，当时的房地产广告行业就更是如此，策划是根据创意倒推出的前提，基本上是先想创意再策划，先射箭后画靶心，先得出结果"6"，至于前面的策划案究竟是"3+3"还是"4+2"还是"5+1"，无所谓，只要结果是"6"就可以了，随便策划，不与后面的创意冲突就行。

所以说，让我来写策划案，与其说是创意思路由我主导，不如说是让我给荆丹擦屁股，哪怕他想出来一坨屎，我也要向客户解释清楚这坨屎是怎么形成的。

至于所谓的由我自己主导的"备选方案"，这个真的意义不大，因为主推方案肯定要放在前面，也就是说，荆丹的创意要达到行业平均水平，客户才有心情往后看。倘若他再想出一套纸别墅那种狗屎创意，后面的备选方案肯定要受连累的。

除此之外呢，不得不再提一下我心心念念的概率问题。中标对每一个参与竞标的公司而言都是小概率事件，就像之前我说过的，四家公司比稿，每家公司的胜出概率都只有25%，而元鼎的提案文件要包含两套方案，一套是荆丹的，一套是我的。客户选我的方案的概率就要在25%的基础上继续除二，只有12.5%。

换句话说，通过这次提案，荆丹有87.5%的概率可以把我赶走。退一步讲，就算元鼎真的中标了，客户选的真的是我的方案，我的结局也不过是留下来继续上班而已，拿客户的功劳或许还是他的，于情于理他都没什么损失，至多是面子上不好看而已，但这个人会在乎面子吗？至少我不认为他会。身为创意总监竟然被客户拉黑，提案都不让他去了，这货竟然还能心安理得地躲在幕后瞎指挥，强迫我去提什么抗震，这种货会在乎面子？

总而言之，看上去他对姚羽有所让步，但也只是看上去而已。

深想一步，我必死无疑。

60

　　想创意,要从想案名开始,项目的名字往往决定了项目今后的广告风格。例如"左岸工社",一听就是个激进前卫的名字,广告风格自然也是极尽所能的个性另类。荆丹这人虽然没溜儿,但这点道理还是明白的,自从接到工作单之后他便开始埋头查网页,同时吩咐下面人跟他一块儿想,其间夏叶和杨启亮想过几个不错的,但都被他毙了。记得夏叶想了一个名字叫"红场",那是苏联搞阅兵的地方,和"左岸工社"中的"工社"有异曲同工之妙,而且更大气,宏伟中透着激进,也没违反《广告法》,如果我是荆丹,没准就选这个了,就算最后不能用,最起码在设计层面有很大的发挥空间,能抓一抓客户的眼球。但可惜他不是我,正版的荆丹毫不犹豫地毙掉了这个名字,理由匪夷所思:这个名字听上去像"红肠",不像个房地产项目。能把"红场"听成"红肠",你丫是不是在哈尔滨住过?你这耳朵是有多背?总之他要想毙掉你的想法,天上地下处处都是理由,你越不服气,他的理由就越让你来气。

　　废话少说。

　　把下面人的想法都否干净之后,荆丹终于神秘兮兮地公布了他自己想的案名——布鲁克林生产队。

我没记错，你也没看错，就是"布鲁克林生产队"。仅此一条，再无其他。

他希望客户把新开发的写字楼项目命名为"布鲁克林生产队"。

生产队，而且是布鲁克林的。

这货，究竟有多想解放美国？

这个案名，是夏叶传达给我的。一开始我还以为她在逗我，直到她把一张写得密密麻麻的 A4 纸递给我，我才知道咱家荆大侠是玩真的。A4 纸是夏叶的会议记录，上面记录了这个神级案名的由来。

首先，荆丹研究了"左岸工社"这个名字的结构，得出一个结论，"一个有象征意义的地名+社会主义国家的基层劳动单位"，这就是客户希望的案名的理想结构。"左岸"指的是法国巴黎的塞纳河左岸，因激进派人士常于此集会而闻名，象征着激进与超前的思想，而"工社"则类似我国改革开放前夕特有的基层劳动团体"公社"。

于是乎，荆大人开始照葫芦画瓢。首先要想一个有代表性的地方，他绞尽脑汁最终想出来一个"布鲁克林"。为什么会想出这么个地方呢？因为他研究了揽胜广告的另一个案例"后现代城"，该项目主打"60 万平方米美国后街生活"这一概念。后街生活的典型代表就是纽约布鲁克林区。这个地方，是好莱坞警匪片里出镜率最高的贫民窟，治安混乱犯罪横行，抢劫、贩毒甚至帮派枪战屡见不鲜；当然，所谓的"后街"也不完全都是这些负面的东西，这里也是街头艺术的乐园，涂鸦、说唱、街舞，这些很时髦的东西也是后街的特产，这或许也是揽胜广告用后街文化包装房地产项目的重要原因，因为这些街头文化在当时的年轻人看来确实非常的叛逆时尚。

总而言之，揽胜所主张的"后街文化"的源头被荆丹洞悉了，于是他把后街文化的代表地区"布鲁克林"搬了出来替代了"左岸"。

至于后面的"工社"，干脆就降了一级改为"生产队"。生产队和公社是同一个时代的东西,虽然行政级别比公社低一级,但所象征的集体主义思想与公社是一样的。于是照葫芦画瓢,"布鲁克林生产队"这么一个"别具特色"的案名就这样诞生了。

据说听荆丹说出这个名字的时候,包括夏叶在内,所有人都以为这孙子在讲冷笑话,但听着听着就笑不出来了,这货竟然是认真的,他真的要把这个案名写进策划案提给客户。再之后这个大炸弹就踢给我了,因为策划案由我负责撰写,提案也是我提,也就是说,我必须向客户一本正经地解释我们为什么建议他把项目命名为"布鲁克林生产队"。

"这货又喝高了吧?"我斜眼盯着夏叶,第一反应就是荆丹这孙子绝对是故意的!能一本正经地提出这种命名方案,不是极蠢,就是极坏!蠢就不说了,他确实很蠢,但我真不觉得他会这么蠢!但凡有正常人的心智,不可能看不出来这样的案名有多扯淡。在我看来,他就是坏!故意想出一个绝顶胡扯的案名放在主推位置,让客户一开场就对元鼎或是对我个人产生非常恶劣的第一印象,这样一来,后面的备选方案再怎么花哨,也很难再提起客户的兴趣。换句话说,此人宁肯牺牲这次比稿机会,宁肯少拿一个客户,也要趁机把我赶走。

"这次真没喝。"夏叶耸了耸肩满脸的无奈,"从头到尾一本正经。我告诉过他,这个案名太不靠谱,但他听不进去。"

我该怎么办?

拿着这个"布鲁克林生产队"继续去找姚羽哭诉?然后战战兢兢地躲在某个旮旯里,祈祷他们之间再达成一个能让我委曲求全的交易?

达成了又怎样,达不成又怎样。

去他的吧。

之前将近一个月的无事可做,已经彻底瓦解了我的意志。荆丹并不是一个笨人,只可惜他的聪明并没有用在正经地方。"非暴力不合作"这招儿够聪明,也够狠,软刀子割肉,毁人于无形。本来,拿下新客户成立新创意组,是我留在这家公司唯一的动力,但如今,仅凭"布鲁克林生产队"这个"神来之笔",便足以毁灭这最后的小小希望。

沉思良久,我打开了 PPT 文件,行尸走肉一般敲起了策划案。"布鲁克林生产队"这个案名被放在了主推的位置,之后把夏叶那张 A4 纸上记的大部分内容原封不动地敲进了策划案:

> 项目地处中关村核心区,这里大学林立,是先进生产力的摇篮。
>
> 这里又是创业天堂,是个性思维的发源地。
>
> 所以,项目的区域特征是"先进生产力与个性思维的融合"。
>
> 项目定位是面向"小型初创公司",而初创公司具有"不分你我,共同劳作"的特征。
>
> 综上所述,"先进生产力与个性思维的融合"和"不分你我,共同劳作"便是本案最耀眼的标签。
>
> 有鉴于此,我们建议项目命名为"布鲁克林生产队"。

从接到标书到提案,我们本有一周的时间准备。对于房地产项目比稿而言,一周可以说时间非常充裕了,想当初我和毕爷两个人,仅用一天半的时间便制作出一套看得过去的提案文件。如今设计师有两个,理想状态下,一周时间足以做完文件,连加班都不用。但可惜那只是理想状态。如今的状态可以说一点都不理想,因为中间多了个荆丹。

在荆大侠的严格要求下,俺们的"布鲁克林生产队"仅 Logo 就做了三天,仅仅是一个 Logo 啊!两个设计师被折腾到翻白眼,每个人出的方案不下十几个,通通被毙,最后还是老规矩,荆大侠亲自上机做了一个,好坏我就不评价了,但你丫要是特别想亲力亲为的话,能不能早点出手？难道非得等把手下人折腾残废之后再亮剑吗？说实话，我也觉得挺对不起这两位设计大哥的，荆丹明显就是故意拖时间，耗在"生产队"上的时间越多，留给我写方案的时间就越少。

Logo 搞定之后，就是平面稿和其他一些设计延展示意了，例如海报、易拉宝、折页之类，又如便秘一般折腾了三天。终于，在周六天快黑的时候，"布鲁克林生产队"全线竣工。终于轮到我的方案了。提案的时间是下周一，也就是说，留给我的时间只剩下一天了。

就在荆丹折腾他的"生产队"的时候，我的策划案早就写完了。该置入平面设计的页面全都空着，就等着他们出稿子了。至于备选方案，原本我想了三个案名，每个案名后面都有一套风格不同的包装思路，但考虑到所剩无几的时间与两位设计师濒死的状态，我咬了咬牙，放弃了其中一个。一天时间，两个设计师两套方案，熬熬夜勉强来得及。

61

　　周日一大早,我第一个到公司,买了一大堆的可乐、啤酒、零食、烟,就等着两位设计大哥来了之后向他们谢罪了,正所谓"我不杀伯仁,伯仁却因我而死",正是因为我和荆丹的内部 PK①,才酿成如今的惨剧,我不想让他们熬夜,他们却不得不因我而熬夜,除了熬夜之外还要忍受荆丹为了拖延时间而施加的各种无理由蹂躏,真是对不起了。然而,就在我坐在位子上盘算着如何向两位设计大哥赔罪的时候,一个本不应在此时出现的人竟然推门进屋了。

　　毫无悬念,是姚羽。

　　你来干吗? 这不是让我更过意不去吗?

　　"文案写得怎么样了?给我看一眼!"姚羽倒是会给自己找理由。真想看文案的话,网上发给你不就行了吗?干吗跑一趟啊!难不成是专门给我加油来的? 哎呀妈呀可感动死我了。

　　"策略部分已经差不多了,就差设计了。"我在电脑上打开了文件,姚羽翻到"布鲁克林生产队"那一页的时候,脸"唰"地就绿了,接着再往后翻,Logo、平面稿、VI 延展一应俱全,完全不像是恶搞的产物,真的就是一本正经地在推销这个"生产队"。

"这……这是……案名？"姚羽满脸的不可思议。

"嗯。"我点头道。

"荆总要主推这个？"

"对。"我继续点头，"夏叶劝过他，但他铁了心就要这个，谁也挡不住。"

"为什么不早点告诉我？"

"我不想把事情搞得太复杂……"我摇头道。

"唉……你呀！"姚羽叹了口气没再多说话，继续往后翻到了我的方案，直到把我的两个方案看完，表情才缓和了一些，"你只想了两个方案？"

"本来想了三个，但来不及做了，所以……放弃了一个。"我无奈道，"荆总的方案昨天晚上才刚刚做完。"

"你放弃的那个呢？给我看看。"

"这里……"我打开了另存的备份文件，"我觉得这个有点平，客户想要另类一点的，所以……"

"我觉得你不应该放弃这个。"姚羽打断了我的话。

"那放弃哪个？"我问道。

"哪个都别放弃。"

"可是……没时间做啊……"

"容我想想……"姚羽叹了口气，掏出手机琢磨了片刻，又把手机放回了包里，"你先别放弃方案，我来想办法。"说罢，姚羽起身出屋。

又过了约莫二十分钟，杨启亮没精打采地推门进屋。我赶忙点头哈腰地迎了过去，香烟啤酒如数奉上，之后开始跟他讲我想的第一个方案——奇点。

这是案名？

没错。

就叫"奇点"。根据霍金的理论,宇宙形成之前只是一个点,这个点就叫奇点,后来奇点发生大爆炸才有了整个宇宙。配套的 Slogan 是"先有奇点,后有一切"。适合初创公司的写字楼,就得整点平地一声雷的感觉。平面稿的构图也已经想好了大概思路,就看咱杨大叔怎么发挥了。

之后到场的是陆春,交给他的方案是"寒武纪"。寒武纪是地球物种大爆发的年代,跟初创公司也很贴合。当然,现在好像有一家芯片公司生产的嵌入式神经网络芯片,也就是传说中的"NPU",也叫寒武纪,或许是创意撞车了,不过这次提案发生在 2002 年,当时好像还没有 NPU 这个概念。

再之后就是等了。看这两位哥们儿有没有可能灵感大爆发提前完成任务,如果进度比我想的快,留出时间执行第三个方案也不是没可能。

时间很快到了中午,我刚想号召大家下楼吃饭,姚羽竟然推门进屋了,身后还跟着一个人,定睛一看,哎呀我的妈呀,毕英英!

"关键时刻,还得爷来救场。"毕英英猥琐一笑,把手里的电脑包放在桌子上拉开拉链掏出了崭新的苹果笔记本电脑,"你小子真挺能忍啊,还没被那孙子折腾走?"当着姚羽的面,毕英英毫不避讳对荆丹的不屑。

"忍什么忍?人家荆总可是从来没折腾过我!"我的这个心情,真是没法形容。怎么说呢?千言万语汇成一句话:没有永远的敌人,只有永远的利益,私活儿面前人人平等。第三个方案,有人做了!

"对,没折腾过。我听夏叶说了,的确没折腾,天天晾着你。"

"你懂个屁,那叫关爱!"

"关个屁。"毕英英假意要把笔记本往回装,"不理你就叫关爱啊?那我也关爱关爱你呗?"

"哎,别别别……"我呵呵一笑,"走走走,吃饭去,这次我请。姚总,今天你可千万别跟我抢!"

"我不去了,你们去吧,我有点事已经迟到了。吃饭记得要发票,回头填表报销就行。"姚羽抬起手看了看表,"麦子,你来一下。"说着话,姚羽把我叫到了一边:"这次的提案机会,是老总的朋友引荐的,很重要。"

"哦? 老总的朋友引荐的? 荆丹知道吗?"听姚羽这么一说,我心中顿时就是一声呵呵,我估计荆丹肯定不知道这个事,否则也不可能弄出个"生产队"来捣乱。

"不知道他知不知情,但我是刚刚才知道的。"姚羽的脸色似乎有几分凝重,"你听着,提案的时候,尽量弱化荆总那个方案,一带而过就可以了,或是先提你的方案,把他的放到最后,就用最普通的字体,字号能小则小,千万别太显眼。这次比稿,失败无所谓,但不能丢人。这种东西提过去,有麻烦的不止是他,明白吗?"

"明白。只是……提案时他本人肯定在场,一旦发现他的方案被我冷处理,不大合适啊。"说实话我也有点为难,"要不然这样,把实际情况告诉他,项目是老总的朋友引荐的,事关老总的面子,让他直接把那个生产队拿掉,行不行?"

"这件事……我去找他沟通吧。"姚羽沉思片刻道,"你先把他的方案放到后面,如果他同意拿掉,我再打电话通知你。"

378

【注　释】
① 　PK:网络游戏术语,英文 Player Killing 的缩写,意为"玩家之间的决斗"。

62/

三个设计师埋头做到晚上十点,连晚饭都没吃,进度比我想象的要快,效果也比我想象的要好,说实话,截至目前,整套提案文件最大的瑕疵就是那个生产队,虽然我已经按照姚羽的要求把这套方案移到了最后,却仍然觉得它太过耀眼,换句话说,不管是先提还是后提,不管把字号缩到多小,只要它存在,客户就不可能看不见。不管是大字还是小字,不管是红字还是黑字,只要被客户看见,效果都是一样的。

姚羽到底能不能说服荆丹把这玩意儿拿掉呢?她老人家的电话什么时候才能打过来呢? 就在我守着电话念佛的时候,办公室的门哐当一声被推了个大敞四开,感觉就像一个喝多了的日本鬼子发现屋里躲着花姑娘一样,全屋人的视线顿时聚焦到了大门口,只见荆丹气势汹汹地站在门外,迷离的双眼之中满是愤怒。

"荆总……"我战战兢兢地站起身子,象征性地打了个招呼。

"把策划案打开!"荆丹面无表情地走到我的座位边上,浑身上下酒气浓烈得就像刚被人从酒缸里捞出来一样。

"开着呢……"我赶忙让出了座位。

但见这货一屁股坐在椅子上,翻菜谱一样把策划案从头到尾翻了一遍,发现生产队的方案竟然被我放到了最后,满脸的横肉顿时僵成了一坨,说道:"张迈啊张迈,之前我真没发现,你小子可真行啊!"

　　"我……我怎么了?"听他这么一说,我也有点发蒙,我怎么行了?我不过是按照姚羽的要求把您老人家的生产队放到后面而已啊,难道姚羽没跟你沟通这件事?难道你不知道这次提案事关大老总的面子?你是创意总监,这种扯淡方案提过去,第一个倒霉的就是你好不好?换个角度思考我这是在救你啊!

　　"你怎么了?呵呵……"荆丹一边冷笑一边不住地摇头,"我原本以为,你只是个被惯坏了的孩子,只是习惯了全家人都围着你转而已。没想到啊没想到,你小子年纪不大,手段倒是不少,你以为把自己的方案放到前面,客户就会喜欢吗?"

　　"荆总,姚总没给你打电话?"我压低声音辩解道,"我原本是把你的方案放在前面的,可是……"

　　"什么可是?可是什么?"荆丹很粗鲁地打断了我的话,"实话告诉你,这家公司是我干过的最乱的公司,最乱!知道乱在哪儿吗?就乱在有你们这样的人存在!总经理直接指挥文案,创意总监要和手下人 PK,这还叫广告公司吗?你跟我要这种手腕有意义吗?把我糊弄过去有什么用?能拿到客户吗?"

　　满屋子的人,包括毕英英在内,脸上那个表情,真是没法形容了。总之气氛已经尴尬到了极点。我知道这孙子又喝多了,跟醉鬼真心没理可讲,但没办法,眼下这个情况也只能硬着头皮解释:"荆总你听我解释,我真没跟你要什么手腕,你的方案原本真的是放在第一个的,真的是主推方案,但姚总说这个客户是大老总的朋友介绍的,大老总挺好面子的,所以……"

　　"我当然知道!早就知道!"醉鬼的特点就是绝不会听别人把

话说完,荆丹尤其典型,"所以我才要过来!我现在很郑重地提醒你,张迈,这里是创意部,我是创意总监!你的上司是我,不是姚羽!要对这次提案负责的人也是我,一样不是姚羽!我现在要求你,立即把顺序调回来,而且我不允许你再按姚羽的意思修改文件!明白吗?"

我惊了。

彻底惊了。

他知道这次提案是大老总的面子工程,而且从一开始就知道!

他真的是发自内心的认为自己的方案非常牛×,以至于耗费六天时间精雕细琢,这真的不是故意拖延,而是信心十足啊!就像之前说的,想出"布鲁克林生产队"这种捣乱的案名,不是极蠢就是极坏,现在看来,这货真的不是极坏,他真的就是极蠢啊!

难道,是我没有体会到这个案名深处所蕴含的牛×?

难道真是我的观念落伍了,已经被时代淘汰了?就像退休办的李大娘觉得迈克尔·杰克逊是跳大神的一样?有没有搞错啊,我虚岁也才二十三岁啊!而且不是我一个人觉得"生产队"不靠谱,所有人听到这个名字的第一反应跟我都是一样的,夏叶、杨启亮他们觉得他在讲冷笑话,姚羽脸绿了,毕英英告诫我提案的时候不要乱发名片,以免被别人记住名字,以后不好找工作。难道所有人都没发现这个案名其实很牛×?难道所有人都落伍了?

"你愣着干吗?改呀!"发现我发愣,荆丹似乎有些不耐烦。

事情走到这一步,改就改吧。

"把这些乱七八糟的解释都去掉!"我一边改,荆丹一边指挥,"什么创业天堂?什么生产力的摇篮?这都是什么乱七八糟的?你以为客户都像你一样喜欢废话吗?就留下面这一句!其余的都去掉!还有案名的字体!给我加粗!标红!"

这里不得不强调一下,所谓的那些"废话",其实都是夏叶会议笔记上的东西，我一个字都没多加，估计都是他开会时自己说过的话，只不过他自己不记得了。我也懒得跟他掰扯了，还是那句话——跟醉鬼没理可讲。他怎么说，咱就怎么改吧。

"把这个文件发一份到我邮箱！"亲眼监督我把文件改完存盘，这货又愤愤地流窜到了杨启亮、陆春、毕英英的电脑前，很刻意地看了看屏幕上正在执行的平面稿，不禁一个劲儿地摇头，"这些东西，你给姚羽看过没有？"

"没有……"我摇头道，"她早晨来过一次，那时还没开始做。"

"没看过最好，就当是给她留个好印象吧。"荆丹冷冷一笑，转身走回了我跟前，"张迈，我希望你能认真地反思一下你的行为。这不是专业问题，也不是职位问题，而是做人的问题。你还年轻，路还很长，并不是每一个总监都会像我一样容忍你这种人的存在，也不是每家公司都会有一个姚羽让你抱大腿！我知道你很讨厌我，但总有一天你会感谢我，感谢我对你说这些话！"

反思个屁！

感谢个屁！

这事是我挑起来的吗？

你自打见我第一面起，就一门心思想炒了我，我生下来就跟你有仇吗？如果是我惹了什么大麻烦，你想炒我我也认头，但你丫想炒我仅仅是因为我不够资深，你大爷的，资深资浅是我能决定的吗？就算资浅是我的错，但你也不想想，给你发工资的那些月费客户，都是老子我又熬夜又灌酒才拿下来的好不好？

更何况我从来没顶撞过你，我只是千方百计赖在公司苟且偷生而已，你炒我还不许我耍赖了？我只是不想失业而已！不想失业有错吗？

全屋人眼神木讷，目送，荆丹东倒西歪地消失在了阴暗的走廊中。

而我呢？我把入职以来做过的所有东西，平面稿也好，软文也好，楼书也好，打包到一个文件夹里，用局域网传到了杨启亮的电脑上，之后让他帮我刻了一张盘。

　　这间办公室里，几乎没有我任何私人财产，这张光盘，就是我在元鼎的全部铺盖。

63

本次提案各家公司的出场顺序，是按公司名的首字母排序的，元鼎最后一个登场。

不得不说，这次提案，是我入行以来发挥得最好的一次，行云流水有如神助。每一个案名、每一套设计都能引起客户团队的小声讨论，外加我这个人嘴上没把门的，什么玩笑都敢开，荤的素的一块儿上，俨然把提案现场变成了我的单口相声专场。或许是客户团队已经厌烦了前几家公司那种西装领带大放厥词的鸡血式提案，等我提完，对面的老总，也就是那个传说中的独生子海归接班人，甚至有点意犹未尽的感觉，借口时间还早故意又多聊了一会儿，会场的气氛可以说是相当的活跃。姚羽、老冯以及总部派来的一个负责凑人头壮声势的媒介总监，通通笑得像朵花一样；唯独荆丹，从头到尾面如死灰，两只贼眼瞟完姚羽又瞟我，眼神中满是仇恨与怒火，就好像我俩干了多对不起他的事一样。

说实话，他真的错怪姚羽了。

对不起他的事的确存在，但跟姚羽半毛钱关系都没有，老子一个人身兼主谋加从犯——在提案前的最后一刻，我借口检查文件，将他心心念念的"布鲁克林生产队"从提案用的笔记本上完完全全地删除，从案名到设计，从 Logo 到平面稿，完全删除，一丝痕迹都没留，直到提案开始，这孙子都还不知道他寄予厚望的"生产队"已经被老子暗中解散了，解散了也就解散了，当着一大屋子客户的面，有种你冲出来灭了我。

回想昨天晚上，这孙子的话言犹在耳，说总有一天我会感谢他。或许连他自己都没想到，这一天会来得这么快，不要以为我在开玩笑，这真的是一种很特别的谢礼，按毕英英的话说，"布鲁克林生产队"这种案名如果真的提给客户，绝对会成为全行业的笑话，元鼎想不出名都难。真到那个份儿上，他荆丹十有八九会死在我前面。

提案结束，荆丹第一个出门，没跟客户寒暄，也没跟自己人打招呼，一个人按电梯一个人下楼，那萧瑟的背影倒真有几分风萧萧兮易水寒的味道。毫无疑问，以他的尿性，这次的打击肯定是触及灵魂的，其实我很能理解他此时的心情，与我当初提案红旗别墅二期时想用马桶撅子活活撅死曲猪头是一样的，只不过他的目标是我，或许还会捎上姚羽。

目送荆丹下楼，我掏出了事先装在口袋里的辞职报告递给了姚羽。内容与上次一模一样，只是日期不同。姚羽似乎早就料到了我这个举动，接过报告看都没看便放进了随身的小包里，摇了摇头似乎是想说些什么，但最后却只是叹了口气。

"姚总，对不起。"说实话我也不知道该说点什么，我倒是可以拍拍屁股一走了之，删方案这个黑锅日后肯定要由姚羽来背，万一客户没拿下来，就凭荆丹那孙子的尿性，指不定在老总面前如何诋毁她，现在想想真的非常过意不去，真的是太冲动了，"删他的方案之前，我挺犹豫的，删完也很后悔，但来不及加回去了。如果这件事给你找了麻烦，我很抱歉。"

"没事。"姚羽微微一笑似乎很是释然，"倒退个十年八年，或许我也会这么干。"

"希望公司能越来越好,我……我就不跟你们回去了……"本来有不少话想说,但真到了要说的时候,却发现一句都说不出来,"姚总,很荣幸给你当手下,谢谢你一直以来罩着我!真的很感谢!"

"晚上一块儿吃个饭吧!"姚羽微微一笑,"你辞职的事创意部其他人知道吗?"

"我谁都没说。吃饭就算了,我赶最后一趟火车回天津。"

"赶不上火车的话,我开车送你。"姚羽似乎铁了心要请我吃饭。

"行吧……"话都说到这份儿上了,我还能说什么?也只能跟在她屁股后面屁颠屁颠地走到了停车场,迎面正好撞见荆丹开车出来,发现我俩竟然走在一块儿,他那个眼神我就不形容了,有部恐怖片叫《午夜凶铃》,大家自己搜一下海报就可以了。说实话我的眼神也好不到哪儿去,姚羽是公司总经理,高级职业经理人,就算够不上金领,最起码也是个红领,有私家车也就罢了,荆丹这路货色竟然也能买车,看来真的是有必要给老天爷配副眼镜了。

额外说一句,有句话直到最后我也没告诉姚羽,虽然我真的有点后悔删了荆丹的方案,虽然让她背黑锅我真的很内疚,虽然我自己也知道这么做真的有些过分,但是,只是但是,但是这真的是我这辈子最爽的一次,没有之一。

有人说,每做一件错事,以后就会多做一件正确的事。话没毛病,但问题在于错与对的标准谁来界定。好比这次,我献祭了直属上司,但初衷是拿下客户;就算没有100%的胜算,至少可以维护公司的名誉,虽然代价是我自己出局。我做的是对是错?对的话,对在哪里?错的话,又错在哪里?

还是那个老生常谈的话题:规则和目标,孰轻孰重?就好比一个士兵,明知道执行命令会导致战斗失败,只有违反命令才能打胜仗,这样的情况下究竟该不该执行命令?

就像我之前所说的，"不负如来不负卿"这种事其实并不存在，真想两全其美，就只能委屈自己。对于任何一个行业而言，"服从"都是最基本的规则，违反就要出局，违规者出局，这本身也是一条规则。在规则与目标冲突的时候，我选择了两全其美，既完成了目标，同时也遵守了规则，只不过遵守的是后一条而已。

　　至于著名的荆丹，真的是不想再提却又不得不提。这个人就是我这辈子最顽固的宿敌，绝对是棉铃虫一般的存在。正所谓冤家路窄，但具体有多窄，就是另外一个故事了。如果这个故事叫《广告蒸汽时代》的话，另外一个故事或许会叫《广告电气时代》，也正是在那个乌烟瘴气的电气时代，天底下最想给我拉闸断电的人非他莫属，绝对的对人不对事，损我不利己；只要能让我吃点苦头，他就算比我还苦也是甜的。

　　还是那句话，千年咒怨，不见不散，见了就更是不散。

　　废话就不多说了，再说就剧透了。

　　电气时代，不见不散！